Helge Nyncke

Brandzeichen

Gestaltung
Urs van der Leyn, Basel
Satz
Dagmar Mangold, Bad Soden
Gesamtherstellung
OOK Press, Veszprém

ISBN 978 3 86638 298 5
eBook 978 3 86638 297 8

Helge Nyncke

BRANDZEICHEN

Roman

axel dielmann – verlag
Kommanditgesellschaft in Frankfurt am Main

Es gibt Nachrichten, die lassen uns kalt, unabhängig von ihrer tatsächlichen Tragweite. Andere dagegen bewegen viele Menschen tief, auch wenn sie einigen kaum der Aufregung wert erscheinen. Entscheidend ist dabei zumeist der Grad der eigenen Betroffenheit, also die einfache Frage: Was hat das alles mit mir zu tun?

Am 1. Mai des Jahres 2017 brennt der Morgentau-Pavillon im Koreanischen Garten am Rande des Grüneburgparks in Frankfurt am Main. Komplette Zerstörung. Genau einen Monat später, am 1. Juni folgt der Wasser-Pavillon im Chinesischen Garten im Bethmannpark. Rettungslos verloren. Am 12. Oktober schließlich der berühmte Goetheturm am Rand des Stadtwalds hoch über der Stadt. Abgebrannt bis auf die betonierten Sockel. Alles vernichtet. Alles bedeutende kulturelle Bauwerke aus Holz. Alle verbrannt immer zur selben nächtlichen Stunde um 3:30 Uhr. Genau wie der Atzelbergturm bei Kelkheim im nahen Taunus am 3. Juli und die Waldorf-kita am 23. Oktober. Am 21. Januar 2018 dann das so genannte Blaue Haus am Mainufer, am 20.03. das Eingangsgebäude des Strandbades Niederroden sowie mehrere Gartenhütten im Stadtbereich über die Jahre verteilt. Alles vermutlich Brandstiftung, fast alles zur selben Tatzeit inszeniert, alles mit vernichtendem Erfolg. Mutwillige Zerstörung. Welche Niedertracht, Gemeinheit, Grausamkeit. So viel Schönheit ein für alle Mal getilgt, so viele Erinnerungen an sommerliche Ausflüge, Picknicks, stille Einkehr oder lachendes Kindergewusel weggewischt, weggebrannt, weggerissen aus dem kollektiven Gedächtnis einer ganzen Stadt.

Oh diese Wut! Diese hilflose Verzweiflung, dieser Verlust des Glaubens an das Gute im Menschen, die unzähligen Verwünschungen und die abgrundtiefe Verachtung für den, der so was tut, der anderen so etwas antut. Diese Sinnlosigkeit. Diese Missachtung gemeinschaftlicher

Werte. Die Verletzung ganz privater Erinnerungen und Gefühle. Als hätte jemand das Familienalbum geplündert, unersetzbare Fotos herausgerissen, gestohlen, vernichtet, als hätte jemand brutal in das eigene Leben eingegriffen, einen geliebten Teil davon gestohlen, geschändet, ausradiert. Vor allem nach dem Brand des Goetheturms, dieses weithin bekannten und tief verwurzelten Wahrzeichens der Stadt. Die Leute stehen komplett unter Schock, treffen sich an den noch qualmenden Brandstätten wie an Orten eines Anschlags, verweilen in stiller Trauer, verstricken sich in hitzige Diskussionen, füllen Leserbriefspalten mit erschütterten Trauerbekundungen, sammeln Geldspenden für den Wiederaufbau, versuchen sich mit solidarischen Willensbekundungen zur baldigen Wiederherstellung des alten Zustandes gegenseitig zu trösten. Eines Zustandes, dessen Verlust die allermeisten nicht akzeptieren wollen, dessen verstörende Veränderung ihnen echte Seelenpein beschert und dessen provokante Verneinung ihres Wertesystems nicht geduldet werden kann. Das darf einfach nicht passieren. So etwas darf nicht ungesühnt bleiben. Und so etwas muss schnellstens wieder in Ordnung gebracht werden. Anders kommt der aufgewühlte Zorn nicht zur Ruhe, irren die heimatlos gewordenen Erinnerungen und Gefühle wie aufgescheuchte Vögel durch das schöne Bild einer heilen, heiteren und heiß geliebten Vergangenheit.

All das ist zutiefst verständlich und nachvollziehbar. Die Meisten würden ganz spontan erst mal so denken und fühlen. Aber im Leben ist es selten so einfach und übersichtlich, wie man im ersten Moment subjektiv und auch kollektiv empfindet.

Angenommen es ist ganz anders gewesen als wir denken. Angenommen, der Schock über diese scheinbar sinnlosen Taten ist noch harmlos gegen den, der sich einstellt, wenn man die Wahrheit erfährt. Dass dahinter womöglich keine gedankenlosen Zündeleien übermütiger Jugendlicher oder gewissenlose Anschläge eines notorisch alkoholisierten Vollidioten oder Ähnliches stehen, sondern eine ganz andere, unfassbare und in ihrer Tragweite zutiefst erschütternde Geschichte. Eine Ereigniskette, die Perspektiven in kaum vorstellbare Abgründe, in Lebens- und Sichtweisen eröffnet, die den meisten von uns zutiefst fremd, aber – wenn wir sie kennen lernen – durchaus nachvollziehbar, logisch, ja fast unentrinnbar folgerichtig erscheinen. Und die, wenn wir uns einen Moment lang dem Gedanken hingeben, womöglich selbst darin verstrickt oder daran beteiligt zu sein, in einen fast unentrinnbaren Sog der zwangsläufigen Katastrophen führen müssen und das ganze Geschehen auf einmal für uns vollkommen nachvollziehbar machen.

Moment mal. Verständnis? Für einen notorischen Brandstifter? Einen Verbrecher? Einen, den man am liebsten windelweich prügeln, den man büßen, leiden und vor allem selbst so verzweifeln sehen möchte wie alle diejenigen, denen er diesen Verlust zugefügt hat?

Aus einem Kindermund stammt der Ausspruch, groß zu werden sei nicht schön, weil dabei alles rundherum so klein würde. Wenn es denn nur immer so wäre. Manchmal ist schon das Klein-sein nicht schön, weil alles rundherum so groß ist. Manches bleibt auch beim groß werden immer noch so groß wie zu Kinderzeiten, obwohl es doch längst kleiner hätte werden müssen. Und bisweilen ist dann gerade dies das Schöne am größer werden, wenn zu großes dann doch irgendwie endlich klein wird. Dann ordnet sich die Welt wieder neu, dann ist klein was klein und groß was groß sein soll, dann ist innen wieder innen und außen wieder außen und die Füße wieder auf dem Boden.

Und heute ist das morgen von gestern ...

Es gibt in dieser Geschichte keinen Erzähler. Alle Betroffenen berichten und reflektieren selbst und authentisch über die Geschehnisse oder treten direkt miteinander in Dialog.

Das Leben ist eine Bühne voller Akteure und wir alle spielen unsere Rollen in einem Stück, das wir noch gar nicht kennen, weil es erst beim Spielen entsteht.

In den Hauptrollen hier:

- Rebecca Pohl (Hauptbetroffene)
- Marie Decker (Rebeccas Alter Ego)
- Erik Mauschner (Journalist)
- Robert (Rebeccas Onkel)
- Richard Mosbacher (Therapeut)
- Barbara Sollinger (Polizistin)
- Bernd Brettschneider (Kumpel von Erik)
- Achim (Atze) Schulz (Jugendkumpel von Bernd)

In den Nebenrollen:

- Lara Schönemann (Mutter von Rebecca)
- Florian Pohl (Vater von Rebecca)
- Lydia Mauschner (Mutter von Erik)
- Nelli (Mutter von Robert und Florian)
- Jürgen Damian (Late-Night-Talker)
- Fritz „Strohhutmann“ (Gesprächspartner im Gartenareal)
- Luigi (Kellner im Lokal am Goetheturm)
- Uwe Clemens (Polizist, Vernehmer von Bernd)
- Horst (Polizist, Gesprächspartner von Erik auf der Wache)
- Wassili (Obdachlosen-Kumpel von Robert)
- Schorsch (Schrebergartennachbar von Robert)
- Hubert (früherer Kumpel von Robert)

Die folgenden Ereignisse, Rückblenden und Verknüpfungen sind eng verbunden mit den Geschehnissen in Frankfurt am Main und Umgebung rund um das Jahr 2017. Da diese zum Teil noch Gegenstand laufender polizeilicher und staatsanwaltlicher Ermittlungen sind, wurden aus persönlichkeitsschutzrechtlichen Gründen alle Namen der handelnden Personen verändert wie ebenso einige charakteristische, wiedererkennbare Details. Die Herstellung von Bezügen zu real existierenden und/oder verstorbenen Personen sind daher bis auf Weiteres der Leserschaft vorbehalten, jedoch nicht unmittelbar aus dem Text abzuleiten.

Die meisten der betroffenen Gebäude sind inzwischen originalgetreu wiederaufgebaut.

Erster Teil

Das Licht der Welt

Wieder schweißgebadet aufgewacht. 3:30 Uhr. Der ganze Nacken klebt. Die Füße wie Eiswürfel, wie tot. Aber der ganze Nacken. Auf dem Arm stehen die Härchen stramm wie Lümmel. Wie Fichtennadeln. Herz wummert bis an die Kehle. Und das wummert schneller als sonst. Da ist was über den Arm gelaufen. Über meinen Arm! Etwas hat mich berührt! Klitzekleine Füße, ganz leicht, so wie fast gar nicht da. Aber doch irgendwie da. Hab's genau gespürt. Senkrecht im Bett. Oder hat mich jemand berührt? Hier in meinem Zimmer?!? In meiner eigenen Wohnung? Wo ich jeden Abend die Tür drei Mal abschließe? Oder hab ich das etwa geträumt? Spinne ich jetzt? Dreh ich jetzt völlig durch?!

Aber dann dieses ... dieses Geräusch. Trippeln. Trippeln von winzigen Trippelschritten. Still. Wieder Trippeln. Still. Lange still. Und dann ... Knarzen. Oder leises Schnarchen? Ist hier jemand? Nein, es klingt wie kratzen, wie nagen. Irgendwo an irgendeinem Holz oder so nagt es. Außen so leise, dass man's kaum hört. Aber innen so laut, innen im Ohr, im Kopf, in der Angst so laut wie ein Güterzug. Es nagt. Es ist hier, direkt unter oder neben mir, in mir, keine Ahnung. Eine Maus? Was weiß denn ich! Eine verdammte kleine Maus. So klein, es ist fast schon ein Witz, nicht größer als mein Goldhamster als Kind, klar, aber jetzt, im Dunkeln, in der Nacht, aus dem Traum gerissen, groß und unheimlich und alarmierend. Ich bin sooo klein mit Hut und diese unsichtbare Maus ist ein Riese, ein Monster, ein Nachtschrecken. Die soll hier nicht sein, die darf hier nicht sein! Nagen. Verdammt! Mit einem Sprung raus aus dem Bett. Licht an. Bettzeug geschnappt, raus aus dem Zimmer, Tür zu, zack aufs Sofa, Augen zu und durch. Heute rennt die Ruhe Amok, rast mein Herz wie in Tollwut. Morgen kauf ich eine Falle. Und Schokolade. Damit fängt man alle.

Als Kind hatte ich einen Traumfänger. Ein ziemlich krummes Bastelwerk aus dem Kindergarten, pseudo-indianisches oder neo-esoterisches Gebambel, ein unrunder Drahtkreis mit Wollfäden umwickelt, ein paar Federn, ein paar Holzperlen, ein angedeutetes spinnenartiges Netz in der Mitte. Das Ding sollte angeblich schöne Träume festhalten und böse fernhalten, wurde uns erzählt. Schon die kleinen Indianerkinder hätten früher so was gehabt. Ja klar. Als ob die in den Kindergarten gegangen wären. Und überhaupt – Träume kommen doch von innen und nicht von außen. Das wusste ich schon ganz früh ganz sicher auch, ohne dass es mir jemand erklärt hätte. Da hilft ja dann wohl kein Traumfänger, der irgendwo am Fenster oder über dem Bett hängt. Über dem Indianerbett! Aber immerhin war dieser Traumfänger ganz hübsch und ich war nicht wenig stolz darauf, ihn fast ganz ohne Hilfe selbst gebastelt zu haben. Aber ich nannte ihn nicht Traumfänger sondern Rumhänger, weil er halt irgendwo rumhängen sollte. Und ich weiß, dass die Wollfäden ein zartes Grün hatten und glänzten und die Federn rot und schwarz und spitz gebogen waren. Damals hatte die Welt noch Farben. Und die Farben hatten Namen, manchmal ganz lange und zauberhafte Worte wie veilchenblau oder schweinchenrosa. Und meine Augen hatten noch diese Klarheit und Durchsichtigkeit, all diese Farben hineinzulassen und in meinem Kopf miteinander spielen zu lassen wie munteres Vogelgezwitscher im Frühling in der Sonne im Garten. Das war früher. Als ich klein war. Dann verlor die Welt ihre Farben. Es geschah so langsam, so still, dass ich es nicht einmal bemerkte. So wie wenn ein großer Wolkenschatten das Sonnenlicht verschluckt und alle Dinge ihre Gestalt verändern, ihre Leichtigkeit verlieren, ihre Bewegungen einfrieren und ihre Transparenz einfach dicht machen wie eine Jalousie. Als ob irgendwas still den Atem anhält in angespannter Erwartung, dass diese einschneidende Veränderung wieder vorbei gehen und der alte Zustand wiederhergestellt werden möge. Wolken kommen und gehen. Der Himmel ist immer in stetiger Veränderung wie das Licht des Tages. Nur manche Veränderungen sind endgültig. Und was weg ist, ist weg. Unumkehrbar. Wie meine Farben.

Ich starre an die Zimmerdecke. Kann nicht schlafen. Das Sofa ist zu kurz und hart wie ein Brett. Und auch wenn es ein traumweiches Himmelbett wäre – es tobt in mir drinnen, da ist an Schlaf nicht mehr zu denken. Mein Arm spürt noch immer die winzige, federleichte Berührung dieser unbekannten kleinen Füßchen. Als ob sie mit jedem Schritt eine Markierung hinterlassen hätten, als könne man sie sehen, die Fußabdrücke, wie kleine schwarze Kleckse auf der weißen Haut. Es ist natürlich nichts zu sehen aber es ist etwas zu spüren. Die Augen sehen immer nur den Moment, ein klitzekleines Stückchen der wirklichen Welt. Kaum gesehen, schon ist es Vergangenheit, schon ist das nächste Bild im Kopf. Nichts bleibt für mehr als einen kurzen Moment. Sehen ist wie hüpfen oder wie das Herumschwirren eines Kolibris oder das Torkeln eines Schmetterlings, wie das Schwirren einer Eintagsfliege. Oder eher einer Millisekundenfliege. Das Gefühl ist eher wie eine Schildkröte. Uralt, mit einem Gedächtnis, das nie vergisst. Unendlich langsam und unendlich hässlich. Wie dieses Gefühl auf meinem Arm. Es drängelt sich vor, schiebt alles andere beiseite und macht sich breit. Sitzt da wie ein fetter eingebildeter Buddha mit verschränkten Armen und schüttelt einfach nur den Kopf. Hier bin ich und hier bleibe ich. Und du kriegst mich hier nicht weg. Klitzekleine Mäusefüßchen schwer wie Felsbrocken, unbeweglich eingedrückt in meine Haut. Ich starre an die Zimmerdecke, schon seit Stunden. Langsam lichtet sich das Dunkel der Nacht und macht einer fahlen milchigen Brühe Platz, die allmählich durch mein kleines Zimmer sickert. Die einsame Deckenlampe mit dem halb herunter gerutschten Plastikschutz oben über den Anschlüssen. Die Gardinenstange mit den eingeschliffenen Kratzern von den metallenen Ringen. Die angedunkelten Ecken. Und Spinnenweben. Überall. Nur keine Spinnen. Die sind niemals zu sehen. Komisch. Als kleines Kind habe ich die Spinnen ganz oft gesehen, kannte ihre Lieblingsorte und ihre heimlichen Wege kreuz und quer durch die Wohnung. Und oft habe ich mich ganz still auf das alte Sofa gekniet und meinen Arm ohne den hoch geschobenen Ärmel direkt ans Fensterbrett gehalten wie eine Brücke. Dann konnte, wenn sie Lust dazu hatte, eine kleine Spinne auf dem Weg von einer Seite des Fensters zur anderen einen kleinen Umweg machen über meinen Arm. Konnte ganz leicht über die feinen Härchen meines Unterarms klettern mit ihren superdünnen, vorsichtig tastenden Beinchen. Und ich versuchte, mich nicht das kleinste Bisschen zu bewegen und tief in mich hinein zu spüren, ob ich das Gewicht und die Berührungen der Spinne fühlen konnte oder nicht. Manchmal spürte ich nichts und es war, als balancierte ein winziges Geistergeschöpf über meine Haut. Und dann, vor allem wenn sich die feinen Härchen aufstellten in angespannter Erwartung, dann konnte es geschehen, dass ich es spüren konnte, dass ich tatsächlich fühlte was ich sah. Und es war wunderbar.

Am nächsten Tag hab ich sie dann tatsächlich gefangen. Mit Schokolade. Lebendfalle natürlich. Sie ist viel kleiner, als ich es mir vorgestellt hatte. Und viel niedlicher. Sitzt da in ihrem engen Käfig und starrt mit unbeweglichen Knopfaugen nach draußen. Sie zittert ein wenig an den Seiten. Keine Ahnung, wie sie hier reingekommen ist aber klar, dass sie hier nicht bleiben kann. Also gut. Die Falle mit der Maus ab in den Jutebeutel. Nur schnell schnell bevor ich merke, wie sich meine Haare sträuben, wie meine Knie weich werden wollen und meine Arme sich weigern können, sich diesem Winzling zu nähern, die Falle anzufassen, in die Hand zu nehmen und dabei keinen Anfall zu kriegen. Nicht nachdenken. Ganz schnell handeln. Nur so geht es, wenn es überhaupt geht. Schuhe an, Jacke an, Schlüssel vom Brett, Tür auf, Tür zu und die Treppe runter. Es sind nur zehn Minuten bis zum nächsten Park. So viel Zeit muss sie aushalten bis zur Freiheit, auch wenn sie noch nichts davon weiß. So lange muss ich aushalten, nicht darüber nachdenken, was da in der Tiefe der Tasche vor sich hin zittert und starrt. Rein in den Park. Dann ein paar Schritte weg vom Weg bis zum nächsten Gebüsch, Klappe aufhalten und schwupps, weg ist sie. Kein Zögern, kein Blick zurück, kein dankbares Piepsen. Zwei, drei kleine Hüpfer und sie ist so verschwunden, als wäre sie nie da gewesen. Stecke Beutel und Falle in die Tasche und gehe zurück auf den Weg, weiter in Richtung der großen Wiese. Es ist Sommer. Sobald man heraustritt aus dem Schatten der Bäume verschwimmt alles zu einem helldunklen Flirren ohne Ränder und Konturen. Sogar die Geräusche verändern sich. Wie wenn man mit dem Kopf ins Wasser taucht. In der Badewanne, im Schwimmbad, in einem See. Nur umgekehrt. Unter Wasser wird alles dumpfer und enger. An der Luft, in der Sonne wird alles weiter und schriller. Alles verändert sich. Geräusche werden spitzer, Lichter werden greller. Gerüche werden schärfer. Erinnerungen werden wach. Finde noch die angebrochene Schokoladenschachtel in meiner Tasche.

Schokolade. Diese einzeln abgepackte, längliche. Kann man auch gut im Gehen essen. Gehe durch den Park. Mittagszeit. Alles voll mit Leuten, Mamis mit Kinderwagen, Hundegassiführer, Jogger, Bänker mit und ohne Koffer, Kiffer und andere zwielichtige Typen, Alkis, alte Leute mit Hut und Mantel, obwohl die Sonne scheint. Türken, Männer, Frauen Kinder, die auf der Wiese lagern mit Einweggrill und Fladenbrot. Eine Gruppe Chinesen oder Japaner, die irgendjemandem nachlaufen. Studenten mit Büchern und Tablets auf den Bänken. Hunde, die niemandem gehören. Einsame, die gerne jemandem gehören würden. Freundinnen, eingehakt, diskutierend. Ein Paar, das sich streitet wie zu Hause im Wohnzimmer. Oder Schlafzimmer. Omas mit Enkeln und Eimer und Schaufel auf dem Weg zum Spielplatz. Opas mit Dackel. Eine Punkerin mit Ratte an geflochtener Leine. Sogar eine unscheinbare Blondine, die ihren Papagei auf der Schulter spazieren führt. Waaas? Ein Papagei mitten in Frankfurt?! Eine Kindergruppe im Freizeitprogramm, Teebeutel-Weitwurf im Schatten der mächtigen Eichen. Ein Schlacks mit Riesencellokasten auf dem Rücken. Unterwegs. Alle unterwegs von irgendwo nach irgendwo und alle mit irgendeinem Ziel oder wenigstens auf dem Weg dahin. Nur ich stehe da mit meiner Schokolade und weiß eigentlich gar nicht wohin. Oder woher.

„Du weißt wohl nicht wohin. Oder vielleicht auch nicht woher?“

Er spricht mich von der Seite an, eher von hinten, ich sehe ihn gar nicht. Höre ihn nur. Spüre ihn förmlich. Ich kenne diese Stimme, tief, ruhig, männlich, vertraut. Und doch irgendwie fremd, unendlich, fast schmerzhaft fremd. So als hätte ich lange und vergeblich auf diese Stimme gewartet.

„Gestern warst du lange hier, von zwölf bis eins. Ohne Schokolade. Heute mit. Und du trägst wieder grau. Als Kind hast du mehr Farbe getragen. Zum Beispiel deine Lieblings-Gummistiefel, die gelben.“

Woher weiß der das mit meinen Lieblings-Gummistiefeln? Mein Blut jagt mir durch die Ohren. Der ganze Nacken klebt. Ich sehe ihn nicht. Sehe ihn nicht an. Drehe mich nicht um. Er spricht mit ruhiger Stimme, ganz gleichmäßig, eher leise, so, dass ich ihn gerade noch verstehe. Eher beiläufig, so als spräche er mit sich selbst. So als wäre ich gar nicht gemeint. Oder nur dann gemeint, wenn ich denke, ich sei gemeint. Und natürlich bin ich gemeint, das weiß ich ganz sicher. So sicher wie mir die Schläfen pochen und die Hände schwitzen. Meine Füße berühren kaum den Boden. Ich habe keine Füße. Ich habe keine Füße. Warum hab ich keine Füße? Wer spricht da mit mir und warum hab ich keine Füße?

„Du solltest ein bisschen auf dich aufpassen, meine Beste. So wie du hier rumgeisterst, das sieht nicht gut aus. Gar nicht gut. Überhaupt nicht gut. Also. Ich lass dich mal wieder, wir hören voneinander. Ich melde mich wieder bei dir. Pass auf dich auf. Und denke dran, es ist alles in Ordnung. Es ist alles in Ordnung. Du wirst sehen, es ist alles in Ordnung.“

Ich bleibe stehen. Ich stehe fest, auf meinen Füßen. Na was ein Glück, denke ich, aber meine Füße sind wie Beton, schwer wie Beton. Kein Schritt. Es geht nicht. Also bleibe ich stehen. Ich kenne das ja. Stehe, als würde ich freiwillig hier so rumstehen, als würde ich diesen Tag, diese warme Sonne, diese feine heitere Parkstimmung hier genauso genießen wie all die anderen um mich herum. So sieht’s aus. Von außen. So sehe ich aus, wie ich hier rumstehe: graue Schuhe, graue Hose, grauer Pulli. Immerhin verschiedene Grautöne. Three Shades of Grey. Das ich nicht lache. Die haben ja keine Ahnung. Mein

Gesicht in der Sonne, meine Haare offen, unscheinbar, keine Frisur, einfach mittellange, etwas wuschige Haare, ja und die sind auch grau, so langsam. Meine Lippen sind zu. Oben zu, unten zu. Mein Bauch hart wie ein Brett. So falle ich wenigstens nicht um. Ich muss blinzeln, die Sonne scheint mir direkt aufs Gesicht. Keine Sonnenbrille dabei. Meine Wimpern zerteilen das Leben im Park. Schneiden alles in kleine Portionen, zerreiben jede Szene in feine kleine Stückchen, dünne, durchscheinende Plättchen wie Fischfutter, das man zwischen den Fingern zerreibt, bevor es in das blubbernde Wasser zerkrümelt wird und sich die blöden Guppys drauf stürzen als wäre ein Festtagsbuffet eröffnet worden. Einmal habe ich die Guppys dann einfach aufgegessen, alle drei. Zwei Männchen und ein Weibchen. Zack rein und flutsch weg waren sie. Ohne kauen. Einfach schlucken. Erst breit gegrinst, dann breit gekotzt. Widerlich. Es gab jeden Sonntag Guppys, jeden Sonntag! Heute ist Sonntag. Und alle tun so, als wäre das ein Grund zur Freude. Nein, es ist nicht Sonntag. Ich bin ein bisschen durcheinander. Es kann nicht Sonntag sein, vorhin hab ich noch ein paar Kleinigkeiten eingekauft, was so reinpasst in den kleinen Rucksack. Nein, das war gestern. Heute bin ich ohne Rucksack. Aber es liegt so was Sonntägliches in der Luft. Irgendwie liegt immer irgendwas in der Luft. Jedenfalls hier im Park. Darum liebe ich ihn so. Darum hasse ich ihn so. Jeden Park, jedes Stückchen Gras, jeden Platz, wo die Leute herumlaufen als gäbe es nichts Schöneres als ...

Was tut der da? Der lange Schlacks packt sein Cello aus. Lehnt es behutsam an einen der großen Schatten werfenden Bäume. Er schließt den riesigen Kasten mit ein paar hellen Klicks wieder zu und legt ihn hinter den Stamm. Jetzt hat er sogar ein feines Sakko an. War das auch in dem Kasten oder hat er das schon vorher angehabt? Er nimmt den Bogen in die Hand, dann das Cello, dreht sich lächelnd so, dass ich ihn ganz von vorne sehen kann und beginnt leise und konzentriert mit geschlossenen Lidern sein Instrument zu stimmen. Ganz sachte, nur ein paar Bogenstriche lang, nur um sich zu vergewissern, dass es so in Ordnung ist, wie er es erwartet hat. Er beginnt zu spielen. Lange, weiche, warme Töne, eine wunderbare, süßliche Melodie. Mein Mund steht offen vor Erstaunen. Und dann – das Mädchen mit dem Papagei. Es ist nicht zu fassen. Mit dem Vogel auf der Schulter kommt sie langsam in den Schatten und spielt auf einer Querflöte. Helle, fröhliche Klänge, die wie Vögel durch die Luft flattern über den schwereren, dunklen Saitenklängen des Cellos, die sich langsam fließend über den Boden und dem Gras ausbreiten. Sie kennen sich, sie spielen gemeinsam das selbe Stück! Eine Welle des Entzückens durchströmt meinen ganzen Körper. Meine Augen weiten sich um auch ja nichts zu verpassen, meine Ohren wachsen weit über mich hinaus, bereit für eine wahre Klang-Offenbarung. Da sehe und höre ich die Chinesen oder Japaner, keine Ahnung, diese unscheinbaren Leute im Schlepptau eines Fremdenführers. Ja denkste! Sie formieren sich etwas weiter hinten zu einer Streichergruppe, Violinen, Bratschen, Celli, Kontrabässe. Und der vermeintliche Fremdenführer geht gemessenen Schrittes zwischen die Bäume, holt einen weißen Taktstock aus dem Nichts und zieht mit sparsamen, ganz leichten Bewegungen alle Fäden an sich. Woher kommen all diese Leute? Wo hatten sie ihre Instrumente versteckt? Und was machen die hier? Die Punkerin mit der Ratte – jetzt schultert sie statt dieser eine wahrhaft gigantische Tuba, ein Susafon glaube ich. Es bringt Schwung in die ganze Sache. Und die Ferienkinder stehen längst als Chor zusammen und folgen ihrem Betreuer, der statt mit Teebeuteln nun mit schmissigen Armbewegungen um sich wirft und ihren Melodien den passenden Takt vorgibt. Die Freundinnen diskutieren nun nicht mehr mit Worten, sondern mit Oboe und Englischhorn. Und das streitende Paar ist plötzlich ganz vergnügt miteinander und flirtet nun fast mit Trompete und Posaune. Die Oma scheint gar nicht mehr so alt und tiriliert auf einer winzigen Piccoloflöte. Der Opa steht stramm daneben, viel jünger als zuvor und bläst angestrengt mit rotem Kopf das Fagott. Das ist es! Das ist ein Flashmob! Eine heimliche Verabredung vieler Leute zu einer riesengroßen Überraschung. Einem Event, das an diesem Ort niemand erwartet hat und das diesen Ort und diesen Moment verwandelt und verzaubert! Eine wunderbare Idee! Das habe ich schon mal gesehen, auf YouTube, und habe mir immer gewünscht, so etwas mal selbst erleben zu können. Die Kinderwagen-Mamis, wie sie ihre Kinder auspacken und es sind gar keine Kinder, es sind Trommeln, die sie im Rhythmus schlagen, die Jogger, die plötzlich als Tänzer athletisch über die Parkbühne wirbeln, die Bänker, die ihre blöden schwarzen Taschen öffnen und aus ihnen ein ganzes Mandolinenorchester beisteuern, türkische Männer, Frauen und Kinder als wilde Percussion-Gruppe, Penner, Alkis und Fixer und andere komische Typen als fetzige Rockband, die Hundegassiführer, die statt ihre Hunde zu führen nun mit vollem Einsatz Alphörner blasen, die Leute mit Hüten und Mänteln, die statt dessen Becken und Schellenringe scheppern lassen, Studenten mit Tablets und Büchern, die sich in virtuose Pianisten verwandeln. Und die riesigen Bäume schwingen in mächtigen Gongklängen, das Gras rast durch eine tausendtastige Klaviatur, der ganze Park ertönt im weltumspannenden Orgelklang, wabernde Pracht, allumfassendes Getöse, alles wirbelt und dreht sich um mich, rast durch mich hindurch und schwingt mich in die Luft …

An diesem Sommertag ist es ungewöhnlich heiß und sehr voll auf dem Spielplatz. Ich bin ausnahmsweise ohne meinen Hund unterwegs, den ich wie immer bereits gegen Mittag auf unserem gewohnten Rundweg ein paar Straßen weiter und dann entlang der S-Bahn-Gleise weiter am Feldrand entlang Gassi geführt hatte. Für seine Bedürfnisse ist also gesorgt. Aber mir steht nach unserer Rückkehr einfach nicht der Sinn nach der grausamen Stille der Wohnung. Seit Ingrids Tod ist es zeitweise unerträglich geworden, ohne die gewohnten Geräusche und gelegentlichen Wortwechsel, die kleinen, ganz leichten und schwebenden Begegnungen mit ihr in diesen vier Wänden weiter zu existieren. Ich kenne mich nun wirklich aus mit Trauerarbeit und all den psychologischen Mechanismen von Traumatisierungen, Gefühlsblockaden, depressiven Abstürzen, Re-Inszenierungen, infantilen Rückfällen und so weiter – alles zu Genüge und mit wachsender Erfahrung mit meinen Klienten zusammen tausend Mal besprochen und durchexerziert. Und doch, sobald es einen dann plötzlich selbst betrifft, steht auch der Fachmann wie ein kleiner dummer Junge vor den Trümmern und weint hilflos um das verlorene Glück, wohl wissend, dass das Weinen nichts, aber auch gar nichts ändern wird, nichts wiederherstellen, zurückbringen wird. Wenn mir dann alles in unserem Haus zu dicht und zu eng wird, gehe ich noch mal raus, dann meist ohne den Hund, um ganz für mich zu sein und dem inneren Rumoren in mir wenigstens eine kleine Tür zu öffnen. Sie war schon lange krank gewesen, ganze fünf Jahre lang, und wir hatten zusammen alle Höhen und Tiefen dieser widerwärtigen Behandlung gemeinsam durchlebt und durchlitten. Aber was heißt schon gemeinsam? Gelitten hatte ich nur unter der schrecklichen Gewissheit, sie verlieren zu können, ja wahrscheinlich verlieren zu müssen an diesen erbarmungslosen Krebs. Gelitten, wirklich gelitten unter den Schmerzen, den Bestrahlungen, dem Haarausfall, der schrecklichen Magerkeit, der alles umfassenden, alles mit ekligster Gülle ertränkenden Übelkeit gegenüber der ganzen Welt, der abgrundtiefen, das Blut vergiftenden Verzweiflung, der Chemotherapie, die alles Innere auf den Kopf stellt, das ganze Persönlichkeitssystem in Frage stellt und letztendlich zerstört, gelitten hat sie, sie ganz und gar alleine. Auch wenn ich ihr zur Seite stand, sie unterstützte, tröstete, im Arm hielt und streichelte bis zuletzt, wirklich gelitten hat nur sie. Und ich war bestenfalls ein ohnmächtiger Statist, ein hilfloser Handlanger, ein erbärmlicher, weinerlicher Wegbegleiter. Ich hätte nicht gedacht, dass mich das so sehr mitnehmen, so sehr alles in Frage stellen würde, was ich mir als Psychotherapeut im Laufe der Jahre an innerem Rüstzeug aufgebaut und solide eingerichtet hatte. Nicht viel mehr als ein kunstvoller Bauklotzturm, schön und filigran aber instabil und bei der kleinsten Erschütterung hoffnungslos dem Zusammenbruch ausgeliefert. Solche Gedanken plagen, ja quälen mich regelrecht in diesen Tagen. Das einzige, was bislang dagegen hilft, ist das Unterwegs-sein, am besten alleine und irgendwo, wo ich neu bin, keine gewohnten Wege, keine allzu bekannten Orte, am besten jedes Mal in einem anderen Park, da wo immer was los ist, wo die Gedanken abgelenkt werden, aus der Bahn geworfen und in neue, gesündere, normalere Bahnen gelenkt werden. Einfach durch das stille Teilhaben am alltäglichen Leben anderer. Empathisches Zuschauen nenne ich das im Stillen. So eine Art autosuggestive Spiegelneuronen-Empathie-Therapie. Sollte ich mir glatt schützen lassen. Also auf in den Park, es ist Sommer, es ist warm, es ist voller Leute und voller Leben, es hat genau das, was mir im Moment so schrecklich fehlt.

Auf dem Spielplatz steigt der Lärmpegel mit der Anzahl der Kinder und der zunehmenden Gereiztheit der sie begleitenden Erwachsenen. Wer als Einzelner dazu kommt, muss sich seinen Stand erst erkämpfen. Wer mit Freunden oder als Gruppe das Spielfeld erreicht, kann sich gleich von Anfang an breit machen und das eine oder andere Gerät okkupieren. Schnell werden die Claims abgesteckt und beinahe im Fünf-Minuten-Takt ebenso schnell wieder neu gemischt und besetzt. Manche treten als Solokämpfer in die Arena und müssen sich ganz aus eigener Kraft behaupten. Andere lassen einen Elternteil als Schutzmacht eingreifen und andere Kinder aus dem zentralen Operationsgebiet vertreiben oder zumindest alle anderen argwöhnisch beobachten. Niemand auf dem Platz beachtet dagegen den Krankenwagen, der zwar ohne Blaulicht aber doch immerhin als eher ungewöhnlicher Mitspieler im alltäglichen Sommer-Park-Gewusel langsam den zentralen Weg entlang fährt, anhält, und zwei weiß-rot gewandete Sanitäter ausspuckt, die ein paar Worte mit den herum stehenden Leuten sprechen und sich dann, die Knie gebeugt, der Frau widmen, die – kurz zuvor mitten auf dem sonnigen Weg zusammengebrochen ist. Ein paar Fragen, ein Kopfschütteln, ein Nicken, ein paar Schlucke Wasser, aufstehen, stützen, nicken, einpacken. Nach ein paar Minuten scheint sie wieder in Ordnung zu sein. Die Sanis fahren ab, die Frau geht langsam mit kleinen Schritten ihrer Wege. Sonst ist weiter nichts geschehen. Das Übliche eben. Mamis mit Kinderwägen, Hundegassiführer, Jogger, Bänker mit und ohne Koffer, Kiffer und andere zwielichtige Typen, Alkis, alte Leute mit Hut und Mantel, obwohl die Sonne scheint. Türken, Männer, Frauen Kinder, die auf der Wiese lagern mit Einweggrill und Fladenbrot. Eine Gruppe Chinesen oder Japaner, die irgendjemandem nachlaufen. Studenten mit Büchern und Tablets auf den

Bänken. Hunde. Freundinnen, eingehakt, diskutierend. Ein Paar, das sich streitet wie zu Hause. Omas mit Enkeln und Eimer und Schaufel auf dem Weg zum Spielplatz. Opas mit Dackel. Eine Punkerin mit Ratte. Eine unscheinbare Blondine, die ihren Papagei auf der Schulter spazieren führt. Eine Kindergruppe im Freizeitprogramm, Teebeutel-Weitwurf im Schatten der mächtigen Eichen. Ein Schlacks mit Riesencellokasten auf dem Rücken. Es ist zu heiß. Ich werde wieder zurück fahren in die Stille meines Hauses. Ich werde meinem Hund den Nacken kraulen und die Bilder des Tages vor meinem inneren Auge vorbeiziehen lassen. Lachende, spielende, streitende Kinder, eine bunte Mischung sehr individueller Erwachsener, das unspektakuläre Gemisch eines gewöhnlichen Sommernachmittages. Das Licht der Welt. Und das Kollabieren einer Frau in der flimmernden Hitze am Rand der großen Wiese. Na ja, sie hat's wohl offenbar gut überstanden.

Wieder schweißgebadet aufgewacht. 3:30 Uhr. Der ganze Nacken klebt. Die Füße wie Eiswürfel, wie tot. Aber der ganze Nacken. Eine ewige Minute stocksteif im Bett. Dann raus, stolpern über Decken, Schuhe, Bücher, Papiere, tasten an der Wand lang bis zum Lichtschalter. Grelles Nichts. Augen verkniffen zu und durch. In die Küche, Wasser aus dem Hahn über der Spüle trinken, läuft die Kehle runter innen wie außen, erschrickt im Magen und zerläuft im Kragen. Schuhe, Strümpfe, Hose, Shirt und Pulli, Jacke, Mütze, Tasche, Schlüssel, raus. Die Tür ganz leise zu, über die knarzenden Treppenstufen, am klebrigen Handlauf entlang bis unten, wo der Boden eben wird, vorbei am orange glimmenden Treppenhauslichtschalter bis zur Glastür, hinter der die

Nacht leise wartet. Rechts rum, immer der Nase lang, zweimal um die Ecke, einmal über die Straße bis vorne zur Apotheke. Das rote A leuchtet wie ein Leuchtturm durch den leisen Nieselregen. Aber die Fenster sind dunkel. Weiter, es sind keine zehn Minuten bis zu meiner Garage. Liegt ganz unscheinbar hinten in einer Einfahrt. Eine Firma im Hinterhaus. Ein Vorderhaus, Rechtsanwalt, WGs in den oberen Stockwerken. Ab und zu die eine oder andere Anfrage, ob ich nicht die Garage, wo ich doch so selten Auto fahre und überhaupt, weil hier in der Stadt und so weiter. Tut mir leid Leute, ich hab einen Vertrag über viele Jahre, schon im Voraus bezahlt. Ich brauche diese Garage. Da hab ich meine Sachen. Und meinen Rucksack.

Gestern um diese Zeit war ich wach, so wie immer, jeden Tag, jede Nacht. Gestern war es wie immer, ein tiefes schwarzes Loch, tiefer und schwärzer noch, viel tiefer als die Nacht selbst. Ich hatte noch nicht geschlafen, war wach und unruhig und irgendwas war anders als sonst zu dieser Stunde. Ich kramte in meinen Sachen, zusammengehefteten Zettelsammlungen, handschriftlichen Notizen, Visitenkarten, Telefonnummern. Telefonnummern. Ein Zettel mit einer Telefonnummer. Ein Name: Damian. Ein Weg. Ein möglicher Weg, lange überlegt, immer wieder in Versuchung, nie den Mut gehabt. Damian. Der Versteher. Der, den man immer fragen kann, der immer zuhört, der immer Antwort weiß. Hunderte Male habe ich ihm schon zugehört, habe atemlos die manchmal unfassbaren Geschichten gehört, die ihm seine Hörer am Telefon erzählen und die dann, einmal losgelassen, wie wilde Hunde durch die Welt hetzen, hechelnd, geifernd, zähnefletschend. Aber auch manchmal ganz tief beruhigend, wenn es gelang, eine Balance zu finden zwischen den Nöten der Anrufer und den Worten des Night-Talkers. Dann fing sich meine Angst, dann kam ein

Funken Mut, ein Fitzelchen Zuversicht. Beim nächsten Mal versuche ich es auch. Dann, oder später, irgendwann. Irgendwann bin ich bereit. Ich auch. Dann rufe ich an.

„So meine Lieben, da sind wir wieder, willkommen bei Damian, willkommen beim 1 Live-Talkradio. Schön dass ihr auch da seid ... und heute Nacht haben wir, ja eine Themennacht und das Thema heute Nacht heißt: Darum dreht sich mein Leben. Ich möchte gerne mit euch darüber sprechen, was euch das absolut Wichtigste ist, ja das kann ja zum Beispiel sein, dass sich euer Leben ausschließlich um Geld äh dreht, dass Geld das Wichtigste ist. Das Leben dreht sich um die Gier nach Geld und vielleicht auch nach Erfolg, Karriere oder Ruhm oder vielleicht äh dreht sich euer Leben um eine Sucht. Vielleicht ist ein Mensch äh das Wichtigste in eurem Leben, vielleicht auch ein Tier oder ein Gegenstand. Was auch immer – wenn ihr gerne darüber mit jemandem sprechen wollt und mir das erzählen möchtet, dann meldet euch: Telefon-Nummer *0800-225050* oder mailt uns unter *Damian@WDR.de*. Darum dreht sich mein Leben. Meine erste Anruferin ist Rebecca und Rebecca ist 43. Hallo, Rebecca."

„Hallo, Damian."

„Ja, Rebecca, schön dass du da bist. Zum Thema darum dreht sich mein Leben ..."

„Ja ... mein Leben dreht sich ... also ich hab mir das nicht ausgesucht, dass sich mein Leben darum dreht ... dass ich jede Nacht aufwache und keine Luft kriege."

„Du bekommst keine Luft, sagst du. Ist das jede Nacht so?"

„Das ist jede Nacht so seit mehr als 30 Jahren."

„Seit mehr als 30 Jahren??! Du wachst seit 30 Jahren jede Nacht auf und bekommst keine Luft? Bist du krank?

Hast du das mal untersuchen lassen? Hast du dein Herz äh deine Lunge und so einmal wirklich gründlich ...“

„Ja ... nein ... also das hat nichts mit körperlichen Sachen zu tun. Ich bin immer fit und gesund gewesen, ich bin sehr schlank, also nicht übergewichtig, normaler Blutdruck und so weiter ...“

„Ja, ja aber Moment, das klingt ja schon nach einer ganz massiven gesundheitlichen Beeinträchtigung was du da schilderst.“

„Es ist mehr eine Beeinträchtigung meiner Lebensqualität. Es ist eine Art Spannung, wie eine totale Lähmung, die mir die Luft zum Atmen nimmt. Und ich kann mich dann fast überhaupt nicht bewegen für ein paar Minuten, dann liege ich stocksteif im Bett, schweißgebadet, manchmal zittert mein ganzer Körper wie verrückt, dass das ganze Bett rumpelt und wackelt. Ohne dass ich das irgendwie kontrollieren kann.“

„Äh, Rebecca, entschuldige, wenn ich da noch mal nachhake, aber das klingt mir doch ganz stark zum Beispiel nach einem Anfall, einem vielleicht epileptischen Anfall ...“

„Nein, Damian, nein, du hast mich nicht verstanden. Ich wache jede Nacht auf und zwar fast immer genau zwischen zwei und drei Uhr. Ich werde geweckt von einem inneren Wecker und der steht seit meiner Kindheit wie festgenagelt auf dieser Uhrzeit und weckt mich mit einem Gefühl der absoluten Ohnmacht und Panik. Mein Körper reagiert nur auf dieses Gefühl mit Schweiß und Zittern und all dem. Aber die Ursache ist dieses Gefühl.“

„Was, was für ein Gefühl ist das genau? Beschreib es uns.“

„Wie ich schon sagte, es ist eine absolute Ohnmacht, es lähmt mich und macht mich vollkommen hilflos und klein.“

„Du sagst, das ist so seit deiner Kindheit. Was war in deiner Kindheit? Was war da los? Und was war nachts um drei Uhr? Oder um zwei Uhr?“

„Ich glaube, das sind verschiedene Dinge. Ich weiß nicht genau. Es ist alles wie in einem zähen grauen Nebel verpackt. Ich weiß oder ich ahne, was da war, aber ich kann es nicht wirklich erkennen, nicht wirklich sehen. Ich fühle bloß dieses furchtbare Gefühl, das sich in diesem Nebel versteckt.“

„Nochmal Rebecca, was genau fühlst du oder was siehst du dort in diesem Nebel. Hast du vielleicht eine winzige Ahnung, irgendeinen Hinweis, was sich dort verbirgt?“

„Nein, das weiß ich nicht. Was ich aber weiß oder was ich vielmehr ahne ist, dass es dort Farben gab.“

„Phasen? Was für Phasen?“

„Nein Farben, einfach Farben. Rot, grün, blau, gelb, einfach Farben, so wie sie jeder anscheinend sehen kann. Nur ich nicht.“

„Du siehst keine Farben?“

„Nein, ich sehe keine Farben. Schon seit vielen Jahren nicht. Seit meiner Kindheit nicht. Oder nicht mehr. Es ist nichts mit den Augen, Damian, es ist etwas dahinter. Es ist etwas, das meine Welt wie in ein trübes, graues Wasser taucht. Ich kenne das gar nicht mehr anders. Grau in grau, alles grau in grau. Nur ganz tief in mir drin gibt es so etwas wie eine Erinnerung daran, dass es einmal anders gewesen sein muss. Und das alles, dieses Aufwachen, diese Lähmung und dieses Fehlen der Farben, das hängt irgendwie alles zusammen. Furchtbar zusammen.“

„Das hört sich schlimm an, Rebecca, sehr schlimm. Und ehrlich gesagt, von so etwas habe ich noch nie etwas gehört. Du bist sicher, dass du nicht farbenblind bist?“

„Nein Damian, wenn du farbenblind bist, dann kannst du zum Beispiel grün und rot nicht unterscheiden, aber andere Farben sind da wie für alle anderen Menschen auch. Ich aber sehe überhaupt keine Farben."

„Aber du weißt, was Farben bedeuten, also was Farben sind, oder?"

„Ja das weiß ich. Aber es gibt irgendeinen Grund, dass ich sie nicht sehen kann. Und ich habe das Gefühl, es ist derselbe Grund, warum ich nicht schlafen kann mitten in der Nacht."

„Rebecca, hast du einmal mit einem Psychologen oder einer Psychologin darüber gesprochen? Hast du dir Hilfe geholt mit diesem Problem?"

„Ach, Damian, das ist eine lange Geschichte ..."

„Erzähl sie uns, Rebecca. Ich höre dir zu."

Stöhn! Zwei Bier im Sessel vor dem Radio, das war ja abzusehen gewesen und drückt nun auch schon seit einer ganzen Weile. Wie so oft, wenn ich nicht schlafen kann, switche ich zwischen den Sendern herum und bin wieder einmal beim Late-Night-Talk-Radio hängen geblieben, nicht gerade mein Lieblingsprogramm aber dann und wann immerhin für die eine oder andere Überraschung gut. Aber jetzt meldet sich meine Blase mit einer solchen Dringlichkeit, dass es keinen Aufschub mehr duldet. Quäle mich aus dem bequemen Sitz, schlüpfe im Halbdunkel noch schnell in meine Hausschlappen und flappe über den Laminatflur zum Klo, wo ich mit einem erleichterten Seufzer den Strömen ihren freien Lauf gebe. Aaaaah! Endlich! Es läuft gut, richtig gut und könnte ruhig noch länger so laufen. Erst dieser Druck, dann dieses verbissene Einbehalten und schließlich die Kapitulation, die Flucht zum stillen Örtchen und dann das erlösende Loslassen. Boaaaaah! Gerade noch mal so geschafft. Nochmal kräftig den Pullermann geschüttelt.

Man kann ihn schütteln, man kann ihn klopfen, in die Hose geht doch der letzte Tropfen! Haha. Aber nicht bei mir! Ich hab mich im Griff, kann man so sagen. Alles im Griff, alles paletti. Hier kommt Erik, auf dem Weg zurück ins Radio-Jammertal. Noch schnell im Vorbeigehen ein Bier aus dem Kühlschrank abgegriffen, den Rest aus der Chipstüte in das fast leere Schälchen geschüttet und weiter geht's. Hello Mister Damian, I'm back again! What's up next?!

„Das kann sein, Damian, das denke ich auch schon, nicht schön. Aber ich weiß es nicht genau. Ich komme da nicht wirklich ran. Immer wenn ich daran denke und mich frage was genau da war, dann ist es als ob mein Kopf und mein Denken plötzlich stehen bleibt. Einfach stehen bleibt."

Mist, jetzt hab ich wohl das Beste verpasst! Lange Geschichte, lange Pause. Ok. Manchmal geraten diese Anrufer, vor allem die Frauen, aber auch so ins Schwätzen, dass man sich wünscht, der Moderator würde mal ein bisschen Dampf machen und die ganze Sache etwas auf den Punkt bringen lassen. Na ja, vielleicht kommt ja noch was Interessantes bevor die oder der Nächste dran ist, man weiß ja nie ...

„Dein Kopf kann oder will sich nicht erinnern, aber dein Körper erinnert sich ja ganz offensichtlich an etwas, was damals vorgefallen ist."

„Ja. Ich kann dann, ich steh dann meistens auf, wenn meine Beine wieder funktionieren. Ich bin dann wie so eine Stockpuppe, mit einem Stock in der Mitte, total steif und ich stütze mich dann überall ab und versuche rumzulaufen bis ich dann so einigermaßen gerade und wieder aufrecht stehen und gehen kann und meistens ziehe ich mich dann an und gehe raus, egal bei welchem Wetter und gehe um den Block oder auch weiter durch die Stadt bis sich irgendwann diese Steifheit dann allmählich wieder löst."

„Meine Güte, das klingt ja wie in einem Horrorfilm. Und das geht so jede Nacht?"

„Jede Nacht, Damian, jede Nacht. Und ich weiß wirklich nicht, wie lange ich das noch aushalte, verstehst du? Wie lange soll ich das noch aushalten?"

„Rebecca, du hast jetzt eine Tür geöffnet, du hast uns erzählt, was damals wahrscheinlich vorgefallen ist und du ahnst auch, wer oder was dafür verantwortlich sein könnte. Und du sagst, dass du das alles nicht mehr aushalten kannst und aushalten willst. Dass du dein Leben wiederhaben möchtest, dein Leben und deinen Schlaf."

„Und die Farben."

„Richtig, und die Farben."

„Ich möchte einfach das Recht haben, so zu fühlen und so zu sein wie alle anderen. Einfach ein eigenes Leben zu leben. Ohne diesen schrecklichen Druck. Ohne Angst und ohne diese furchtbaren Zustände."

„Also Rebecca, ich habe es schon gesagt und ich sage es gerne noch einmal: Tu was. Das ist alles was ich dir sagen kann. Tu was, denn du hast Kraft und Mut und du kannst es schaffen. Du wirst das sonst nicht loswerden. Du must dich jetzt befreien und du hast absolut das Recht dazu, also tu was."

„Ja. Danke Damian. Danke. Das ... genau das habe ich gebraucht. Ich danke dir."

„Alles Liebe, alles Gute, Rebecca. Wenn du willst, kann ich dir gerne noch ein Gespräch mit meinem Psychologen anbieten. Wir rufen dich dann zurück und du kannst im Hintergrund noch einmal ganz in Ruhe mit meinem Psychologen überlegen…“

„Danke Damian, danke. Aber ich glaube, ich weiß jetzt, was ich zu tun habe. Ich glaube, ich weiß es jetzt. Ich habe nur darauf gewartet. Danke. Tschüss Damian. Du hast mir die Tür aufgehalten. Und da gehe ich jetzt durch. Da gehe ich jetzt durch. Und ich gehe nie wieder zurück …“

Es war nur eine unscheinbare Kleinanzeige, ohne Logo, ohne fette Überschrift. Bioenergetische Selbsterfahrung, wöchentliche Gruppen-Termine, Therapie-Wochenenden, Telefonnummer. Offenbach. Nicht gerade das Mekka der zeitgemäßen Alternativ-Angebote. Aber umso besser. Dann trifft man wenigstens niemanden, den man kennt. Dann also Offenbach.

Das erste Treffen. Ein gutes Dutzend Leute, so etwa von zwanzig bis zu meinem Alter, Frauen wie Männer. Ein geräumiger Raum in einem Hinterhof, dritter Stock mit Aussicht auf Garagen, Parkplätze, unscheinbare Häuserrückseiten, verschachtelte Dächer, sogar ein paar Bäume. Unspektakulär. Uneinsehbar. Irgendwie diskret. Und ich kenne niemanden hier, zum Glück. Es wird ein Kreis gebildet, alle stellen sich kurz vor, nur mit den Vornamen, ein paar Worte zu Beruf, Familie, Beziehungsstatus, Alter und dem Grund, warum wir hier sind. Ich halte es knapp: Rebecca, 43 Jahre, abgebrochene Jura-Studentin, verhinderte Psychologie-Studentin, geflüchtete Soziologie-Studentin, verschiedene Jobwechsel und Auszeiten, keine Familie, keine Kinder, keine Beziehung. Und ich bin hier, weil ich jede Nacht aufwache und keine Farben sehen kann. Ungläubiges Anstarren. Schon tut es mir leid, so viel von mir preisgegeben zu haben. Aber die anderen tun's ja auch, manche gleich so raumgreifend, dass ihnen Einhalt geboten werden muss. Joss, unser Gruppenleiter/Therapeut stellt sich ebenfalls vor: Verschiedene Ausbildungen eher jenseits des akademischen Mainstreams und Fachmann für Methoden, von denen ich noch nie gehört habe. Ist aber scheinbar weit rumgekommen, erfahren in verschiedensten Konstellationen und will nun hier eine erste Gruppe in der Stadt aufbauen. Erwarte das Unerwartete ist sein Motto. Er trägt das alles mit ruhiger Stimme vor, unaufgeregt und irgendwie in sich ruhend. Das schafft erst mal Vertrauen. Vielleicht auch deshalb, weil er irgendwie in kein Schema passt. Seine langen, zu einem Pferdeschwanz zusammengebundenen Haare haben etwas von einem esoterischen Guru, sein gebügeltes schneeweißes Hemd eher was von einem Bänker, seine sachliche Stimme erinnert an Fachlehrer und sein verbindlicher, zugewandter Tonfall hat etwas von einem Pfarrer oder Großvater. Ich bin selbst überrascht, wie leicht er mich für sich einnimmt. Meine sonstigen Sicherungssysteme scheinen gerade auf Urlaub zu sein, kein Alarmlämpchen leuchtet auf, keine Sirene setzt zum Heulen an, keine unsichtbare Hand kneift mich in die Seite. Nichts. Bei den Anderen weiß ich noch nicht so recht, es ist seltsam, vor fremden Leuten plötzlich über Dinge zu reden, die man noch nicht mal für sich selbst so richtig offengelegt hat. Aber ums Reden soll es hier wohl gar nicht so sehr gehen, wenn ich Joss richtig verstanden habe. Er versucht uns zu erklären, dass es bei seinem Ansatz nicht wie bei der klassischen Psychoanalyse um eine Gesprächstherapie gehen wird, sondern viel mehr um Körperarbeit. Wir sollen erfahren, wie sich Gefühle und Blockaden in unserem Körper manifestieren, wie man sie hervorkitzeln und bearbeiten kann und darüber anschließend, wenn wir wollen und können gemeinsam reflektieren. Alles in diesem geschützten Rahmen ohne Druck und ohne Zwang, ganz so wie es uns unsere innere und äußere Verfassung erlaubt und vorgibt. Klingt erst mal komisch. Aber gut. Hier werde ich zu nichts gezwungen, alles ist freiwillig, ich kann aufhören oder unterbrechen, wenn's mir zu viel wird, ich muss nichts sagen, wenn ich nicht will. Und ich kann jederzeit gehen. Gut. So weit, so gut. Und es kann nichts Schlimmes passieren, sagt er. Auch gut. Mein Herz sagt ja. Oder vielmehr, es sagt erst mal gar nichts. Gelassenheit oder die Ruhe vor dem Sturm? Ich lasse es zu. Meine Neugier ist geweckt und will wissen, was kommt. Will wissen, ob hier ein Schlüssel liegt zu meinen inneren Zuständen, zu den nächtlichen Panikattacken, zum Fehlen meiner Farben.

Wir starten mit ein paar leichten Lockerungsübungen, atmen bewusst und versuchen, uns ganz auf das hier und jetzt einzulassen. Alle scheinen entspannt und neugierig dabei zu sein. Jedenfalls soweit ich es überhaupt sehe, denn ich bin nicht wirklich bei den anderen, ich bin ganz bei mir und bei den Worten von Joss, der mit langsamen Schritten barfuß außen um den Kreis schreitet und mit tiefer Stimme seine Anweisungen gibt. Es tut gut, einfach so dazustehen und an nichts als an den eigenen Atem zu denken. Wir vergrößern den Abstand zueinander, brechen den Kreis auf und verteilen uns frei im Raum, jeder steht nun für sich allein. Leichte Unruhe beginnt meinen Bauch zu straffen. Jetzt locker bleiben, es ist ja noch gar nichts passiert. Aber der Bauch bleibt fest. Nun gut, wird auch so gehen. Bin etwas abgelenkt von meinen Gedanken und höre kaum zu, was Joss sagt. Jetzt erklärt er uns wohl die erste Übung. Wir stellen die Beine etwas auseinander und gehen leicht in die Knie, den Oberkörper weiter aufrecht. Na ja, bequem ist das nicht, aber gut, mal sehen was dann kommt. Warten was dann kommt. Warten. Joss steht für mich unsichtbar irgendwo hinter mir und schweigt. Die Oberschenkel beginnen zu schmerzen. Er könnte jetzt mal langsam zum nächsten Schritt kommen. Nichts. Wir stehen da wie Statuen. Die ersten Seufzer werden laut. Erste Fragen nach dem wie lange noch? Nichts. Die Oberschenkel schmerzen stärker, die Waden ebenfalls, der Rücken spannt sich wie ein Bogen, der darauf wartet, seinen Pfeil endlich mit aller Wucht zu seinem Ziel abzuschicken. Aber zu welchem Ziel?! Nichts. Keine Anweisungen. Ich stöhne. Das geht mir zu weit. Das kann doch nicht gut sein. Wozu soll das gut sein? Das tut einfach nur weh. Scheiße verdammte. Worauf hab ich mich hier bloß eingelassen? Ich fange an zu zittern. Ich fange an zu schwitzen. Ich fange an zu zweifeln. Soll ich das wirklich so weiter machen? Soll ich dabeibleiben? Soll ich abbrechen? Die anderen zittern auch, stöhnen, brummen, schwitzen. Ich kann nicht mehr. Ich will das nicht mehr. Bin kurz davor, aufzugeben. Aber ich will nicht die Erste sein, die das Handtuch wirft. Jetzt aber. Gleich. Oh Scheiße tut das weh. Ich hebe die Hände, öffne den Mund, da spricht Joss, sagt, wir sollen weiter dranbleiben, nicht aufgeben, abwarten, was unser Körper uns sagen will. Mein Körper sagt mir ganz klar, was er will. Mein Körper stöhnt, mein Körper weint, mein Körper schreit: Aufhören, aufhören, bitte bitte bitte aufhööööören – und da jagt ein Blitz durch mich hindurch, mitten durch, ich stehe da und schreie, meine Stimme überschlägt sich in panische Höhen, alles dreht sich, verdunkelt sich um mich, Tränen schießen wie scharfe Pfeffersoße in meine Augen, ich tobe und schreie und weine und bebe wie ein wildes Tier, wie ein kleiner hilfloser Hund, der einfach in Stücke gerissen wird. Ich sehe Schmutz, Dreck, überall Dreck, in den dunklen Ecken Dreck und überall herumliegende Sachen, Dreck, Bierdosen, alte Decken, Gummistiefel, Besenstiele,

Bretter, Dachpappe, leere Blumentöpfe, Jacke, Hose, Hände, Fenster, Fensterladen, Papier, Ofen, Brennholz, Teppichfliesen, Aschenbecher, Zigaretten, Bambustisch und Plastikdecke, Spinnenweben, Holzbalken, Schweißperlen, Bartstoppeln, Spuckefäden, dreckige Fingernägel, ich rieche, ich will nicht aber ich rieche schales Bier, Rauch und Schweiß, Sägemehl, Gummi, feuchte Erde, alte Socken, alte Salami, Schwefel, Schnaps und Mäusekot, ranzigen Speck, feuchte Handtücher, heiße Luft, Aquariumwasser, Pfefferminzkaugummi ... und da kommt es mir hoch, ich schaffe es gerade noch mit meinen schmerzgelähmten Beinen raus aus dem Raum, stakse unbeholfen bis zum Klo und kotze mir die Seele aus dem Leib, sinke zitternd auf die kalten Fliesen, spüre das Brennen in den Beinen und im Hals und lasse alles laufen was laufen muss. Ich fühle mich wie umgestülpt, mein Inneres hängt in Fetzen nach draußen und tropft zitternd aus mir raus. Bilder jagen wie Blitzlichter durch meinen Kopf. Ist das der berühmte Film, der einem das ganze Leben in rasender Geschwindigkeit vor Augen führt kurz bevor man stirbt? Sterbe ich jetzt? War es das schon? Nein. Es ist kein Film, nur Bilder, nur ein Zucken, ein Flackern, ein Nachbeben meiner explodierten Nerven. Es wird schon ruhiger. Gleich ist es vorbei. Gleich habe ich es geschafft, so wie ich immer alles geschafft habe. Ich weine wie noch nie in meinem ganzen Leben. Ich weine und weine und spüre plötzlich wie eine warme Welle mich erfasst, mich wiegt und schaukelt und in die Arme nimmt ...

Ich recherchiere gerade über diese ganze komische Therapie-Szene, die sich in der letzten Zeit im ganzen Rhein-Main-Ballungsraum breit macht und wahrscheinlich auch in anderen Großstädten. Überall sprießen neue Konzepte, Methoden und Gruppenangebote wie Pilze aus dem Boden. Du kannst dich von Neo-Kelten mit pseudo-heiligen Ritualen heilen lassen oder von irgendwelchen obskuren hawaianischen Gesängen betören und in Trance singen und tanzen lassen von Leuten, die weder Hawaianer noch jemals dort gewesen sind. Du kannst göttliche Reiki-Energie von wo auch immer anzapfen lassen, du kannst kleine Zuckerkügelchen fressen, in denen nichts drin ist, Bachblütenessenzen auf die Zunge tropfen, wenn's dich irgendwo zwickt, Holzstäbchen werfen und Wunder was darin erkennen, du kannst schamanischen Rauch inhalieren, elektronische Sphärenmusik durch dein Hirn schicken, kannst dutzenden von selbsternannten Therapie-Gurus folgen oder auch gleich irgendeiner neuen Religion beitreten oder den Scientologen dein ganzes Geld in den Rachen werfen. Überall Angebote, Gruppen- und Einzelsitzungen, Gesprächs-, Tanz-, Trommel- oder Töpfer-Therapie, Tantra, Gruppenkuscheln, Urschrei oder verstreute Reste der Bhagwan-Osho-Gemeinde. So viele Kranke und gestörte Menschen gibt es doch gar nicht wie Therapeuten und Gurus, die diese Leute angeln und behandeln, vor allem aber ihnen das Geld aus der Tasche ziehen wollen.

Es ist, als teile sich die Welt in zwei Hälften: Die einen, die sich krank oder irgendwie auf der Suche nach irgendwas fühlen und die anderen, die sich berufen sehen, der anderen Hälfte ihre Dienste angedeihen zu lassen. Klingt nach einem stabilen Gleichgewicht der Interessen, ist aber doch nichts anderes als ein gigantischer Beschiss auf Kosten Ahnungsloser. Aber was heißt schon ahnungslos? Man kann sich ja andererseits überall informieren. Selten gab es neben der ganzen Fülle der esoterischen Ratgeberflut auch so viele gute und kritische Aufklärungsbücher und Artikel, die dem ganzen Zirkus erbarmungslos den Spiegel vorhalten. Aber die lesen die Betroffenen anscheinend nicht, sonst würden ja nicht so viele drauf hereinfallen. Die Frage ist, wer schreibt das und wer liest das? Die alte Frage: Wie erreichst du die, die du erreichen willst? Es sind derart verfeindete Lager, derart fremde Kulturen und Lebenskonzepte, dass es da kaum eine Schnittmenge zu geben scheint. Die Kritischen, die Skeptiker gehen nicht zu den Gurus und die Gurugänger lesen keine kritischen Untersuchungen über ihre Lieblingsheilmethode. Jeder will, dass seine Welt so bleibt, wie sie ist. Keine Irritationen bitte. Keine Blicke links und rechts vom jeweiligen Mainstream. Bitte nur Bestätigung, keine Fragen und schon gar keine unerwünschten Antworten. Da ist es nicht leicht, als Journalist einen Fuß in die Tür zu bekommen. Entweder du rennst ohnehin offene Türen ein, das fühlt sich gut an, bringt aber nichts. Oder du stehst vor verschlossenen Türen und kommst einfach nicht rein. Das bringt auch nichts. Und in der Zwischenzeit machen alle so weiter wie gehabt, die Esoteriker werden immer esoterischer und die Kritiker werden immer kritischer, immer weiter voneinander entfernt. Und ich sitze mal wieder zwischen allen Stühlen. Schließlich will ich ja auch mein Geld damit verdienen über solche Sachen zu schreiben. Die Frage ist nur für wen? Man müsste eine Brücke schlagen, irgendwas dazwischen finden, eine Verbindung zwischen kritischer Analyse und unkritischem Nachlaufen. Am allerbesten wäre ein Aussteiger oder eine Aussteigerin, da könnte man ein ganzes Buch draus machen. Aber wie findet man so jemanden? Sich als Ghostwriter anbieten per Zeitungsanzeige? Leute ansprechen auf Esoterik-Messen? Aber da findet man doch sicher keine Zweifler sondern nur Anhänger. Vielleicht muss ich da selber ran. Wenn ich schon keinen Aussteiger finde, muss ich eben selber erst einsteigen, den ganzen Schwachsinn mal eine Zeit lang mitmachen und dann wieder aussteigen. Dann bin ich sozusagen selbst Betroffener und Insider und weiß, wovon ich sprechen und schreiben kann. Das wirkt authentisch und glaubhaft und hat dazu noch diesen Touch ins Gefühlsbetonte, hat was mit Leiden und Mitleiden zu tun, mit dramatischen Traumata und nicht weniger dramatischen Trennungen. Wäre nicht schlecht. Vielleicht kann ich da was richtig Großes draus machen, auch wenn's erst mal Zeit und Nerven kostet, da mit hineinzugehen und sich, jedenfalls oberflächlich, voll darauf einzulassen. So eine Art Undercover-Reporter á la „Ganz unten" von Wallraff, nur ohne Verkleidung, ohne Mimikri, ganz echt und voll aus dem eigenen Leben. Das gefällt mir. Das klingt nach Abenteuer. Und nach Schotter. Das mach ich.

Keine Ahnung, wie lange ich da gesessen habe auf dem kalten Fliesenboden, die Beine angewinkelt, die Arme auf der Kloschüssel, den sauren Geruch in der Nase, die Lippen rau von eingetrockneten Resten meiner inneren Eruption. Wie in Trance drücke ich den Spülknopf, stütze mich mühsam auf, taste mich an den glatten Kabinenwänden bis in die Senkrechte, drücke mich durch die halboffene Tür, dann zum Waschbecken, ein bisschen kaltes Wasser ins Gesicht und den Mund abgewischt. Blick in den Spiegel zeigt ein ganz fremdes Gesicht, verheult, verbeult, verwuschelt. Und trotzdem, irgendwie auch fest und ungewohnt hart. Ich blicke fast durch mich hindurch, starre Löcher in die Luft, verliere mich schon wieder im Echo dessen, was da gerade passiert ist. Und warte einfach ab, bis das Echo verklingt, stelle mir die hohen Bergwände vor, wie sie das Echo als kleinen, winzigen Tischtennisball von einer Seite zur anderen weitergeben, bis es unhörbar und unsichtbar in weiter Ferne ganz einfach verschwindet. Mein Atem ist nun ganz ruhig, meine Beine wieder fest und stabil, mein Herz ohne Panik und meine Hände kühl und stark. Noch mal tief Luft geholt, den Rücken gestreckt und ein fester, entschlossener Blick in den Spiegel. Das bin ich. Nicht schön, nicht hässlich. Nicht gut, nicht böse. Nicht stark, nicht schwach. Aber Hauptsache ich. Ich und niemand sonst. Und dann sehe ich dieses Grinsen. Hinter mir, im Spiegel. Dumm und dreist. Starrt mich einfach so an. Einer von den Typen aus der Gruppe. Nicht Joss, sondern ein anderer. Keine Ahnung, Name interessiert mich nicht. Starrt mich an und grinst blöde und sagt: „Na, isses wieder gut? Alles paletti die Dame? Kann ich helfen?“ So ein verdammtes, beschissenes, schleimiges Arschloch! Ich drehe mich um wie ein Panther im Sprung, knalle wortlos meine beiden Fäuste gegen seine Brust, dass er fast fliegt bis in die Ecke des Vorraums, rückwärts über den kleinen Plastikmülleimer stolpert und mit weit aufgerissenen Augen taumelnd langsam zu Boden sackt mit einem zutiefst beleidigten „Was denn?!?“- und ich bin raus, reiße gerade noch meine Jacke von der Garderobe, packe meine Tasche und dann nichts wie weg.

Ich bin dann auf diese Kleinanzeige gestoßen, ge-nau im richtigen Moment. Bioenergetische Selbsterfahrung, wöchentliche Gruppen-Termine, Therapie-Wochenenden, Telefonnummer. Offenbach. Na also. Starttermin nächste Woche, das nenne ich perfektes Timing. Ich also hin, ein gutes Dutzend Leute, Männer und Frauen, die meisten älter, aber macht nichts. Vorstellungsrunde. Ein paar ganz attraktive Ladies dabei, die Typen sehr gemischt. Egal, ich will ja hier nicht anbaggern sondern tiefenbaggern (muss ich mir merken den Spruch) im Sumpf der Eso-Szene und mal schauen, was ich da rausholen kann. Erst mal lassen alle ihre Probleme raus, wer sie sind, was sie machen und warum sie hier sind und so. Ich erzähle was von Lebenskrise und Orientierungsschwierigkeiten und schummle ein bisschen mit meinem Alter. Und dann geht's los mit Lockerungsübungen, bewusstem Atmen und Summen und sich eine schöne bunte Blumenwiese vorstellen mit all den Farben und Formen, den Blüten und Schmetterlingen und Bienchen und Vögelchen. Ich denke schon wo bin ich denn hier gelandet! Der Meister vorne macht eigentlich einen ganz normalen Eindruck auf den ersten Blick. Lange Haare mit Pferdeschwanz, na gut. Aber sonst – klare Ansagen, gute Strukturierung, gefällt mir eigentlich. Aber dann, der Hammer. Wir sollen uns in einer Art Kampfstellung irgendwo im Raum positionieren, Rücken gerade, Augen geradeaus, Beine leicht gebeugt. Und dann lässt der uns so stehen, gefühlte Ewigkeiten lang. Komme mir vor wie beim Bund, obwohl ich da nie war. Aber die werden da sicher nicht weniger hart rangenommen. Das hatte ich echt nicht erwartet. Ok, die Herausforderung steht, mal sehen, wer's hier am längsten aushält. Meine Beine haben zwar schon länger kein Fußball mehr gespielt, aber das jahrelange Kicken hat wohl doch ganz gut gewirkt. Jedenfalls stehe ich noch da wie 'ne Eins als schon die ersten Teilnehmerinnen das große Jammern anfangen und fragen, wann's denn zu Ende ist. Der Meister lässt sie hängen oder vielmehr stehen und gibt kein bisschen nach. Alle stöhnen und schwitzen und auch mir wird's jetzt langsam unangenehm. Aber ich will hier nicht gleich den Schwächling markieren und beiße die Zähne zusammen. Dann, ganz plötzlich, fängt eine Frau am anderen Ende des Raums an zu schreien, kein Jammern, sondern richtiges Geschrei, schrill und irgendwie völlig außer Kontrolle. Alle starren sie an, aber sie selbst scheint niemanden wahrzunehmen, kreischt immer weiter was von „aufhören, aufhören“ und rennt schließlich aus dem Raum. Die Anderen schauen sich etwas hilflos an, die meisten wohl einfach froh, dass diese Unterbrechung auch die Übung und damit den Schmerz jäh beendet hat. Alle lassen sich zu Boden sinken, sollen nun in einer ihnen angenehme Position zum Liegen kommen und einfach in sich hinein hören. Joss, der Meister, geht mal kurz raus und schaut nach der Schreifrau, kommt aber gleich wieder zurück und murmelt was von „Alles gut“. Na ja, ich muss dann auch mal für kleine Jungs, und wie ich so beim Händewaschen bin, sehe ich diese Frau im Spiegel bei den Damen am Becken stehen. Denke, ich frag mal nach und gehe zu ihr hin, sage ganz freundlich was von „Geht's wieder?“ oder so, da dreht sie sich um und ballert mir ohne Vorwarnung dermaßen ihre Fäuste in den Leib, dass ich völlig überrumpelt nach hinten taumele und dann auch noch über so einen scheiß Mülleimer stolpere. Gehe echt zu Boden vor einer Frau, die gut und gerne einen Kopf kleiner ist als ich. Aber wild entschlossen! Ist regelrecht explodiert. Ich war ziemlich sauer, weil ich mir beim Abgang auch noch den Kopf an der Kachelwand angestoßen habe, das hab ich jetzt echt nicht gebraucht. Aber keine Chance, was zu sagen, die Frau verlässt fluchtartig das stille Örtchen und ist weg, bevor ich noch was rausbringe. Ist vielleicht besser so, Scarface (sie hat eine feine Narbe direkt über dem linken Schlüsselbein, na ja, ihre Bluse stand offen), das wäre sonst wohl ein bisschen laut geworden. Blöde Kuh.

Autsch! Habe mir doch tatsächlich den Kopf gestoßen. Hier im Durchgang hinter den Kassen ist es ganz schön eng, da kommt diese Frau mit Sack und

Pack und einem aufgeblasenen Krokodil an mir vorbei gewalzt und ich mach so eine blöde schnelle Bewegung um ihr auszuweichen und bumms! Blöde Mutti. Ist so beschäftigt mit ihren Blagen, dass sie gar nicht checkt, was um sie herum passiert.

„Mammi, ich will erst ein Eis und dann ins Wasser!"

„Schanniiiien Schätzje, geh doch emal weider erst, un nimm den Kevin an die Hand!"

„Mammi ..."

„Geh weider, alls weider Schätzje, dann gugge mer mal"

Na ja, nach zwanzig Metern biegen die links ab auf die Bikiniwiese und ich kann weiter gehen über den Sandweg durch die Hecke und bin gleich in einer ganz anderen Welt. Hier sind kaum Muttis mit Kindern da, nur ganz vorne auf dem Sand, direkt am Wasser. Und die sind meistens eher ruhig. Gehe weiter an dem hölzernen Duschhäuschen vorbei, da zieht es mir wieder fast die Füße weg. Auf dem flachen Rasen hier oben bleibt oft ein bisschen Wasser vom letzten Regen stehen. Das wird dann nach ein paar Stunden schon zu einer kleinen aber gemeinen Schlammpfütze mitten im Weg. Wenn du da nicht aufpasst oder zu viel die nackten Leute um dich herum ansiehst oder den langen Spiegel, den irgendjemand vor Jahren schon an einen Baum gehängt hat, dann rutschen dir flutsch einfach die Füße weg.

Bin aber heute auch ein bisschen wackelig auf den Beinen. Nach dieser Horror-Sitzung in der Therapiegruppe hab ich tagelang Muskelkater in den Beinen gehabt. Und war innerlich wie rau aufgeschmirgelt. Irgendwas ist da passiert, auf das ich nicht vorbereitet war. Das ich aber auch nicht bestellt habe und eigentlich auch nicht haben will. So einen Zusammenbruch hatte ich schon sehr lange nicht erlebt, vielleicht auch noch nie. Und obwohl es fürchterlich weh tat und alles in mir durcheinanderbrachte, blieb doch am Ende so ein Gefühl, als hätte ich einen winzig kleinen Schritt in eine Richtung getan, die mir vorher gar nicht bewusst gewesen ist. Die ich auch noch lange nicht überblicke. Keine große Erkenntnis oder so, mehr eine Art Gefühl. Nein. Jetzt weiß ich's wieder. Es war ein kurzer Moment, ein klitzekleines Fenster, durch das ich hindurch geblickt habe, wahrscheinlich nicht mal für eine Sekunde. Als ich alleine da auf der Toilette hing und sich alles um mich herumdrehte, mein Innerstes nach außen durchbrach und ich mir die halbe Seele aus dem Leib gekotzt hatte. Ich weiß auch nicht wirklich, was ich da sehen konnte. Ich weiß nur eins: es war bunt.

Jetzt inzwischen ist wieder alles grau in grau. Hab aber auch die Sonnenbrille noch auf, obwohl hier oben unter den Bäumen viel Schatten ist. Selber doof, so verdunkelt durch die Gegend zu laufen und darum fast nichts zu sehen.

Nicht, dass es hier nichts zu sehen gäbe. Aber dafür kommt hier wirklich keiner her, auch wenn das die Leute von außerhalb der FKK-Zone immer denken. Alles Quatsch. Wo du nur von Nackten umgeben bist, da ist das der Normalzustand. Alle sind so, alle sind gleich. Nicht gleich hübsch, nein, nicht gleich sexy oder attraktiv. Aber genauso ist es doch auch auf dem Bahnsteig. Du siehst was du siehst und du denkst was du denkst. Bei den Nackten kannst du über deine Steuererklärung nachdenken, wenn dir gerade die tollsten Körper entgegen schlendern. Und auf dem Bahnsteig kannst du über die wildesten Sex-Szenen nachdenken, wenn du gerade umgeben bist von einer Gruppe fast gleichaussehender asiatischer Touristen in blaugrauen Anzügen. So what?!? Ich komme hier her, weil ich hier meine Ruhe habe, auch wenn es voll ist und alles um mich herum quatscht und telefoniert oder diskutiert oder schmatzende

Sonnenmilch über die sandige Haut schmiert. Ich komme auch her um mich umzuschauen, klar. Aber nicht um mich aufzugeilen. Ganz bestimmt nicht. Wenn etwas sicher ist, dann das. Ich studiere. Ich beobachte die Menschen, wie sie miteinander umgehen, wie sie sich streiten, aneinander vorbeireden, Banalitäten breitwalzen oder von Sachen reden, bei denen ich kein Wort verstehe. Und ich komme auch um zu schauen. Wie verschieden die Leute aussehen, wie sie gehen, sitzen, sogar wie sie liegen. Jeder anders, jeder ganz für sich. Kein Mann ist wie ein anderer, keine Frau gleicht einer anderen. Gerade weil hier auch viele nicht mehr so junge und glatte Leute hin gehen. Um die zwanzig herum sehen alle Körper aus wie ein unbeschriebenes Blatt, glatt und rein, ohne Fältchen und all das. Höchstens mit Tattoos verziert. Für alle diejenigen, die es einfach nicht aushalten können, sich so unbefleckt zu präsentieren, so als ob gerade ihre Makellosigkeit als Makel erschiene, als Ausweis ihrer Ahnungslosigkeit, ihrer mangelnden Erfahrung, ihrer noch ungeschlagenen Schlachten, ihrer Harmlosigkeit. Sie wollen Geschichte, wollen schon Helden sein lange bevor es richtig in den Kampf geht, sie wollen von großen Taten künden, die sie womöglich niemals werden tun können in ihrer behüteten Schickimickiwelt. Kein Leben in Sicht, das ihnen ehrbare Narben zufügen, etwas Außergewöhnliches abverlangen, sie zu etwas Besonderem herausfordern kann. So müssen sie sich ihre Drachenhaut selbst zulegen mit Hilfe einiger dämlich dekorativer oder martialisch bombastischer Hautbilder, deren Eingravierung dann wenigstens ein kleines Bisschen weh getan haben wird. Seht her, sagt dann das Bildchen, ich zeige euch, wer hier hinter der glatten Kinderhaut versteckt ist. Keiner wie du, sondern ein ganz besonderer. Der dann wieder fast wie alle anderen aussieht, wenn's alle so machen. Ach wir erbärmlich. Ich brauche das nicht. Ich brauche keinen Ausweis meiner Lebensgeprüftheit. Ich schreibe meine Leben selber, nachdem es mich lange, viel zu lange Zeit wie ein willenloses Etwas beschrieben und gelenkt hat. Seit ich erwacht bin aus einem Albtraum, der meine Haut gründlich gegerbt und genarbt, vor allem aber meine Seele als einen wilden Acker ständig neu verwüstet hat, einen steinigen Boden, auf dem alles Mögliche wachsen und sich ausbreiten konnte wie Unkraut, weil niemand mir gesagt und beigebracht hatte, wie man sät, wie man den Boden pflegt, wie man düngt, beackert und schließlich als Lohn aller Mühen dann auch ernten kann. Ich war ein vom Wetter gegerbtes, verwildertes, abweisendes Brachland, keine Heimaterde für einen Menschen, der sich wohlfühlt bei sich zu Hause. Und eine Narbe habe ich selber, die brauche ich mir in keinem Studio künstlich stechen zu lassen. Ein paar Zentimeter nur, direkt über dem linken Schlüsselbein, kaum sichtbar für Außenstehende, gut verheilt im weichen Fleisch eines Kindes. Aber tief, viel tiefer als man von außen sehen kann. Etwas wetterfühlig vor allem bei plötzlichem Wechsel von warm zu kalt. Dann zieht es wie an einem viel zu dünnen, scharfen Faden und treibt mir die Tränen ins Gesicht. Nur im Sommer, in der Sonne hier am Strand, da verschwindet sie, macht sich unsichtbar und unspürbar. Und ich muss nicht mehr dauernd über ihre Geschichte nachdenken. Dann bin ich ein kleines Stück weit befreit. Erst wenn ich alles zurücknehme, alles abstreife, das außen an mir hängt, allen Komfort vermeide, alle inszenierte Kuscheligkeit, alle möblierte Behaglichkeit und mich ganz pur, am besten auch ganz ohne Decke einfach nackt in den Sand lege und meine Haut einzig und allein der Sonne ausliefere, dann fängt sich etwas in meinem Inneren an zu entspannen, loszulassen, nachzugeben und zu verzeihen. Oder ich stehe bis zu den Knien im Wasser und lasse die dicken fetten Karpfen träge durch meine Beine schwimmen, unendlich langsam und ganz auf ihre stille Runde konzentriert. Irgendwie unheimlich, aber kein bisschen bedrohlich. Das sind keine zappelnden Guppys. Das sind große weise Monster, die mich eher beschützen als bedrohen, vielleicht weil sie mir so nahekommen und sich doch irgendwie kein bisschen für mich zu interessieren scheinen. Sie sind einfach da. Sie respektieren mich und ich respektiere sie. Und das tut einfach nur gut. Dann noch ab und zu ins Wasser und weit hinaus geschwommen, ohne Ziel, ohne Wegstrecke, ohne Begrenzungen, nur die Bewegung spüren, die hellen Sonnenreflexe, das Plätschern der kleinen Wellen, den Wechsel zwischen warmen und eiskalten Strömungen, das langsame Verebben des verquirlten Geräuschpegels wenn man sich dem anderen Ufer nähert, den leichten Wind dicht über dem Wasser, dann kehrt Ruhe ein, tiefe innere Ruhe und das Gefühl, endlich wieder da hinzukommen, wo ich schon sehr sehr lange nicht mehr war. Dahin, wo ich glücklich war. Und wo die Farben leuchteten.

Jetzt bin ich sogar noch unter die Maler gegangen. Habe tatsächlich nicht nur ein paar schrecklich knatschbunte Pinselversuche aus längst vergangenen Zeiten aus irgendeiner Kiste gezaubert, sondern gestern sogar nach Jahren wieder mal etwas Neues gemalt. War selber ganz verblüfft, dass ein paar Farben noch nicht völlig eingetrocknet waren. Habe dann einfach das scheußlichste Bild nochmal neu übermalt – abstrakte Kunst, da kann keiner was Schlechtes drüber sagen, weil man ja sowieso nicht erkennt, was es sein soll. Aber sieht gar nicht schlecht aus. Nicht dass ich jetzt wirklich einen auf

Künstler machen will. Aber in dieser Therapiegruppe tut sich jeder irgendwie mit irgendwas hervor, wenn's dann mal ans Erzählen geht. Habe erst von meinen Pfadfinderzeiten als kleiner Junge erzählt und wie es mir Spaß gemacht hat, die ganzen Zeltlager, die Lieder am Lagerfeuer, das Grillen und Kokeln von Stockbrot und Marshmellows, Geländespiele nachts im Dunkeln, anschleichen, Fangen spielen, unheimlichen Geschichten lauschen und so weiter. Habe erzählt, wie wir einmal aus Seidenpapier, Draht, Wattebäuschen und Spiritus richtige Heißluftballons gebaut hatten, die auch wirklich hoch in den Himmel stiegen, wenn die brennende Watte die Luft in dem bunten eckigen Papierkasten genug aufgeheizt hatte. Bloß die Landung verlief dann nicht wie geplant, wahrscheinlich weil wir sie eben nicht genau geplant hatten: Die Ballons waren nicht annähernd so flugstabil wie erhofft und torkelten dermaßen durch die Luft, dass einer nach dem anderen Feuer fing und weit weg vom Startplatz langsam zu Boden ging. Und dieser Boden war dann eben leider nicht so ganz feuerfest. Es war eine große sommertrockene Wiese im Taunus, die förmlich darauf gewartet zu haben schien, dass endlich mal was passierte in diesen hitzegestauten Ferientagen. Tja, und dann passierte es eben: Die ganze Wiese stand in nullkommanix in Flammen und schickte auch noch weit sichtbar eine ganze Wand von schwarzem Rauch in den Himmel. Wir waren starr vor Entsetzen und vollkommen unschlüssig, was wir tun sollten. Unser Pfadfinderanführer reagierte mit einer Schimpfkanonade, die sich gewaschen hatte, obwohl er doch selbst den ganzen Feuerzauber mit organisiert und durchgeführt hatte. Einige begannen sogar zu weinen, die Einen wohl aus Angst, die Anderen, weil der beißende Rauch langsam bis zu uns rüber zog. Manche liefen einfach weg, aber ich blieb mit ein paar Jungs wie angewurzelt stehen und beobachteten das ganze Spektakel aus sicherer Entfernung weiter. Die Feuerwehr kam dann ziemlich schnell und löschte den Brand mit vollen Rohren, wozu wir selbst bei sofortigem Einschreiten gar keine Chance gehabt hätten. Schon nach einer Viertelstunde war alles vorbei und die roten Autos zogen wieder ab. Und komischer Weise kümmerte sich überhaupt niemand um uns, die wir ja schließlich den Brand verursacht hatten. Keine Polizei kam mit Blaulicht und suchte nach den Brandstiftern, kein Feuerwehrhauptmann schickte seine Leute in engen Reihen gehend auf Spurensuche über die Wiese um uns schließlich am anderen Ende mit finsterem Blick zu stellen, unsere Eltern zu informieren und uns allen schreckliche Strafen in Aussicht zu stellen. Nichts. Die Welt ging einfach weiter. Gar nichts passierte. Und so aufregend das ganze Drama doch für uns gewesen war, so enttäuschend war dann die belanglose Stille nach dem Abgang der Feuerwehr. Dieses Gefühl der Enttäuschung blieb mir noch lange im Gedächtnis, das Befremden darüber, dass doch etwas ganz Großes passiert war mit mir im Mittelpunkt und doch kein Hahn danach krähte, es scheinbar niemanden interessierte.

Das Blöde war aber, dass diese Geschichte auch in der Therapiegruppe anscheinend niemanden interessierte. Es gab keinerlei Reaktionen, keine Kommentare, Nachfragen, Kritik, gar nichts. Dagegen wurde die Story von der Schreifrau, die beim letzten Mal so ausgetickt war, ausführlich breitgewalzt, obwohl es da, wenn ich mich richtig erinnere, bloß um eine Reihe verdorbener Wochenenden in irgendeinem Gartengrundstück ging, zu dem sie immer geschickt wurde, nachdem ihr Papa glaube ich, gestorben war und ihr Onkel oder so sich bereit erklärt hatte, sich Samstag/Sonntag um sie zu kümmern, weil die Mutter irgendwie keine Zeit hatte oder so. Na toll. Solche Wochenendgeschichten hätte ich auch auf Lager gehabt, Dutzende, Hunderte, schließlich habe ich fast jedes Wochenende im Schrebergarten verbracht. Aber ich fand's schön und hätte jetzt nicht gewusst, wieso das für so eine Gruppe eine besondere Story sein sollte. Darum hab ich auch nichts davon erzählt. Aber das Andere war eben auch nicht so der Burner. Und darum hab ich dann beim nächsten Mal mit den Bildern angefangen, damit, dass ich eigentlich immer Künstler hatte werden wollen, was zwar nicht stimmte, mir aber doch etwas Aufmerksamkeit von Seiten der anderen schenkte. Also baute ich diese Story immer noch ein bisschen weiter aus und wandelte mich alsbald vom eigentlich ganz zufriedenen Gartenhocker und verhinderten Heißluftballonpilot zum tief gefrusteten Möchtegern-Künstler. Keine schlechte Leidens-Karriere. Noch ein paar Prisen Drama und Leiden dazu – passt schon. Allerdings geht mir das ganze Rumgelaber doch zunehmend auf den Wecker. Alle nehmen sich unendlich wichtig, alle scheinen sich auch irgendwie gerne selbst zu quälen, tauchen tief in irgendwelche Gefühlsabgründe ein und versuchen dann verzweifelt, alleine oder mit Hilfe oder wenigstens unter der möglichst ungeteilten Aufmerksamkeit der Anderen wieder daraus hervor zu kommen, aufzutauchen. Ich kann's manchmal nicht mehr hören, und dann lass ich auch meinen Ärger ungeschminkt herauspoltern, ich bin schließlich nicht deren Kummerkasten. Mir selbst bringt das Ganze eigentlich nichts bisher. Weiß aber auch nicht wirklich, was ich davon erwarten soll. Und das ist ja auch nicht der Grund, warum ich dabei mitmache. Und es ist mir ehrlich gesagt auch oft einfach zu kuschelig, zu nah. Wenn dann wieder mal irgend jemand sich die Seele aus dem Leib geheult hat oder in einer körperlichen Übung über seine persönlichen Grenzen gegangen ist, dann kommt immer diese Trösterrunde, alle nehmen sich in den Arm, alle klumpen auf einem Haufen, eng umschlungen, und geben sich gegenseitig Kraft und Halt. Mir ist nie klar geworden, wie so was funktionieren soll. Wenn Kraft eine Energieform sein soll, also so etwas wie Benzin, das man in ein Auto rein füllen kann, damit es danach wieder fahren kann, dann frage ich mich doch, was ist der Energieträger dieser Kraft? Was soll da in welcher Form von wo nach wo und vor allem wie transportiert werden? Aber alle anderen scheinen das irgendwie zu wissen und zu spüren. Oder sie spielen einfach alle mit bei diesem Eso-Zirkus und fragen eben nie genauer nach, was das eigentlich sein soll. Tja, Einbildung ist auch 'ne Bildung. Genauso ist es. Und ich lasse mich einfach nicht gern von anderen anfassen, egal ob das eine Massage sein soll oder eine Verstärkung irgendwelcher Gefühle oder Spannungen, eine Hilfe beim In-sich-hinein-spüren, ein gezielter Impuls zum Lösen oder Auslösen bestimmter Erinnerungsspeicher, das alles finde ich sehr befremdlich und zweifelhaft und versuche es, so gut es geht, möglichst zu vermeiden, was in dieser Konstellation natürlich schwierig ist und oft zu Missstimmungen führt. Dann muss ich wieder klein beigeben, um nicht von vorne herein als der Böse da zu stehen und den ganzen Laden aufzuhalten, was mich dann aber selber innerlich zum Kochen bringt und immer wieder heftige Wutausbrüche auslöst. Na ja, wenn's 'ne gute Story wird und sich der ganze Einsatz irgendwie mal lohnt, soll's mir recht sein, dann bin ich auch bereit, ein paar Kröten zu schlucken. Und meine gelegentlichen Ausbrüche müssen die anderen halt aushalten, ich muss mir ihre Jammergeschichten ja auch anhören. Was soll's.

Hier ist es schön. Es ist selbst dann noch schön, wenn ich nichts sehe. Oder vielleicht auch gerade deswegen. Wir haben so eine Art Mittagspause. Ein ganzes Wochenende Selbsterfahrung. In Offenbach. In diesem nicht allzu großen Gruppenraum mit zehn Leuten. Sehr eng, sehr dicht und kaum Raum zum ausweichen. Eigentlich viel zu eng für mich. Aber ich habe es mir vorgenommen, nicht zu früh aufzugeben, mich durch zu beißen, zu sehen, wie weit ich es aushalten und vor allem was es mir bringen kann. Es gibt in dieser Gruppe wirklich merkwürdige Leute, manche auch ganz nett, aber niemanden, zu der oder zu dem ich einen engeren privaten Kontakt haben wollen würde. Muss ja auch nicht sein. Das was wir hier einander mitteilen und miteinander teilen ist ohnehin schon viel mehr, als in den meisten Alltagsbeziehungen, mehr sogar als in langjährigen Freundschaften. Und vielleicht geht es auch gar nicht anders als in dieser verabredeten, sicheren Form. Vor allem dieser Trampel Erik, der mir schon bei der allerersten Sitzung so blöd gekommen ist, geht mir zunehmend auf den Nerv mit seiner vollkommen egoistischen Art, sich rücksichtslos in den Vordergrund zu spielen, egal, ob er eine sterbenslangweilige Geschichte zum Besten gibt, sich als verkanntes Künstlergenie outet oder alle mit seinen unbegründeten Wutausbrüchen anödet.

Aber jetzt bin ich mit Jutta unterwegs und das ist völlig entspannt. Wir sollten rausgehen zu zweit und uns im Wechsel gegenseitig führen, indem eine die Augen schließt und sich ständig den Wegen der anderen anpasst, die sie am Arm oder an der Hand durch die Gegend begleitet und ganz sachte die Richtung bestimmt, entscheidet, wo es hin geht, in welchem Tempo, mit welchen Zwischenstopps, um irgendwas zu ertasten, zu riechen, zu hören oder zu spüren. Die Zeit spielt dabei keine Rolle, es fühlt sich an wie vollkommen aus der Zeit gefallen. Vor allem, als ich geführt werde. Es geht durch einen kleinen Park oder eine Grünanlage und auch vorbei an unebenen Häuserwänden, Grundstücksmauern mit rauen Steinen oder verrosteten Gartenzäunen. Meine Hand wird völlig wortlos geleitet und entdeckt Dinge, von denen ich manchmal nicht mal weiß, was ich da eigentlich gerade berühre. Aber es ist ungeheuer spannend. Der Boden unter meinen Füßen verändert sich. Gehwegplatten wechseln mit glattem Asphalt, Stufen auf- und abwärts, knarzigen Kieswegen und weichem Gras. Mein Rücken, mein ganzer Körper beginnt sich langsam zu entspannen, wobei ich merke, dass mir seine Anspannung vorher gar nicht bewusst gewesen war. Wie lange hatte ich schon diesen Stock im Rücken, der auf einmal weich und flexibel wird wie eine Salatgurke? Seit wann waren meine Schultern wie an die Ohren getackert, die sich nun langsam lösen und wie erleichtert nach unten senken? Was hatte meine Ohren so verstopft, dass es sich nun plötzlich anfühlt, als würde ich auftauchen aus einem tiefen Becken voller trüben Wassers und würde wie zum ersten Mal hören, was die Welt um mich herum für vielseitige Geräusche von sich gibt? Ein bisschen Verkehr von ganz nah bis weit entfernt, Vogelgezwitscher, Kinderstimmen, rumpelnde, quietschende Geräusche, deren Ursache mir unbekannt ist, der Wind in den raschelnden Blättern, die verschiedenen Laute meiner Schuhsohlen je nachdem, auf welchem Untergrund sie sich bewegen. Das synthetische Rascheln von Juttas leichter Sommerjacke neben mir. Ein paar Klaviertöne ganz weit weg. Flugzeuge. Geschirrklappern aus einem Fenster. Bellende Hunde. Menschen, die vorbeigehen und sich unterhalten. Stimmen die kommen und gehen. Es ist, als könne ich sogar ganz sicher unhörbare, winzige Geräusche wahrnehmen: Schmetterlingsflattern, Wolkenziehen, Sonnenglitzern, Blätterfallen. Lauter kleine Fenster gehen auf in meinem Kopf und in meinem Herz. Es ist so schön, dass ich ganz still in mich hinein weine und unendlich glücklich bin, dass ich das darf.

Dann wechseln wir. Ich soll nun führen, was natürlich nur mit offenen Augen geht. Aber ich will die Augen nicht aufmachen. Sie sind wie verklebt. Ich denke, das gibt's doch nicht, mach doch einfach die Augen auf, was soll denn das, ich bin jetzt dran und fertig. Es geht dann, mit äußerster Anstrengung, als müsste ich wer weiß was für ein Gewicht stemmen mit diesen zarten Lidern. Und als ich sie dann endlich offen habe, weiß ich schlagartig, warum es so schwer war – alles ist farblos. Diese ganze wunderbare Welt der Sinneseindrücke, die ich eben noch so glücklich genießen konnte, sie hat einen entscheidenden Fehler, der mir sonst im alltäglichen Einerlei kaum noch auffällt. Aber dieser Kontrast in diesem Moment ist nun kaum auszuhalten. Die Welt ist schwarz-grau-weiß. Keine Farben, nicht das kleinste Bisschen. Die Welt ist eine Lüge. Das ganze Drumherum, diese ganze Verspieltheit, dieses flirrende Frühlingsgeplänkel, alles Lüge, alles Täuschung. Ich sehe der nackten ungeschminkten Wahrheit ins Gesicht. Ich bin steinhart verspannt von einem Moment zum anderen. Das ist mein wahres Leben, alles andere ist pure Illusion, nichts als Fantasie. Joss hatte uns gesagt, diese Übungen dienten dazu, mit uns selbst, unserem verborgenen Inneren in Kontakt zu treten. So wie man beim Sprechen Fragen und Antworten kennt als normale Bestandteile einer Kommunikation, so seien es hier die Übungen, die die Fragen an unseren Körper stellten und die Gefühle, die sich dann einstellten wären so etwas wie die Antworten auf diese Fragen. Alles klar. Mein Körper antwortet wieder mal laut und deutlich. Und er sagt: Alles Lüge. Vertraue niemandem. Vertraue keinem sinnlichen Gesäusel, das dich weich machen und zum

Nachgeben verführen will, das dir vorgaukelt, da wäre etwas Schönes, Liebes, Gutes, das auf dich wartet und dir die Tür auf hält zu einer Traumwelt ohne Schmerz und ohne Krampf. Es ist nicht wahr. Es gibt sie nicht. Schau sie dir an, diese Welt, schau sie dir an. Sie ist grau in grau, sonst nichts. Basta. Und wer darin mehr sieht, mehr hört, mehr spürt als grau in grau, der hat einen an der Klatsche, der hat zu viel Sehnsucht, zu viel Fantasie, der ist zu weich für diese Welt, ein Träumer, eine Lusche, ein Weichei, ein Mädchen.

Jutta wird ungeduldig und schließlich richtig sauer, weil ich sie ohne viel Feingefühl mal hier hin mal dort hin zerre, sie stolpert mehrmals über Bordsteine oder kratzt sich die Hand an einer rau verputzten Wand, schimpft, sagt, ich müsse doch auf sie aufpassen. Aber ich habe keine Lust, mir ist das Ganze hier zuwider, ich will nur so schnell wie möglich hier weg.

Einmal sind wir aus dem Gruppenraum raus in die Stadt gegangen. Sollten so eine Vertrauensübung mit einem Partner zusammen machen, uns gegenseitig herumführen, einer mit offenen, der Andere mit geschlossenen Augen. Hab mich dafür mit einem der wenigen Männer zusammengetan. Bernd, etwas jünger als ich, aber ganz in Ordnung, eher einer von denen, die weniger erzählen in den Feedbackrunden. Dafür schwätzt er umso mehr, wenn man erst mal wieder draußen und wir Männer unter uns sind. Haben dann auch bald eine Kneipe mit ein paar Stühlen draußen auf dem Gehweg gefunden und unsere Übung in abgewandelter Form im Sitzen bei einem leckeren Pils weitergeführt. Hier scheint sogar die Sonne. Und wir sind die Einzigen da bis auf die Bedienung, die aber nicht weiter stört. Endlich wieder

Luft zum Atmen. Bernd blickt lässig geradeaus, das Bier in der einen, die Zigarette in der anderen Hand. Er sagt:

„Coole Story, das mit der Feuerwehraktion, fand ich."

„Echt? Die anderen fanden's, glaub ich, eher langweilig."

„Ach die anderen, da sind doch selbst die größten Langweiler dabei. Nee, ich fand's spannend, ich hab selbst mal so was Ähnliches erlebt, vielleicht sogar ganz in der Nähe von deinem Wiesenbrand."

„Aha, was war das? Und warum hast du das nicht in der Runde schon erzählt?"

„Na ja, das ist nicht gerade was zum rumerzählen. Aber ich dachte bei deiner Geschichte, dir könnte ich's wahrscheinlich erzählen, ohne dass du die Augen verdrehen würdest."

„Na dann mal los, spuck's aus."

„Ja also, das war so: es war auch im Taunus, da war ich mit ein paar Jungs unterwegs, wir waren so um die zehn, elf Jahre alt und wollten irgendwo im Wald eine rauchen und damit uns niemand dabei erwischt, sind wir auf so 'nen Jägerhochstand geklettert, weißte? Sitzen da oben und paffen schön vor uns hin, da werden wir natürlich doch erwischt. Der Jäger kommt ausgerechnet dann vorbei, mitten am hellichten Tag und klettert mit Riesengepolter und Gewackel auf den Turm und wir – ich glaube wir waren zu viert – in voller Panik außen an dem Hochstand runter, so Tarzan-mäßig, ein Wunder, dass da keiner abgestürzt und sich sonst was gebrochen hat oder so. Und, na ja, ich war der letzte, der oben raus klettern wollte und mich hat er dann natürlich erwischt und festgehalten und mit eisernem Griff die ganze Leiter runter gezerrt bis zu seinem Auto, das irgendwo am Waldrand parkte. Ich musste ihm alles erzählen, wie ich heiße, wo ich wohne, wer meine Eltern sind, wer die anderen Jungs sind, alles hat der aus mir herausgequetscht und mich so was von windelweich geschüttelt, dass ich nur noch wollte, dass das aufhört. Ich hab damals wirklich alle meine Kumpels verpfiffen, weil ich so eine scheiß Angst vor dem Mann hatte. Er hat alles aufgeschrieben und mich dann mit einem Fußtritt nach Hause geschickt. Und hat noch gesagt, die Hochstände, die in den letzten Wochen abgefackelt worden wären, das wären ja wohl auch wir gewesen und die müssten meine Eltern jetzt alle bezahlen, jeden einzelnen von diesen wackeligen Holztürmen, und das würde eine Riesenstange Geld kosten. Ich war völlig fertig und bin heulend nach Hause und habe meiner Mutter alles gebeichtet und gedacht, sie würde mich nun irgendwie ganz schlimm bestrafen oder völlig verzweifeln, weil wir dafür überhaupt kein Geld übrighatten. Ich hatte schreckliche Fantasien, dass meine Mutter ins Gefängnis und ich ins Heim müsste wegen dieser Sache und dabei hab ich mir echt vor lauter Angst in die Hose gepisst, immer und immer wieder, bis es an meinen Beinen runter, in meine Schuhe und von da wieder raus lief. Kannst du dir das vorstellen? Es war furchtbar. Aber meine Mutter blieb ganz ruhig und sagte, wir sollten erst mal abwarten. Keine Suppe wird so heiß gegessen wie sie gekocht wird, meinte sie. Das hat mich schwer beeindruckt. Und tatsächlich haben wir auch nie wieder was von dem wilden Jägersmann gehört. Aber dafür er von uns. Na ja, von mir, um genauer zu sein. In den Tagen dieser Wartezeit, in denen ich kaum schlafen konnte und immer dachte, gleich ruft er an, bald ist sein Brief im Kasten oder bald steht die Polizei vor der Tür und dann ist alles vorbei – in diesen Tagen hab ich mich verändert. Denn je länger die Zeit dauerte, desto mehr verwandelte sich meine schreckliche Angst in eine tiefe Wut auf den, der mir diese Angst in den Kopf gesetzt hatte. Und als meine Mutter irgendwann sagte, von dem hören wir bestimmt nichts mehr, da wusste ich, dass der Zeitpunkt gekommen war, ihm von mir noch einen kleinen Abschiedsgruß zu schicken als Quittung dafür, dass ich mich seinetwegen wochenlang vor Angst gequält hatte."

„Und? Was hast du gemacht?"

„Na, ich hab seinen blöden Hochstand angezündet."

„Was? Echt?"

„Klar. Ich hab mir Samstags den Wecker gestellt, bin mitten in der Nacht noch im Dunkeln nach draußen geschlichen, ein paar alte Zeitungen und ein bisschen Brennholz unter den Arm geklemmt, Feuerzeug in die Tasche, hab mein Fahrrad geschnappt und bin in den Wald geradelt. Dann bin ich die Leiter hoch, hab das ganze Zeug unter den Sitz gestopft und angezündet. Es ging verdammt schnell und ich musste mich sputen, um wieder runter zu kommen, auf mein Rad zu steigen und den Waldweg weit genug wieder weg zu kommen, bevor der Feuerschein zu hell wurde und mich verraten hätte. Aber es ging alles gut für mich. Nicht so für den Holzturm. Der brannte komplett ab und mit ihm auch noch ein Stückchen Wald, bevor die Feuerwehr kam und die Flammen löschte. Aber ich war fertig mit dieser Sache. Ich fuhr heim, legte mich wieder ins Bett und schlief fast den ganzen Tag lang."

„Mann, was für 'ne Geschichte, Bernd! Das hättest du ruhig allen erzählen können."

„Nee, ich hab's jetzt nur dir erzählt, weil du auch mal so was Ähnliches mit Feuer erlebt hattest. Weißt du, ich bin da nicht besonders stolz drauf im Nachhinein. Ich weiß, warum ich das gemacht habe, aber das ist auch alles. Und mit, na ja, mit dem, was dann noch passiert ist, will ich einfach nichts zu tun haben."

„Was dann noch passiert ist?"

„Der Jäger, also es war eigentlich der Förster dieses Waldabschnitts, der hatte sein Haus auch mitten im Wald. Da führte eine einzige asphaltierte Straße hin, schnurgerade den Berg rauf und nur bis zu dem Haus. Und da wohnte der mit Kind und Kegel, also mit Familie und so. Ja und eines Nachts bin ich aufgewacht von komischen Geräuschen. Ich schlief bei offenem Fenster, es war ja Sommer, und ich wachte also auf und ging ans Fenster um raus zu schauen. Es war noch dunkel und alles was ich sehen konnte waren die paar Häuser neben unserem, dunkle Bäume in den Gärten und den Wald dahinter. Ich hatte einen ziemlich weiten Blick von meinem Fenster, ein paar Kilometer bestimmt. Und dann sah ich dieses Leuchten und hörte das Knacken, als ob es ganz aus der Nähe käme, obwohl es doch ein ganzes Stück weit weg war. Es brannte mitten im Wald, ein Lichtschein hing wie eine leuchtende orangene Glocke über der schwarzen Silhouette der Baumwipfel und darin sprühte es wie in einem Vulkan, Funken über Funken und manchmal ganze glühende Stücke von etwas, das mit der Hitze in die Höhe gewirbelt wurde. Es sah unheimlich und faszinierend aus. Wie ein buntes Feuerwerk. Aber es dauerte eine ganze Weile, bis mir klar wurde, was da brannte, denn tagsüber konnte man das Haus gar nicht sehen. Erst jetzt, als es in Flammen stand, wusste ich, dass es nur dieses Försterhaus sein konnte. Und mir wurde fast schlecht von dem Gedanken, was vielleicht mit den Leuten, mit der Frau und den Kindern dort passieren könnte. Und ich spürte, dass ich eine Ahnung davon bekam, wer das gemacht haben könnte. Mit meinen Kumpels, die von der Hochstand-Geschichte, hatte ich kaum noch gesprochen seit diesem Vorfall. Ich wusste nicht, ob die wussten, dass ich sie verpfiffen hatte aus Angst vor dem wütenden Jägerförster. Also mied ich sie. Aber wer weiß? Vielleicht hatten sie's gewusst und waren genauso sauer auf ihn. Und auf mich natürlich. Vielleicht hatten ihre Eltern doch von ihm gehört und nur ich und meine Mutter waren aus einem unbekannten

Grund vergessen worden. Oder er hatte mich verschont, weil ich gebeichtet hatte und die anderen nicht. Und vielleicht hatten sie bezahlen müssen, vielleicht waren ihre Eltern eingesperrt worden, vielleicht sollten sie alle ins Heim kommen. Ich hatte keine Ahnung, und das war eigentlich das Schlimmste. Vielleicht hatten sie aus Rache sein Haus angezündet und würden es mir in die Schuhe schieben. Dann ginge dieser Albtraum von vorne los. Vielleicht auch nicht. Vielleicht waren jetzt alle darin bei lebendigem Leib verbrannt, vielleicht war aber auch nur das Dach abgebrannt oder eine Scheune neben dem Wohnhaus und alles war bald wieder gut. Ich wusste es einfach nicht und ich erfuhr auch nichts darüber in der nächsten Zeit. Und ich hatte wieder schreckliche Angst. Ein paar Mal bin ich hingefahren, also fast bis hin zu dem Haus und jedes Mal kurz vorher wieder umgekehrt, weil ich einfach zu viel Schiss hatte, zu sehen, was dort wirklich passiert war. Noch viele Tage danach hatte ich echt die Vorstellung, wenn ich jetzt dort hinfahren würde, dann wäre da alles wie stehen geblieben, dann stünde ich vor einem rauchenden Trümmerhaufen und darunter wären noch die verkohlten Reste der verbrannten Menschen zu sehen und ich wäre ganz allein und käme nie mehr weg von diesem Ort. Das hat, ich glaube das hat echt Jahre gedauert, bis ich daran nicht mehr jeden Tag denken musste."

Bernd sitzt da wie ein begossener Pudel, nassgeschwitzt bis durchs Hemd, er hat die Zigarette ausgedrückt und leert mit zitternder Hand den Rest aus seinem Bierglas. So munter, wie er die ganze Geschichte angefangen hatte, so fertig ist er jetzt mit der Welt. Sein breites Grinsen ist wie weggebügelt. Und er schaut nur noch Löcher in die Luft. Ich will ihn gerade irgendwie aufheitern, da bietet sich auch schon genau die passende Gelegenheit. Die Schreifrau, Rebecca, geht gerade mit dem Mauerblümchen Jutta Hand in Hand durch die nahe Grünanlage. Man kann zusehen, wie die beiden sehr ernsthaft und konzentriert zusammen ihre Partnerübung absolvieren. Aber irgendwie sieht es auch albern aus, wie ein lesbisches Pärchen beim Liebesspaziergang.

„Guck mal", sage ich zu Bernd, „die zwei Turteltäubchen da hinten. Ein Herz und eine Seele, was? Als könnten sie kein Wässerchen trüben."

Er wacht auf wie aus einem tiefen Traum, schaut mich mit großen Augen an und murmelt etwas wie „Das wird auch nicht so bleiben" oder so. Und tatsächlich, kaum gesagt, fangen sie auch gleich an zu zicken da hinten. Leider können wir sie nicht richtig verstehen und auch nicht mehr so gut sehen, weil ein paar Büsche dazwischenstehen. Aber es geht ein paar Mal ziemlich laut hin und her bis schließlich diese Rebecca einfach abhaut und Jutta mit hängendem Kopf wieder zurück in Richtung Gruppenraum trollt. Vielleicht sollten wir auch langsam mal wieder zurück, mal sehen, was der Tag noch so bringt.

Nach der schrecklichen Erfahrung in dieser Partnerübung bin ich nur noch gelaufen wie eine Automatenpuppe. Nur weg von allem. Weg von diesen verlogenen Leuten mit ihren esoterischen Selbstbespiegelungen, ihren besserwisserischen Ratschlägen und dem ganzen pseudofreundschaftlichen Getue. Jede und jeder machen sich doch da was vor. Alle spielen gemeinsam ein völlig verlogenes Spiel, nur weil die Regel besagen, dass man das eben so spielt, egal, ob es was mit der wahren Realität zu tun hat oder nicht. Und alle haben ja soooo Recht. Und alle haben Rechte, nehmen sich Rechte aus, die ihnen NICHT zustehen. Es steht niemandem zu, andere in Grund und Boden zu brüllen oder zu diskutieren, bloß weil ihm oder ihr gerade so danach ist. Das geht einfach nicht. Das mache ich nicht länger mit. Niemand hört mir zu, alle reden von etwas, das nichts, aber auch gar nichts mit mir zu tun hat. Und ich schlafe verdammt noch mal immer noch keine einzige Nacht durch! Ich sehe verdammt noch mal immer noch keine einzige Farbe! Und ich bin es einfach leid, dieses ewige Herumgerede, dieses leere Gesabbel. Es muss etwas passieren oder ich werde wieder vollkommen versteinern im Innern, werde weiter funktionieren und meine Jobs erledigen, meine Bude putzen, meine Wäsche waschen, einkaufen, kochen, essen, Zeitung lesen, mit dem Fahrrad fahren, auf Parkbänken sitzen, Leute beobachten, Tagebuch schreiben und nachts stundenlang ziellos durch die Gegend laufen. Und ich werde dabei alt werden und grau und mein ganzes beschissenes Leben verpassen. Ich werde kotzen und stolpern, werde immer wieder aufstehen und immer wieder hinfallen. Ich werde Dinge sehen, die vielleicht nicht da sind und andere Dinge nicht sehen, die ich sehen müsste. Und ab und zu, wenn ich es schaffe, werde ich an meinem Lieblingsstrand liegen, nackt und ungeschützt, mitten zwischen den Leuten für einen kurzen Augenblick der Ruhe, in dem die Wärme mich durchströmt und eine Ahnung meine verkrampften Glieder wie von innen streichelt und mir ganz leise ins Ohr sagt:

„Es ist alles in Ordnung, Kleines. Du brauchst keine Angst zu haben. Niemand wird dir was tun, so lange ich bei dir bin."

Und vielleicht, vielleicht werde ich dann irgendwann einmal wissen, wer da zu mir spricht. Und dann werde ich zu ihm hin gehen und alles ist in Ordnung. Aber hier, in dieser Selbsterfahrungsgruppe wird mir das niemals gelingen, so viel Selbsterfahrung habe ich längst, dass ich das jetzt weiß. Nicht mit diesen Methoden, nicht mit diesem Trainer, nicht mit diesen komischen Leuten und schon gar nicht mit solchen Tyrannen wie diesem Erik, da hilft auch kein Diskutieren und kein freundliches Aufeinander-zu-gehen, das ist wie das verzweifelte Liebeslied eines Wattebäuschchens an eine alles zerfetzende Kreissäge. Aus, Schluss, Ende. Ich werde da nicht mehr hingehen. Ich muss meinen eigenen Weg suchen. Und ich werde ihn finden.

Rebeccas Austritt aus der Gruppe löste große Be-troffenheit aus. Ihr plötzlicher Abgang deutete aber bereits eine Bewegung an, die sich schon seit einiger Zeit anbahnte. Übereinstimmend war sie von den meisten Mitgliedern durchaus geschätzt worden in ihrer eher ruhigen und zurückhaltenden Art und bis auf einige wenige Ausfälle, in denen sie von Gefühlen überwältigt, die Kontrolle über sich verloren und auch einzelne Teilnehmer beleidigt oder sogar tätlich angegriffen hatte, hatte sie sich stets kooperativ gezeigt. Über ihr plötzliches Verschwinden aber gab es heftige Diskussionen und sehr unterschiedliche Einschätzungen vom „feigen Abhauen" bis zum „konsequenten Notausgang". Auch die Schuldfrage für diesen Schritt wurde ausgiebig besprochen, was die schon bestehenden Gräben zwischen einigen Teilnehmerinnen und Teilnehmern noch weiter vertiefte. Dies und noch einiges mehr zum Schicksal der Gruppe erfuhr sie allerdings erst später durch ihre ehemalige Mitteilnehmerin Jutta, mit der sie durch einen wie sie sagte „blöden Zufall" Jahre später eines Tages an derselben Supermarktkasse und auch noch direkt hintereinander zu stehen kam. In zehn Minuten Schlangestehen lassen sich eine ganze Menge Nachrichten übermitteln, ob man will oder nicht. Jutta redete wie ein Wasserfall und ließ kaum ein Detail der Geschichte aus: Mit der Zeit verstärkten sich demnach auch die Spannungen zwischen einigen anderen Gruppenmitgliedern und es bildeten sich regelrechte verfeindete Lager. Weitere Austritte wurden angekündigt und mehrheitlich auf das unkooperative und teilweise verletzende Verhalten Einzelner, namentlich eines Kollegen Erik zurückgeführt. Diesem wurde eindringlich eine Veränderung nahe gelegt, die dieser jedoch kategorisch ablehnte mit dem Verweis darauf, dass er schließlich das selbe Recht auf Anhörung und individuelles Ausleben seiner Impulse habe wie alle anderen auch, was schließlich dazu führte, dass sich die ganze Gruppe nach einem weiteren, von heftigen Ausbrüchen und Auseinandersetzungen geprägten Wochenende in erbittertem Streit auflöste. Ein paar Mitglieder hielten in den folgenden Jahren wohl noch vereinzelt Kontakt, die meisten verloren sich aber aus den Augen und aus dem Sinn. Joss, dieser selbsternannte Gruppentherapeut, versuchte offenbar noch mehrere Male, weitere Gruppen auf die Beine zu stellen, was ihm aber nicht gelang und letztendlich dazu führte, dass er diesem Berufsweg, den er wohl stets als Berufung betrachtet hatte, vollkommen den Rücken kehrte und irgendwo völlig frustriert auf einem Selbstversorgerbauernhof verschwand. Ein Glück für die Menschheit. Rebecca war froh gewesen, dem Ganzen rechtzeitig entronnen zu sein. Und nun im Nachhinein letztlich auch froh über den weiteren Verlauf dieses Gruppen-Experiments, weil es ihr zeigte, wie Recht sie mit ihrer negativen Einschätzung und ihrem konsequenten Abgang gehabt hatte. Diese Geschichte präsentierte sie mir deshalb in aller Ausführlichkeit schon bei einer der ersten Sitzungen. Sie ist eine außergewöhnlich starke und zugleich eine zutiefst verletzte Patientin, sehr redselig, ungewöhnlich deutlich und präzise in ihrer Beobachtung und Erinnerung und zugleich ganz merkwürdig schwammig und unscharf, wenn es um bestimmte Bereiche ihrer Vergangenheit geht. Sie erinnert mich ein wenig an Ingrid mit ihrer schlanken, unauffälligen Figur und der ruhigen, gleichmäßigen und für eine Frau auffallend tiefen Stimme. Vielleicht ist das der Grund, dass ich ihre Überweisung angenommen und mich zu einer Behandlung bereit erklärt habe, obwohl ich eigentlich beschlossen hatte, nach diesem schweren Einschnitt mein Leben neu zu ordnen und meine Praxis eventuell ganz aufzugeben. Aber etwas an dieser Frau lässt mich nicht los und so werde ich sie wohl ein Stück weit begleiten und sehen, was ich für sie tun kann. Und damit vielleicht auch für mich.

Ende Gelände, aus die Maus. Diese Story wird niemals erscheinen. Basta. Scheiße. Wieder so ein Projekt, das ich anfange mit viel Enthusiasmus und tollen Ideen und das dann sang- und klanglos untergeht, irgendwo im Nirgendwo. Meistens sind es Verlage, Zeitungsredaktionen, einmal sogar die Sekretärin in einer Redaktion, die sich schlicht weigert, mein Manuskript überhaupt anzunehmen. Sie hätten momentan genug. Immer dieselben Ausreden, wenn man überhaupt eine Reaktion bekommt. Meistens schickst du etwas weg und hörst einfach nie wieder was davon. Artikel über den örtlichen Kaninchenzuchtverein und seine tausendste Vorstandssitzung, die kannst du jederzeit bringen. Lokalsportereignisse, die aktuellen Kommunionsbilder, die Einweihung eines neuen Supermarktes, Klatsch und Tratsch, das wollen die Leute lesen in ihren armseligen Blättchen, damit machst du dein Geld und verödest langsam vor dich hin. Immer wieder das gleiche Spiel. Am besten als

Freelancer, ohne feste Anstellung, ohne Urlaubsanspruch und Krankheitslohnfortzahlung, nur mit kargem Zeilenhonorar und langweiligster Themenauswahl. Das aufregende Leben eines Lokalreporters. Dabei gibt es so viele wirklich interessante Themen, aber die ziehen sich entweder die paar Festangestellten gleich unter den Nagel oder sie kommen gar nicht erst ins Blättchen, weil der Platz nicht reicht oder gerade was Aktuelles dazwischenkommt. Bücher schreiben, das wäre die Alternative. Wenn, ja wenn es dort nicht genau so zuginge. Am liebsten Kommerz, Herz und Schmerz und am Ende natürlich ein Happy End und alles ist gut. Null Interesse an den Sachen, die mich interessieren würden, über die ich gerne mal schreiben würde. Nada.

Aber ich muss zugeben, bei diesem Projekt habe ich schlicht aufgegeben. Eher aus persönlichen Gründen. Es fing gar nicht schlecht an mit dieser ominösen Therapiegruppe, es gab interessante Typen und jede Menge durchgeknallte Frauen und ich hatte auch selbst eine ganz vorzeigbare Rolle in dem ganzen Theater. War durchaus ausbaufähig. Und die Methoden, mit denen da in unserer Psyche rumgegraben und umgepflügt wurde, waren schon seltsam genug, da hätte man was draus machen können. Ich hatte eigentlich alles ganz gut eingefädelt, mich immer witzig eingebracht, ab und zu auch mal ein paar wackere Konflikte angeheizt und immer alles fleißig aufgeschrieben, was so passierte. Und es hätte sicher noch mehr passieren können, wenn es nicht zu früh alles wieder auseinandergeplatzt wäre. Immerhin ging das Ganze über ein paar Monate lang, einmal die Woche und alle paar Wochen ein Samstag-Sonntag-Special mit Schlafsackübernachtung auf Isomatten und zusammengewürfeltem Frühstück von Papptellern. Da ging schon manchmal echt die Post ab und lieferte mir jede Menge Stoff. Aber am Ende lief alles ganz anders als geplant. Eigentlich hatte ich irgendwann aussteigen wollen, wenn ich genug Material zusammengestellt hätte. Aber es kamen irgendwie keine richtigen abgeschlossenen Geschichten zustande, immer wurde was angeschnitten, aufgerissen und in die Welt gesetzt und dann totdiskutiert oder durch merkwürdige Körperübungen wieder völlig umgekrempelt und zu etwas ganz anderem verwandelt. Ich wusste oft einfach gar nichts mit dem anzufangen, was da anscheinend alle anderen zutiefst beschäftigte. Wurde dann unruhig und nicht selten auch stinksauer, wenn ich das Gefühl bekam, keiner hörte mir richtig zu oder schenkte mir auch nur halb so viel Aufmerksamkeit wie all den Jammertussis um mich herum. Bald ging es gar nicht mehr so um die eigentlichen Therapieansätze und Methoden, über die ich ja eigentlich schreiben wollte, sondern es wurde immer gleich sehr persönlich und meistens war ich dann derjenige, auf dem alle rumhackten. Und das hatte nun echt nichts mehr mit dem zu tun, was ich wollte, das war nur ausgrenzen und mobben und sich gegenseitig zerfleischen. Am Ende wurde ich dann quasi rausgeschmissen, weil ich mich angeblich nicht in die Gruppe einordnen und ihre Regeln akzeptieren wollte. Stimmt. Wollte ich auch nicht. Es war mir einfach zu blöd stellenweise. So war das. Alles flog dann auseinander, alle verkrachten sich, nicht nur gegen mich sondern auch untereinander, ein einziges Chaos. Also bin ich schließlich weg und war auch ganz froh darüber. Meine Freiheit hatte ich wieder, ich musste keinem mehr Rede und Antwort stehen und keine schmerzhaften Körper- und Seelenverrenkungen mehr machen. Aber meine Story war damit kaputt, sie war genauso in einem Trümmerhaufen geendet wie das ganze Unternehmen. Nichts Brauchbares dabei rausgekommen. Und das ja nicht zum ersten Mal. Und große Lust, weitere Versuche in anderen Gruppen oder

Therapiezirkeln zu machen, verspürte ich auch nicht gerade. Das Ganze wurde mir einfach zu persönlich. So war und ist es eigentlich meistens. Der Job und mein eigenes Leben sollten ja wohl zwei verschiedene Dinge sein, aber es kommt immer wieder zu einem Punkt, wo es dann plötzlich viel mehr um mich geht als um die Sache, in der ich gerade recherchiere. Und das passt mir dann überhaupt nicht. Gar nicht.

Immer wieder abgebrochene Geschichten. Alles fängt irgendwo an und entwickelt sich – und ist dann ganz plötzlich wieder zu Ende, ohne happy End, ohne klaren Abschluss. Immer wieder stehst du einfach so da und das Eine ist zu Ende und du hältst wieder mal Ausschau nach etwas Anderem. Erwarte das Unerwartete, das war der einzig gute Satz von diesem Meister, der mir im Gedächtnis geblieben ist, War aber nicht mal von ihm, glaube ich. Egal. Aber damit kann ich wenigstens was anfangen. Das trifft den Nagel auf den Kopf. Du musst immer bereit sein, etwas Neuem zu begegnen, weil das Alte immer wieder verschwindet und du dann wieder ohne alles dastehst. Also lass dich überraschen, etwas Anderes bleibt dir sowieso nicht übrig.

Aber es hätte auch ganz anders kommen können.

Es gab da wirklich mal ein Projekt, bei dem ich ganz sicher war, dass das mein schriftstellerischer Durchbruch hätte werden können. Es ging um meine Mutter.

Meinen Vater hatte ich nie kennen gelernt. So lange ich denken kann, gab es immer nur meine Mutter und mich und das war auch ganz in Ordnung so. Ich nannte sie Maam und liebte sie über alles. Sie war eine ganz normale Frau, mittelgroß, mittelblond, mittelbegabt, mitteltemperamentvoll. Aber ich liebte sie und was sie tat, sagte oder fragte, war für mich der Maßstab aller Dinge. Sie musste viel arbeiten, um uns beide durchzubringen, tat dies aber stets ohne zu klagen oder andere dafür verantwortlich zu machen. Verwandte hatten wir keine weiteren, jedenfalls nicht dass ich wüßte. Ich war viel auf mich allein gestellt und lernte, lange Streifzüge durch die ganze Stadt zu machen und mich ausgiebig mit mir selbst zu beschäftigen. Nur im Sommer, da war sie ganz intensiv und lange für mich da. Wenn ich an diese Zeiten denke, kommt es mir vor, als hätten wir immer den ganzen langen Sommer hindurch Ferien und unendlich Zeit füreinander gehabt. Dann spielte sich das ganze Leben fast ausschließlich in unserem kleinen Schrebergartengrundstück ab, in einer überschaubaren Welt mit einem langgezogenen Grünstreifen mit Gras, Löwenzahn und Gänseblümchen, geteilt von einem Weg aus grauen Betonplatten, zwei Beeten – links mit Gemüse, Kohlrabi, Salat, Möhren, Kürbissen, Steckrüben, Lauch und Tomaten und rechts mit Obstbäumen, Äpfeln, Birnen und Mirabellen und kleineren Büschen mit Johannis- und Stachelbeeren, wo wir zusammen gärtnerten, umgruben, schnippelten und zupften und dann schließlich immer wieder köstliche Gaben der Natur ernten konnten. Es wimmelte nur so von Insekten, Bienen und Schmetterlingen, Käfern und Regenwürmern und hin und wieder einem schnell vorbeiflitzenden Mäuschen. Andere Menschen kamen dort nie vorbei, es war eine vollkommene, in sich geschlossene Welt nur für uns beide. Und Maam liebte diese Welt, sie wurde immer ganz weich und warm in diesen sonnigen Monaten und sprach dann mit leiser und liebevoller Stimme so viel mit mir wie sonst während des ganzen restlichen Jahres nicht. Nur wenn sie nach getaner Gartenarbeit dann erschöpft in den knarzenden Korbsessel sank, der auf einer kleinen geplättelten Fläche vor der dunkelbraun gestrichenen Holzhütte stand, versank sie in ein rätselhaftes Schweigen und ihr ganzes Wesen schien sich dann für eine Weile vollkommen in sich zurückzuziehen. Dann durfte ich sie nicht stören und selbst wenn ich es gewollt hätte, wäre es mir kaum gelungen, so fern schien sie auf einmal zu sein, so unerreichbar fern. Sie saß dann immer mit ihrem Stuhl seitlich gedreht so nah an der Hütte, dass einer ihrer Arme und eines ihrer Beine wenigstens teilweise das warme Holz berührten. Und nicht selten schlief sie so ein und dämmerte eine gute Stunde fast regungslos vor sich hin, nur gelegentlich von einem kurzen Zittern, einem Seufzen oder ein paar leise die Wangen herunterlaufenden Tränen unterbrochen. Ich beobachtete sie dann oft minutenlang, um irgendwelche Zeichen zu erhaschen, die mir verraten hätten, was in ihrem Inneren vorging, was mir aber trotz intensivem Anstarren nicht gelang. Irgendwas an dieser typischen Situation gab ihr Halt und Trost aber daneben auch noch etwas anderes, tief verborgenes, das sich mir nicht offenbaren wollte. Auch wollte sie darüber nicht reden, und wenn ich sie dann später nach dem Aufwachen immer wieder mal darauf ansprach, wich sie stets aus mit merkwürdigen Begründungen wie „Davon verstehst du nichts“ oder „Das ist nichts für kleine Jungs“. Aber aus dem kleinen Jungen wurde mit der Zeit ein großer Junge, der sich mit seinen Fragen nicht mehr so leicht abwimmeln lassen wollte. Und eines Tages, als sie im Traum besonders heftig mit irgendwas zu kämpfen schien und auch beim Erwachen kaum in die Realität unseres Gartenparadieses zurückfinden konnte, packte mich eine plötzliche Angst, es könne etwas ganz Schlimmes passiert sein oder bald passieren. Und erst diese Angst ihres zutiefst erschrockenen Sohnes öffnete ihr den Mund zu einer zögernden Antwort. Doch die ganze Geschichte, die mein ganzes weiteres Leben tief beeinflusste und prägte, erfuhr ich erst viel später und das auch nur in Bruchstücken und Andeutungen wie ein altes, abgenutztes und unvollständiges Puzzle. Eine Geschichte von Feuer und Holz.

Ich kann darüber nicht sprechen. Es geht nur schreiben, schreiben, schreiben, immer schreiben, viele kleine Tagebücher voll. Es sind nicht die Tage, die ich erlebe, die ich beschreiben muss. Es sind die Tage, die ich erlebt habe. Und die Tage, die ich nie erleben werde. Ich schreibe nur nachts, wenn Erik schläft und niemand und nichts mich stören kann. Ich schreibe nur für mich, immer wieder dasselbe und niemand wird dies hier jemals zu lesen bekommen. Wenn ich nicht schreibe, dann dringen die Erinnerungen wie giftige Pilze aus den Tiefen meiner Seele auf und breiten sich aus in mir, vergiften mich und töten mich. Nur mit schreiben kann ich sie in Schach halten, zur Ruhe bringen, damit sie mich in Ruhe lassen. Und im Sommer, wenn wir manchmal wochenlang in unserem kleinen Gartengrundstück leben können, dann ist die einzige Zeit, in der ich auch mal ein paar Nächte lang auf das Schreiben verzichten kann. Dann kann ich diese Manie für Augenblicke ganz loslassen. Dann geht es mir gut. Wenn ich die Wärme des Holzes spüren kann. Wenn unsere Hütte wieder zur rettenden Insel wird, zum einzigen festen Halt in der Welt. Wie der Bretterverschlag, der mir damals das Leben rettete. Kratzige alte braune Bretter, zwei rostige Scharniere, ein quietschender Riegel, eine winzige schmale Tür und dahinter nichts als Dunkelheit. Und auch wenn ich eigentlich Angst im Dunkeln hatte, war diese Dunkelheit für mich das Licht der Welt. Hier unter der Treppe, in staubiger Enge in meinen eigenen Gliedern verschlungen und eingepresst in alles mögliche Gerümpel war es mir dennoch, als könnte ich hier laufen, springen und lachen, an einem weiten Strand oder über eine sonnige Wiese unbeschwert das Leben genießen. Niemals hat mich hier jemand gefunden und niemals mehr habe ich dieses Gefühl vergessen, eng an das Holz gepresst, die Arme um die Knie geschlungen, den Kopf zwischen die Schultern gezogen, den Atem ganz flach gehalten und mit der Fantasie weit weit weg geflogen in ferne, menschenleere Welten. Dann war aller Schmerz wie weggefegt. In den Bombennächten, wenn sich Dutzende verängstigter, panischer Menschen, Alte, Frauen und Kinder im Luftschutzkeller aneinander drängten, wenn die einzige Glühbirne flackerte und erlosch, wenn das ganze Haus erbebte, wenn der Staub so dicht wurde, dass man sich nicht mehr traute, tief Luft zu holen, wenn sich die einen in die Hose machten, andere vor Verzweiflung Heulkrämpfe bekamen und nicht wenige einfach in Ohnmacht fielen, dann war sie für mich unerträglich, die Dunkelheit. Ich schrie und heulte genauso untröstlich wie alle anderen Kinder, auch wenn ich mit vierzehneinhalb nicht mehr so klein war wie die meisten. Aber da ahnte ich noch nicht, dass es noch viel schlimmer kommen würde. Als die Bomber nicht mehr flogen und nach wenigen Tagen trügerischer Ruhe der Häuserkampf begann, keimte noch einmal eine kurze verzweifelte Hoffnung auf bei uns Eingeschlossenen, es könnte doch noch alles wieder gut werden. Aber dann kamen die Männer. Sie drangen überall ein, in jedes Haus, in jedes Zimmer, jeden einzelnen Kellerraum. Und sie drangen ein in jede Frau, in jedes noch so kleine Mädchen. Sie wüteten ohne Pause und ohne Erbarmen, sie durchbohrten jede Scham, jede Hoffnung, jedes Gefühl, sie zerrissen das Band zwischen den Menschen, das Gemeinsame, das Menschliche, sie tobten und töteten wie wilde Tiere. Und es war mir, als wäre ich unter Wölfe geraten, die mich jeden Tag, jeden verdammten Tag, manchmal jede himmelschreiende Stunde erneut in Stücke rissen, mir die Kleider, das was noch von ihnen übrig war wieder und wieder vom Leib rissen und wieder und wieder und wieder in mich eindrangen, mich schlugen, bis ich fast bewusstlos und wie ein nasser zerfetzter Sack auf dem Boden lag. Und auch dann ging es immer weiter, immer weiter, es nahm und nahm einfach kein Ende. Es brannte wie Feuer, es tat so schrecklich weh und es hörte einfach nicht auf zu brennen und zu brennen und zu brennen. Bis ich an einem Morgen diesen Verschlag fand. Ich war irgendwie in einer unerwarteten Pause inmitten der Wüterei auf allen Vieren aus dem Haus, über den Gehweg und in einen Hauseingang wenige Meter weiter gekrabbelt, mühsam Stück für Stück, mit völlig verkrustetem Gesicht, am ganzen Körper beschmiert mit Blut und dem eingetrockneten Sekret dieser Bestien, zitternd, schwer hechelnd und mit einem Herzschlag, der sich anfühlte, als würde er jeden Moment einfach aufhören, mit wund gescheuerten Knien, mit aufgerissenen Handflächen, mit eingenäßter, zerrissener Strumpfhose, mit einer undefinierbaren, schmutzig gestreiften Decke über den Schultern, wie eine uralte tödlich verletzte Schildkröte auf ihrem allerletzten Weg. Und dieser Weg führte mich wie durch ein Wunder nicht zum Tod, sondern in dieses winzige Versteck, dass sich vielleicht sogar irgend jemand vorbereitet, aber nicht selbst genutzt hatte. Der Verschlag war kaum lang genug, um sich liegend auszustrecken und so schmal, dass meine Schultern auf der einen Seite das Holz der Bretterwand und auf der Anderen die Pfosten und Böden eines Regals berührten. Stehen konnte man dort nicht, da die Schräge der darüberliegenden Treppe den Raum dreieckig einschränkte. Aber all das war kein Problem, denn auf den drei mit Wachstuch ausgelegten Böden des Regals befand sich der größte Schatz meines Lebens – Vorräte! Dutzende Gläser mit eingemachtem Obst und Gemüse, reihenweise Flaschen mit Säften, ein paar Packungen Zwieback, Öl und ein paar Dosen Fisch. Ich konnte überleben! Wenn mich hier niemand fand, konnte ich in diesem winzigen Versteck wenigstens vielleicht so lange überleben, bis der entsetzliche Sturm um mich herum sich irgendwie beruhigt und verlaufen hätte, bis es wieder eine Welt da draußen gab, in die man aufrecht und mit offenen Augen treten konnte, ohne dass man hilflos wie ein Blatt im Wind zerfetzt und in die Unendlichkeit gerissen wurde. Und ich überlebte, einige Tage, vielleicht Wochen, in denen ich mein Versteck nur verließ, um nachts ab und zu mein Geschäft heimlich, still und leise irgendwo im Hausflur zu verrichten und sofort wieder hinter den Bretterverschlag zu schlüpfen wie in mein wunderbares Schneckenhaus. Draußen tobte es noch eine Weile lang. Immer noch drangen verzweifelte Schreie, fliehende Schritte, Schüsse, Poltern, Krachen, Motorengeräusche, Flugzeuggedröhn, weit entferntes Geschützfeuer und ähnliches bis zu mir durch. Aber dann wurde es weniger. Es wurde still. Und irgendwann traute ich mich ganz heraus, wackelig auf dünnen Beinen, verdreckt und verängstigt aber durchdrungen von dem kaum fassbaren Glück, noch am Leben zu sein. Alles brannte, alles tat weh und ich bewegte mich wie ein Schlafwandler oder Betrunkener, schwankend und mich alle paar Meter irgendwo festhaltend. Aber mit offenen Augen! Und ich sah wieder das wahre Licht der Welt, staubverschmiert noch und von Irrlichtern und dunklen Wolken durchzogen aber doch unverkennbar lebendig und frei.

Sie sagte mir, das Holz dieser kleinen Gartenhütte wäre für sie etwas wie das Schneckenhaus für eine Schnecke. Sie könnte sich daran ankuscheln, sich darin verstecken oder auch ganz dicht davor in der Sonne wärmen. Und sie wisse, dass sie diese kleine Hütte vor allem Bösen dieser Welt schützen würde. Und immer wenn sie so, die schlanken Arme eng an ihre zerbrechlich wirkenden langen Beine geschmiegt, halb im Schlaf und für kein Wort von mir zugänglich wie in einer anderen Wirklichkeit an der sonnenbeschienenen Wand unserer Hütte kauerte, dann ginge es ihr gut, dann wolle sie nur diesen einen wunderbar heilen Moment in aller Ruhe genießen und dabei nicht gestört werden und ich bräuchte mir darum überhaupt keine Sorgen um sie zu machen, es sei alles gut so wie es ist. Und gerade das machte mir Sorgen, genau das bereitete mir Kopfzerbrechen. Denn dass alles gut war, das spürte ich ja selber. Die Sonne schien, die Vögel zwitscherten, die Blumen blühten und das Obst gedieh prächtig in den Zweigen der Bäume. Warum um alles in der Welt musste sie dann so der Welt abgewandt und völlig unansprechbar in irgendwelchen Erinnerungen versinken, aus denen es scheinbar kein Entrinnen gab, außer dem engen Körperkontakt zu ein paar warm besonnten Gartenhüttenbrettern? Ich spürte, dass da noch etwas Anderes war, das Maam mir nicht sagen wollte oder konnte. Und immer wenn ich dazu weiter insistierte und mit meinen Fragen nicht nachlassen wollte, verdüsterte sich ihre Miene und sie wandte sich ab, packte irgendwelche Sachen zusammen oder murmelte kaum verständliche Sätze wie „Das erzähle ich dir vielleicht ein andermal". Es ließ mir keine Ruhe, doch ich kam bei ihr ab einem bestimmten Punkt keinen Millimeter voran. Und das änderte sich schlagartig an einem zunächst ganz unspektakulären Tag im Spätherbst. Es waren die ersten Nächte, in denen es schon empfindlich kalt werden konnte. Wir hatten unseren kleinen Garten schon so gut wie winterfest gemacht, alles war abgeerntet, die letzten Kürbisse abgeschnitten und die Sträucher zurückgeschnitten. Die kleine Hütte stand ordentlich aufgeräumt inmitten eines zunehmend kahlen Gartenstücks und machte sich bereit für den stillen Winterschlaf. Und wir gingen nur noch ab und zu dort hin, um noch ein paar Sachen zu erledigen. Alles hätte so gut sein können, so wie jedes Jahr. Doch es sollte ganz anders kommen. Irgend so ein Penner muss sich wohl gedacht haben, unser kleines Paradies sei für ihn so eine Art Winterquartier oder zumindest ein Asyl für die ersten kalten Nächte. Und dafür wird er sich dann eben noch ein kleines Feuerchen gemacht haben, um seine kalten Füße zu wärmen oder was weiß ich. Jedenfalls – eines Nachts brannte die kleine Hütte ab bis auf die zementierte Bodenplatte, alles war verloren, alles kaputt. Kein Schuldiger wurde gefunden, alle Untersuchungen verliefen ergebnislos im Sand. Es war einer der schlimmsten Tage meines Lebens und vielleicht auch im Leben meiner Mutter. Nach dieser entsetzlichen Nachricht war sie nicht mehr wie vorher, aß kaum noch und sprach fast überhaupt nicht mehr. Sie saß meistens am Küchenfenster und starrte mit leblosen, weit aufgerissenen Augen irgendwo ins Leere und keine meiner Fragen erreichte mehr ihre Ohren. Ich hatte inzwischen ein Volontariat bei der örtlichen Zeitungsredaktion angefangen und war deshalb meist den ganzen Tag unterwegs. Doch oft traf ich sie am frühen Abend ganz genau dort wieder an, wo sie bereits gesessen hatte, als ich am Morgen das Haus verließ. Und eines Tages wartete die Polizei vor der Tür, als ich nach Feierabend nach Hause kam. Sie war auf einer Kreuzung mitten in der Stadt einfach regungslos stehen geblieben und beim nächsten Ampelphasenwechsel von einem abbiegenden Lastwagen erfasst und tödlich verletzt worden. Einfach so. Kein Abschiedswort. Keine Warnung. Ich war wie versteinert. Ich erledigte die tausend Formalitäten, telefonierte, füllte Versicherungsbögen aus, ging von Amtsstube zu Amtsstube und lief durch die Stadt wie ein geprügelter Hund. Und stand dann plötzlich an genau der Kreuzung, an der es passiert war. Spürte den

Wind der vorüberfahrenden Autos. Hörte das Quietschen der Straßenbahnräder in den Kurven. Und ich sah das Plakat an der gegenüberliegenden Ecke. Gartenhütten im Sonderangebot. Nur noch diese Woche zum Schnäppchenpreis. Und stand da wie vom Donner gerührt und heulte wie ein kleines Kind. Ein paar Tage später fiel mir beim Ordnen ihrer Hinterlassenschaften ein kleiner unscheinbarer Schuhkarton in die Hände. Darin befanden sich, einzeln mit einer zartblauen Schleife umwickelt, sieben dunkelblaue Notizbücher, alle Seiten dicht und eng beschrieben in der geradlinigen Handschrift meiner Mutter. Ein Vermächtnis der Ohnmacht, ein Dokument eines zutiefst zerstörten, zerschundenen und doch irgendwie überlebten Schicksals. Ein verzweifeltes Manifest eines ganz persönlichen Untergangs und Wiederaufstiegs durch ein winziges Fenster der Hoffnung. Ein Fenster wie das in unserer kleinen, wunderbar geborgenen und nun für immer verlorenen Gartenhütte, dem einzigen Ort, an dem sie Trost und Schutz vor ihren inneren Katastrophen gefunden hatte. Ich studierte diese Aufzeichnungen mehrere Monate lang, Wort für Wort, Satz für Satz. Und ich wusste, das könnte das Buch meines Lebens werden, die Story, mit der ich den Durchbruch erzielen würde. Ich sah mich in Talkshows auftreten, ich sah ergriffene Artikel im Feuilleton, ich sah Stapel von Büchern in den Läden und auf der Buchmesse, ich sah mich in Interviews, im Fernsehen, im Kultur-Radio, auf Podiumsdiskussionen, mit Preisen ausgezeichnet, mit Ehrungen überhäuft. Und ich wusste, dass ich es nicht tun durfte. Dass ich meine Maam nicht verraten durfte. Was sie erlebt und erlitten hatte, fand nur den Weg in diese geheimen Aufzeichnungen, nicht einmal den Weg zu den Ohren ihres einzigen geliebten Sohnes. Ich durfte es nicht tun. Ich durfte darüber nicht auch nur ein einziges Wort schreiben, nicht eine Zeile veröffentlichen. Die Welt wäre zutiefst bewegt, vielleicht sogar ein Stück zum Guten, weil zur Wahrheit verändert worden. Aber ich hätte meine Maam verraten. Ich hätte sie ein zweites Mal getötet. Und das durfte nicht geschehen. Niemals.

Niemals hätte ich das gedacht. Ich dachte, ich sei eine erwachsene Frau. Abgeklärt, etwas schräg, teilweise vielleicht ein bisschen behindert, dauerhaft schlafgestört und nicht besonders glücklich. Aber was soll's. Immerhin erwachsen. Ich arbeite daran, dass es besser wird mit meinen paar Macken. Ich arbeite wirklich daran. Habe schon so einiges ausprobiert. Bis ich dann zu diesem Psychotherapeuten überwiesen wurde, nachdem sie mich nachts vom Brückengeländer geholt haben. Ich wollte nicht springen. Ich wollte nicht da unten ins eiskalte Mainwasser fallen und elend ersaufen. Ich wollte nur weg. Weg von irgendwas. Weg von diesem Gefühl, dass mir ein riesengroßer Teil meines Lebens einfach nicht zugänglich ist, dass ich gar nicht weiß, wer ich wirklich bin und warum ich so bin wie ich bin. Warum ich nicht schlafen kann. Warum ich keine Farben sehen kann. Warum manchmal jemand zu mir spricht und warum ich nicht weiß, wer das ist. Ich will einfach nur weg davon. Und weshalb ich dazu auf das Brückengeländer gestiegen bin, kann ich wirklich nicht sagen. Ich weiß es einfach nicht, es ist, als ob das ganz von allein passierte. Ich stand auf einmal da oben, eine Hand an dem geschwungenen Eisenbogen, die andere irgendwo in der Luft. Keine Ahnung wie lange. Es war kalt, erinnere ich mich. Kalt und windig. Und die Leute waren so auf Abstand. Ich hörte vereinzelte Stimmen, aber ich verstand keine Worte, nichts, gar nichts. Ich stand einfach nur da bis sie mich dann runterholten und in die Klinik brachten. Und alles war irgendwie wie im Nebel, grau in grau in grau in grau. Dann bin ich zu diesem Therapeuten gegangen, einige Wochen lang. Ich war wieder ganz ich selber, habe mit ihm geredet, erzählt, auf alle seine Fragen geantwortet, aber er war damit nicht zufrieden, hat gesagt, da ist noch etwas, das ich nicht sagen kann. Und da hat er Recht. Es ist was da, von dem ich kaum spüre, dass es da ist, aber das mir ganz tief im Inneren ein ganz merkwürdiges Gefühl gibt, ein Gefühl wie in einem leeren Fahrstuhlschacht stehen, mitten drinstehen und nicht fallen oder aussteigen oder rauf und runter fahren zu können. Ich weiß einfach nicht wie. Wie das gehen soll. Nichts bewegt sich. Nichts verändert sich. Er fragt und ich antworte oder er fragt und ich antworte nicht, weil keine Antwort da ist. Und da macht er mir den Vorschlag, weil ich nicht reden kann, ich soll etwas aufschreiben, soll meine versteckte, geheime Geschichte aufschreiben, als die Geschichte von jemand anderem, am besten so wie ein Märchen. Ein Märchen. Der hat sie doch nicht alle. Ich bin erwachsen. Ich lese keine Märchen. Und ich schreibe erst recht keine. Ich bin eine erwachsene Frau, keine Märchentante. Ich will gerade lachen über diesen komischen, blödsinnigen Vorschlag, da kriecht eine Kröte über meinen Fuß. Ich kann nicht hinsehen, aber da kriecht eine Kröte über meinen Fuß. Mein Nacken ist ein Stock, meine Haare stehen in die Höhe und bittere Tränen schießen mir in die Augen. Von einer Sekunde auf die andere. Ohne ein Wort stürze ich aus der Praxis und eile so schnell ich kann nach Hause. Ich setze mich an den kleinen Schreibtisch, klappe den Laptop auf und atme so tief ein, dass es klingt wie ein verzweifeltes Heulen. Es ist, als würde ein Fenster aufgehen und meinen Blick in ein weites unbekanntes Land freigeben. Schon in der Schule gab es für mich nichts Schöneres als Deutschaufsätze. Geschichten schreiben, Worte formen wie feuchte Tonerde, Sätze bilden, fein wie Spinnenweben und verschachtelt wie verwunschene Irrgärten. Ich habe für mein Leben gerne geschrieben. Und ich hatte das vollkommen vergessen. Als hätte ich es niemals getan. Es war so ein wahres Glück, Seiten füllen, noch eine und noch eine, Welten zu erschaffen und diese Welten zu bauen und zu beschützen durch Worte, durch Sätze, die wie ein undurchdringliches Dickicht alles Böse und Widerliche dieser Welt draußen halten konnten wie die Dornenhecke um Dornröschens einsames Schloss. Nicht nur in der Schule, auch in meiner freien Zeit hatte ich ganze Hefte damit gefüllt. Genau das war mein Ein und Alles gewesen, Geschichten schreiben, in Worten versinken, in Bildern ertrinken. Und all das, ich kann es kaum fassen – all das hatte ich vollkommen vergessen. Aus, gelöscht, es war total weg aus meinem Kopf. Verschwunden in einem schwarzen Loch. Warum? Warum nur war das alles nicht mehr da gewesen für so viele Jahre? Ich habe keine Ahnung, aber ich will mich auch nicht aufhalten bei dieser Frage. Es ist, als hätte etwas diese Erinnerung wieder ausgegraben, freigelegt von Schutt und Dunkelheit, ans Licht der Welt zurückgeholt, als atme diese Lust zum ersten Mal seit unendlicher Zeit wieder die Luft des Lebens ein, als wäre ein gefrorener Wasserfall mit einem Schlag aufgetaut und ergieße sich mit aller Kraft in das vertrocknete Tal. Fremde Worte fließen aus mir wie ein reißender Fluss und Bilder tauchen vor meinem Auge auf, die ich nie zuvor so gedacht, so formuliert oder so gesehen habe und die mir doch auf schmerzhafte Art ganz tief vertraut zu sein scheinen. Ich bin sprachlos vor Erstaunen und doch fließt die Sprache aus meinem Kopf, aus meinen Fingern in die Tastatur und auf den Bildschirm und formt eine Geschichte, die sich allmählich zu einem Ganzen zusammenfügt und wie ein Spiegel vor meinem inneren Auge steht. Und ich blicke hinein.

Diese Frau ist wirklich erstaunlich. Bei unseren wöchentlichen Sitzungen ist sie vollkommen präsent, tatsächlich willens und fest entschlossen, ihren tiefsitzenden Problemen auf die Spur zu kommen. Und doch kommen wir kaum wirklich voran. Irgend etwas scheint sie komplett zu blockieren, ihre Erinnerungen in eine Art Käfig zu sperren, der sie quasi unsichtbar werden lässt. So wie ein Magier das weiße Kaninchen aus dem schwarzen Zylinder zaubert, so zaubert sie ihre schwarzen Erinnerungen in einen weißen, kaum wahrnehmbaren Zylinder der Unschuld oder des Vergessens und dann ist es, als wäre nie etwas gewesen. Alle Versuche, dem Geheimnis auf die Spur zu kommen, scheitern bis jetzt kläglich. Meistens wirkt sie vollkommen kontrolliert, manchmal oberflächlich fast locker und es gelingt ihr dann, frei und unbefangen von Dingen zu erzählen, die mir als Zuhörer zuweilen vorkommen wie ganz gewöhnliche Alltagsgeschichten, nichts, was auf irgendwelche tiefen Verwerfungen oder Traumatisierungen hindeuten würde. Aber sie leidet ganz offenbar unter einer tiefgreifenden Störung in einer sehr merkwürdigen Ausprägung, von der ich tatsächlich während meiner langjährigen Erfahrung als Psychotherapeut noch nie gehört habe: Diese Frau sagt, sie könne keine Farben sehen. Nur Grautöne in verschiedenen Abstufungen. Und sie wisse trotzdem, was Farben seien, es sei also mehr eine Art Wahrnehmungsbeeinflussung, eine Art innerer psychologischer Filter als eine echte körperliche Beeinträchtigung. Dazu massive Schlafstörungen jede Nacht und das bereits über Jahrzehnte. Gelegentliche psychische Aussetzer, Ohnmachten oder Halluzinationen, die sie allerdings in ihrer Bedeutung herunterspielt. Schwieriges soziales Umfeld, lebt isoliert, wenige Bezugspersonen, kaum Freundschaften, keine Familie. Sie wirkt wie ein einsamer, trotziger Felsen in einem wild umtosten Meer, der sich gelegentlich fragt, was er eigentlich hier macht, an dieser Stelle, in diesem aufgewühlten Meer, in diesem Leben, in einer Welt ohne Farben und ohne Sinn. Und dann mache ich ihr diesen Vorschlag, nachdem eine dieser immer öfter auftretenden Schweigepausen eingetreten war und nicht mehr aufzuhören schien. Ich sage, sie solle das, was offenbar nicht über ihre Lippen kommen will versuchen aufzuschreiben. Und wenn auch das nicht ginge, könne sie versuchen, es nicht als ihre eigene Geschichte, sondern als die von jemand anderem, in Form einer Kurzgeschichte oder vielleicht noch besser in Form eines Märchens aufzuschreiben versuchen. In dieser indirekten Form seien die Widerstände vielleicht nicht ganz so stark und es könne ihr möglich sein, sprachliche Bilder zu finden für das, was in ihrer realen Sprache nicht formulierbar sei. Sie blickt mich nur mit weit geöffneten Augen an, dann dreht sie sich abrupt um und verlässt wortlos die Praxis. Ich bin völlig perplex, denke: Nun hast du sie vergrault, das nimmt sie nicht ernst, das ist für sie kein annehmbarer, ja nicht mal ein ernst zu nehmender Vorschlag. Die ist weg, die siehst du nie wieder. Aber nein. Bereits ein paar Tage später kommt sie unangemeldet vorbei, entschuldigt sich kurz für ihr plötzliches Verschwinden in der letzten Sitzung und übergibt mir einen Umschlag mit ein paar ausgedruckten Din-A4-Seiten.

„Hier. Mein Märchen. Lesen Sie es. Vielleicht wissen Sie ja dann, was das alles bedeutet."

Ich nehme den Umschlag und sie verabschiedet sich eilig mit einem unverbindlichen „Also dann ...". An diesem Abend bleibt mein tägliches Glas Rotwein fast unberührt, so sehr nimmt mich die Lektüre dieser Zeilen gefangen.

DER KRÖTENKÖNIG

Einst waren die hellen Sommertage endlos und voller süßer Düfte und die lauen Nächte durchdrungen von fernen Klängen und Ahnungen fremder Welten. Wenn die Sonne verschmierte und die Winde vor Erschöpfung ins trockene Gras plumpsten, wenn die Tagtigallen sich einsangen zur Nachtschicht und die Grillen nach dem Grillen den Rauch aus der Luft sägten, das war die Zeit der zeitlosen Spielereien und der absichtslosen Wünsche und Träume. Und es war die Zeit, in der sich Larven in Käfer, Puppen in Schmetterlinge und warzige Kröten in neckische Prinzen verwandeln konnten. Wenn man sie denn ließ. Oder lassen sollte.

Oder es vielleicht doch besser hätte lassen sollen.

Denn wer immer behauptet hatte, ein neckischer Prinz sei doch schließlich etwas viel Besseres als eine warzige Kröte, hatte schlicht und einfach keinen blassen Schimmer von den Abgründen jener geheimnisvollen amphibomonarchistischen Transformation. Denn deren tief verborgener Sinn bestand mitnichten darin, ein gar grausiges Schleimgebilde in ein glattes menschliches Wesen zu verwandeln, sondern in seinem exakten Gegenteil. Nur dass das keiner offen aussprach.

Und so geriet mit der Zeit jene schamhaft geglättete Version der Geschichte in Umlauf und zwischen die Walzen der Buchdruckmaschinen, die uns noch heute das Schwarze Loch der Begierde als ein reinweißes Linnen der Unschuld vorgaukelt. Es war gar nicht die kleine süße Prinzessin, die den armen Frosch mit ihrem Versprechen auf Dankbarkeit und Freundschaft aus seinem Wasserloch in das väterliche Schloss lockte, ihn dann aber verachtete, beleidigte und schließlich derart misshandelte, dass ihm nichts anderes übrig blieb, als sich endlich in seiner wahren Gestalt zu offenbaren und das Mädchen als stolzer Prinz zum Altar zu geleiten. Das hätten Sie wohl gerne, was? Dass selbst die bösesten und verzogensten Gören trotz verständlicher Wut und Abscheu dann doch durch einen simplen Zaubertrick zurück geführt werden in den Schoß des tugendhaften Mannes und den der nicht minder tugendhaften Mutter Kirche. Da müssen Sie aber schon in ein anderes Theater gehen. Hier werden solche Seifenopern nicht gespielt. Fröscheküssen war gestern. Hier geht's um mehr, hier geht's um die Wurst, den Ball, den scheinheiligen Prinzen und seine warzige Kröte. Die folgende Geschichte ist für Jugendliche unter 16 Jahren und für Möchtegernkönige über 16 Jahren nicht geeignet.

So wie schon die Sommertage einst brünstig und schwül über dem ganzen Königreich lagen, so waren die Nächte umso klebriger und durchfeuchteter, und es hätte oftmals nur eines kurzen aber heftigen Gewitterschauers bedurft, und das Ganze wäre wieder auf jenes Maß heruntergekühlt, mit dem es sich auf längere Dauer hätte auskommen lassen. So aber durchstreifte die zarte schöne Prinzessin nun schon seit vielen Tagen und Nächten ruhelos die stillen Gemächer und den engen Burghof ihrer heimatlichen Behausung, getrieben von einer unerklärlichen Kraft, die ihre schmalen Schenkel erzittern und ihr Herz sich verströmen ließ, ohne dass sie im Mindesten ahnte, wie ihr geschah. Die vergrämte Königin war mit dem Beginn jener heißen Jahreszeit wie immer in den dunklen Kellerkatakomben verschwunden, wo sie sich der selbstgewählten Bitternis des Vergessens und der Unsichtbarkeit hingab, bis ihr die ersten kalten Herbstnächte mit ihren rauen Winden zuflüsterten, dass es vorbei sei und sie wieder ihr gewohntes trübseliges Leben an der Oberfläche aufnehmen könne. Das Gesinde hatte sich die Abwesenheit der Herrin frech zunutze gemacht und war in den nahen Dorfgasthof gezogen, wo es sich ungehemmt den Freuden und Gelüsten der körperwarmen Jahreszeit hingab.

Blieb also nur der König, der wie ein im Kochtopf vergessener Kloß aus seinen Rüschenhemden quoll, sich tagsüber mühsam vom Stuhl zum Sofa zum Bett und wieder zum Stuhl schleppte und des nächtens mit glasigen Augen von einem Fenster seines heruntergekommenen Schlösschens zum anderen schlurfte, je nachdem, von wo er den besten Ausblick auf sein einsam wandelndes Töchterlein hatte.

Beschützen wollte er sie, bewahren vor allem Bösen, das die feindliche Welt außerhalb ihrer kleinen Burg ihr zu bereiten drohte, wenn sie sich denn jemals nach draußen wagen würde. Beschützen vor den feuerspeienden Drachen und den drachenschwänzigen Hitzköpfen, den Unholden und Hexen, den Gnomen und Wiedergängern. Aber vor allem wollte er natürlich sich selber schützen, sich und seine feuchten einsamen Träume, seine schlierigen Wunschbilder und schmierigen Sehnsüchte, die wie ein Spinnennetz das Kind umsponnen hatten wie ein unsichtbarer Kokon, in dem es nun alsbald beginnen würde, sich zu verpuppen und endgültig als gereifte Frau wie ein Schmetterling seine fesselnde Umhüllung zu sprengen und frei in die Welt hinaus zu fliegen und alles Schwere und Betrübliche der frühen Jahre, die Enge der Burgmauern, die stickige Luft der Gemächer, die Gehässigkeit des Gesindels, die Kälte der Mutter und die Hitze des Vaters für immer hinter sich zu lassen.

Das aber durfte auf keinen Fall geschehen.

Und so gärte es schon seit Anbeginn jener seltsamen Verwandlung des zarten Kindes in den schwammigen Lenden des Königs, wohin sich der größte Teil seines ohnehin marginalen Verstandes zurückgezogen hatte, wie er es anstellen sollte, das schöne Kind zu halten und für immer in seinem zitternden Wunschbild zu be-

wahren. So ergab sich eines Abends endlich die langersehnte Gelegenheit zum Eingreifen in Gestalt eines alle Himmelsschlünde öffnenden Gewitters, das es dem Königskind unmöglich machte, seinen somnambulen Gepflogenheiten im Freien nachzugehen. Da mangels Personal auch niemand daran gedacht hatte, das Fenster des kindlichen Schlafgemachs rechtzeitig zu schließen und sich dieses alsbald in eine trostlose regendurchtränkte Puppenstube verwandelt hatte, musste das Mädchen diesmal die Stunden vor dem Schlafengehen im königlichen Salon verbringen, wo ihr Herr und Vater breitbeinig grinsend auf dem verlotterten Sofa thronte.

Nun haben selbst hartgesottene Burgfräuleins bei derartig heftig wütenden Gewitterstürmen doch so das eine oder andere Momentchen, in dem sie ihre panische Angst nicht vollends unter Kontrolle haben. Zitternd kauerte das weinende Kind seit geraumer Weile in einer dunklen Ecke des muffigen königlichen Wohnzimmers, als dessen Bewohner endlich, nach einer wohlkalkulierten Verzögerungsphase, seine mildtätig klingende Einladung zu Trost und Spiel auf dem herrschaftlichen Schoß durch den halbdunklen Raum schickte, bis sie schließlich und unausweichlich ihr Opfer fand und es wie mit magischen Fäden zu ihm hin zog. Brav setzte sich das frierende Kind nun auf den väterlichen Schoß und ließ sich von dessen schwerfälligen verfetteten Armen beruhigend an seine breite Brust drücken.

Schwer atmend mühte sich der Herr Papa, die wenigen Töne des simpelsten Schlafliedes, dessen er sich entsinnen konnte (es war ein einziges), wenigstens im Ansatz dem armen verängstigten Töchterlein ins klitzekleine Öhrchen zu säuseln, was ihm zum Glück allein schon wegen des heulenden Sturmes kaum gelingen wollte. Doch dann besann er sich auf sein eigentliches tieferes Ansinnen, welches aus den Untiefen seines unförmigen Leibes langsam wie eine aufquellende Wasserleiche zur Oberfläche emporstrebte, und er ließ das alberne Singen sein. Wie von Zauberhand entnahm er nun seiner verfilzten Rocktasche einen murmelgroßen goldenen Ball, den er seiner Tochter breit lächelnd in das schmale Händchen gleiten ließ.

„Lass uns ein bisschen spielen", sagte er mit belegter Stimme und führte ihr vor, wie sie den kleinen Ball mit etwas Geschick auf der Abfahrtstrecke zwischen den Rüschen, die beidseitig die Knopfleiste seines Wamses umsäumten, bis tief hinunter in seinen Schoß und in die zwischen den gespreizten Schenkeln seiner Strumpfhose gespannte Kuhle seiner Rockschöße kullern lassen sollte. Er selbst, so versicherte er der fragend dreinblickenden Unschuld, sei so etwas wie ein Berg, und das da unten, das sei der Brunnen am Fuße des Berges, und dort wohne ein verwunschener Prinz, der als garstige Kröte darauf warte, von einer holden Jungfrau erlöst zu werden. Dazu müsse der Kröterich nur den goldenen Ball der Dame fangen und sich im Rücktausch von ihr küssen lassen.

„Dazu hab' ich aber keine Lust", entgegnete die spröde Kleine, worauf der König weise und klug wie er nun mal erscheinen wollte, erwiderte, das sei ja gerade der Reiz des Spiels. „Du willst es nicht, aber der Prinzkröterich will es unbedingt, also spielt ihr gegeneinander um den Ball, und wer schneller und geschickter ist, der gewinnt das Spiel und darf machen, was er will. Nur wer verliert, der muss dem anderen folgen und ganz zu Willen sein, so ist die Regel und so wird's gemacht". Also fügte sich die Prinzessin und ließ wie ihr geheißen den goldenen Ball zwischen den verschwitzten Rüschen hinabgleiten, bis dieser über die königliche Gürtelschnalle sprang und seitwärts auf den alten Dielenboden polterte.

„Hoppala", sagte der König vergnügt, „das ging wohl ein bisschen daneben. Da müssen wir wohl den Gürtel weiter schnallen, damit dein lieber Ball nicht so leicht vom Wege abkommt", sprach's, und lockerte den schweren schweinsledernen Gürtel und die silberglänzende Schnalle. Beim nächsten Versuch sprang der Ball nicht mehr von der Schnalle zum Boden, aber er rollte aus dem Brunnen gleich wieder hinaus, weil die Rockschöße des königlichen Wamses nicht straff genug zwischen den königlichen Schenkeln gespannt waren. So lockerte der alte Mann nun nicht nur seinen Gürtel, sondern streifte auch gleich noch die allzu engen königlichen Strumpfhosen ab, die ihn doch nur daran hinderten, die Schenkel weit genug zu spannen und so dem Brunnenrand den unbedingt notwendigen rechten Halt zu geben.

Beim dritten Versuch nun war es endlich soweit: der Ball rollte brav vom Berg bis in die Tiefen des Brunnens und blieb dort auch schön liegen. „Und was jetzt?" fragte die Prinzessin ratlos in seine glasigen Augen. „Jetzt streichelst du die Kröte, die da ganz unten im Brunnen schläft, damit sie nicht erwacht und du den Ball ganz vorsichtig wieder herausholen kannst." „Und was wenn sie dann doch aufwacht?", wollte das schlaue Kind vorsichtshalber wissen. „Dann streichelst du sie umso mehr, bis sie wieder eingeschlafen ist", antwortete der schwitzende schwammige Schleimer voller Erwartung des weitere Spielverlaufs. „Und was wenn die Kröte den Ball doch erwischt und vielleicht runterschluckt?", fragte das Kindchen unerschrocken weiter. „Dann fühlst du ihren Leib, ob sie wirklich den Ball verschluckt hat. Manchmal ist sogar schon ein weiterer Ball in ihrem Bauch. Dann kitzelst du sie, damit sie einen davon wieder ausspuckt. Und ziehst ihr an ihrem langen Hals, und würgst sie wieder und wieder und wieder. Und wenn sie ihn dann immer noch gar nicht hergeben will, dann musst du die Kröte küssen auf ihren winzigkleinen Mund. Und wenn sie ihn dann erst recht nicht hergeben will, dann musst du versuchen, die ganze Kröte herunter zu schlucken, ohne dass du sie dabei verletzt. Und dann, in deinem Mund, wird sie weinen und klagen und viele Tränen vergießen. Dann kannst du von ihr ablassen, dann wirst du auch deinen schönen Ball zurück bekommen, und die hässliche Kröte wird sich bald in einen wunderbaren Prinzen verwandeln und dich heiraten und mit dir in einem wunderschönen Schloss leben, vollendete der stöhnende König seinen heißblütigen Vortrag und wischte sich die nassen Haarsträhnen mit seinem haarigen Handrücken aus der blassen glänzenden Stirn.

„Und in ein paar Jahren dann verwandelt sich der schmucke Prinzgemahl in einen schwabbeligen alten Krötenkönig oder in eine warzige Drecksau wie diese hier und versucht eiskalt, seine eigene liebliche Tochter zu vernaschen!!!“, schrillte es plötzlich von der halb geöffneten schweren Eingangstür herüber aus dem weit aufgerissenen Mund der alten Königin. Gerade noch rechtzeitig hatte sie sich besonnen, wie ängstlich ihr kleines Mädchen jedes Mal wurde, wenn es draußen gewitterte und stürmte und war endlich wieder aus ihrem Unterschlupf emporgestiegen bis zur Schwelle jenes Raumes, in dem sich der König der Widerlinge gerade anschickte, ein schreckliches Gewitter ungeahnten Ausmaßes zu entfesseln.

„Oh, verehrte Gemahlin, wie schön, euch zu sehen“, säuselte der Ertappte mit allergrößter Mühe und schob das verblüffte Kind aus seiner kompromittierenden Stellung von seinem Schoß. „Jetzt, da ihr ja wieder bei eurem treulichen Herrn Gemahl weilt, seid doch so gut und gebt ihm einen wunderbar wandelbaren Kuss, er-

gänzte er noch frech grinsend und hoffte inständig, solcherart aus der peinlichen Situation noch einmal mit einem blauen Auge davon zu kommen.

„Aber mit dem allergrößten Plaisir", flötete die gerissene Königin, schritt behende und mit gierig gespitzten Lippen zu ihrem knieschlotternden Gemahl, fasste dann fest und entschlossen seine Kröte, zog ihn daran mit einem einzigen Schwung einmal quer durch den Saal, in den Erker, aus den rasch geöffneten Flügeltüren auf den Balkon und mit einem kräftigen finalen Lupfer über die Balustrade, von wo er wie ein vom Blitz getroffener Haufen Schmetterlinge ihren Blicken entschwand, als er seinen letzten luftigen Weg in den Burghof antrat.

Was dann dort unten aufprallte und im prasselnden Regen liegen blieb, hatte wenig Königliches an sich und glich eigentlich irgendwie mehr einer platt gefahrenen Kröte, einem Brei aus rot-grün-lila schimmerndem Gekröse.

Das ist nicht nur vollendete Literatur. Das ist ein geradezu unfassbar plastisches Beispiel kreativer Traumabewältigung durch prozessives Schreiben. Und was für Bilder! Was für eine Geschichte! In keinem meiner bisherigen Fälle gab es so eine dramatische Wendung in der Therapie, gepaart mit einem solch herausragenden Talent und einer derartigen selbstheilenden Schaffenskraft. Noch nie hatte ich eine literarische Abhandlung zum Thema des sexuellen Missbrauchs von einer solchen Dichte und sprachlichen Intensität gelesen. Diese Frau wird es zu etwas ganz Großem bringen, wenn man, wenn ich sie weiter ermutigen kann, wenn es gelingt, dieses einzigartige Talent zu fördern und zu unterstützen, nicht nur als wirkungsvolles Werkzeug zu ihrer eigenen Ent-

Dämonisierung, sondern als einen unschätzbar wertvollen kulturellen Beitrag zur gesamtgesellschaftlichen Debatte über diesen Themenkomplex. Genau solche Töne brauchen wir. Sie hatte sich im wahrsten Sinne des Wortes mit diesem abgründigen Märchen die Seele aus dem Leib geschrieben, eine zutiefst geschundene, verletzte Seele, und sich in einem geradezu unbändigen Kraftakt der Selbstbefreiung aus der Depression gerettet. Ich fiebere förmlich unserer nächsten Begegnung entgegen. Drei Termine haben wir noch zusammen geplant. Das wird ungeheuer spannend werden.

Seit ich diese Märchengeschichte geschrieben und meinem Therapeuten gegeben habe, bin ich wie in Trance. Die Tage vergehen in einem Schleier von fast undurchdringlicher Unschärfe. Es scheint wie eine schwere Sehstörung, aber ich bin sicher, es ist etwas Anderes. Diese Geschichte kam einfach aus mir herausgeflossen, Worte und Sätze formten sich fast wie von selbst und ich kam kaum dazu, dazwischen Luft zu holen. Aber dann, als alles vorbei war, war auch der Rausch vorbei. Mein Kopf ist seitdem wie eine leere Tonne aus Metall, in der es hämmert und dröhnt und alles, was von draußen kommt, verzerrt und falsch übersetzt wird. Irre Gedanken schießen durch das Innere, Märchenbilder jagen reale Bilder jagen Märchenbilder. Was ist wahr, was ist bloß eine Geschichte? Gibt es überhaupt eine Wahrheit? Ist nicht alles Wahrnehmung und subjektiv? Ist das, was wir denken, was wir erinnern, nicht mehr als eine Geschichte, die unser Hirn so zurechtrückt, wie wir es gerade noch ertragen können oder wie wir es uns in unseren tiefsten Sehnsüchten bloß wünschen? Wie kann ich wissen, was wahr ist und was nicht? Wo kommen diese Bilder her? Kröte, König, Königin. Das Schloss, das Gewitter, die perversen Spielchen, der goldene Ball. Ist das wie in Träumen nur ein wirres Durcheinander von Gedankenmüll, zufällig gemischt und völlig willkürlich in eine neue Ordnung gebracht von einem kranken, müden Hirn? Oder zeigt es mir das, was ich nicht sehen will? Das was wirklich ist hinter allen Ängsten, hinter allen Fragen? Ich bin mehr verunsichert als zuvor, nichts hat sich geklärt, alles ist nur umso verworrener. Ich kann fast überhaupt nicht mehr schlafen, schwanke durch den Tag wie eine Bekloppte. Ich esse nicht. Ich schlafe nicht. Ich tue fast gar nichts. Ich warte. Dienstag hab ich noch einen Termin bei meinem Seelenklempner, den vor-vorletzten. Ich weiß nicht, was ich ihm noch sagen soll, weiß nicht, was er mich noch fragen soll. Das Ganze hat doch überhaupt keinen Sinn. Es geht mir schlechter als zuvor. Inzwischen könnte ich tatsächlich von der Brücke springen. Wenn ich überhaupt die Kraft hätte, über das Geländer zu klettern. Mit Worten kann man niemanden heilen. Mit Märchen kann man niemanden heilen. Auch nicht mit Märchen schreiben. Das Einzige, was mir diese Geschichte gebracht hat, wirklich das Einzige, das ist der allerletzte Satz. Als ich diesen Satz geschrieben habe, da sah ich vor meinem inneren Auge genau das, was ich dort beschrieb. Für einen kleinen, ganz kleinen unscheinbaren Moment. Ich sah als Bild genau das, was da in Worten auf dem Bildschirm wuchs. Und das war unfassbar ekelhaft. Aber es war bunt. Und das war schön.

Sie ist nie mehr gekommen. Eigentlich hatte ich das auch kaum wirklich erwartet, vielleicht mehr ersehnt als erwartet. Immerhin war dies ein durchschlagender Erfolg, den ich gerne noch etwas ausgekostet hätte.

Andererseits passt es so eigentlich viel schlüssiger zusammen. Ihre massiven Störungen, das Ringen um die richtigen Worte, die Sprechblockade und dann der Durchbruch, die Katharsis, der Befreiungsschlag, das Durchtrennen des gordischen Knotens. Und das in einem fulminanten Akt der Selbstbefreiung, noch dazu in Form und Stil geradezu vollendet, geradlinig und doch poetisch zugleich, präzise und verspielt, unnachgiebig in der Konsequenz und von einer satirischen, erkenntnisphilosophischen Tiefe und Eindringlichkeit, die wirklich ihresgleichen sucht. Eine beeindruckende Frau. Ein beeindruckendes Schicksal. Und eine beeindruckende Lösung. Noch ein paar Sitzungen hätten mir wohl auch noch etwas zur Ehre gereicht. Immerhin war das Schreiben mein Vorschlag gewesen. Aber gut, es geht ja hier nicht um Lorbeeren für den Therapeuten. Es geht um das Schicksal meiner Patientin. Und das hat sie nun ganz einfach selbst in die Hand genommen. Chapeau! Ein souveräner Abgang! So geht's auch in den Abschlussbericht für die Krankenkasse.

Bin auf dem Weg zu meinem Psychomann. Ich muss ihn doch noch was fragen, das mir keine Ruhe lässt: Wenn dieses innere Psycho-Spiegel-Märchen etwas über meine Ängste, meine Schlaflosigkeit oder meine Farbenblindheit aussagen soll – wieso fühlt es sich dann an manchen Stellen so falsch an?! Das ganze gruselig schleimige Hin und Her zwischen der kleinen Prinzessin und dem ekelhaften Krötenkönig hat irgend etwas mit mir zu tun, das spüre ich. Aber der bombastische Schluss, die heldenhafte Königin, wie sie da so plötzlich auftaucht, die Kleine in letzter Sekunde rettet und den warzigen Widerling mit einem kräftigen Hau-Ruck über Bord und aus dem Leben wirft, die hat es nie gegeben. Wenn das meine Mutter darstellen soll, dann ist es nichts weiter als eine Lüge, eine verzweifelte Wunschvorstellung vielleicht, aber es bleibt eine Lüge. Und so wenig der Vater mein Vater sein kann, den ich als Kind kaum gesehen und schon sehr früh verloren habe, so wenig kann diese tapfere Heldin meine Mutter sein, die nie, niemals da war, wo ich sie gebraucht hätte. Niemals. Die mich immer weg geschickt hat zu fremden Leuten, zu Tanten und Nachbarinnen und schließlich über viele Jahre nur noch zu meinem trinkfreudigen Onkel Robert, der den ganzen Sommer über in seinem verlotterten Gartengrundstück hauste. Da musste ich meine Wochenenden verbringen, während meine Mutter sich irgendwo ich weiß nicht wo herumtrieb.

Ich muss ihn fragen, was das bedeuten soll, wenn er schon so schlau ist. Diese kleine Prinzessin, soll ich das sein? Und dieses düstere Königsschloss, soll das Onkel Roberts schäbige Gartenlaube sein? Und die Kröte? Was ist die Kröte? Was zum Teufel ist die Kröte?!? Ich stehe an der Ampel, warte auf grün, warte darauf, die letzten paar hundert Meter bis zur Praxis zu gehen. Was ist diese blöde Kröte? Die Ampel steht und steht auf rot. Ich sehe es nicht als Farbe, aber ich weiß, dass das das obere Licht ist. Es wird nicht grün, es leuchtet nicht unten. Was ist die Kröte? Ich sehe mich um, sehe die Leute warten, sehe, wie sie mich anstarren, als hinge es von mir ab, wann die Ampel endlich umschaltet. Ich sehe die Autos, wie sie stehen und warten und wie die Fahrer mich anstarren. Ich sehe Bäume, deren Blätter sich nicht mehr bewegen, einen Bus, der ganz schräg in der Kurve hängen geblieben ist, Vögel, die am Himmel wie festgefroren kleben. Ich höre das Fehlen jeglicher Geräusche, als hielte die Welt komplett den Atem an. Alles wartet. Alles starrt mich an. Alles stellt mir die eine, die alles entscheidende Frage: Was ist die Kröte? Was ist die Kröte? Was ist ...

Scheißverkehr heute, die Leute fahren echt wie bekloppt. Und alle Ampeln auf rot, na klar, wie immer. Bin auf dem Weg zu so einem Scheiß Fußballturnier, irgendwo am Stadtrand und bin schon spät dran. Ich hasse das. Ich hasse diese dämlichen Wochenendberichte über dämliche und langweilige Dorfthemen. Es reicht doch, dass die Leute da hingehen und kicken und brüllen und sich von mir aus freuen und feiern oder sich prügeln oder besaufen. Das interessiert doch hinterher keinen mehr. Wen es interessiert, der kann ja hin gehen von mir aus. Und wen's nicht interessiert, der ist sowieso nicht hin gegangen. Fertig aus. Das muss man doch nicht alles noch mal aufschreiben als wär's das Neueste vom Neuesten, als würde das die Welt bewegen. Aber was die Welt wirklich bewegen würde, das will in solchen Blättchen dann eben keiner lesen. Es ist zum wahnsinnig werden. Jetzt fahr schon, du dämlicher Penner! Es geht weiter, Mann! Der steht da und bewegt seine Karre keinen Meter, Warnblinker an, na toll, auch das noch! Ich bin spät dran, Mann, brülle ich. Aber der kann mich nicht hören. Ich drücke auf die Hupe, warte noch einen Moment, dann trete ich das Pedal durch, kurble wie ein Weltmeister rechts ein Stück knapp über den Gehweg um ihn rum und presche mit quietschenden Reifen an seiner Kiste vorbei. Schneller Blick – na klar, Sonntagsfahrer mit Hut, wie ich's mir gedacht habe. Meine Hände – klatschnass geschwitzt. Jetzt nur schnell vorbei und weg hier von der Kreuzung. Da steht eine Frau. Steht da wie angewurzelt und starrt mit offenem Mund und noch viel weiter aufgerissenen Augen ins Leere. Wie auf diesem berühmten Schrei-Bild von Edvard Munch. Steht einfach da, mitten im Weg. Ich trete voll in die Eisen, kralle meine Finger wie irre um das Lenkrad und sehe, wie ich auf sie zufliege, kann gerade noch einen winzigen Schlenker nach links machen und knalle dabei mit der rechten Ecke vorne voll an den Ampelmast. Es tut einen fürchterlichen Schlag, der Wagen dreht sich ein paar Mal um die eigene Achse und bleibt dann mitten auf der Kreuzung stehen. Mein Herz schlägt wie verrückt bis in meine Ohren, in denen sonst nur noch ein schrilles Pfeifen fiept. Mein Kopf ist beim Schleudern wohl irgendwo dagegen geprallt, ich kann nichts anderes mehr hören und sehe nur noch verschwommene Umrisse. Spüre warmes Blut über meine Backe laufen, den Hals runter bis in den Hemdkragen. So war das mit meiner Mutter, denke ich schlagartig. Genau so muss das mit meiner Mutter gewesen sein damals vor vielen Jahren, als sie auf einer ähnlichen Kreuzung von einem Lastwagen umgenietet wurde. Diesmal ist es anders herum. Verdammte Scheiße! Ich hab Mist gebaut. Ich hab wieder mal verdammten verkackten Mist gebaut! Mist Mist Mist! Oh verdammt! Das darf doch einfach alles nicht wahr sein …

In diesem Moment explodiert mein Kopf. Es tut einen Schlag wie bei einem Erdbeben, der meinen ganzen Körper erschüttert. Die Tür fliegt zu. Die Tür ist zu! Er hat die Tür zu gemacht! Er dreht sich zu mir um, ich sehe ihn fast nur als Schattenriss gegen den schwachen Schimmer der Glühbirne oben an der Decke. Das Fenster ist dunkel, draußen ist es tiefe Nacht. Hier drinnen steht die Luft, stinkt die Decke auf der wackeligen Pritsche, stinkt der volle Aschenbecher auf dem kleinen Korbtisch, stinken die schimmeligen Bierreste in den Flaschen, stinken seine filzigen Socken. Er zieht sie aus, zieht sich ganz aus, legt sich zu mir, legt sich zu mir unter meine Decke. Meine Decke! Das ist meine Decke! Er zieht sie weg. Er stinkt nach Bier und Rauch. Er ist nicht rasiert. Seine Hände schwitzen, in den Falten und unter den

Nägeln steckt der Dreck vom Garten. An seinem Ohr hängt ein zitternder Tropfen Schweiß. Ein einziger Tropfen. Zittert und bebt und ich hoffe, dass er nicht herunterfällt. Und ich weiß, wenn dieser Tropfen, dieser eine einzige Tropfen herunterfällt, dann ist es vorbei. Ich weiß nicht was, aber ich weiß, dann ist es vorbei. Er grunzt. Er lacht. Er schwitzt. Und da fällt der Tropfen. Und ein Schmerz, größer als der größte Schmerz, zerreißt mich durch die Mitte, fährt mir durch und durch und wieder und immer wieder durch den Leib und hört und hört und hört nicht auf. Und er schwitzt und hechelt und stinkt und reitet in mir auf mir über mir wie ein nasses Tier, wie ein hässliches altes Nilpferd in seinem stinkenden Pfuhl im Zoo, in dieser braunen Dreckbrühe, mit seinem aufgerissenen Maul, mit seinen ekligen langen Zähnen, seinem hellrosanen Schlund, mit seinen Bartstoppeln im Gesicht, mit seinen glupschigen Augen, mit seinem übelkotzigen Atem, mit seinem schwabbeligwabbeligen übermächtig schweren riesigen Bauch, und er fasst sie an, seine ekelhafte, stinkende Kröte, dieses warzige schleimige Tier zwischen seinen Beinen, diesen widerlichen Lurch, der sich reckt und streckt und mir seinen roten Kopf entgegenbäumt und er rammt ihn mitten in mich hinein und der rote Kopf verschwindet und alle Farben verschwinden, alles verschwindet und der Höllenschmerz in mir tötet das Kind, das ich nie nie nie mehr sein werde. Und er tötet in mir das Licht der Welt.

Zweiter Teil

Das Dunkel der Nacht

Es ist spät. Bin den ganzen Tag herumgefahren mit diesem kleinen rappeligen Kombi, habe tausend Päckchen verteilt, Sachen abgeholt und irgendwo hingebracht, im Stau gestanden, erfolglos legale Parkplätze gesucht, mindestens einen Strafzettel kassiert, ein bisschen Trinkgeld eingesteckt und auch ein paar dumme Sprüche dazu, keine Telefonnummer vergeben, keine neckischen Blicke verschickt. Habe einfach meine Kurierarbeit gemacht wie jeden Tag und habe mir ansonsten die Welt den Buckel runterrutschen lassen. Es ist kein schlechter Job, ich hatte schon schlechtere. Immerhin bin ich meistens auf mich alleine gestellt, habe im Auto meine Ruhe, ich kann mir meine Schichten meistens selber aussuchen und bekomme sogar am Wochenende einen Sonderzuschlag. Das reicht für mich und meine kleine Bude zum Leben und zum Weiterleben. Aber es schlaucht und ich bin abends oft einfach zu müde für die simpelsten Sachen, falle nur noch auf mein Sofa und lasse den Fernseher meine getrübten Sinne berieseln.

Es klingelt und ich schrecke auf aus einem kurzen Nickerchen. Das Telefon. Sonst ruft mich nie jemand an um diese Zeit, es sei denn, die Chefin hat eine Sonderfahrt oder ein Kollege ist krank geworden und ich muss für ihn einspringen. Oh nein, bitte nicht das. Ich bin fertig, Leute. Ich brauche mein Wochenende!

„Hallo?"

„Hallo mein Engelchen. Lange nichts mehr von dir gehört."

„Hallo? Wer ist denn da?“

„Wer ist denn da, wer ist denn da? Kennst du denn deinen lieben alten Onkel Robert nicht mehr? Onkel Robert. Der mit der schönen Gartenhütte. Der bei dem du so gerne gespielt hast als kleines Kind. Und auch noch als du größer wurdest. Mit dem du so viele schöne Ausflüge gemacht hast. Picknick und grillen. Weißt du nicht mehr?“

Mein Inneres wird zu Stein. Ich fasse es nicht. Woher hat dieser Kerl meine Nummer?

„Woher zum Teufel hast du meine Nummer?!“

„Deine Nummer, deine Nummer. Wo werde ich die schon herhaben? Steht doch schön leserlich in den Unterlagen zum Testament deiner seligen Frau Mutter. Ganz und gar legal und notariell beglaubigt. Ich hab die alle noch. Und da dachte ich, ich könnte dich doch eigentlich mal wieder anrufen und fragen, wie's dir so geht, was du so machst und so.“

Oh nein. Oh nein oh nein oh nein. Nicht das, nicht der jetzt. Jetzt, wo ich mein Leben endlich einigermaßen in den Griff bekommen habe. Ich bin wie gelähmt, wie vom Donner gerührt.

„Bist du noch dran? Hallo?“

„Was willst du?“

„Ach ich will einfach nur mit dir reden. Wie gesagt. Weil wir doch schon so lange keinen Kontakt mehr haben. Eigentlich schade, oder? Und na ja, ich bräuchte, also ich brauche deine Hilfe, Engelchen.“

„DU brauchst MEINE Hilfe?!?“

„Also pass auf, folgendes: Du kennst doch noch meine kleine Gartenhütte, den Garten, die Bäume, die Wiese und das alles, ja? Du weißt schon, unser kleines Paradies, Engelchen. Und das alles wollen sie mir wegnehmen, verstehst du? Wegnehmen! Sie wollen alle Gärten hier platt machen für irgendwelche Neubauten, wahrscheinlich wieder für solche unbezahlbaren Schickimickihäuser für die Bänker und ihre edlen Damen mit ihren eingebildeten verzogenen Gören. Dafür wollen sie uns alle hier vertreiben. Ohne Ersatz, versteht sich. Wie denn auch? Es gibt ja überhaupt keinen Platz mehr in der Stadt für Leute wie mich und ihre kleinen Wochenendgrundstückchen. Nichts. Das wird einfach alles wegrationalisiert, wegrasiert aus dem Gesicht der Stadt, das ist ihnen zu unordentlich, das bringt kein Geld, dafür kann man sich nichts kaufen. Das geht hier alles vor die Hunde. Diese Schweine. Diese verdammten Bürokratenschweine."

„Und? Was geht das mich an? Was geht mich dein verdammtes Gartenparadies an? WAS?"

„Hör zu, das geht dich sehr wohl was an, schließlich hast du hier einen guten Teil deiner Kindheit bei mir verbracht."

„EINEN GUTEN TEIL?!?"

„Na komm, so schlimm wird es ja wohl nicht gewesen sein mit mir. Und aus dir ist doch schließlich auch eine ganz passable junge Frau geworden, wie ich gehört habe. Ganz passabel, ganz hübsch sogar, hab ich mir sagen lassen."

„Du kannst mich mal kreuzweise, du alter Kotzbrocken!"

„Moment mal, ganz langsam jetzt junge Dame, ja? Sonst kann ich hier auch ganz andere Saiten aufziehen, verstehst du?"

„Nein, ich verstehe kein Wort und ich will auch kein Wort verstehen. Ich will nicht mit dir reden und ich will nicht, dass du mich jemals wieder anrufst! Ist das klar?"

„Aber ja, holde Prinzessin, alles klar wie Kloßbrühe. Wenn du nicht willst, dass ich dich anrufe, dann komm ich dich eben besuchen, mein Engelchen."

„Wie bitte?"

„Ich komme dich besuchen. Ich weiß, wo du immer dein blaues Fahrrad an den Gartenzaun kettest. Ich weiß sogar die Kombination von deinem Zahlenschloss. Ich weiß alles über dich. Über deine Lieblingsbäckerei, wo du dir samstags dein Frühstück abholst: Immer ein Laugencroissant und ein Milchbrötchen und manchmal dazu noch ein kleines Päckchen Butter, wenn du wieder mal vergessen hast, welche einzukaufen. Ich komme dich besuchen, am Samstag, von mir aus jeden Samstag, und dann frühstücken wir beide schön zusammen, so wie früher ja?“

Der Boden unter meinen Füßen löst sich auf. Ich bin im freien Fall, ich falle wie ein Stein in ein unendlich tiefes schwarzes Loch und ich werde nie wieder daraus hervorkommen können. Nie wieder ans Licht kommen.

„Also pass auf, Engelchen, ich will dir keine Angst machen, hörst du? Aber ich brauche in echt jetzt deine Hilfe. Jetzt gleich, am besten morgen früh. Sie wollen schon nächste Woche mit dem Bagger hier anrücken und ich soll meinen ganzen Kram bis dahin wegschaffen, also alles, was ich noch behalten will. Das ist aber nicht das Problem, hörst du? Das ist nicht das Problem. Ich meine, was soll ich mit den ganzen alten Gartensachen, die kann ich mir ja schlecht alle in meine kleine Wohnung stellen. Ist doch sowieso alles nur Sperrmüll. Nein, es geht um die Sachen, die ich in dem Verschlag hinter der Hütte gelagert habe, Du weißt, ich habe dir immer gesagt, du sollst da nicht dran gehen, weil das Zeug saugefährlich ist. Weil du damit die ganze Hütte und noch viel mehr in die Luft jagen kannst, weißt du noch? Ich hab das Zeug damals gehortet, ja, ich hab’s unterschlagen, weil ich sauer war, als die mir gekündigt hatten und ich ohne Job auf der Straße saß. Und ich hatte gedacht, ich könnte damit einen Haufen Geld machen, hab ich gedacht. Aber es ist nichts draus geworden, keiner wollte das Zeug, niemand wollte sich damit die Finger dreckig machen. Also hab ich’s versteckt, hinten in dem Verschlag. Kistenweise.

Und jetzt, wo die mit ihren Scheiß Baggern anrollen, da muss das irgendwie weg von hier, verstehst du? Und ich habe doch keinen Führerschein mehr, schon seit einem halben Jahr nicht, wegen Alkohol am Steuer und so. Also kann ich das nicht selbst machen. Und ich will da auch keinen anderen mit reinziehen, am Ende verpfeift mich dann noch einer. Das Auto ist noch da, das steht noch in meiner Innenstadtgarage, das ist kein Problem. Ist sogar vollgetankt und hat auch noch TÜV, die alte Kiste. Ich muss nur das Zeug loswerden. Und jetzt pass auf: Ich habe ein bisschen rumtelefoniert und habe jemand gefunden, der mir den ganzen Kram abnimmt und dafür sogar noch was bezahlt, verstehst du? Nicht viel, aber immerhin. Und dass es überhaupt jemand nimmt, ohne groß zu fragen, wo ich das herhabe, das ist schon ein wahnsinniges Glück. Ja, und nun kommst du ins Spiel."

„Ich mache da nicht mit. Ich mache da ganz bestimmt nicht mit. Vergiss es. Vergiss es einfach!"

„Halt halt meine Dame, nicht so schnell bitteschön. Du sollst es ja nicht umsonst machen, Engelchen. Ich schlage dir einen Handel vor: Du bringst die Sachen aus der Hütte raus und zu dem Abnehmer, das ist eine Klitsche irgendwo im Taunus, eine Art Klempner oder Autoschrauber oder so was. Und dafür kannst du mein Auto behalten. Ich darf es ja wohl sowieso wahrscheinlich nie mehr fahren. Du behältst das Auto, du kriegst die Papiere und alles und du bekommst auch noch die Garage dazu. Ist schon bezahlt, die Miete meine ich, für ganze zehn Jahre. Das hab ich damals gemacht, damit die sie mir nicht so einfach kündigen können. Garagen sind gesucht, musst du wissen. Du bekommst ein Auto, eine Garage und du wirst nie wieder etwas von mir hören, versprochen. Heiliges schneidiges Ehrenwort. Du kannst mir glauben. Und wenn ich dich trotzdem nicht in Ruhe lasse, dann kannst du mich ja anzeigen wegen den ganzen

Sachen. Du hast was in der Hand und ich hab was in der Hand. Deine Adresse. Also was ist? Bist du dabei? Bist du mit von der Partie? Komm schon. Sag ja zu Onkel Robert. Sag ja!“

Ein eigenes Auto. Eine eigene Garage. Ein bisschen Drecksarbeit, einen weiteren Kurierdienst und ich bin ihn los für immer. Ich werde nie wieder was von ihm hören. Ich werde in Ruhe frühstücken können, allein und in aller Ruhe. Ich brauche meine Ruhe. Und erbraucht mich. Nur dieses eine Mal noch. Und nur für einen simplen Kurierdienst. Ach was soll's. Ich hab schon Schlimmeres erlebt. Viel Schlimmeres. Dieses eine Mal noch und dann nie wieder. Ich werd's überleben. Also los.

„Also gut. Ich mache das. Dieses eine Mal. Und dann bin ich dich für immer los, klar? Ich will nichts und nie wieder von dir hören.“

„Versprochen Schätzchen, versprochen. Du wirst es nicht bereuen. Also dann, ich bin so ab sieben in der Frühe im Garten. Komm, wann du Zeit hast, aber komm nicht zu spät, hörst du? Dann kriegst du die Autoschlüssel, dann holst du den Wagen ab, kommst wieder her und lädst die Sachen ein. Das müsste so in ein zwei Stunden zu schaffen sein, wenn alles glatt geht. Dann fährst du los, ich gebe dir die Adresse, du bringst das Zeug da hin, kassierst dein Geld und fertig ist die ganze Sache. Dann hast du einen alten aber gut erhaltenen Passat Kombi, eine kleine aber feine Garage und du hast für immer deine Ruhe vor mir. Alles klar? Dann also bis morgen früh im Garten, mein Sonnenschein. Tschühüs.“

„Bis dann“, bekomme ich gerade noch heraus, dann schmeiße ich das Telefon in die Ecke und renne zum Bad, wo ich mir die Seele aus dem Leib kotze.

Bin mal wieder an einer heißen Story dran, diesmal im wahrsten Sinne des Wortes einer brandheißen Story. Habe eigentlich schon länger nichts wirklich spannendes mehr recherchiert. Aber in der letzten Zeit häufen sich auffallend die Brände in Gartenhütten, überall in der Stadt, so alle paar Wochen eine andere. Vielleicht sind es einfach ein paar Penner, die da einbrechen und ihr Feuerchen machen, das sie dann vergessen ordentlich zu löschen, wenn sie wieder gehen oder so. Oder es sind Kiffer, die einfach ein ruhiges Plätzchen suchen, um sich ungestört vollzudröhnen oder sich einen anzusaufen, und sich dann noch einen Spaß draus machen, die Bude hinterher abzufackeln. Aber vielleicht sind es auch irgendwelche obskuren Gestalten im Auftrag von Immobilienhaien, die eine Art von Vertreibungspolitik anzetteln sollen, um die alten Gartengelände nutzerfrei zu machen und die restlichen Bewohner in Angst und Schrecken zu versetzen. Oder am Ende sogar Leute von der Stadt mit dem Undercover-Sonderauftrag zur heißen Stadtsanierung. Alles möglich. Es kann jedenfalls kein Zufall sein, so oft gehen diese Hütten nicht von alleine in Flammen auf. Eventuell steckt auch ein ganz anderes, ein politisches Motiv dahinter. Wer weiß? Viele von den Pächtern sind alte Leute, die tun keinem was. Aber immer mehr sind auch so genannte Mitbürger mit Migrationshintergrund. Und da gibt es ja so einige, die auf diese Menschen überhaupt nicht gut zu sprechen sind. Wegen der vielen Kinder, wegen der komischen Musik oder was weiß ich warum. Ich habe auch schon an ganz simple Nachbarschaftsstreitigkeiten gedacht, aber es wäre schon seltsam, wenn überall in der Stadt verteilt in letzter Zeit plötzlich eine allgemeine Streitlust ausgebrochen wäre, nein, da muss was anderes dahinterstecken. Ich spüre das. Ich weiß nur noch nicht, was. Aber heute ist hier dieser Tag des offenen Gartens oder so, oben an der Friedberger Landstraße, da wo das zukünftige Innovationsquartier entstehen soll. Und dafür müssen hier natürlich die ganzen oder fast alle Gärten verschwinden. Wie schon so oft. Ein paar Alibigärten sollen bleiben. Da brodelt es natürlich bei den Leuten. Ich bin mal hin gefahren um mich ein bisschen umzuhören, vielleicht kann ich ja irgend etwas herausfinden, was mir weiterhilft. Mal sehen.

Es ist so still hier. Man hört fast nichts von der großen Straße, die doch nur ein paar hundert Meter entfernt ist. Seltsam. Ich1 bin noch nie hier gewesen. Und ich hatte es mir irgendwie auch ganz anders vorgestellt. Ich dachte mehr so an eine Baustellen-Demo, so wie damals bei der Startbahn West. Mit Plakaten und Sprechchören und Polizei und Wasserwerfern. Aber es ist auf wundersame Weise still hier. Und friedlich. Fast wie in meinem Kindheitsgarten, an den ich schon lange nicht mehr gedacht habe. Ich gehe den steilen Asphaltweg hinauf, vorbei an dichten Brombeerhecken, im Schatten uralter Apfel- und Birnenbäume, umspielt von leisem Vogelgezwitscher und Bienengesumme. Das gibt's doch gar nicht. Das ist ja fast zu schön um wahr zu sein. Ich bin wohl noch etwas zu früh dran, kaum jemand ist unterwegs und so kann ich mich hier in aller Ruhe umsehen. Nur eine kittelbeschürzte Frau trägt eine Stiege mit Honiggläsern bis zu einem Gartentor, durch das sie dann verschwindet, nicht ohne mir noch einen freundlichen Blick und ein frisches „Hallo, wir machen in einer halben Stunde auf, Sie sind auch herzlich eingeladen!" zuzurufen. Ich bin wie verzaubert. Das hier ist ein unschätzbar kostbares Paradies. Gewachsen und gediehen in jahrelanger liebevoller Pflege seiner Nutzer. Überall entdecke ich kleine Zeichen ganz persönlicher Wertschätzung dieser eng verwobenen Oasen der Natur und ihrer menschlichen Bewohner. Kleine tönerne Männchen, zart bemalte

Blechgießkannen am Gartentor, Insektenhotels, Vogelnistkästen, abgestellte Obstkisten, lauschige Sitzecken mit bunt zusammengewürfelten Gartenmöbeln, leise vor sich hin plätschernde Teiche, frisch gestrichene Hütten Marke Eigenbau, sorgfältig gezogenes Spalierobst, mannshohe Bohnenranken, wuchernde Kürbisbeete, blühendes Gras und vielfarbige Blumen, Schmetterlinge, Hummeln, pfeifende Schwalben über den Bäumen, frech quakende Frösche, Stachelbeerensträucher, Johannisbeeren, Mirabellen auf grünem Grasteppich, Kinderspielzeug, ein blaues Fahrrad, einen ordentlich gestapelter Brennholzturm, eine Wäschespinne, eine Hollywoodschaukel mit gelben und orangenen Kissen, eine Hängematte, ein altes Sofa, Holzstühle mit grünem Moosbewuchs, rustikal anmutende Terrassen aus alten Eisenbahnschwellen, Gummistiefel, Rechen und Spaten, emaillierte Blechschalen und Plastikdreirädchen, Gartenzwerge mit und ohne Schubkarren, Lichterketten, Gartenfackeln, Tapeziertische mit weißen Papierdecken und Obstkörben darauf, kleine Fäßchen mit Bier, Grills mit bereits glühender und qualmender Holzkohle, tellerweise Würstchen, noch in Plastikfolie verpackt, offene Kühltaschen, wuselnde Hunde, spielende Kinder, immer mehr emsig beschäftigte Erwachsene, die lachen, sich gegenseitig zu Hilfe kommen, sich lautstark begrüßen und sich zuprosten mit Gläsern voll goldgelb schimmerndem Apfelwein. Es ist wie das Paradies auf Erden, wie ein Garten Eden mitten in dieser tosenden, vor Hitze dumpf vor sich hinbrütenden Stadt. Es ist ein wunderbares Wunder. Und das alles hier ist zum Tode verurteilt. Das alles soll einfach nichts mehr wert sein. Diese Leute, diese Pflanzen, das Obst, die Blumen, diese ganze fein ausbalancierte reine Lebensfreude und Naturverbundenheit, alles nichts mehr wert. Hier ist Innovation gefragt, Fortschritt, gleichförmiger, am Reißbrett geplanter Wohnraum mit Einheitsgrünflächen drum herum. Eines dieser pflegeleichten Quartiere für die Besserverdiener, die nach ein paar Jahren ihren Job wechseln wie jeden Morgen ihre Unterhose, unsentimental, praktisch, korrekt, die weiterziehen in eine andere austauschbare Stadtsiedlung und Platz machen für die nächste Generation gleichgesinnter Bleichgesichter. Wie im Wilden Westen damals. Rein ins Land, rausholen was geht und weiterziehen. Leichen pflastern ihren Weg. Leichen von Menschen, von Tieren, Pflanzen, von Geschichte und Geschichten, von all dem, was danach nie wieder so sein und so werden kann, wie es vorher war. Weil sich niemand mehr daran erinnert. Weil es unsichtbar, unerlebbar geworden ist, wie ein Märchen aus längst vergangenen Zeiten. Ich habe schon lange nicht mehr geweint, aber das hier, das treibt mir die Tränen in die Augen. Und doch ein Lächeln ins Gesicht.

Also gut. Ich bin bereit. Fahre mit meinem Fahrrad durch die halbe Stadt bis zu den Gärten hoch an der Friedberger. Ich schiebe das letzte Stück den Hang aufwärts, nicht, weil ich für so einen kleinen Berg zu schwach wäre normalerweise. Aber heute, gerade heute sind meine Knie weich wie Butter und ich muss mich regelrecht festhalten am Lenker. Schiebe weiter nach oben, vorbei an der langen Buchsbaumhecke, vorbei an der großen krummen Fichte, den kleinen Pfad links rein und noch ein paar Mal um die Ecken, dann stehe ich vor dem Gartentor. Es steht offen. Ich stelle mechanisch mein Fahrrad an den Zaun, da wo er frei ist von Wicken und Winden, die ihn eng durchflochten haben, ich nehme das Schloss und kette es an den Draht. Hier, wo jeder alles unverschlossen stehen lässt, wo niemand jemals etwas geklaut hat. Ich schließe ab und halte den Schlüssel in meiner Hand, so fest und eng, dass meine Knöchel langsam blass werden.

„Hallo Engelchen, da bist du ja. Ich habe schon auf dich gewartet. Was für ein schöner Tag heute, was? Was für ein verdammt schöner Gartentag das wäre heute, wenn es nicht einer der letzten Tage wäre, die diese schönen Gärten sehen werden. Ist es nicht ein Jammer? Sag, Engelchen, ist es nicht ein Jammer? All die schönen Hütten, die ganzen Bäume und Sträucher, die Wiesen und das alles, ist es nicht ein Jammer? Und all die schönen Erinnerungen…"

„Die Schlüssel."

„Was hast du gesagt, Schätzchen?"

„Die Autoschlüssel, du Schwein. Und die Adresse von der Garage. Und nenn mich nicht Schätzchen oder Engelchen oder ich reiß dir die Zunge aus dem Mund."

„Hohoho, nun mal langsam junge Dame ja? Schon gut, schon gut. Hier sind die Schlüssel. Hier ist ein Zettel mit der Adresse. Fahr vorsichtig ja? Der Wagen steht schon eine Weile. Müsste aber anspringen, denke ich. Du kannst hier den Weg bis nach oben durchfahren ausnahmsweise, dann können wir das ganze Zeug besser einräumen. Ich hab alles schon bereit gestellt, hier vorne unter dem Fliederbusch, unter der Plane, damit es nicht nass wird, von einem unerwarteten Regen oder von Nachbars kaputtem Rasensprenger. Und es muss ja auch inzwischen keiner sehen und womöglich dumme Fragen stellen. Wenn dich einer fragt, warum du hier rauffährst, dann sagst du einfach, du bringst Sachen für das Gartenfest oder so, dann wird sich keiner was denken dabei. Alles klar soweit? Hm?"

Ich gehe wortlos wieder zurück den Hang hinunter, dann quer durch die Anlagen und vorne an der Friedberger bis zur Trambahnhaltestelle. In meiner Hand die beiden Schlüssel. Ihre Konturen tief eingeprägt in das weiche dünne Fleisch meiner Handfläche. Mein Herz ist aus Stein, sonst würde es zerspringen. Meine Knie sind jetzt so weich, dass ich mehr falle als mich hinsetze auf die freie Bank in der Bahn. Zum Glück stand diese schon da, ich hätte kaum noch lange stehen und warten können, ohne dass ich wie ein Häuflein Elend in mir selbst zusammengefallen wäre. Wo habe ich nur diese Kraft für die paar wenigen Worte gefunden? Und wo ist sie jetzt, diese Kraft? Verbraucht, verloren. Ich muss mich zusammenreißen, muss diese Sache durchziehen, so gut es eben geht. Muss alle Wut runterschlucken, schlucken, schlucken, immer nur schlucken, wie diese ekelhaften Guppys. Beinahe hätte ich die Bahn auch noch vollgekotzt, aber ich hatte ohne Frühstück überhaupt nichts mehr im Bauch, und so blieb es bei einem schrecklichen, leeren, nichts bewegenden Würgen. Ein paar Stationen bloß. Dann eine Viertelstunde zu Fuß, an einer Apotheke vorbei, dann ein helles Haus mit Büro im Erdgeschoss, daneben eine Einfahrt, eine Firma im Hinterhof und ein paar unscheinbare Garagen ganz hinten im Eck. Geschafft. Das Schloss klemmt ein bisschen, aber es lässt sich schließlich öffnen. Da steht er. Es riecht muffig nach Staub und Benzin. Die Fahrertür ist offen. Reinsetzen, durchatmen. Oder lieber nicht, es ist keine gute Luft hier drin. Anlassen, rausfahren, aussteigen, die Garage wieder zu machen, einsteigen, losfahren. Wie ein Roboter steuere ich das lange Gefährt und es folgt fügsam jeder meiner Bewegungen, schwebt mit mir durch die Stadt, schleppt mich hoch auf den Berg und rasselt noch ein paar Mal wie ein schnurrendes Kätzchen, als ich den Schlüssel abziehe. Ich öffne die Heckklappe, gehe mit steifen Schritten durch das Tor, stakse an ihm vorbei und zeige wortlos auf die wartende Öffnung. Er nickt nur kurz, auch ihm scheint es jetzt die

Sprache verschlagen zu haben. Leise vor sich hin brummend macht er sich an die Arbeit. Er ist nicht mehr der Jüngste, doch er wuchtet die Kisten und Kästen mit einer stoischen, geradezu verbissenen Entschlossenheit ins Auto, bis es wie ein Lagerregal komplett angefüllt ist mit dem ganzen Zeug. Nur eine einzelne kleinere Tüte steht noch auf dem Boden, und er steht einen Moment unentschlossen daneben. Ich kann nicht mehr warten, bis er auch noch das letzte Stück irgendwo verstaut hat. Ich reiße sie an mich, bekomme sie gerade so in meinen Rucksack gequetscht, setze mich wieder ins Auto.

„Wohin?", frage ich ohne ihn noch einmal anzuschauen.

„Hier ...", sagt er mit leicht brüchiger Stimme und reicht mir einen weiteren Zettel durch das offene Fenster. „Und danke."

„Fick dich!", sage ich und starte den Motor.

Bin schon fast zwei Stunden lang durch diese wunderbare Anlage geschlendert, immer wieder stehen geblieben und habe gelauscht, gerochen, geschaut und gestaunt. Und bin manchmal mit meinen Gedanken ganz weit abgedriftet in ferne Kinderzeiten voller süßer Düfte und endloser Sonnentage. Jetzt bin ich an einem anderen Ein- und Ausgangstor angekommen und trete wieder aus dem grünen Paradies heraus auf einen kleinen Kiesplatz. Hier stehen ein paar Klapptische mit Infomaterial, eine Kiste mit Honiggläsern, eine Tafel über das Leben und die Bedeutung der Bienen, eine über biologisches Gärtnern und zwei über die Grundstücksplanung für das zukünftige Innovationsquartier, das genau hier in dieser Idylle entstehen soll. Alles sorgfältig dargestellt mit Plänen und Zeichnungen. Dazu ein paar ausgeschnittene Zeitungsartikel. Es dauert eine Weile bis ich mich so einigermaßen da durchgearbeitet habe. Stehe dicht vor den Tafeln und studiere die kühlen Berechnungen, die schick aufgemachten Planungsunterlagen und Werbebroschüren. Und trete wieder zurück, einen Schritt nur und stehe in einer ganz anderen Welt. Es wirkt so, als gehöre beides gar nicht wirklich zusammen, als habe das Eine nichts mit dem Anderen zu tun. Auf den Bildern reihen sich elegante mehrgeschossige Häuser schwungvoll aneinander und schmücken sich mit sauberen, ordentlich mit ein paar Reißbrettbäumchen bestückten Grünflächen, flanieren winzige Menschen als schattige Silhouetten über die weißen Gehwege. Leblose Bilder in hauchdünnen schwarzen Linien und glatt gedruckten Farbflächen. Wie malen nach Zahlen. Nur noch öder. Es wirkt wie eine Karikatur, wie ein fader Witz gegen das pralle Leben in den verschachtelten Gärten, wie ein denkbar schlechtes Beispiel das zeigt, wie man es eben gerade nicht machen soll. Und doch, es ist genauso irrsinnig gemeint, gedacht und geplant wie es aussieht, es ist wie eine Verhöhnung des gesunden Menschenverstandes, wie eine demonstrative Verachtung von allem, was anderen lieb und teuer ist, es ist grausam, es ist menschen- und naturverachtend, geschichtslos und gefühllos. Es ist einfach nicht zu fassen. Genau so wenig wie die Gelassenheit und Ruhe, die dennoch an diesem Ort in der Luft liegt, die sich nicht unterkriegen lassen will, die mit aller Kraft und in jeder noch verbleibenden Minute jeden schönen Augenblick genießen und auskosten will. Unglaublich. Ich könnte schreien vor Wut und Betroffenheit über diese kühl geplante Barbarei, doch der große junge Mann mit seinem Strohhut, der diese Stände betreut, lächelt beständig jeder und jedem zu, spricht mit den Leuten mit ruhiger tiefer Stimme, scherzt und informiert, bietet wechselweise Honig zum Kauf oder Infoblätter zum Mitnehmen und drängt niemanden dazu, sich in die vorbereitet ausliegenden Unterschriftenlisten einzutragen, bedankt sich jedoch höflich bei allen, die dies von alleine tun. Welche Ruhe, welche Souveränität! Und welch überzeugende Demonstration dessen, was ein solches gewachsenes Naturrefugium mit seinen und für seine Bewohner tut – es verwandelt die Menschen zum Guten. Schon das allein wäre Grund genug, alles ganz genau so zu lassen und Wert zu schätzen wie es ist.

Noch einmal gehe ich im Zickzack langsam durch die ganze Anlage zurück bis zu dem steilen Weg, an dem ich weiter oben irgendwo mein Auto abgestellt habe. Ein grauer Pritschenwagen fährt langsam rückwärts den steilen Hang hinauf und bleibt schließlich an einem überhängenden Baum stehen, an dem er nicht vorbei zu kommen scheint. Zwei Männer steigen aus, besehen sich das Ganze und gehen erst einmal die Lage überprüfen, fragen eine ältere Frau durch eine Lücke zwischen den Brombeerbüschen nach dem Platz oder Garten, wo die ganzen Dinger hingebracht und aufgestellt werden sollen. Dann schlendern sie in aller Ruhe zurück zum Wagen und klappen erst mal seitlich die Ladeflächenränder herunter. Ein Riesenpaket von Biertischgarnituren liegt gut vertäut auf der Pritsche. Beide verschwinden dann wieder zusammen ein Stück weiter oben zwischen den Hecken. Da wird's wohl demnächst eine größere Versammlung geben, vielleicht eine Protestveranstaltung, ein Infoabend über die geplanten Baumaßnahmen, vielleicht aber auch einfach eine fröhliche sommerliche Tanzparty, ein ganz gewöhnliches ausgelassenes Gartenfest. Gerade kommt von oben ein brauner Passat den Hang heruntergefahren, vollgepackt mit Kisten und Kästen und bleibt kurz vor dem Pritschenwagen stehen. Wer auch immer da drin sitzt, muss es ziemlich eilig haben, denn nach kaum einer Minute trötet schon ein greller Hupton durch die friedliche Ruhe. Nochmal. Und nochmal. Manche Leute haben echt überhaupt kein Gefühl dafür, was angemessen ist und was nicht. Einer der Männer kommt zurück und beugt sich herunter zum Fahrerfenster, es wird diskutiert und gestikuliert und ich mache mich wieder zurück auf den Weg zu den Infoständen. Hier geht so schnell nichts voran, das sehe ich schon. Der Weg ist erst mal dicht, so lange wie die brauchen um sich zu einigen und die Sachen abgeladen und weggetragen sind. Und ich komme hier dann mit meiner Kutsche auch nicht vorbei. Also kann ich genauso gut nochmal rüber gehen und mir vielleicht bei der Gelegenheit noch ein oder zwei Gläser Honig mitnehmen. Und irgendwie ist es so schön hier, dass ich eigentlich auch gar nicht wirklich weg will.

Diese blöden Arschlöcher! Ich hab's eilig, ver-dammt noch mal, und die haben bloß einfach die Ruhe weg. Kommen hier nicht weiter hoch mit ihrem breiten Pritschenwagen, sagt der dickere von beiden, und sie müssen die ganzen Bänke und Tische abladen und von hier aus noch fast hundert Meter weiter den Hang rauf tragen bis in den Garten, wo sie dann aufgestellt werden sollen. Na toll! Mein Zeug soll raus und deren Zeug soll rein. Ich will hier weg, so schnell wie möglich. Und die wollen hier erst mal in aller Ruhe ihren Job machen. Ich auch, Leute, ich auch. Aber dafür muss ich hier durch. Nicht vor 'ner halben Stunde. Mindestens. Ich fasse es nicht. Das hätte doch auch alles groß und breit in dem Infoblatt gestanden, dass der individuelle Lieferverkehr zwischen dann und dann erfolgen sollte, damit der kollektive Lieferverkehr danach ungestört durchgeführt werden kann. Bla bla bla, ihr könnt mich doch alle mal! Was interessiert mich denn euer blödes Kollektiv, wir sind doch hier nicht in einer sozialistischen Kooperative.

Aber es hilft alles nichts. Die beiden meinen es ernst und fangen nun langsam mit dem Abladen an. Ich bin stinksauer, steige aus, knalle die Autotür zu und laufe mit steifen Schritten und verschränkten Armen mal hier hin, mal dort hin. Habe nicht die geringste Lust, den beiden Gemütsmenschen weiter zuzusehen und gehe seitlich einen Pfad entlang, um erst mal meinen Ärger los zu werden. Laufen hilft da meistens. Aaaarrrrrgh!

Heute ist wohl mein Glückstag – ich habe gerade noch die beiden allerletzten Honiggläser bekommen, die gingen wohl weg wie warme Semmeln. Schwätze noch ein Weilchen mit dem jungen Strohhutmann und bin erstaunt über sein offenbar breites Wissen über die Natur, Ökologie und vor allem über die Bienen. Dann sehe ich noch einen Stand mit Broschüren über biodynamischen Obstanbau und den richtigen Baumschnitt bei Apfelbäumen. Bekomme sogar noch einen knackigen roten Apfel zu probieren. Lecker! Ich bin ganz vertieft in die Lektüre und beiße ab und zu ganz nebenbei ein Stückchen ab und bekomme auf einmal das komische Gefühl, als würde ich beobachtet. Ich drehe mich langsam um und blicke genau in die weit geöffneten Augen einer unscheinbaren, etwa fünfzigjährigen Frau, etwas trüb gekleidet für diese sonnige Jahreszeit, mittellange Haare, umgehängte Stofftasche, die mich unverwandt anstarrt. Kenne ich die? Kennt die mich? Verwechselt die mich vielleicht?

„Da ist der freundliche Herr, dem ich gerade die letzten beiden Gläser Blütenhonig verkauft habe“

sagt der Strohhutmann jovial zu der Frau und zeigt mit einer einladenden Handbewegung auf mich.

„Vielleicht können Sie sich ja einig werden – die Dame hätte so schrecklich gerne auch noch ein Glas mitgenommen und war ganz enttäuscht, dass sie gerade eben alle geworden waren. Darum habe ich mir erlaubt, Ihr den Vorschlag zu machen, Sie könnte Sie ja mal ganz unverbindlich fragen, ob Sie vielleicht auch mit einem Glas zufrieden wären. Warum sollten denn nicht beide von Ihnen heute glücklich und zufrieden nach Hause gehen können?“

Sie starrt mich immer noch an und sagt kein Wort. Ich schaue fast verlegen auf meine beiden Honiggläser und denke: zwei Gläser mit einem Arm sind sowieso schlechter zu tragen als eins, wenn man noch eine Hand frei haben will. Zum Beispiel für einen Apfel. Und außerdem, was soll's, warum nicht, heute ist doch irgendwie alles so nett hier und wer weiß schon, wie lange noch. Ich sage:

„Aber bitteschön, meine Dame, das mach ich doch gerne. Hier, nehmen Sie eins!“

Und sehe dabei wahrscheinlich ziemlich dämlich aus, weil ich rechts immer noch den angebissenen Apfel in der Hand habe, links die beiden Gläser mit dem Unterarm an meinen Körper gepresst halte und nun versuche, mit der linken Hand irgendwie eine Art einladender Geste hin zu bekommen, wobei ich mich verdrehen muss wie ein Clown. Und tatsächlich, die Frau kommt aus ihrer Erstarrung plötzlich in Bewegung, ihr erstaunter Gesichtsausdruck hellt sich ein wenig auf und sie bricht mit blitzenden Augen in ein etwas zynisch klingendes Gelächter aus.

„Danke, danke, das ist wirklich sehr nett. Eigentlich brauche ich den Honig nicht wirklich dringend, ich wollte nur einfach irgendwas von hier mitnehmen, und mir selbst eine kleine Freude machen. Aber so nehme ich ihn natürlich auch gerne an. Danke. So nett hatte ich dich gar nicht in Erinnerung.“

Ich stehe völlig auf dem Schlauch. Wer ist sie? Woher kennt die mich?

„Rebecca. Die komische hysterische Kuh aus der Bioenergetikgruppe. Gefühlte zwanzig Jahre her. Offenbach. Immer im Clinch mit deinen Machomackerspielchen. Du weißt schon."

Jetzt fällt es mir wie Schuppen von den Augen: Die Schreifrau. Die Tussi, die immer gleich ausgeflippt ist, wenn mal wieder irgendwas oder irgendwer nicht nach ihrer Pfeife tanzen wollte. Die mich in der Toilette im Tobsuchtsanfall an die Wand geknallt hat. Na das ist ja wohl eine echte Überraschung!

„Hey, das ist ja wohl eine echte Überraschung!" sage ich.

„Was machst du denn hier? Und was machst du so überhaupt? Erzähl doch mal. Alles klar bei dir so?"

„Geht so, geht so. Ich mache Kurierfahrten. Kein schlechter Job. Kein Büro, keine nervigen Kollegen, immer unterwegs, ist schon ok. Habe eben gerade auch so eine Fahrt, aber ich komme hier nicht raus aus der grünen Hölle, weil mich da hinten so ein dämlicher Laster zugeparkt hat und ich warten muss, bis die da ihre tausend Bänke und Tische abgeladen haben. Manchmal kannst du dabei echt die Krise kriegen."

„Ja, ich hab's gesehen, wie ihr euch begegnet seid. Ich wollte da auch gerade zu meinem Auto gehen aber als ich sah, dass da erst mal für eine Weile dicht ist bin ich hierher zurück und hab dann die zwei letzten Gläser Honig abgegriffen. Aber eigentlich bin ich hier, weil ich hier was recherchiere über diese merkwürdige Häufung von abgefackelten Gartenhütten in der letzten Zeit, hast doch bestimmt davon gehört oder gelesen, oder?"

„Du machst was?"

„Ich recherchiere. Ich bin investigativer Journalist, erinnerst du dich nicht mehr? Hab ich doch damals schon alles groß und breit erzählt in der Psychorunde."

„Keine Ahnung."

„Keine Ahnung? Aber meinen Namen weißt du schon noch, oder?“

„Günter?“

„Günter? Willst du mich verarschen?“

„Günter Wallraff, oder?“

Hach nein, wie komisch. Erik. Erik wie der alte Wikinger. Erik der Rote. Günter Wallraff ist mein Vorbild, vielleicht hab ich den damals ein bisschen zu oft erwähnt. Ich arbeite als freier Journalist für verschiedene Zeitungen und Magazine. Auch kein schlechter Job. Ich komme viel rum, habe viel mit anderen Menschen zu tun und lerne selbst jeden Tag was dazu. Heute zum Beispiel ...“

„Kann ich vielleicht jetzt meinen Honig haben?“

„Aber bitteschön, die Dame. Hier. Ich geb dir, Moment ... ich geb dir auch noch gleich meine Karte mit, vielleicht sieht man sich ja mal auf einen Kaffee oder so. Hier, bitte. Und den Honig ...“

In dem Moment tönt von weitem erneut diese penetrante Hupe von ihrem Passat. Sie packt das Glas, steckt meine Karte in die Tasche, dreht sich um und eilt schnurstracks in Richtung Asphaltweg davon, wendet kurz noch mal den Kopf halb zu mir, ein knapp angedeutetes Nicken ohne Lächeln und ruft

„Ich muss weiter, danke!“

Dann ist sie weg. Rebecca. Komische Frau, immer noch, auch nach so vielen Jahren. Die hätte ich so wohl nicht erkannt, wenn sie mich nicht angesprochen hätte. Irgendwie merkwürdig. Und dieser blöde Witz mit dem Günter Wallraff. Oder war das gar kein Witz? Ich habe fast das Gefühl, sie wollte mich damit ganz bewusst provozieren. Das würde zu ihr passen. Meine gute Laune bekommt einen Knick. Was gibt es für einen Grund, mich zu verarschen? Mich in die Irre zu führen? Ich finde das gar nicht komisch. Aber egal, sie ist weg und ich habe wenigstens noch ein Glas Honig behalten. Bezahlt hat sie mir auch nichts dafür. Geschenkt! Ich gehe ihr nach, aber so langsam, dass ich sie nicht wieder einhole. Darauf hab ich gerade keine große Lust mehr. Aber ich muss ja auch zu meinem Auto. Aus einem Garten weiter oben klingt Blasmusik, live! Ich zögere. Soll ich doch noch mal rein gehen? Ach, warum eigentlich nicht. Es ist immer noch schön hier und eigentlich habe ich auch noch nicht wirklich etwas für meine Story herausgefunden. Also dann, noch mal rein ins Vergnügen und noch ein paar Äppler gezischt!

Endlich! Der Laster ist weg, immerhin haben sie mich angehupt, das Fahrerfenster von dem Passat stand noch offen. Dummer Fehler, aber in dem Fall ganz nützlich. Ok, ich starte los, rumple den steilen Weg runter, fahre um ein paar Ecken, die Friedberger rauf und bin ruck zuck auf der Autobahn Richtung Taunus in ein Kaff, dessen Namen ich vorher noch nie gehört habe. Aber es steht so auf dem Zettel, sogar mit einer kleinen Wegskizze versehen. Wird wohl nicht schwer zu finden sein. Egal, Hauptsache, ich werde schnell dieses ganze Zeug los und dann bin ich durch mit dieser Nummer und immerhin um ein Auto reicher. Und eine Garage.

Der Verkehr ist nicht doll, ich komme gut voran. Ich mache das Radio an, es hat noch rechts diesen altmodischen Sendersuchknopf zum drehen. Es fiept und knarzt ein bisschen bis ich schließlich einen klaren Sender gefunden habe. Alte Songs aus den Achtzigern oder so. Ich drehe ein bisschen auf, die Musik geht mir ganz gut durch's Hirn, hab im Moment keine Lust, groß über was nachzudenken. Worüber auch? Über diese Kurierfahrt? Über diesen widerlichen Onkel Robert? Nein danke, das wäre zu viel der Ehre.

Mir fällt diese komische Geschichte ein, die damals Joss in der Therapiegruppe erzählt hatte: Kommt ein Schüler zu seinem Meister und klagt, dass beim Versuch zu meditieren sein ganzer Kopf sich mit Gedanken füllt und ihn nicht zur Ruhe kommen läßt und fragt, was er dagegen tun kann. Und der Meister antwortet ihm, es ist ganz einfach – er soll einfach unter keinen Umständen an Elefanten denken. Der Schüler wundert sich, denn er denkt eigentlich nie an Elefanten. Aber bis zum nächsten Treffen mit seinem Meister wird es nicht besser, sondern noch viel schlimmer, denn tagein tagaus kann der arme Schüler nicht mehr schlafen, nicht mehr essen, nicht mehr klar denken und nur noch an eins denken – an Elefanten.

Genau so geht es mir. Nicht an Onkel Robert denken. Das ging viele Jahre gut. Jahre gefüllt mit mittelmäßigen Jobs, mit gelegentlichen Umzügen, ein paar wenigen Freunden oder eher Bekanntschaften, mit stundenlangen Fahrradfahrten kreuz und quer durch die Stadt und die nähere Umgebung, mit einigen wenigen stillen Auszeiten am Baggersee oder allein in kleinen Kinos, an Einzeltischen kleiner Cafes oder in den weiten Räumen langweiliger Museen, mit langen Fernsehabenden, mit betäubten Stunden auf meinem winzigen Balkon, umtost vom Straßenverkehr mit einer billigen Flasche Rotwein, mit dicken Romanen auf harten Parkbänken, mit dem unbändigen Staunen über die Menschen und die Welt um mich herum, die ich einfach nicht begreifen kann, mit manischen Phasen voller exzessivem Sporttraining, zuerst Volleyball und später, als mir diese kameradschaftliche Kungelei einfach zu sehr auf den Wecker ging, am liebsten alleine an einer Kletterwand, nur ich und meine Kraft und mein Körper und die Frage: Wie werde ich noch stärker, was kann ich noch aushalten, was macht mich hart und fest und schützt mich vor der Welt und ihren rätselhaften Bewohnern? Auch Laufen ist dafür nicht schlecht, immerhin bin ich ein paar Stadtläufe bis zum Halbmarathon mitgelaufen und habe mich dabei nicht schlecht geschlagen. Habe es dann auch eine Weile mit diesem verrückten Anarchosport Parkour versucht, bei dem man über alle Arten von Hindernissen rennt, klettert, springt und sich wie ein Wiesel durch jede möglichst komplizierte Umgebung durchbewegt. Herrlich, man fühlt sich frei und unbesiegbar. Nur blöd war, dass die meisten Jungs, die dasselbe machten, meine Kinder hätten sein können. Und auch mit lockerer Verkleidung, Schal und Mütze merkten sie oder ein paar Zuschauer doch bald, dass da keine coole hippe Maus durch die Gegend flitzte, sondern eine gestandene, schon leicht angegraute Dame. Es gab dann doch jede Menge blöde Blicke oder dumme Kommentare, die mir das Ganze letztlich verleidet haben. Schade, denn die coolen Jungs konnte ich locker in die Tasche stecken, ich war und bin immer noch topfit und habe genug Biss, es mit allen aufzunehmen. Mit allen. Mit allen – außer mit Onkel Robert.

Onkel. Das klingt so nett, so lieb, so familiär. So nannte ihn immer meine Mutter, wenn sie mich wieder hinschickte. Sie säuselte mir dann immer was vor von schönem Garten und Ausflügen, die wir machen können und wie nett er doch ist und wie gut, dass er sich kümmern kann, weil sie muss doch immer putzen gehen am Wochenende, damit das Geld reicht und so weiter und so weiter und es half kein jammern und kein betteln, ich musste hin. Und es war auch nicht so schlimm am Anfang. Wir machten wirklich Ausflüge in Parks, auf Spielplätze, zum Eis essen, kraxelten zusammen auf den Goetheturm, fuhren Tretboot auf dem Main, radelten durch den Grüngürtel mit Picknick auf dem Gepäckträger, gingen in den Zoo und in den Palmengarten und aßen Bratwurst auf Sommerfesten im Kleingartenverein. Alles gut, alles schön für ein Mädchen von sechs, sieben, acht Jahren. Auch das Übernachten in der Gartenhütte war in Ordnung, es war nicht schön und ich vermisste meine Mama zum Gute-Nacht-Sagen, aber ich hatte mein eigenes Bett und durfte noch bis spät dort mit der Taschenlampe Comics anschauen, so viel ich wollte. So hätte es bleiben können. Aber so blieb es nicht. Nein so blieb es nicht. Er trank immer am Abend. Manchmal auch schon tagsüber. Dann war er anders, dann war er nicht mehr nett oder komisch nett. Dann wollte er immer anfassen und kuscheln vorm Schlafengehen. Und er stank und wurde stinkig, wenn ich das nicht wollte und wurde jammerig und dann wütend und er trank immer noch mehr und noch mehr und fasste mich an und kuschelte immer enger und so blieb es nicht so, es blieb einfach nicht so, ich konnte nichts machen dagegen, es blieb einfach nicht so, er kam auch mitten in der Nacht und er schlug die Tür zu und ich konnte nicht raus und dann ... und dann ... und dann blieb es einfach nicht so und ich war doch noch so klein und wusste gar nicht, was er wollte und hatte Angst und wollte das nicht. Ich wollte das nicht.

ICH WOLLTE DAS NICHT!

Die Tür, die Tür, die Tür! Krach, die Tür fällt zu! Krach ... das ist nicht die Tür, verdammt, das ist so ein weißer Begrenzungspfosten, verdammt! Ich kralle mich am Lenkrad fest und der Wagen rumpelt und rast halb auf der Fahrbahn und halb auf dem Randstreifen und ich mähe einen Pfosten nach dem anderen nieder: krach, krach, krach, krach! Schluss, aus, Bremse, Kupplung, Gang raus, ausrollen, zurück auf den Asphalt, die nächsten Pfosten werden verschont, mein Puls rast während das Auto langsam zum Stehen kommt. Motor aus. Ich breche zusammen. Heulendes Elend.

An langen Biertischen Äppler zischen, das ist Frankfurt! Tolle Stimmung auf diesem Gartenfest! Nur blöd – die Leute kennen sich natürlich alle untereinander, sind freundlich zu mir, aber doch mehr mit sich selbst als mit irgendwelchen Besuchern beschäftigt. Der eine oder andere Smalltalk führt zu nichts und wo ich mich auch umhöre, keiner spricht von alleine über die Gartenhüttenbrände, ja manche wiegeln regelrecht ab, wenn ich versuche, mal direkt darauf zu sprechen zu kommen. Keiner will sich hier die Laune verderben lassen und meine wird zunehmend trüber, genau wie der Äppler, von dem ich inzwischen wohl schon ein paar Gläser intus habe. Die Einzige, die sich auf ein längeres Gespräch einlässt, ist eine etwas jüngere Frau als ich, die anscheinend auch alleine hier ist und sonst keinen kennt. Das verbindet uns. Barbara heißt sie und ist hier, wie sie sagt, ganz zufällig reingeschneit.

„Ich bin hier eher so zufällig reingeschneit."

„Ich auch, also ich meine hier auf das Fest. Ist aber toll hier, oder? Also ich meine die Stimmung und so."

„Hmmmm."

„Dabei hätte ich gedacht, die Leute wären viel mehr beschäftigt mit ihren Problemen, mit den Bebauungsplänen für das neue Wohnquartier. Oder mit den Gartenhüttenbränden."

„Interessiert das dich denn? Also darf ich „du" sagen? Hier sind doch alle per „du". Ich heiß übrigens Barbara."

„Ja klar, gerne. Ich bin Erik. Also ich bin eigentlich quasi mehr beruflich hier. Ich bin investigativer Journalist. Na ja und im Moment recherchiere ich zu diesem Thema, also das mit den Gartenhütten. Und ich dachte, hier bei so einem Tag der offenen Gärten könnte ich vielleicht irgendwelche neuen Informationen bekommen. Aber die Leute haben anscheinend überhaupt keine Lust, sich über so was zu unterhalten. Die feiern lieber und genießen den schönen Tag. Was ich auch wieder irgendwie verstehen kann. Und dann will ich sie ja auch nicht nerven mit Fragen, auf die sie keine Lust haben, verstehst du?“

„Oh ja, das kenne ich nur zu gut. Fragen, auf die dein Gegenüber keine Lust hat. Mein täglich Brot.“

„Äh, wie ist das jetzt gemeint?“

„Ich bin Polizistin. Kriminalhauptkommissarin, wenn du's genau wissen willst. Aber willst du vermutlich gar nicht, stimmt's?“

„Äh nein, äh doch, also ich meine, wo ist das Problem?“

„Das Problem ist, mein Lieber, dass kein Mann etwas mit einer Polizistin zu tun haben will. Die haben alle Angst oder ein schlechtes Gewissen oder was weiß ich. Denken, eine Frau, die bei der Polizei ist, ist bestimmt schlecht im Bett oder so. Oder steht nur auf Handschellen und Knüppeln. Ach ich weiß auch nicht.“

„Schlechte Erfahrungen gemacht?“

„Das kannste aber laut sagen. Oder lieber nicht, sonst schmeißen die uns noch raus hier. Nein Quatsch. Sorry, ich bin gerade ein bisschen schlecht drauf. Frisch geschieden. Tut noch ein bisschen weh. Aber das gibt sich wieder. Also los, noch ein Schoppen, lassen wir's krachen heute.“

„Weißt du denn was über diese Hüttenbrände? Ich meine, wenn du bei der Polizei bist, dann kriegst du doch bestimmt mit, was da so der Stand der Ermittlungen ist, oder?“

„Jou, Erik, alter Schnüffler. Das krieg ich mit und du wirst es nicht glauben, darüber darf ich natürlich kein Sterbenswörtchen verlieren. Dienstgeheimnis! Das ist alles streng unter Verschluss, die ganze Sache!“

„Weiß man denn überhaupt schon irgendwas? Gibt es eine heiße Spur oder so?“

„Erik ...“

„Ich meine doch keine Details, keine Geheimnisse. Aber weiß man denn schon irgendwas?“

„Nichts. Nada. Gar nichts. Aber das hast du nicht von mir, klar? Das Nichts hast du nicht von mir."

„Aber da muss es doch irgendeinen Ansatzpunkt geben, ich meine, irgendwelche Beobachtungen, Spuren, Zeugenaussagen oder so was."

„Hör zu, Erik, ganz im Vertrauen, ja? Es gibt in der Kriminalistik so viele offene Fragen, so viele Baustellen, dass dir schlecht wird. Andauernd passiert irgendwo irgendwas und du sollst am liebsten immerzu überall zugleich sein und alles, aber auch alles aufklären. Nimm doch nur mal diese Gartenhüttenbrände: Das passiert immer wieder. Es gibt aber auch Autobrände. Brandstiftungen in Treppenhäusern, in Müllcontainern, an Jägerhochständen, in Lagerhallen und was weiß ich wo noch. Das kann jeder gemacht haben: Volltrunkene Vollidioten, Anarchisten, gemeine Nachbarn, bekloppte Jugendliche, was weiß denn ich? Du stehst da wie der Ochs vorm Berg und weißt nicht, wo du anfangen sollst zu suchen. Klar suchen wir, klar ermitteln wir, aber finde mal so eine Stecknadel im Heuhaufen, finde mal so einen Täter, so einen Brandstifter. Wenn der nicht gerade am Brandort sitzt und noch den Benzinkanister und die Streichhölzer in der Hand hält, hast du praktisch keine Chance. Das ist nicht wie im Fernsehkrimi, wo immer zur rechten Zeit der richtige Hinweis auftaucht und du dann in einer wilden Verfolgungsjagt die Täter einkesselst und schließlich heldenhaft stellst. Nein, die Wirklichkeit ist einfach nur voll frustrierend, weil sich nämlich meistens gar nichts tut. Einfach gar nichts. So läuft das nämlich."

„Puh, das ist jetzt aber nicht das, was ich erwartet hatte. Ich meine..."

„Wie in der Liebe."

„Was?"

„Wie in der Liebe. Das läuft da doch auch nicht so wie im Film, oder? Ein paar warme Worte, ein paar tiefe

Blicke, ein unendlich tiefer Kuss und zack ins Bett und gleich die schönste Nacht des Lebens und das Glück ist vollkommen und forever und alles ist wunderbar, oder? Das kriegen wir so gezeigt, aber so ist es eben nicht. Nicht bei der Polizei und auch nicht in der Liebe. Vergiss es."

„Na so pessimistisch würde ich das jetzt aber doch nicht sehen."

„Würdest du nicht?"

„Nein, also ... nein. Ich kannte mal einen, einen sehr klugen Mann, der hat gesagt: Erwarte das Unerwartete. Und ich finde, er hat Recht. Warum soll es nicht mal anders kommen? Warum nicht besser, als du erwartet hast?"

„Weil es so ist wie es ist, mein Lieber. Das Leben ist eben das Leben. Da kannst du nichts machen. Männer mögen keine Polizistinnen, das ist einfach so."

„Ach Quatsch, das glaub ich nicht!"

„Das glaubst du nicht? Dann beweis es mir."

„Wie beweisen?"

„Beweis es mir. Beweise mir, dass du eine Polizistin magst. Dass du mich magst. Beweise es mir."

Tja, und so kam es, dass ich an diesem lauschigen Spätsommerabend leicht beschwipst und leicht provoziert mit einer Polizistin in meiner bescheidenen Bude eine durchaus berauschende Nacht verbrachte. Nicht umwerfend, aber auch nicht schlecht. Keine große Liebe oder so. Aber vielleicht eine Begegnung, die sich irgendwann noch mal als ganz nützlich erweisen könnte. Ein direkter Draht zu geheimem Insiderwissen vielleicht. Wer weiß schon, was mal zu was gut ist?

Weiß nicht, wie lange ich da so am Rand der Autobahn schon stehe. Keinen scheint's zu interessieren. Alle fahren vorbei, manche hupen sogar. Ich bin völlig durch den Wind. Das mit der Fahrt in den Taunus kann ich vergessen. Ich bin schon froh, wenn ich den Rückweg schaffe. Ich kann einfach nicht mehr. Alles dreht sich im Kopf. Ich fühle mich wie in einem trüben grauen Strudel, als hätte ich mich in einem Wasserwirbel verfangen, der sich immer weiterdreht und sein Opfer nie mehr frei gibt. Mit großer Mühe gelingt es mir wieder los zu fahren, an der nächsten Ausfahrt raus und anders herum wieder aufzufahren, zurück in die Stadt und bis hin zu der Garage, wo ich den Wagen reinstelle und am liebsten für immer vergessen will.

Verdammt – mein Fahrrad steht noch beim Garten! Da hatte ich nicht drüber nachgedacht. Ich muss noch mal hin. Oh nein. Verdammt! Ich muss da noch mal hin. Meine Knie sind weich, mein Rucksack schwer, meine Augen sehen kaum noch, was um mich herum vor sich geht. Aber ich muss. Ich muss das hinter mich bringen. Und ich kann. Ich kann das. Ich bin stark genug dafür. Ich kann steile Wände hochklettern ohne Seil. Ich kann über Mauern und Zäune springen, auf dünnen Kanten balancieren, ich kann hängen und hangeln und laufen und rennen, wenn es sein muss. Und es muss sein, also kann ich es auch. Also los. Es sind doch nur ein paar Kilometer bis zum Garten. Ich laufe wie in Trance, laufe und denke nicht nach, ich lasse irgendeinen Rhythmus durch meinen Kopf laufen, im Rhythmus meiner Schritte, ganz stur und mechanisch, das geht am besten. Den Weg finde ich ohne groß zu überlegen, schließlich geht's den Berg rauf und nach ein paar Biegungen bin ich da. Es ist schon dunkel. In einigen Gärten geht echt noch die Post ab. Aber das interessiert mich nicht, ich will nur mein Fahrrad. Gerade als ich den Schlüssel aus meiner Hosentasche gefummelt habe, sehe ich, dass im Garten von Onkel Robert noch ein Feuerchen glimmt. Er ist noch da und er ist nicht allein. Ich sehe ihn durch die

Büsche und ich höre seine Stimme, rau und betrunken zu jemandem sagen:

„... und so bin ich den ganzen Kram auf einen Schlag los geworden, verstehste? Ich hab ihr einfach erzählt, die Bagger kämen schon nächste Woche und ich bräuchte unbedingt ihre Hilfe. So'n Quatsch! Aber zack, war sie da. Hat alles abgeholt und weggebracht. Die hat das echt gemacht, die hat gar nicht geschnallt, wie ich sie verarscht hab, weißte? Frauen, ich sag dir, mit denen kannste machen was du willst, die sind so dumm, die glauben dir alles, Is' so! Dumm wie'n Stück Brot! Jetzt bin ich das Problem los. Und kann den restlichen Sommer hier noch so richtig genießen! Prost, mein Bester! Darauf trinken wir einen! Auf die Laube! Und auf die dummen Frauen! Prost und weg damit!"

Ich kann es nicht fassen! Da sitzt dieser Vollidiot, dieses üble Schwein, und lacht mich aus. Mich. Ich stehe da, unschlüssig, mit dem Fahrradschloss in der Hand und warte, warte, dass mir irgendwas einfällt, dass mir etwas aus dieser Lähmung, aus dieser abgrundtiefen Kränkung heraushilft, eine Idee, eine Lösung. Stehe da völlig starr, gelähmt, geschlagen, gedemütigt. Und weiß mir nicht zu helfen. Sehe den schwachen Schein des Feuers, höre das Klirren der Bierflaschen, rieche den Rauch und den Schweiß der alten Männer, das Bier und die Zigaretten und mir wird übel. Und dann spüre ich plötzlich das Gewicht des Rucksacks. Er ist viel schwerer als sonst. Ich habe vergessen, das Zeug aus- und in die Garage zu packen. Ein Beutel ist noch drin. Hallo Robert, ich hab da noch was für dich! Etwas, das nichts für kleine Mädchenhände ist und auch nicht für dumme Frauenhände. Etwas, das hier alles in die Luft jagen kann, wie du mir früher immer so gerne gesagt hast, um mir Angst zu machen. Hast du mich auch damals schon belogen damit? Oder stimmt das ausnahmsweise? Ich habe keine Ahnung, was ich da auf meinem Rücken trage. Aber ich werde es nicht länger tragen! Ich werde es nun nicht mehr länger tragen! Genug! Es ist genug! Du sollst es wiederbekommen, du widerlicher, ekelhafter Dreckskerl! Du Widerling! Du stinkendes, verlogenes Arschloch!

Er kommt. Er und dieser Ich-weiß-nicht-wer. Sie gehen zum Gartentor und ich drücke mich schnell in die dunkle Hecke und stehe regungslos wie ein Stück Holz und warte, bis sie vorüber sind. Warte noch ein paar Minuten. Dann trete ich in den Garten, stelle den Rucksack auf den Boden und hole den Beutel heraus. Das Papier lässt sich mit etwas Kraftaufwand leicht einreißen. Eine Spur rieselt wie von alleine von der Hütte bis fast zu der immer noch glühenden Feuerstelle. Als letzte Brücke lasse ich ein Stück von dem Beutel am Boden liegen. Das Papier glimmt allmählich auf und winzige Flämmchen kriechen leise knisternd vorwärts. Ich bin schon draußen, bin auf dem Fahrrad und sause lautlos den Hang hinunter, als mit einem gewaltigen Fauchen eine Feuerwand hinter mir aufspringt und das kleine vergiftete Gartenparadies mit seinem lüsternen hölzernen Tempel in ein fröhlich flackerndes Inferno verwandelt. Und mein Herz hüpft vor Freude! Die kühle Nachtluft streift an meinem Gesicht, meinen Armen, meinen Beinen vorbei und alles, was da verbrennt in heißer Glut, liegt weit weit hinter mir. Der Fahrtwind treibt mir Tränen des Glücks übers Gesicht. Und mein Mund lächelt zufrieden von einem bis zum anderen Ohr. Ich radle durch die nächtlichen Straßen, leicht, kraftvoll, stolz. Und ich sehe die Lichter der Nacht – rot, gelb, blau, grün und violett. Mein Glück ist grenzenlos ...

Ausgerechnet! Ausgerechnet an dem Abend, als ich stundenlang vor Ort gewesen bin, um genau zu dem Thema zu recherchieren, in der Nacht dann, als ich mit dieser Polizistin mitgegangen bin als ich dachte, da läuft sonst eh nichts mehr, ausgerechnet in dieser Nacht brennt wieder eine Gartenhütte, genau da, wo ich kurz vorher selbst war, vor Ort! Genau da! Steht in der Zeitung. Ob Brandstiftung oder Fahrlässigkeit ist unbekannt. Keine Hinweise auf Brandbeschleuniger. Keine Hinweise auf einen etwaigen Täter. Ausgerechnet! Wie kann das sein, ich war so nah dran und dann passiert das genau dann, wenn ich gerade kurz vorher abgefahren bin. Ich fasse es nicht. Als ob sich alles gegen mich verschworen hätte. Aber ich bleibe dran, jetzt erst recht bleibe ich dran. An dem Fall, an dieser Serie von Brandstiftungen und auch an dieser Polizistin Barbara. Vielleicht kann sie mir ja doch noch mal nützlich sein, wer weiß? Man weiß nie, was zu was gut sein kann.

Ob das jetzt zu was gut ist? Keine Ahnung. Angeblich wird ja eine Frau über fünfzig eher von einem Tiger gefressen, als dass sie noch Chancen auf einen neuen Mann hat. Ha! Das gilt aber nur für „normale" Frauen! Für Polizistinnen gilt dann wohl eher, dass sie wahrscheinlicher von einem T-Rex gefressen werden, als noch mal einen Mann zu finden. Tja, und nun hab ich einen gefunden, ganz ohne Tiger und T-Rex. Einfach so. Ich fasse es nicht. Aber die Schmetterlinge im Bauch flattern nicht mehr so wie in meinen jungen Jahren, eher bleiben sie regungslos auf ihren dünnen Beinchen und warten erst mal ab, ob es sich auch lohnt, abzuheben und sich taumelnd vor Freude in die Luft zu erheben. Denn solche Schmetterlinge leben auch gefährlich, können jederzeit und blitzschnell gefressen werden! Also lieber erst mal vorsichtig sein. Dieser Mann ist ja schon nett, so ist es nicht. Er ist Journalist und redet sehr gerne, stellt Unmengen von Fragen und ist etwas ungeduldig, wenn man nicht sofort mit Antworten dabei ist. Interessiert sich gerade für die Serie von Gartenhüttenbränden. Da ist für ihn eine Polizistin natürlich interessanter als eine Kellnerin. Und immerhin, das alleine wird's nicht gewesen sein. Denn schließlich sind wir nach ein paar Stunden auf dem Kleingartenfest und diversen Äpplern schon gleich zusammen im Bett gelandet. Das hatte ich nun wirklich nicht erwartet! Aber es hat einfach alles ganz gut gepasst, das Wetter war toll, die Stimmung gut, wir hatten sonst nichts anderes vor und der Typ gefiel mir auch eigentlich so ganz gut insgesamt. Und ey, so ein Angebot bekomme ich nun wirklich nicht alle Tage oder erst, nachdem ich den Tiger und den T-Rex erfolgreich wieder weggeschickt habe! Also die Gelegenheit beim Schopf ergriffen. Und dafür, dass es nicht die große Liebe ist, hat's sogar ganz gut geklappt. Er ist jetzt nicht gerade der zärtlichste Lover, den man sich wünschen kann, eher so einer von der Sorte Hallo-wenn-ich-schon-mal-da-bin-dann-bin-ich-auch-gleich-schon-wieder-weg-und-tschüß. Aber ich durfte bis zum Frühstück bleiben, bekam sogar noch ein Croissant vom Bäcker und seine Telefonnummer und einen netten Abschiedskuss. Puh, erst mal sacken lassen. Aber es tut schon gut, dass muss ich sagen. Es tut einfach gut, ein Gegenüber zu haben und auch selbst ein Gegenüber zu sein. Auch wenn er an mir als Polizistin vielleicht mehr Interesse hat als an mir als Frau (was ich noch nicht wirklich weiß), aber gut, was beschwere ich mich? Bisher war es immer umgekehrt, da hat mein Beruf eher so gestört, dass von dem Interesse an meiner Weiblichkeit schnell nichts mehr übrig war. Jetzt interessiert sich halt einer verstärkt für die Polizistin, so what? Dann kann ich endlich auch mal daraus etwas Gutes ziehen. Vielleicht kann ich ihn ja damit auch länger bei der Stange halten (schöne Formulierung in dem Zusammenhang!) als ohne diesen Berufsbonus. Diese Karte muss ich ausreizen. Vielleicht kann ich ja intern ein paar interessante Fakten rauskriegen, mit denen ich ihn Stück für Stück anfüttern und bei Laune halten kann. So hätten wir eine klare Win-win-Situation: Er bekommt was für seine Recherchen und ich bekomme was für meinen Gefühlshaushalt oder wenigstens für mein vereinsamtes Intimleben. Ich darf es für ihn nur nicht zu offensichtlich machen, sonst fühlt er sich am Ende ausgenutzt und macht schnell wieder die Fliege. Ich hoffe nur, ich bekomme genug Futter für ihn.

Eigentlich geht's mir gerade ganz gut. Dieses Betthupferl mit Barbara kam so überraschend für mich, dass es echt ein paar Tage gedauert hat, bis ich so richtig zum Nachdenken darüber kam. Und mich freuen konnte, denn immerhin, so oft habe ich nun wirklich keinen Sex, das ist alles so kompliziert geworden mit den Jahren, du findest entweder nur Frauen, die besetzt sind, auch wenn sie dabei nicht gerade glücklich erscheinen. Aber die dir eben keine Chance geben. Oder du triffst Frauen, die irgendwie allem schon abgeschworen haben, bei denen läuft anscheinend schon lange überhaupt nichts mehr und das soll dann wohl auch so bleiben. Andere sind lesbisch und lassen dich sowieso auf ganzer Linie abblitzen. Oder zu jung, die gucken dich nicht mal freundlich an, wenn du zu ihnen was sagst. Oder so kindisch, dass sie nur rumkichern und sich zu ihren Freundinnen verkriechen, wenn ein Mann in ihre Nähe kommt. Das ist überhaupt so ein Problem: Frauen sind praktisch nie allein unterwegs.

Wenn doch, dann sind sie in Eile, um irgendwo hin zu kommen. Ansonsten: nur Cliquen, beste Freundinnen an der Seite oder Kinder. Und wenn das nicht, dann kommen sie immer, wirklich immer mit so einem widerlichen Bullterrier an der Leine daherstolziert und signalisieren dir damit so was wie: Wenn ich was Häßliches will, mein Lieber, dann brauche ich keinen Mann, dann hab ich meinen Chicco, bei dem Anblick kann ich auch kotzen, wenn ich's mal wieder brauche. Selten, ganz selten, dass man mal überhaupt eine Frau alleine in ihrer Freizeit antrifft. Noch seltener, dass sie sich ansprechbar zeigt und am aller seltensten, dass sie nicht gleich wegläuft, wenn ich ihr was von meinem Beruf erzähle, Fragen stelle und mich erst mal gut unterhalten will. Und am allerallerallerseltensten ist, dass sie dann immer noch da ist und sogar mitkommt und ja sagt. Und es dir so richtig besorgt beziehungsweise besorgen lässt. Und das hat sie. Einfach so. Na vielleicht bin ich ja doch noch ein bisschen attraktiv. Und sie sieht ja eigentlich auch nicht schlecht aus, ein bisschen verbraucht und müde. Aber ab und zu scheint noch etwas von der jungen hübschen Frau durch, die sie bestimmt einmal war. So weit, so gut.

Aber andererseits geht's mir beschissen wie schon lange nicht mehr. Meine beruflichen Ambitionen drehen sich immer nur im Kreis, nichts wirklich Gutes kommt zustande, nichts Besonderes, nichts Auffallendes. Und dieses alltägliche Klein-klein-Geschreibsel macht mich echt krank. Nichts ist von Belang. Ich suche immer wieder und immer noch nach der wirklich großen Story, nach dem Bestsellerstoff, nach der echt tief gehenden Geschichte, mit der ich selbst auch ein bisschen Geschichte machen kann. Ich suche nach echter Aufmerksamkeit, nach dem großen Auftritt, nach etwas, das mich aus dem Schatten ins Licht treten lassen wird. Denn das ist so mein Grundgefühl – immer im Schatten zu stehen. Und da unbedingt raus zu müssen. Denke dabei immer öfter an meine Maam und dass ich immer versucht habe, ihr was Besonderes zu schenken – mal einen kleinen selbst gepflückten Blumenstrauß, mal ein selbst gemaltes Bild, mal ein gutes Zeugnis von der Schule oder manchmal sogar ein von meinem Taschengeld abgespartes Eis, wenn es im Sommer in unserem kleinen Garten allzu heiß war. Aber nichts davon konnte sie wirklich erreichen, nichts ihre stille Traurigkeit lösen, nichts ihren Blick einmal ganz fest und stark auf mich richten und mir das Gefühl geben, etwas ganz Besonderes zu sein, etwas, auf das sie stolz ist, mit dem sie sich vor allen anderen präsentieren und ausrufen könnte: Seht her, das ist Erik, mein Sohn und er ist das Beste, was es gibt in meinem Leben!

Meine Praxis habe ich aufgegeben, zumindest vorübergehend. Ich nehme einfach keine weiteren Patienten mehr an und vergebe auch für meine wenigen Verbliebenen nur noch ein paar Termine, bis ich die Behandlungen guten Gewissens abschließen und beenden kann. Das Alleinsein in dem großen Haus fiel mir am Anfang sehr schwer, hat sich aber inzwischen zu einem eigentlich ganz beruhigenden Zustand weiterentwickelt, mit dem ich ganz gut leben kann. Es ist sogar so, dass mich die Patientenkontakte zunehmend eher stören, sie finden ja in den Praxisräumen im Erdgeschoss statt und sind somit immer auch ein räumlicher und zeitlicher Faktor in meinem Privatleben, das ich inzwischen lieber ganz für mich haben will. Als Psychotherapeut ist man ja das reden und zuhören gewohnt wie kaum in einer anderen Berufsgruppe. Und vielleicht kommt dabei jeder auch mal an einen Punkt, wo es einfach genug ist, wo das eigene Ich endlich nach vollkommen ungeteilter Aufmerksamkeit verlangt, nach Ruhe und Besinnung, wo man eher das Bedürfnis verspürt, verstärkt nach innen statt nach außen zuzuhören und auch eher eine Weile mal mehr mit sich selbst als mit anderen zu sprechen. Ich bin dabei nicht unglücklich oder allzu sehr vereinsamt, eher ruhig und gefasst und auf eine ganz tiefe innere Weise auch zufrieden mit mir und meinem Leben, soweit ich es einmal ganz und gar von Anderen losgelöst betrachte und erspüre. Na ja, losgelöst von Anderen ist man wohl nie. Der Mensch ist ein Herdentier, immer schon gewesen. Aber wie in jeder Primatenhorde ändert sich mit fortschreitendem Alter eben auch bei uns irgendwann die Rolle im Clan, fallen Aufgaben oder Privilegien weg und kommen neue dazu. Ich bin einfach müde, immer den Geschichten anderer zuzuhören. Ich habe im Laufe meines Berufslebens so viele Geschichten gehört, begleitet und stellvertretend mit durchlitten, dass es an der Zeit ist, selbst mal zu erzählen, finde ich. Allerdings muss ich zugeben, dass das literarische Schreiben an sich nicht gerade zu meinen Stärken zählt. Vielleicht bin ich etwas verdorben durch das jahrelange Verfassen nüchtern sachlicher Arztberichte, die ja so gar nichts poetisches oder literarisches an sich haben, dass ich einfach nicht die richtige Ebene finden könnte, um Dinge so zu formulieren, dass sie jemanden wirklich erreichen oder gar bereichern könnten. Was mich aber nicht loslässt, ist dieses geniale selbsttherapeutische Märchen einer meiner früheren Patientinnen, der Krötenkönig. Da hat sich eine Ebene aufgetan, die mich unglaublich fasziniert hat. Auch wenn es eigentlich meine Anregung an sie gewesen war, es zu schreiben, so ging doch das Ergebnis weit über meine Erwartungen hinaus. Und irgendwie fand ich es jammerschade, dass sie mit diesem einmaligen Versuch offenbar zufrieden war und keine weiteren Texte dieser Art, jedenfalls soweit mir bekannt, verfasst hat.

Der Kontakt war ja dann auch schon bald zu Ende. Ich selber könnte so wahrscheinlich gar nicht schreiben und mir steht ja auch nicht wirklich der Sinn nach einer Schriftstellerkarriere. Aber diese Art der Umsetzung fasziniert mich nach wie vor: Eigene bewegende, vielleicht sogar traumatische Lebensgeschichten in eine Art Märchenform übersetzen und damit auf einer neuen, kontrollierbaren Ebene auch für andere nachvollziehbar und auch therapierbar zu machen. Vielleicht könnte ich an so einem Projekt mit dieser Frau zusammenarbeiten. Das wäre bestimmt sehr spannend. Ich werde versuchen, Kontakt mit ihr aufzunehmen, wer weiß, was daraus werden kann?!

Diese verdammte kleine Hexe! Das war sie! Das kann nur sie gewesen sein! Ja gut, ich hab das kleine Lagerfeuerchen nicht ganz korrekt gelöscht, als ich da mit einem Kumpel noch zu ihm nach Hause gegangen bin, weil bei mir das Bier alle war und er noch was im Kühlschrank hatte. Aber es hat nur noch ein bisschen gefunkelt, da wird doch kein richtiges Feuer mehr draus und schon gar keins, das dann bis zur Gartenhütte überspringt. Niemals! Natürlich weiß ich, dass in letzter Zeit immer wieder Hütten in der ganzen Stadt abgefackelt worden sind von irgendwelchen Vollidioten. Die können natürlich auch meine Laube rangenommen haben, vielleicht, weil sie kein Bier oder sonst was Interessantes drin gefunden haben, wer weiß? Aber nein, das glaub ich nicht. Schon darum nicht, weil die ganze Hütte komplett abgebrannt ist, nicht nur so eine Ecke oder so. Dazu brauchst du was Stärkeres als nur ein paar Lagerfeuerfunken. Dafür brauchst du Benzin oder Spiritus oder so was. Aber die Polizei, die am nächsten Tag da war, hat nichts gefunden, auch keine Spuren von Brandbeschleunigern, nicht mal mit ihrem Schnüffelhund. Also heißt das doch dann wohl, dass es ein Brandbeschleuniger war, auf den diese Töle nicht abgerichtet ist, den sie einfach nicht kennt und darum auch nicht riechen kann. Eben so was wie das Zeug, dass meine kleine Hure gerade so fleißig entsorgt hat. Kann ich aber den Bullen nicht sagen, da müsste ich ja noch ganz andere Sachen erzählen. Verdammt! Aber warum? Sie hat doch sogar noch mein altes Auto und die Garage bekommen für diesen kleinen Dienst, das ist doch was. Dafür zündet man doch seinem alten Onkel nicht die Bude an, Mensch! Ich brauch das doch hier! Seit ich aus meiner kleinen Wohnung ausziehen musste, bin ich doch das ganze Jahr nur hier im Garten. Wo soll ich denn jetzt hin, verdammt?

Eine schöne Scheiße ist das, verdammt! Dabei hab ich mich doch auch früher immer um sie gekümmert, als das Mädel noch klein war. Nur ihrer Mutter zuliebe, mit der ich auch schon mal was gehabt hatte, früher, als ihr Mann, also mein Bruder noch gelebt hat. Der alte Depp hat davon rein gar nichts gemerkt, Na geschenkt. Es war schon klar, dass ich mich ein bisschen um die Kleine kümmern würde am Wochenende, wenn Lara anschaffen oder putzen ging, damit das Geld irgendwie zu Hause reichen würde. Die Kleine sollte es ja gut haben. Und wir haben so schöne Sachen zusammen gemacht, Ausflüge in die Parks, in den Zoo, zum Goetheturm, an den Main, überall hin, sind Eis essen gegangen und Bratwurst, sind auch mal Tretboot gefahren oder haben Picknick gemacht, war doch alles ganz schön. Und später, als sie dann noch etwas größer wurde, hatten wir uns richtig gern und haben immer so schön gekuschelt und geschmust und das eine oder andere Mal hab ich sie auch so richtig rangenommen und mal so ordentlich durchgerammelt. Das war schon geil mit der Kleinen, hat auch immer brav mitgemacht und ich denke, sie hatte wohl auch so einigen Spaß daran, sonst hätte sie's ja nicht gemacht. Na ja, bis sie dann irgendwann mal total ausgeflippt ist dabei, das war schon übel dann.

Heute ist wohl der letzte schöne Tag im Jahr, an dem ich noch mal zu meinem Lieblingssee kann. Ganz allein, trotz der vielen Leute rundherum. Ich will hier noch mal runter kommen irgendwie. Die letzten Tage waren wie ein Film, in dem ich mitspielte, ohne das Drehbuch wirklich zu kennen. Zuerst war's ein Farbfilm. Unglaublich! Fantastisch! Ich war wie verzückt oder hypnotisiert von allem. So müssen sich kleine Kinder fühlen, wenn sie zum ersten Mal die Welt entdecken, wenn sie verstehen, was Farben sind, wie alles um sie herum leuchtet und glitzert und eine bunte, flirrende Ordnung schafft, die die Sinne erheben und betören kann, die eine reine Freude im Inneren erzeugt. Ich musste mehrmals am Tag richtig losheulen, so glücklich war ich, endlich in der normalen Welt angekommen zu sein. Meine Farbenblindheit war wie weggeblasen von dem Moment an, als hinter mir aus Onkel Roberts Gartenhütte diese Feuerwand ausbrach und ich wusste, dass damit ein Stück dieser entsetzlich kalten grauen Mauer meiner Vergangenheit unwiederbringlich verschwand. Ich hatte sie besiegt! Diese Kälte, diese lähmende Enge meines Lebens, ich hatte einen Ausweg gefunden! Das Feuer war wie eine Tür zu einer anderen Welt, die sich plötzlich öffnete und mich einfach durchschubste, ganz ohne Vorbereitung und ohne Plan. Es war wie ein Rausch, wie das, was man wohl Extase nennt und was ich noch niemals zuvor erlebt hatte. Es war wunderwunderbar! Und schon beim vogelschnellen Runterradeln vom Hang, beim luftigen Flattern meiner Haare im sausenden Fahrtwind hörte und spürte ich wieder diese Stimme in meinem Inneren, die sagte:

„Siehst du? Hab ich's dir nicht gesagt? Alles wird gut, alles ist in Ordnung, mein Kleines. Du bist in Ordnung und auch das Feuer ist in Ordnung. Und jetzt ist deine Welt endlich wieder bunt und du bist frei. Und das hast du geschafft, ganz allein du selbst hast das geschafft. Und das ist toll, das ist ganz toll. Du kannst stolz auf dich sein, so wie ich stolz auf dich bin, mein Schätzchen. Das hast du dir verdient!"

Und jetzt weiß ich auch, wem diese Stimme gehört. Es ist mein Papa. Es ist mein Papa, der ganz früh schon, als ich noch klein war, verschwunden ist. Irgendwie ums Leben gekommen. Ich hab nie erfahren, wie und warum. Nur dass es eben vorbei sei mit ihm und ich nicht weiter an ihn denken sollte. Was ich aber natürlich trotzdem tat oder gerade deswegen. Er begleitete mich in meinen Träumen und auch wenn ich wach war, er war immer bei mir, sprach mit mir und ich spürte immer sein Lächeln und seine Anwesenheit. Bis Onkel Robert diese Rolle übernahm, bis er mich „Schätzchen" und „meine Kleine" nannte und diese Worte plötzlich einen ganz anderen, falschen und fiesen Klang annahmen. Von da an verstummte die Stimme, sie verschwand völlig aus meinem Innenleben wie so viel anderes aus mir verschwand. Und erst vor ein paar Jahren kehrte sie zurück, zuerst fremd und mir völlig unbekannt. Und dann immer öfter und vertrauter, ohne dass ich gleich wusste, was sie zu bedeuten hatte. Das weiß ich auch jetzt noch nicht wirklich. Papa ist tot, das ist mir klar. Er kann nicht wirklich zu mir sprechen. Er ist nicht mehr da, nie mehr. Aber was noch da ist, ganz tief in mir verborgen, ist das Gefühl, das ich bei ihm hatte. Dieses beruhigende, zuversichtliche, alles warm machende, entspannende Gefühl der Geborgenheit. Ein

Gefühl, das ich nur noch aus dieser Erinnerung kenne. Oder aus meinen kleinen Fluchten an den Baggersee, aus der tiefen Durchwärmung in der Sonne, wenn sie ganz frei und ohne Einschränkung auf und in meinen Körper scheint, mich ganz durchdringt und ausfüllt und alles Böse für einen Moment einfach zur Seite drängt. Dann fühle ich mich geborgen. Dann bin ich für Augenblicke ganz ich selber. Dann ist alles in Ordnung. Und dann spricht Papa ab und zu auch wieder mit mir, spricht mit seinen Worten durch meine Gedanken und findet mit mir zusammen einen Sinn in dem, was um mich herum passiert.

Aber meine Farben konnte ich nicht halten. Und dieser allmähliche Verlust trifft mich fast noch härter als ihr völliges Fehlen all die Jahre zuvor. Denn ich habe sie gesehen! Ich habe einen kurzen Blick ins Paradies geworfen bis die Tür, die große schwere Tür langsam wieder zufiel und sich schließlich ganz schloss. Das Grau ist wieder zurück und damit auch das Grauen. Ich lebe wieder in einem Schwarz-weiß-Film, ich kann wieder keine Nacht durchschlafen, ich bin wieder gefesselt in einem Kokon aus harter Seide, eingesperrt in einem Gerüst aus kaltem Metall, das sich nicht um mich herum, sondern in mir drin ausgebreitet hat. Nur eines hat sich entscheidend geändert: das Feuer brennt. Es brennt in mir, das Verlangen, aus diesem Tief wieder heraus zu kommen, mich diesmal nicht besiegen und unterkriegen zu lassen, es diesmal zu schaffen, aus eigener Kraft und mit einer gesunden Portion Wut! Die selbe Wut, die in mir hochkochte wie Lava, als ich Onkel Robert so unglaublich fies daherreden hörte auf dem Kleingartenfest und die mir die Kraft gab, es ihm endlich heimzuzahlen, mich endlich von diesem Albdruck zu befreien, etwas Unwiderrufliches zu tun, was wenigstens diesem einen Übel ein endgültiges Ende bereiten würde. Weg ist diese verdammte Hütte, dieses Drecksloch, in dem ich so viele Male elendiglich verletzt und gedemütigt und meiner Kindheit und meines Glückes beraubt wurde. Weg für immer. Klar, es ist nur ein Haufen Bretter, aber in diesem Haufen steckt unlösbar die Erinnerung, so wie sie auch in mir unlösbar feststeckt. Aber mit dem Bretterhaufen habe ich auch ein Stück meiner Erinnerungen verbrannt und in Asche verwandelt. Ich streue sie in den Wind. Ich gebe diesem Ort eine neue Bedeutung. Es ist nun nicht mehr nur der Ort meiner zahllosen Niederlagen, es ist zum ersten Mal auch ein Ort meines Triumphs! Meines Sieges! Ich habe gesiegt, ich habe gewonnen! Wenigstens diesen einen ersten Kampf. Oder eher den zweiten. Denn schon einmal war dieser Ort Schauplatz eines wirklichen Kampfes, den ich wenigstens teilweise gewonnen hatte.

Eins dieser Wochenenden, an denen ich weiß, was mich erwartet, wenn Onkel Robert mal wieder kräftig an der Flasche gehangen hat und sich dann zum Abschluss des Tages noch einmal genüßlich über seinen kleinen Schützling hermachen würde. Allerdings, *so* klein bin ich nicht mehr. Ich habe plötzlich kräftig zu wachsen angefangen und es ließen sich auch schon erste Zeichen der einsetzenden Pubertät sehen. Zwar habe ich nicht wirklich eine Ahnung, was da mit mir passiert, aber ich spüre schon, dass da etwas im Gange ist, das mich verändert, mich aufmüpfiger, selbstbewusster, eigenständiger macht. Ich habe immer noch große Angst vor Robert, vor seiner Grobheit, vor seiner Rücksichtslosigkeit, seiner tumben Geilheit. Und ich habe es so eingerichtet, dass sich seine Übergriffe so schnell und reibungslos wie möglich abspielen konnten, damit ich danach dann meine Ruhe habe und vor weiteren Nachstellungen erst mal sicher bin. Dazu versteinert sich mein Inneres, bis ich rein gar nichts mehr fühle, bis mir nichts mehr etwas anhaben kann. Sogar den Ekel vor seinem Geruch, seiner Stimme, seinem aufgedunsenen Körper, den filzigen Haaren, dem Schweiß, den Geräuschen und dem widerlichen Geschlecht spüre ich dann fast gar nicht mehr. Eingekapselt in einer Blase, die alle Wahrnehmungen und alle Gefühle abschirmt und herunterfährt bis zu einem Punkt, an dem alles an mir nur noch vorbeigleitet und mich nicht mehr berührt. Dumpf und wie im Nebel. Wie nicht wirklich. So kann ich es ertragen, so kann ich alles ertragen, indem ich überhaupt nichts mehr fühle und fast nichts mehr wahrnehme. Das kostet mich meine Farben und vieles andere mehr, aber es rettet mein Leben.

Nicht so an diesem Tag. Er hat mehr getrunken als gewöhnlich, torkelt herum und brüllt ständig irgendwelche unflätigen Beschimpfungen vor sich hin. Fängt an, mich direkt zu beschimpfen und droht, diesmal würde er mir mal so richtig weh tun zur Strafe für etwas, das ich nicht verstehe.

Ich bin panisch vor Angst. Robert kramt ständig irgendwo rum auf der Suche nach etwas, das er offenbar nicht findet. Er flucht wir ein Irrer, sucht weiter, schmeißt Sachen durch die Gegend. Brüllt. Schimpft. Flucht.

Habe keine Ahnung, was los ist. Fange an zu heulen, dass ich nach Hause zu meiner Mama will, dass er die Tür aufmachen soll, dass ich nicht hierbleiben will. Er brüllt nur, ich soll mein Maul halten, ich wäre jetzt gleich dran. Meine Kehle krampft sich zusammen, bis ich fast keine Luft mehr kriege. Ich kenne diesen Mann mehr als mir lieb ist. Aber ich kenne ihn als übelriechendes, aufgedunsenes, dreckiges und dumpfes Schwein. Nicht so wie heute. Nicht als tobenden, Sachen schmeißenden Wüterich. Nicht so brutal, nicht so außer sich! Ich flüchte mich in die hinterste Ecke der Hütte und starre ihn an wie einen Vulkan, der gerade dabei ist, auszubrechen und alles zu vernichten, was in seiner Nähe ist. Genau so. Er bricht gleich aus. Da kann er selber nichts dagegen machen, das kommt einfach so. Er ist nicht mehr er selber, er ist ein Vulkan. Er explodiert. Ich habe doch gar nichts gesagt oder gemacht, ich dachte, es wäre so wie immer, er kommt und kuschelt sich an mich ran und brabbelt mir irgendwelche dämlichen Sachen ins Ohr und wird immer enger und immer schwitziger und dann zieht er mich aus und er zieht sich selber aus und er drückt meine dünnen Beine auseinander und schiebt sich wie eine Dampflock zwischen sie und drückt und drängelt und dringt schließlich in mich ein und rammelt und rammelt und schwitzt und stöhnt und dann irgendwann klingt es, als würde er sich übergeben, und er stöhnt und rollt zur Seite und starrt an die Decke oder grinst mich an mit glasigen Augen, und ich weiß, ich hab's mal wieder überstanden, und ich klemme die alte Decke zwischen meine Beine und rolle auf die Seite und versuche, an gar nichts zu denken, an überhaupt gar nichts, und ich sehe die Wand, die Bretter, ich rieche die Farbe und das Holz, ich höre das Knarren des Bettes und das Quietschen der Bodenplatten, spüre, wie die klebrigen Reste in meiner Mitte langsam zu einem dünnen, ziepigen Rest vertrocknen und halte mich fest an dem Gefühl, wie mein Herz ganz ganz langsam aufhört zu rasen, wie es sich beruhigt, wie es langsam ausrollt wie ein Auto, dessen Fahrer einfach ausgestiegen ist, wie es den Schwung verliert und dann ganz einfach stehen bleibt. So stelle ich es mir vor, aber so geschieht es nicht, irgendwann, kurz bevor es stehen bleibt, schlafe ich immer ein und dann vergisst mein Herz, stehen zu bleiben und schlägt doch weiter, immer immer weiter. Und dieses verschissene Leben geht dann eben auch immer immer weiter. Aber diesmal geht es vielleicht wirklich zu Ende. Er hat endlich gefunden, was er suchte. Ein Seil. Er kommt zu mir und packt meine Hände. Ich will das nicht, ich wehre mich, aber ich habe keine Chance gegen ihn. Er fesselt meine Hände zusammen und bindet sie dann an das Bett. Er dreht mich auf den Bauch, reißt mir meine Hose runter und wirft sich von hinten auf mich, drängt sich von hinten an mich ran, flucht und schimpft in einem fort, es klappt nicht so, wie er will, und ich denke, gleich bringt er mich um, jetzt macht er diesem Elend endlich ein Ende, aber er reißt mich wieder hoch auf die Unterarme und die Knie, packt mich mit hartem Griff an meinen Hüftknochen wie an zwei passenden Haltegriffen und dann plötzlich, dann geht er rein, aber er geht ins falsche Loch, dieser Irre reißt mich auf, er macht mir alles kaputt, es tut schrecklich weh, es brennt wie Feuer, es zerreißt mich mitten durch, ich schreie, schreie, schreie mir die Seele aus dem Leib, und er brüllt und flucht, ich soll still sein, und ich schreie weiter und er stößt mich voller Wut von sich weg, dass ich mit dem Schlüsselbein auf die Bettkante knalle und es knackt und die Haut platzt auf und ich bin voller Blut und er bindet mich los und brüllt Scheiße und wieder Scheiße, er dreht mich auf den Rücken und drückt mir mit einer Hand irgendeinen nassen Lappen auf meine Wunde und mit der anderen packt er mich an den Knöcheln und reißt sie nach oben, drückt meine Beine auf meinen Körper und versucht wieder in mich einzudringen, er quetscht mich zusammen wie eine alte Decke, meine Mitte ist plötzlich ganz unten und vollkommen ungeschützt und er lacht wie ein Hund und bäumt sich auf, er nagelt mich unten fest und ich schreie und schreie und er lässt meine Füße los und presst mir seine schweißnasse Hand auf den Mund und da ist plötzlich der Moment – ganz plötzlich und ganz klar, als ob die Welt ganz kurz den Atem anhält und mir Zeit gibt, die Zeit, die ich brauche, um diesen einzigen Moment zu erkennen – ich spüre auf einmal eine unbändige Kraft, eine Wut, die in nichts diesem tobenden Vulkan nachsteht, ich ziehe die Knie an und schieße meine Füße in sein Gesicht, mitten hinein, mit aller Kraft, die ich habe, mit meinen allerletzten Reserven, setze alles auf eine Karte, alles auf diesen Moment, mitten ins Gesicht! Und er fliegt von mir runter mit einem Schrei, rückwärts mitten zwischen sein Gerümpel, es kracht und splittert und er verschwindet mit rudernden Armen und Beinen wie ein umgeworfener Käfer und ich springe auf, reiße die Hosen hoch, Schuhe an, Tür auf und raus, ich renne durch den dunklen Garten, durch das Tor, über den Kiesweg, um ein paar Ecken bis zur Auffahrt, den Berg runter und immer weiter immer weiter nur weg weg weg. Es ist meine allererste Nacht auf der Straße, ich bin zerrissen und zerfetzt wie ein Stück Abfall, meine Wunde am Schlüsselbein tut furchtbar weh und blutet immer noch ein bisschen, meine Handgelenke haben dunkle Striemen von den Fesseln, alle meine Löcher brennen, meine Augen auch, meine Ohren pfeifen schrill von dem ganzen Rumgeschreie, mein Bauch ist ein einziger Krampf, meine Kehle ist rau wie vom Kotzen, mein ganzer Körper zittert. Aber ich bin weg. Ich bin endlich weg von ihm. Und er kriegt mich nie wieder, nie nie nie nie wieder! Egal ob ich nur noch auf der Straße leben muss am Wochenende, egal ob mich meine Mutter schimpft und mich wieder hinschickt, ich bin da weg für immer, egal was es mich noch kosten wird. Ich bin da weg. Ich bin da weg. Ich bin da weg.

Ich muss hier weg. Ich will das nicht. Aber die anderen haben mich erpresst. Haben gesagt, sie wissen, dass ich den Jägerhochstand angesteckt habe, um dem Grünrock heimzuzahlen, dass er mich so in die Mangel genommen hat. Das stimmt ja auch. Aber damit sollte es ja auch genug sein. Schlimm genug, dass dabei gleich noch ein ganzes Stück Wald abgebrannt ist, das wollte ich ja gar nicht. Ich wollte auch eigentlich gar kein Feuer, ich wollte nur irgendwas tun, um meine Wut los zu werden. Aber die anderen haben gesagt, das wird kein Geheimnis bleiben, sie können es jederzeit verraten, meinen Eltern, der Schule, dem Jäger natürlich und dann der Polizei. Und darum musste ich mitmachen. Sie hatten es dem Jägerförster auch noch mal heimgezahlt, aber gründlich. Hatten sein Haus angesteckt. Alles war dabei in den Flammen vernichtet worden, nicht nur Sachen. Aber was genau, das verrieten sie mir nicht. Und jetzt wollten sie noch weiter machen. Da war noch ein Haus in der Mitte eines lauschigen Tals, direkt im Wald und weit von den nächsten Häusern entfernt. Das hatte sich ein Familienvater selbst dort gebaut, es war nach jahrelanger Arbeit fast fertig und er war kurz davor, mit Frau und drei Söhnen dort einzuziehen. Ein etwas sonderbarer Mensch, aber nett und immer freundlich, so kannte ihn jeder im Ort. Keine Ahnung, warum er überhaupt dort bauen durfte, wo sich sonst nur Fuchs und Hase gute Nacht sagen. Keine Ahnung, warum es nun dieses Haus sein sollte. Warum dieser Mann, warum sein geliebter Lebenstraum. Ich sollte einfach keine blöden Fragen stellen und stattdessen Wache schieben, aufpassen, ob jemand kommt und wenn ja, Zeichen geben. Dafür hatte ich eine Pfeife bekommen, die sollte ich blasen, wenn jemand die Aktion stören könnte. Ich musste also mitten in der Nacht aufstehen, mich anziehen und aus dem Haus schleichen, durch den halben Ort laufen bis zum verabredeten Punkt da wo die Straße endet und der Waldweg anfängt und da sollte ich stehenbleiben und aufpassen. Die anderen gingen weiter in die Dunkelheit und ich stand auf einmal da, mutterseelenallein und dachte nur hilflos, ich will das nicht, ich verstehe das nicht, ich will wieder nach Hause und in mein Bett und ich will von alledem nichts wissen. Aber ich wusste sehr wohl Bescheid und ich war Teil der Bande, ob ich wollte oder nicht. Und dann kamen sie, nach einer gefühlten Ewigkeit kamen sie aus dem Dunkel bis zu mir gerannt und wir rannten gemeinsam weiter, runter um den Weiher und auf der anderen Seite des Tals wieder rauf bis zu einem Punkt, wo man ganz gut in das Tal runter gucken konnte. Und da warteten wir dann, starrten gebannt auf den kleinen Lichtschimmer, wie er immer größer und das Knacken lauter wurde und bis nach gefühlten Ewigkeiten dann endlich die Feuerwehr kam und viel zu langsam ihre Schläuche vom Weiher bis zu dem Haus ausrollte und zusammenschraubte und das Feuer zu einem krachenden, blitzenden, wütenden Inferno anschwoll bis dann schließlich das Wasser aus den Rohren schoss und man doch nichts weiter tun konnte, als die qualmenden schwarzen Reste eines Traums zu löschen. Und ich schwöre, ich hörte damals und ich höre sie noch bis heute – die lauten heulenden Klagerufe des Mannes, dessen Traum dort ohne jeden Grund in Flammen aufging. Und wenn ich jetzt nur daran denke, läuft es mir immer noch eiskalt den Rücken herunter. An das und alles andere, was wir noch zusammen angestellt haben im Laufe der Jahre. Mitgefangen, mitgehangen. Ich war Teil dieser Bande, ich habe Mitschuld auf mich geladen, ich war nie der Anführer oder Ideengeber, aber ich habe mitgemacht, ich musste mitmachen und mit jeder neuen Tat wurde die Schuld schwerer und der Ausstieg unmöglicher, denn das Schuldenkonto wuchs und wuchs und die Strafe dafür wäre von Mal zu Mal drastischer ausgefallen. Also musste man weiter machen. Ans Aufhören war nicht zu denken, merkwürdiger Weise, obwohl das doch das Einfachste gewesen wäre. Es ging jedoch immer weiter. Hochstände, Aussichtstürme, Gartenhütten, Schuppen, Häuser, Gasthäuser, Geschäfte, Autos und so weiter. Wir zündeten alles an, was brennbar erschien, die anderen kundschafteten die Lage aus und ich stand jedes Mal Schmiere. Nie ist uns jemand dazwischen oder auf die Spur gekommen. Wir waren wie Geschwister, die man sich nicht aussuchen kann, die einfach zusammengehören, ob sie wollen oder nicht. Die sich weder lieben noch hassen können, die einfach das tun, was zu tun ist. Das ging tatsächlich über viele Jahre. Es ist so schrecklich und so peinlich, dass ich es nie jemandem erzählen kann, es wuchert in mir und belastet mein ganzes Leben, es ist wie ein Stein in mir, der mich auf ewig begleiten wird. Wenigstens ging es dann ganz plötzlich zu Ende. Unser Anführer, der außer einem großen Maul auch immer ein Faible für alle anderen Arten von krummen Dingern gehabt hatte, ging eines Tages der Polizei in die Fänge, nachdem er einen anderen Typen bei einem Überfall mit einer geklauten Knarre niedergeschossen hatte. Seine Flucht dauerte bloß ein paar Tage und danach war er für Jahre weg hinter Gittern. Wir anderen sahen uns nie mehr wieder, es war, als sei der unsichtbare Faden, der uns aneinandergefesselt hätte, plötzlich zerschnitten worden und wir alle wie von einer magischen Fliehkraft in alle Himmelsrichtungen weggeschleudert worden. Es war wie eine Befreiung von der ständigen Angst, dem ständigen Gruppendruck, der ständigen Anspannung. Aber nicht von der stetig wachsenden Schuld. Die ist geblieben und wird auch immer bleiben fürs ganze Leben lang. Und selbst, wenn ich mir wenigstens selbst meine Tatbeteiligungen irgendwann irgendwie vergeben könnte, würde mir das wenig nutzen. Ich kann kein Feuer ertragen seit dem, kein gemütliches Lagerfeuer, kein Osterfeuer, keinen Kamin, keinen Film, in dem ein Kamin vorkommt, nicht mal einen Grill oder ein Feuerwerk. Von all diesen harmlosen aber netten gesellschaftlichen Ereignissen bin ich für immer ausgeschlossen, ich kann es nicht aushalten, muss von solchen Orten fliehen oder sie gleich ganz vermeiden. Ich kann keine Arbeit, keinen Job ertragen, in dem ich einem

Chef, einem Anführer untergeben bin, der mir sagen kann, was ich tun soll. Es geht nicht. Es ist unerträglich. Ich flüchte aus all diesen Konstellationen und natürlich damit aus allen Gelegenheiten, wo man ganz normal Geld verdienen kann. Nicht mit mir. Ein paar Mal gab es Jobs mit weiblichen Vorgesetzten, das ging eine ganze Weile gut, bis ich jedes Mal an irgendeinem Zeitpunkt mit einer Aufgabe betraut wurde, die mir aus welchem Grund auch immer nicht gefiel. Es konnte etwas völlig Belangloses sein, allein mein innerer Widerstand entfesselte dann plötzlich eine solche Angst, wieder in etwas hinein gezogen zu werden, was ich nicht wollte, dass aus einer solchen Maus in Nullkommanichts ein Elefant wurde und ich fluchtartig diese Stelle verlassen musste. Um wegzulaufen und dann doch niemals irgendwo richtig anzukommen. Ich bin Bernd. Eigentlich ganz nett. Aber das nutzt mir nichts. Mein Leben ist beschissen und sicher schon mehr als zur Hälfte vorbei und was da noch kommen mag, wird nicht besser sein als das, was schon war. Ich erwarte nichts mehr. Ich fühle mich leer und hohl und bin im wahrsten Sinne ausgebrannt.

Der Winter ist vorbei. Endlich. Selten war diese Jahreszeit so endlos trüb und dumpf wie in diesem Jahr. Vielleicht ist es der Absturz von dem himmelhochjauchzenden Gefühl, endlich frei in der Welt der Farben zu schweben wieder runter in das elend trübe Tal der Grautöne, in dem ich mich inzwischen wiedergefunden habe. Dann noch Regen, Schnee, Nebel und frühe Dunkelheit dazu und alles versinkt in Depression und Hoffnungslosigkeit. Aber trotz aller Bitternis ist mir doch ein Funken Hoffnung geblieben, und das fast im Wortsinn – mit meinem feurigen Befreiungsschlag gegen Onkel

Roberts Gartenhütte im Spätsommer des letzten Jahres war es mir gelungen, eine mir bis dahin völlig unbekannte Tür ein kleines Stück weit aufzustoßen, hinein zu blicken in eine Welt von Möglichkeiten, die mir vorher so viele Jahre lang als ganz und gar unerreichbar erschienen war. Seitdem ist alles anders, auch wenn es erst einmal wieder tief in den Keller ging mit mir. Aber seitdem habe ich einen Schlüssel, habe ich Hoffnung. Es war das erste Mal, dass etwas mir wirklich geholfen hat. Mehr als alle Therapieversuche in den Jahren davor. Ich kann etwas tun. Ich kann etwas tun, das Folgen hat, positive Folgen für mich und mein Inneres. Ich betrachte es wie die Jahreszeiten. So wie es nicht immer Sommer und schön warm sein kann, so kann auch so ein wunderbarer Schwebezustand nicht ewig andauern. Dann wird es eben wieder Herbst und Winter und kalt und trüb. Aber jetzt bin ich sicher, der nächste Frühling kommt bestimmt. Und dafür hab ich mir was vorgenommen!

Endlich wird es Frühling, ich kann's kaum erwarten. Diese trübe Jahreszeit bringt mich um, nichts passiert, alles ist wie auf slow motion programmiert. Für einen so unruhigen Geist wie mich eine Folter. Es gibt kaum etwas zu tun, zu schreiben, weil das ganze Leben eine Pause macht. Alle igeln sich ein und es wird schrecklich kuschelig in den warmen Wohnstuben. Wohlige Familienzeit! Jaaha, für die, die eine Familie haben. Alle anderen kriegen viel eher das große Kotzen und warten sehnsüchtig darauf, dass dieser kollektive Winterschlaf bald wieder vorüber ist. Bin über die Weihnachtsfeiertage und Silvester wie immer kurz entschlossen zum Flughafen und habe spontan einen Last-Minute-Flug gebucht, um von dem ganzen Feiertagsgesülze weg zu kommen. War dann sechs Wochen auf Kreta in verschiedenen kleinen Hotels, nichts los, kaum Leute da, durchwachsenes Wetter und fast überall geschlossene Kneipen. Bin gefühlt zehn Mal um die Insel gewandert, habe ein paar wirklich lange und gute Gespräche mit Einheimischen geradebrecht, ehrliche Leute, die geradeheraus sagen, wo ihnen der Schuh drückt, nicht so ein Rumgeeiere wie bei uns. Das tat so richtig gut zur Abwechslung. Ein paar ganz gut durchvögelte Nächte mit einer vereinsamten Studentin waren auch dabei, gut für die Selbstbestätigung und so. Sie war nicht mehr so jung, wie sie aussah, ziemlich kompliziert und als Person etwas merkwürdig und undurchschaubar. Hatte wohl einiges an Problemen im Rucksack. Aber immerhin, sie war für ein paar Tage ganz offen und kontaktfreudig. Hatte wohl auch etwas Angst bekommen vor zu viel Einsamkeit ganz allein in der Fremde und war für ein paar Streicheleinheiten dankbar. Und mir hat's auch gutgetan, ein bisschen intensive Nähe ohne allzu viele Hintergedanken oder Verpflichtungen. Als ihr Urlaub vorbei war, trennten wir uns mit einem Lächeln und der klaren Absicht, es damit bewenden zu lassen – in aller Freundschaft und mit allem Respekt vor dem Anderen. So finde ich es gut. Nicht wie bei Barbara, vor der ich regelrecht geflohen bin, nachdem sie immer anhänglicher wurde, gerade als es langsam auf Weihnachten zu ging. Konnte ihr dann aber weis machen, dass dieser Urlaub schon lange geplant war und ich die Zeit auch dringend bräuchte, um intensiv an einer Story zu arbeiten, über die ich ihr aber im Moment noch nichts Genaueres sagen könnte. Sie war enttäuscht, aber verständnisvoll. Und ich war sie erst mal los. Muss sie mir aber dennoch ein bisschen warm halten wegen ihrer guten Connections zu den Ermittlungsbehörden. Denn mit meinen Recherchen stecke ich immer noch irgendwie fest. In der ganzen trüben Zeit brannte gerade mal eine

Gartenhütte ab. Und das war eindeutig eine Folge unvorsichtiger Ofennutzung durch einen Obdachlosen, der dort eingebrochen war, um die kalte Nacht zu überstehen. Immerhin, er hat's überlebt. Aber die Sache ist für mich uninteressant. Und sonst tut sich einfach nichts in den Gartenkolonien, alles ist im Winterschlaf und wartet auf den Frühling. Aber ich bin sicher, dann geht nicht nur das Draußenleben wieder los. Irgendwann brennt es dann auch wieder. Und dann werde ich mich wie ein Bluthund auf die Spurensuche machen, bis ich ihn finde, diesen notorischen Brandstifter. Und dann hab ich meine Story. Spätestens dann. Denn ganz vielleicht gibt es auch schon vorher eine Spur. Irre Zufälle gibt's. Da recherchiere ich die ganze Zeit zu dem Thema Brandstiftungen, und dann finde ich plötzlich diesen Zettel wieder mit der Nummer von diesem Bernd, von dem ich seit Ewigkeiten nichts mehr gehört habe, einer aus dieser Therapiegruppe. Der wäre doch vielleicht ganz interessant, quasi als Fachmann für Brandstiftungen, auch wenn er nur mal einen Hochstand angezündet hat. Ich denke, man könnte sich mal auf ein Bierchen treffen. Vielleicht könnten wir das Gespräch von damals ja wieder da aufnehmen, wo wir aufgehört hatten. Wer weiß, das könnte ganz spannend werden. Wenn er immer noch in Offenbach wohnt.

Morgen ist es so weit. Der Mai ist gekommen, die Bäume schlagen aus. Eigentlich sind die schon ganz schön viel weiter, der April ist wohl der neue Mai. Und übermorgen habe ich einen Termin bei Pro Familia direkt am Palmengarten. Die bieten da Beratungen an bei sexuellem Missbrauch. Was es so an Therapien gibt und wie die rechtliche Lage einzuschätzen ist und so weiter. Alles kostenlos und unverbindlich. Und einzeln, nicht in so einer

Gruppensituation wie ich es schon mal hatte, damals, als diese ganze entsetzliche Sache noch so tief in mir verkapselt war, dass ich gar nicht drüber sprechen konnte, ja nicht mal wusste, was mir mein Leben eigentlich so verhext hatte. Und vor all diesen fremden Leuten hätte ich sowieso nicht frei darüber sprechen können, selbst wenn ich es gewollt hätte. Und in der Einzeltherapie, zu der sie mich dann später verdonnert hatten, gab es zwar nicht diesen Gruppendruck, aber dafür einen einzelnen Therapeuten, der alle seine Aufmerksamkeit auf mich konzentrierte und fast wie eine Schlange vor meinem kleinen Mauseloch lauerte und ständig wartete, dass ich herauskommen würde und er mich dann schnappen könnte. Ich musste ihn mir regelrecht vom Leib halten, irgendwie hinhalten, damit er mir nicht zu nahe kommen konnte. Zum Glück hat das auch geklappt, weil ich ihn mit einem selbst geschriebenen Märchen über meine schlimmste Zeit so faszinieren konnte, dass er wohl dachte, damit wäre sein Auftrag erfüllt. Und ich hatte meine Ruhe. Einmal habe ich auch bei Damian angerufen, dem Radio- und Fernsehtalk-Kummeronkel und mir ein bisschen was von der Seele geredet. Das ging, weil ich ihn nicht dabei sehen konnte und jederzeit hätte auflegen können. Immerhin hat mich das ermutigt, irgendwas zu tun, ohne dass ich lange Zeit genau wusste, was. Aber das Erlebnis mit Onkel Roberts Gartenhütte hat mir gezeigt, dass es sich lohnen kann, aktiv zu werden. Immerhin hatte ich ein paar Wochen lang den unbeschreiblich schönen Genuss einer vielfarbigen, fröhlich bunten Welt geschnuppert und erlebt. Und das will ich zurückhaben. Und diesmal nicht nur für kurze Zeit.

Aber dieser Termin macht mir trotzdem Angst. Was werden die mir vorschlagen? Was wenn ich das nicht will, wenn ich das nicht kann? Soll ich eine neue Therapie anfangen? Und wenn ja, was für eine? Soll ich Onkel Robert anzeigen? Soll ich ihn hinter Gitter bringen? Muss ich dann das Ganze noch mal durchleben? Muss ich es in allen Details irgendwelchen fremden Leuten erzählen? Muss ich dann auch von dem Hüttenbrand erzählen? Komme ich dann womöglich selbst in den Knast? Oder soll ich alles verschweigen, soll ich endlich Gras über die ganze Sache wachsen lassen? Was wird mich mehr Kraft kosten? Was davon kann ich aushalten und was auf keinen Fall? Ich weiß es einfach nicht. Ich weiß nicht weiter. Und darum muss ich da hin, muss wenigstens diesen Schritt wagen, muss mir einmal wenigstens noch anhören, was mir andere dazu zu sagen haben. Vielleicht kann es mir helfen, meine Farben und mein Leben zurück zu bekommen, vielleicht auch nicht. Vielleicht war mein kurzer Ausflug in die „normale" Welt auch nur ein Unfall, ein ungeplanter Zwischenfall, der so in meiner Psyche gar nicht vorgesehen war und der die festgewachsene Balance zwischen dumpfem Grau-in-Grau und leerem Nicht-Wissen und Sich-nicht-erinnern-können gefährlich erschüttert hat. Vielleicht wäre es besser, alles zu vergessen, den Missbrauch, mein verpfuschtes Leben, die Farben, die Hoffnungen und Enttäuschungen und einfach weiter zu machen wie immer. Vielleicht sollte ich doch einfach von der Brücke springen, dem Ganzen endlich ein Ende machen. Das wäre doch am einfachsten. Das wäre am einfachsten. Aber es wäre schade drum irgendwie. Wie sagte der Esel in dem Märchen von den Bremer Stadtmusikanten? *Etwas Besseres als den Tod findest du überall.* Da hat er Recht. Aber er und seine Kumpanen haben es auch nur dadurch gefunden, dass sie aufgebrochen sind. Sie sind losgezogen und haben das Bessere gesucht. Denn das Bessere kommt nicht zu dir. Du musst zu ihm kommen. Du musst hin gehen. Also das werde ich auch machen. Ich gehe los. Der Termin ist zwar erst morgen, aber ich bin schon seit Tagen innerlich so am Rotieren, dass ich schon heute mal da vorbeischauen muss. Probegehen sozusagen. Ohne dass es schon Ernst ist. Einfach so, um die Umgebung zu spüren, um mich ein kleines bisschen sicherer zu fühlen, wenn ich dann morgen wirklich hin gehe. Ort und Ereignisse sind immer miteinander verknüpft. Und meistens, fast immer ist es so, dass die Ereignisse vorher stattfinden, also erst passiert etwas und dann ist es für immer mit dem Ort verbunden, wo es passiert ist. Und immer, wenn du da vorbeikommst, dann erwacht auch die Erinnerung daran, was mit diesem Ort verbunden ist. Immer. Und für immer. Und das kann schön sein, aber meistens ist es das nicht und manche Orte sind danach regelrecht verbrannt, nie wieder ohne die Erinnerung zu haben. An manche Orte kann man gar nicht mehr gehen, weil die Erinnerung nicht auszuhalten ist. Kann es Orte geben, zu denen man besonders gerne geht, eben weil dort eine schöne Erinnerung wohnt? Könnte so sein. Aber bei mir ist es eher umgekehrt. So viele Orte sind verbrannt, verflucht, verseucht durch böse Erinnerungen, sie können nie wieder so sein, wie sie vielleicht vor dem Ereignis waren, das sie vernichtet hat. Und das macht mich so ohnmächtig, so schrecklich einsam. Alles ist gegen mich mit einer undurchdringlichen Trübnis eingefärbt. Alles ist so negativ.

Doch vor ein paar Tagen ist mir etwas Komisches passiert. Auf dem S-Bahnsteig standen eine Frau und ein Mann und die Frau hielt ein Tablett mit zwei Kaffeebechern in der Hand. Sie schaute sich um und dann sah sie mich direkt an und fragte ganz freundlich, ob ich einen Kaffee haben wollte, umsonst natürlich. Sie hätte ganz euphorisch zwei Becher für sich und ihren Kollegen gekauft, der aber gar keinen Kaffee trinkt. Und jetzt hätte sie eben einen zu viel. Und schon streckte sie mir lächelnd den Becher entgegen und ich nahm ihn und sagte nur

„Dankeschön“. Und immer, wenn ich an dieser Stelle nun vorbei komme, rieche ich den Duft von Kaffee, höre ihre freundliche Stimme und sehe ihr nettes offenes Lächeln, spüre fast die Wärme der Pappe in meiner Hand und erinnere mich an das unglaublich wohlige Gefühl, wie mir der Kaffee langsam die Kehle herunter rinnt und sich tief im Inneren zu einer warmen Wolke der Glückseligkeit entfaltet. Also geht es auch umgekehrt! Man kann auch Orte mit etwas ganz Positivem verbinden. Und vielleicht kann man es sogar noch weiter ausbauen. Vielleicht kann ich Orte selbst mit Ereignissen verknüpfen, sie positiv impfen mit angenehmen Erinnerungen, statt immer zu warten, bis sie durch äußere Umstände an Bedeutung gewinnen, einer Bedeutung, die ich dann so nehmen muss, wie sie ist. Wenn ich die Welt gewinnen will, dann muss ich sie selbst zu dem machen, was ich mir von ihr wünsche. Sonst macht die Welt mit mir, was sie will. Und darum gehe ich heute schon zu meinem Termin oder jedenfalls in die Nähe. Ich brauche Kraft, brauche all meinen Mut, um über diese Schwelle zu gehen. Und vielleicht kann ich ja schon mal vorab dort etwas verankern, das mir hilft, diesen Mut dann auch aufzubringen. Mit solchen Gedanken steige ich aus der U-Bahn, Station Westend, Richtung Palmengarten. Gleißendes Licht empfängt mich am oberen Ende der Rolltreppe. Frühlingsduft und wenig Leute heute am Sonntag, wo sonst Ströme von Menschen die Gehwege bevölkern. Gehe an dem Zeitungskiosk vorbei, zwei Straßen weiter und dann um die Ecke, es ist eine Sackgasse vor dem Seiteneingang zum Palmengarten. Hinten rechts das letzte Haus. Ich stelle mir vor, dort hinein zu gehen. Lese die Schilder am Eingang. Alles ist ruhig hier. Vor dem Palmengarten stehen ein paar Leute Schlange, drinnen ist es still, nur eine Wasserfontäne plätschert vor sich hin. Vogelgezwitscher, Autobrummen im Hintergrund. Es ist friedlich, nichts bedroht mich. Ich setze mich auf einen steinernen Absatz und sehe den Spatzen zu, wie sie auf dem Boden hin und her hüpfen, picken, kurz auffliegen, wieder landen und weiter picken. Nichts scheint sie zu stören. Sie hüpfen vor meinen Füßen herum, sechs oder sieben von ihnen. Oder mehr. Es sind immer mehr, Hunderte, Tausende. Ich sitze wie festgenagelt auf dem Podest und die Spatzen kommen von überall her, wie eine Wolke, die immer dichter wird. Sie picken und picken und setzen sich auf meine Schuhe und picken auf die Schuhe bis ich keine mehr anhabe und dann picken sie auf meine nackten bloßen Zehen und picken das Fleisch von den Knochen und picken die Knochen entzwei und nach den Füßen picken sie meine Beine in Fetzen und die Knie und die Oberschenkel und gleich, gleich sind sie da, wo die Oberschenkel aufhören und ich schreie „Aufhören! Aufhören! Aufhören!“ und die sechs oder sieben Spatzen flattern erschrocken auf und setzen ihr harmloses Gepicke ein paar Meter weiter weg fort. Niemand kümmert sich um mich. Niemand hört, wie mein Herz zum Zerspringen rast und hämmert. Ich springe auf und sacke gleich wieder zusammen. Mir ist schwindelig und ich muss sitzen bleiben, bis es langsam aufhört, sich zu drehen. Langsam aufstehen jetzt. Ich gehe wieder zurück, langsam, mit kleinen Schritten bis zur Ecke, dann links herum bis zur nächsten Ecke und wieder links herum und biege in die Siesmeyerstraße ein, kann nicht über die Straße gehen, immer nur auf dem Gehweg. Gehweg. Geh weg. Geh weg! Geh weg!! Große alte Villen in verschwenderischen Grundstücken, hohe Eisengitterzäune mit steinernen Eckpfeilern. Hohe Bäume in den Gärten und am Straßenrand. Alles ist groß und eng und dunkel und verschlossen. Weiter, immer weiter, am Haupteingang vorbei, weiter, immer an dem großen Zaun entlang. Dann wird es ein Stückchen heller, da vorne ist ein Tor, ein Ausweg, es geht in den Grüneburgpark. Licht, etwas Weite, ich spüre, dass ich kaum noch Luft bekomme. Kita, Spielplatz, Bäume, Wiese, Leute, Hunde. Ich gehe immer weiter und mein keuchender schwerer Atem beruhigt sich langsam wieder. Rechts der Spielplatz, da war ich schon als Kind. Mit Onkel Robert. Einfach weiter gehen, weiter gehen, nicht anhalten. Hier hat er mich angefasst, als ich mal Pipi musste und wir hinter einen Busch gegangen sind und er mich hochgehoben hat mit runter gelassenem Höschen und mich gehalten hat an den Kniekehlen und von hinten an seine Knie gestützt und ich gepieselt habe und er mich dann nur noch mit einer Hand gestützt hat und mit der anderen ein Taschentuch genommen hat und mich sauber machte und dann ohne Taschentuch mit seinen Fingern plötzlich überall zwischen meinen Beinen rumgefummelt hat und ich wollte wieder runter und er hat immer weiter gefummelt und gestreichelt und seine Finger in mein Löchlein gesteckt hat und ich jammerte und weinte und zappelte so lange, bis er das Gleichgewicht verlor und mich loslassen musste und ich ganz schnell wieder hinter dem Busch hervor springen und in den Sand flüchten konnte. Hier, genau hier. Für immer hier. Verdammt. Weiter gehen. Weiter gehen. Ich muss weiter gehen. Immer den Weg entlang. Ich bleibe weiter rechts, vermeide die offene Wiese auf der linken Seite. Ein Schild steht vor einem abgetrennten Bereich. Es informiert über das Brutgebiet, das hier geschützt wird. Ein Starenpaar, Kohlmeise, Blaumeise, Rotkehlchen, Kleiber und Singdrosseln. Hier wohnen noch eine Eichhörnchenfamilie mit zwei Jungen und zwei Igel. Bitte die Absperrung zu respektieren. Na klar. Die Tierwelt sagt danke. Und wie die danke sagt. Einen scheiß sagt die. Und dafür stellt ihr ein Schild auf. Und wo bitte ... wo ist das Schild mit dem Schutzgebiet für kleine Mädchen? Wo ist da der Respekt? Hier spielt eine kleine Rebecca und möchte bitte nicht gestört werden!?! Noch ein Schild: Mit Rücksicht fährt sich's besser! Das vordere Rad vom Fahrrad ist eine Schnecke. Süß! Der Fahrer fährt langsam, oder er nimmt Rücksicht auf die kleinste Schnecke auf dem Weg. Wenn er am Spielplatz vorbeikommt und an den kleinen Mädchen, die da einfach mal Pipi müssen, da fährt er schneller, nur schnell vorbei. Es ist alles voller Schilder hier! Auf einem Stein ein Schild zur Erinnerung an die Opfer des Militärputsches in Chile. Gegen das Vergessen pflanzen wir für jedes erloschene Leben einen Baum. Hallooooo?!? Pflanzt vielleicht irgendjemand einen Baum für mich? Für mein erloschenes Leben? Oder bin ich dafür noch zu lebendig? Ein paar Meter weiter: Ein roter Aufkleber protestiert an einem Laternenpfahl gegen Rassismus. Wer protestiert hier wo gegen Missbrauch?! Zwischen den Bäumen ein aufgespanntes Bettlaken mit sogfältig gepinselter Aufschrift: *Wir gehen mit dieser Welt um, als hätten wir noch eine zweite im Kofferraum.* Das mag ja sein, ihr Weltverbesserer. Aber vor allem gehen wir mit dem Leben unserer Kinder so um, als hätten die noch ein zweites im Kofferraum. Oder ein drittes oder viertes, je nachdem, wie viele vorher versaut worden und nicht mehr zu gebrauchen sind, verdammt!!! Wiesen für Insekten, steht auf einem runden Schild mit einer dicken Hummel. Wo sind die geschützten Wiesen für kleine Kinder? Wo? What is life?, fragt in weißer Schrift ein Unbekannter auf der Parkbank? Gute Frage. Nächste Frage. Kein Mensch weiß das, schon gar nicht verbindlich für alle. Aber alle sind sich einig über den Schutz kleiner süßer Hummeln und Eichhörnchenbabys. Dafür werden Schilder aufgestellt, überall. Schöne heile Welt. Mich packt eine ungeheure Wut. Das Park-Cafe ist noch zu, sonst hätte ich gerne ein paar Gläser von den Tischen gefegt und die lieben Leute da angebrüllt, was sie sich dabei denken. Ach das hat doch alles keinen Zweck. Ich gehe gegenüber durch das Tor in den Koreanischen Garten und kriege das kalte Kotzen. Hier ist alles noch viel idyllischer, wie im Bilderbuch, wie auf einer Eisenbahn-Miniatur-Anlage. Jeder Weg fein geharkt, jeder Grashalm fein gezupft, jedes Bächlein fein in steinerne Ufer gefasst und mittendrin zwei wunderschön kitschige Asientempel mit geschwungenen Dächern und roten Ziegeln und luftigen Öffnungen zwischen den massiven Holzbalken.

Alles Lüge! Alles verlogen! Das ist es jedenfalls nicht, das Leben, das der unbekannte Schreiber sucht. Das ist Disneyland in Frankfurt, das ist Oberkitsch, das ist eine einzige Verhöhnung der Wirklichkeit. Aber die will keiner sehen, lieber Hummeln und Eichhörnchen, gluckernde Bächlein und fernöstliche Tempel. Was soll das? Habt ihr keine Augen? Lest ihr keine Zeitung? Habt ihr selbst nie, niemals Zweifel an eurer schönen heilen Welt? Denkt ihr vielleicht auch mal an die, die es hier gar nicht toll finden? Die dieses ganze Theater zum Kotzen finden? Da steht ein Papa mit seinem Kind im Tempel, er hat die Kleine auf das Geländer gestellt und betrachtet mit ihr zusammen den kleinen Teich, er hält sie fest um die Hüfte, damit sie nicht ins Wasser fällt, ja, so sieht es aus, genau wie Onkel Robert, wenn er mich zum Pipimachen hochgehalten hat. Genau wie Onkel Robert! Und alle denken, oh wie nett, oh wie süß und keiner schaut richtig hin, was da eigentlich passiert. Keiner. Alle schauen lieber auf die Seerosen, die lustigen Frösche und die Goldfische im Teich. Er drückt sich an das rotbraune Holz. Genau wie Onkel Robert. Er hält sie fest. Und sie ist noch so klein und er ist schon so groß. Und die Sonne scheint und das Wasser plätschert und die Bäume rauschen und die Vögel zwitschern und das Holz riecht wie Holz und der Kies riecht wie Kies und ich habe das Gefühl, dass mir gleich der Kopf platzt. Ich drehe mich um so schnell ich kann. Ich muss hier raus, renne fast durch den Park mit Flüchen und Schimpfkanonaden, die aus mir heraus schießen wie stinkende Pupse nach zu viel Sauerkraut. Diese ganze verlogene Scheiße! Ich laufe und renne stundenlang durch die ganze Stadt, nehme kaum wahr wo ich bin und wohin ich mich bewege, nur weg, nur immer weiter, nur in Bewegung bleiben, damit ich nicht platze. Bin völlig außer Atem. Meine Beine sind gut trainiert, aber auch sie geben irgendwann auf. Kurze Pause nur, ich weiß nicht wo ich bin, kurze Pause nur, ich gehe in die Knie, meine Beine geben nach, ich falle auf den Boden, sitze im Dreck, lehne mich an irgendeine Wand und nach ein paar Sekunden wird es dunkel. Als ich aufwache ist es tiefe Nacht. Mühsam rappele ich mich auf und fühle mich zum Kotzen elend. Aber ich gehe wieder los. Und ein paar Ecken weiter, weiß ich plötzlich wo ich bin. Ganz in der Nähe von der Garage. Ich bin praktisch schon da, biege ab in den Innenhof und stehe vor dem grauen Tor. Der Schlüssel ist noch an meinem Schlüsselbund. Aufschließen, Tor aufmachen. Da steht mein Rucksack, so wie ich ihn das letzte Mal abgestellt habe. Ich setze ihn auf, verschließe das Tor und gehe zurück, den ganzen Weg zurück bis in den Park. Es ist mitten in der Nacht. Kein Mensch mehr unterwegs. Gehe denselben Weg wie am Tag. Der Koreagarten ist zu. Pah! Ein Sprung über das Tor und ich bin drin. Da steht der verlogene Tempel, kaum kann man ihn erkennen im Dämmerlicht der Großstadt. Hier ist das Zentrum der Lebenslügen. Der Tempel der Verlogenheit. Das Holz, aus dem die Falschheit geschnitzt ist. Die Ruhe, die alle Schreie erstickt. Es ist so still wie in Onkel Roberts Garten in der Nacht und das Holzhaus steht so breit und brünftig da wie Onkel Roberts verfickte Gartenhütte, wenn er sich wieder und wieder über mich her gemacht hatte und dann noch mal zum Pinkeln nach draußen ging. Ich öffne den Rucksack. Es ist noch immer genug von dem Zeug in der Tüte. Es leuchtet fast auf dem dunklen Holzboden, wie ein verheißungsvoller Pfad. Das ist mein Pfad der Wahrheit. Ich streue ihn durch die ganze Halle bis an den Rand, steige aus dem Tempel wieder raus und werfe noch einen letzten kurzen Blick hinein – und ein brennendes Streichholz. Es faucht wie ein asiatischer Feuerdrache. Es geht rasend schnell. Es ist 3 Uhr 30. Dieselbe Zeit, in der ich sonst immer wach werde nachts, seit so vielen Jahren schon, die Zeit, in der mich der Krampf meines Lebens in meinen schlimmsten Albträumen so sehr würgt, dass ich aufwachen und aufstehen muss, mühsam aufstehen wie mit eisernen Ketten an den Beinen, um mich zu bewegen, um nicht ganz unter zu gehen in der Dunkelheit meiner Seele. Das ist meine schlimmste Zeit. Aber jetzt mache ich sie zu meiner besten Zeit. Jetzt drehe ich den Spieß rum. Nicht die Erinnerung macht mich fertig, ich mache die Erinnerung fertig. Ich sage, was hier gespielt wird. Ich bestimme diese Zeit und diesen Ort. Und dieser Ort wird nie wieder so sein wie vorher, er wird meinen Stempel tragen, meine Signatur und es wird nie wieder ein Ort des Leidens sein sondern für immer ein Ort der Kraft und der Hoffnung. Und ich springe locker über den Zaun und laufe mit leichten Schritten durch den Park und durch die Nacht. Und es glitzert und funkelt in meinen Augen und die Tränen des Glücks laufen wie Wasserfälle über mein Gesicht: Die Ampeln sind wieder rot, gelb und grün und der Himmel zeigt sein erstes zartes Morgenblau.

Ach du Scheiße! Über Nacht hat jemand den Morgentau-Pavillon im Grüneburgpark abgefackelt. Das darf doch wohl nicht wahr sein! Es ist kaum zwei Wochen her, da bin ich auf dem Weg von einer Veranstaltung in der Uni vom Campus aus in den Park gelaufen und genau dort vorbeigekommen. Der Koreanische Garten war schon zu, aber ich weiß noch genau, ich dachte noch so ganz harmlos bei mir: gut, dass da nachts immer zu gemacht wird, wer weiß, was diese Vandalen, die überall in der Stadt ihre Spuren hinterlassen, an so einem besonders schönen Ort sonst noch anstellen könnten. Genau so! Und jetzt das. Es ist schon unerträglich genug, dass ständig alle möglichen Freiflächen, egal ob Häuserwände, öffentliche Gebäude, Fahrplantafeln, Schaufenster, Garagentore oder Backsteinmauern von diesen Typen einfach als ihre persönliche Freifläche für völlig sinnfreie Aufschriften missbraucht werden, ohne Rücksicht auf irgendwelche Eigentumsverhältnisse oder gestalterische Belange des Stadtbildes. Alles wird nach Lust und Laune besprüht, okkupiert, verunstaltet. Aus reiner egoistischer Selbstdarstellungssucht. Ohne jedes Gewissen. Zum Kotzen, diese Wichser! Nicht lange her, da hat sich jemand den Spaß gemacht, über Wochen immer mal wieder reihenweise das Glas der Bushaltestellen im Frankfurter Nordwesten zu zertrümmern. Mitten in der Nacht. Muss wohl einen Vorschlaghammer oder einen großen Stein benutzt haben, so einfach geht das wohl gar nicht. Ein Schaden in den Zehntausendern, gesperrte Haltestellen, Bauarbeiten, und jede Menge Ärger über diese völlig sinnlose Zerstörung. Aber das ließ sich wenigstens noch reparieren. Aber dieser schöne Pavillon war ein Gastgeschenk aus Korea, eine einmalige, von kundigen Handwerkern kunstvoll geschaffene Besonderheit. Das kriegt man so leicht nicht wieder hin. Aber warum? Warum macht jemand so was? Es ist nicht zu begreifen, es treibt einem nur die geballte Wut in den Bauch und den heißen Wunsch, solchen Elementen ein für alle Mal das Handwerk zu legen. Und genau das habe ich vor.

Man muss dabei einfach planvoller vorgehen, als das bisher die Behörden getan haben, vorausschauender sozusagen. Solchen Tätern gegenüber ist man immer im Nachteil, wenn man erst reagiert, wenn wieder etwas passiert ist. Dann sind die längst über alle Berge und was sie diesmal angerichtet haben, ist kaputt oder beschädigt und es bleibt einem nichts außer aufräumen und Spuren suchen. Und dabei kommt eben selten wirklich etwas Brauchbares bei raus. Man ist immer zu spät, wie der arme Hase in der Geschichte von Hase und Igel. Und dieser oder vielmehr diese beiden Igel waren ja auch noch in der Überzahl, ohne dass der Hase das auch nur ahnte. Nein, man muss den Spieß rumdrehen, schneller sein als die Täter, bereit sein, vorhersehen, was die als Nächstes vorhaben könnten und dann zuschlagen oder besser noch, die ganze Sache rechtzeitig vereiteln, dann kann man solche Typen auch schnappen. Auf den Zufall warten reicht einfach nicht und immer hinterher laufen auch nicht. Man muss es machen wie die Profiler im Fernsehen, Leute, die meist nur bei Kapitalverbrechen wie Mord eingesetzt werden, um bei der Tätersuche zu helfen. Man muss sich in die kranken Hirne der Verbrecher hineindenken, man muss herausfinden, was sie antreibt, was ihre Motive sind. Dann kommt man vielleicht auch dazu, neue Anschlagsziele vorher auszumachen, ihre Wege und Verhaltensmuster vorher zu sagen, eventuelle Mitwisser ausfindig zu machen. Und man muss sich an Leute wenden, die sich mit so was auskennen. Bernd zum Beispiel. Dieser kleine Feuerteufel, der mir vor vielen Jahren seine Jugendsünden gebeichtet hat. Der könnte mir vielleicht weiterhelfen. Seine Nummer habe ich ja gerade wiedergefunden, wenn es hoffentlich noch dieselbe ist. Wer weiß? Jeder Hinweis kann wertvoll sein. Ich muss mich nur geschickt an ihn ran machen, damit er nicht gleich misstrauisch wird und mir am Ende gar nichts weitererzählt. Ich ruf ihn an.

„Hallo?“

„Hey, hallo, ja hier ist der Erik, Erik Mauschner, der Journalist. Also ich habe diese Nummer auf einem Zettel von mir gefunden mit einem unleserlichen Namen und weiß einfach nicht mehr, wem sie gehört und bevor ich ihn einfach wegschmeiße dachte ich, ich ruf einfach mal kurz an, dann weiß ich Bescheid. Also mit wem spreche ich denn jetzt?“

„Erik? Der Erik aus der Bioenergetik-Gruppe vor ewig vielen Jahren?“

„Ja genau, der Erik. Und wer bist du, wenn ich nochmal fragen darf?“

„Bernd. Der Bernd eben. Wir haben damals ein paar Mal ganz gute Gespräche gehabt, kann ich mich erinnern.“

„Ach nee, komm, der Bernd?!?! Das ist ja ’n Ding! Wir haben uns ja ewig nicht gesprochen. Echt! Kaum zu glauben, dass du immer noch dieselbe Nummer hast, Bernd. So alt ist dieser Zettel schon. Also das find ich ja klasse jetzt irgendwie.“

„Und du hast meine Nummer echt so lange aufgehoben? Ist ja auch schon selten. Tja, das waren Zeiten damals. Lange her. Aber komisch, ich musste gerade vor ein paar Tagen erst an unser Gespräch von damals denken.“

„Sag mal Bernd, du wohnst ja offenbar immer noch in der Gegend. Was hältst du davon, wir setzen uns mal auf ein oder zwei Bierchen zusammen und quatschen dann weiter? Find ich besser als so am Telefon. Was meinst du? Heute Abend vielleicht?“

Und so treffen wir uns wieder, sitzen zusammen in einer kleinen Pizzeria in Offenbach und reden stundenlang. Vor allem Bernd redet. Wie ein Wasserfall. Als ob er seit Jahren auf so eine Gelegenheit gewartet hätte. Er erzählt mir viel mehr als damals, wo das Ganze ja noch mehr nach so einer Art Dummer-Jungen-Streich geklungen hatte. Aber denkste. Das ist eine richtige Beichte. Und eine Hammer-Geschichte. Da gab es oder gibt es echt ganze Banden, die einfach nur so aus Lust und Dollerei ein Gebäude nach dem anderen abfackeln, richtige kriminelle Banden. Das hat nichts mit Impuls oder spontaner Handlung zu tun, das sind keine gezielten Racheakte oder politisch motivierte Handlungen. Das ist ein ganz merkwürdiger Sumpf aus Frust, Überdruss, Abhängigkeit, Geltungssucht und komplizierten privaten Verwicklungen. Gerade wenn da mehrere Personen dran beteiligt sind, scheint es um so schwerer zu sein, diese Handlungsketten, diese Brandstiftersucht zu durchbrechen, irgendwann auch mal damit auf zu hören. Keiner will dann mehr als Feigling, Aussteiger oder gar Verräter dastehen, alle machen verbissen weiter, obwohl womöglich alle insgeheim eigentlich damit längst Schluss machen wollten, wenn sie nur könnten. Keiner will es, alle machen mit. Hört sich an wie eine ziemlich komplizierte Psychoscheiße! So weit, so schlecht. Aber der Hammer kommt ja erst noch! Auf einmal sagt Bernd mit belegter Stimme:

„Erik, ich weiß nicht mehr was ich machen soll."

„Wie meinst du das denn jetzt? Das ist doch alles lange her, Mann."

„Ja, das dachte ich auch bis vor ein paar Tagen. Aber da treffe ich auf einmal auf der Straße den, von dem ich dir erzählt hatte. Unseren Bandenchef von früher, der, der wegen versuchten Totschlags in den Knast gewandert ist. Damit war die ganze Sache doch damals endlich zu Ende gegangen. Dachte ich zumindest. Aber der hat mich irgendwie wieder aufgetan, weiß der Geier wie. Ich habe keine Ahnung. Der erkennt mich, der weiß, wo ich wohne und der weiß eben auch noch ganz genau, was ich zusammen mit den anderen damals so alles angestellt habe. Und jetzt will er weiter machen. Hat gesagt, er hätte den Asiatempel da im Park in Frankfurt angezündet vor ein paar Tagen, weil er die Schlitzaugen nicht leiden könnte. Und er hätte noch so einiges andere vor. Aber es ginge besser, wenn er Unterstützung dabei bekäme. Darum sei er auf mich gekommen, weil man sich doch auf mich immer verlassen konnte. Er wollte sich bei mir melden, wenn es wieder was zu tun gäbe, vielleicht auch mal was, wo ein bisschen Kohle mit zu machen wäre."

„Ach du Scheiße, Bernd."

„Das kannst du aber laut sagen, Erik. Ich hab so die Schnauze voll, verstehst du? Dermaßen die Schnauze voll. Aber der Typ ist so link, der weiß einfach zu viel von mir und könnte mich jederzeit hochgehen lassen, verstehst du? Der geht ganz selbstverständlich davon aus, dass ich weiter mitmache, als ob nichts geschehen sei, als ob dazwischen nicht so viele Jahre liegen würden, als ob wir alle nicht inzwischen Erwachsen und ganz andere Leute geworden wären. Der macht einfach weiter und will sein Ding durchziehen."

„Und du sagst, er hat vor dir zugegeben, dass er den Tempel angezündet hat?"

„Genau das hat er gesagt. Weil er die Schlitzaugen hasst. Und da gäbe es noch ein paar andere Sachen, die man auch noch prima abfackeln könnte. Was genau, das hat er nicht gesagt. Nur dass er sich meldet, wenn er mich braucht. Aber verstehst du – das ist ja kein Beweis, damit kann ich nicht zur Polizei gehen und ihn anzeigen. Und das mache ich sowieso nicht, ich will mich da nur raushalten, das alles soll mit mir nichts mehr zu tun haben."

„Hat es jetzt aber doch, oder?"

„Das ist ja die Scheiße, Erik. Was soll ich denn machen? Ich komme einfach nicht los von dieser verdammten Vergangenheit, verstehst du?"

„Verstehe, Bernd, verstehe. Das ist echt 'ne ganz blöde Sache, in die du da verstrickt bist. Aber vielleicht ist es ja sogar gut, dass du das jetzt gerade mir erzählt hast. Denn mich kennt der Typ ja nicht, der weiß nichts von unserer Verbindung. Und ich habe mit dem Thema auch bisher nichts zu tun. Bin also ein unbeschriebenes Blatt. Und vielleicht kann ich dir ja irgendwie helfen. Sag mir auf jeden Fall Bescheid, wenn er wieder was plant und dich braucht."

Dieses blöde Weichei Bernd. Den hab ich echt ge-fressen. War mir schon früher komisch vorgekommen. Aber immerhin, er hat immer brav Schmiere gestanden und war damit auch ganz zufrieden. Die anderen wollten immer ganz vorne mitmischen, alle wollten Chef sein, das war manchmal echt anstrengend. Ich war der Chef und basta. Das muss alles seine Ordnung haben. Aber es gab schon immer wieder Stress mit den anderen, was machen wir, wie machen wir's, wer macht was, wie kommen wir hin, wie kommen wir wieder weg, was machen wir danach und so weiter. Nur Bernd war immer still und hat sich nicht dauernd vorgedrängelt. Das fand ich immer gut. Und außerdem sind die anderen alle von der Bildfläche verschwunden, keinen Einzigen hab ich mehr gefunden, nachdem ich aus dem Bau raus gekommen bin. Keinen Einzigen. Nur Bernd. Hab ihn ganz zufällig getroffen, mitten in der Stadt und fast gar nicht erkannt. Aber natürlich habe ich ihm weisgemacht, ich hätte ihn gesucht und darum auch gefunden und hätte Großes mit ihm vor. Dem Kerl sind bald die Augen aus dem Kopf gefallen und er wollte anfangs nichts wie weg. Aber nicht mit mir. Wenn ich einen Fisch mal an der Angel habe, dann lass ich ihn so schnell nicht wieder los. Ich weiß, wie man mit solchen Weicheiern umgeht. Hab ihn total zugequatscht, mal freundlich, mal leicht drohend, dann wieder freundlich. Und irgendwann hatte ich ihn am Wickel, ich hatte seine Adresse und seine Telefonnummer und ich wusste so grob, was er so macht und wie's ihm so geht. Wenn ich wieder einigermaßen ins Geschäft einsteigen will, brauch ich genau solche Leute wie ihn: Keinen Arsch in der Hose um selber große Dinger aufzuziehen aber loyal genug um mitzumachen und dabei nicht zu viel dazwischen zu quatschen. Erst mal werde ich da wieder ansetzen, wo wir damals aufgehört haben, da krieg ich ihn am ehesten, da kennt er sich aus. Außerdem weiß ich, dass er an so manchen Sachen, die wir damals zusammen durchgezogen haben, immer noch zu knabbern hat, die alte Heulsuse. Und damit kann ich ihn kontrollieren, damit kann ich ihm Angst machen und ihn wieder bei der Stange halten. Und dann wird er auch reif für ganz andere Sachen. Erst mal hab ich ein kleines Spielchen mit ihm vor, mal sehen, ob er anbeißt. Als Köder hab ich ihm schon mal weisgemacht, ich hätte den Asia-Tempel in irgend so einem Park angezündet. Ist natürlich Quatsch, ich kenne den überhaupt nicht, hab bloß davon in der Zeitung gelesen, war ja 'ne große Schlagzeile. Aber 'ne gute Story und genau passend im Timing jetzt. Hab ihm erzählt, ich hätte was gegen die Schlitzaugen und hätte darum dieses Ding abgefackelt. Einfach um sie zu ärgern, so wie wir das ja auch schon früher gemacht haben mit Leuten, die wir nicht leiden konnten. Das hat der echt geschluckt, hat nicht mal nachgefragt, wie ich das angestellt hätte. Dem ist gleich der Arsch auf Grundeis gegangen aber ich hab ihm Mut gemacht und erzählt, das hätte echt Spaß gemacht und es wäre doch toll, wie jetzt die Zeitungen damit voll sind und alle Leute darüber reden. So wie früher, als wir noch 'ne richtige Bande waren. Und ich hab ihm erzählt, ich hätte noch mehr vor. Hab mich ein bisschen schlau gemacht, da gibt es wohl noch so einen komischen Tempel in einem anderen Park und der wäre jetzt als Nächstes dran.

„Hallo? Erik?"

„Hey Bernd, altes Haus, was geht ab?"

„Du, ich hab dir doch von diesem alten Bandenchef, dem Atze erzählt. Dem Typen, der mich wieder aufgetan hat und jetzt irgendwelche Dinger zusammen mit mir durchziehen will, weißt du noch?"

„Ja natürlich, Bernd, der hat dir doch auch gestanden, dass er neulich diesen Koreanischen Tempel im Grüneburgpark angezündet hat, oder? Klar kann ich mich erinnern. Und? Gibt's was Neues von dem?"

„Kann man wohl sagen, Erik. Er hat mir erzählt, es gäbe noch so einen asiatischen Tempel in der Stadt in einem anderen Park. Und den wollte er sich demnächst auch vornehmen, wenn er schon mal dabei wäre, die Schlitzaugen zu ärgern. Und diesmal sollte ich unbedingt mitmachen, denn das wäre da wohl etwas komplizierter und er könnte gut noch jemanden brauchen, der Schmiere steht."

„Scheiße Mann, der geht jetzt aber so richtig in die Vollen. Hat er gesagt, wo genau dieser Tempel ist? Oder wart mal, das kann eigentlich ja nur der chinesische Garten sein, im Bethmannpark glaub ich ist das, da gibt's noch so was asiatisches. Ich werd das mal recherchieren. Hat er auch gesagt wann?"

„Nein, hat er nicht gesagt. Er wollte noch mal genau die Lage peilen vorher und mir dann wieder Bescheid sagen, wenn die Sache spruchreif ist."

„Wir müssen das auf jeden Fall verhindern, du und ich. Das Blöde ist nur, dass du ja auf keinen Fall mit der Polizei zu tun haben willst, wegen dieser alten Sachen, in die der Typ dich wieder reinziehen könnte. Das versteh ich auch. Aber wir können den natürlich auch nicht einfach so weiter machen lassen, vor allem, wenn er wirklich der Serienbrandstifter ist, der auch die ganzen Gartenhütten auf dem Gewissen hat. Ich bin ja an der Story schon lange dran. Also werd ich das übernehmen. Und ich verspreche dir, ich halte dich da komplett raus, ja? Ich brauche nur deine Tipps, wann wo was steigen soll, den Rest mache ich dann ganz ohne dich. So wird dieser Atze nie auf die Idee kommen, dass du ihn verpfiffen hast und du bist ihn dafür erst mal wieder für 'ne Weile los, wenn die Polizei ihn hinter Schloss und Riegel bringt. Und ich hab dabei noch meine Story und kann endlich mal wieder über etwas Wichtiges hautnah berichten. So hätten wir alle was davon, verstehst du?"

„Alle bis auf Atze!"

„Alle bis auf Atze, jawoll, genau, hahahahahaha!"

„Und was genau willst du dann machen?"

„Weiß ich noch nicht, vielleicht kann ich ihn ja ganz zufällig auf frischer Tat ertappen. Das müssen wir noch überlegen. Wichtig ist, dass du mir sofort Bescheid gibst, wann die Sache starten soll und dass du zum Schein darauf eingehst, damit er nicht misstrauisch wird und dich dann auf jeden Fall rechtzeitig verkrümelst, bevor es unangenehm für dich werden könnte. Ich guck mir schon mal alles vorher gründlich an. Also, melde dich wieder, ja?"

Sehr geehrte liebe Frau Pohl,

normalerweise wende ich mich nicht in dieser Form an meine Patienten oder Patientinnen. Als Psychotherapeut hat man sich an gewisse Regeln zu halten, die für ein klares Arzt-Patienten-Verhältnis unabdingbar sind. Ich habe allerdings meine Praxis inzwischen weitestgehend aufgegeben und mich in den Ruhestand zurückgezogen. Sie waren tatsächlich eine meiner letzten Patientinnen. Und dazu noch eine, die mich sowohl als Fall als auch als Persönlichkeit tief beeindruckt hat. Deshalb erlaube ich mir auch, Sie auf diesem Wege sozusagen nun außerhalb unseres bisherigen Verhältnisses schlicht als interessanten und faszinierenden Menschen wieder zu kontaktieren, nachdem unsere Behandlungssitzungen ausgelaufen waren und der Kontakt so offiziell beendet war. Es lässt mir einfach keine Ruhe, dass Sie mit ihrer unglaublich dichten und intensiven Märchengeschichte vom Krötenkönig eine derart geniale und vollendete Form der eigenen Vergangenheitsbewältigung gefunden und dann bedauerlicherweise doch nicht weiterentwickelt hatten. Ihr Werk erschien mir nicht nur in Form und Inhalt ein ganz besonderes literarisches Kunststück zu sein sondern darüber hinaus auch ein durchaus gangbarer Weg, vielleicht anderen Menschen, die dieses oder ähnliche Werke zu lesen bekämen, eine Art poetisch-psychologische Hilfestellung anzubieten, die auf ganz andere Art als die klassische Psychotherapie zu einer Lösung tief versteckter Traumata führen oder zumindest beitragen kann. Nun kann ich Ihnen mangels Erfahrung auf diesem Gebiet leider nicht als Literaturagent dienen. Auch fehlt mir die wirkliche Kenntnis Ihrer Lebensumstände um beurteilen zu können, in wie weit eine Weiterarbeit an dieser Form der Literatur für Sie überhaupt in Frage käme. Und gesetzt den Fall, Sie würden diese Weiterarbeit nicht befürworten und mir so zu sagen die Grundidee dafür überlassen, fehlt es mir, wie ich wohl zugeben muss, selbst leider grundlegend an Talent und künstlerischer Feinfühligkeit, um auch nur annähernd so etwas Großartiges wie Ihr Werk zu Papier zu bringen. Ich bin geübt in Arztbriefen und Fachartikeln, Gutachten und Kommentaren, aber nicht wirklich in Literatur und ich käme mir albern vor, wenn ich versuchen würde, Sie darin zu imitieren um etwas Vergleichbares zu entwickeln. Aber es wäre einfach zu schade, diesen einmal gefundenen Ansatz einfach zu vergessen und nicht weiter zu verfolgen. Sie könnten damit so viel Gutes bewirken

– nicht nur (falls noch nötig) für Sie selber sondern für viele andere Betroffene. Und ich bin mir sicher, auch als Schriftstellerin / Poetin könnten Sie damit viel Erfolg haben, wenn Sie weitere Geschichten oder Märchen dieser Art schreiben und publizieren würden. Und wenn Ihnen das alles zu groß und fremd erscheint, könnte man eventuell auch über andere Formen nachdenken wie etwa eine Art Sachbuch mit therapeutischen Märchen und fachlicher Einbettung oder Kommentierung, die ich dann vielleicht übernehmen könnte. So hätten Sie, wenn Sie wollen, eine Art Zusammenarbeit und fachliche Begleitung, auf deren Hintergrund, Sie Ihre ganze Schaffenskraft entfalten könnten. Möglicherweise könnten wir auch arbeitsteilig daran feilen, zum Beispiel, indem ich Ihnen bestimmte Themen und Zusammenhänge vorgeben und Sie diese in Ihrer unnachahmlichen Weise dann zu Geschichten umformen könnten. Über eine solche Zusammenarbeit würde ich mich sehr freuen, biete Ihnen aber selbstverständlich auch jede andere Art der Unterstützung an, wenn ich Sie nur dafür gewinnen kann, diesen Faden wieder aufzunehmen und weiter zu spinnen. Sehr gespannt auf Ihre Antwort und mit den allerbesten Empfehlungen und Grüßen,

Ihr Richard Mosbacher

Sehr geehrter Herr Mosbacher, das war jetzt doch für mich eine echte Überraschung. Eigentlich hatte ich diese Märchenepisode innerlich schon längst wieder vergessen, denn so eine nachhaltige Wirkung hatte sie für mich gar nicht. Ehrlich gesagt, ich hatte nach dem Schreiben eher eine unbestimmte Wut darüber, dass man mit Worten immer alles so prima ins Gleichgewicht biegen kann, dass aber die Wirklichkeit sich davon überhaupt

nicht beeindrucken lässt und sich an dem inneren Zustand, in dem man nun mal ist, damit rein gar nichts ändert. Darum glaube ich nicht, dass es für mich einen Zweck hätte, mich damit nochmals zu befassen. Machen Sie mit der Geschichte was Sie wollen, ich schenke Sie Ihnen.
Hochachtungsvoll, Rebecca Pohl

Liebe Frau Pohl, nicht so schnell nein sagen bitte. Ich glaube, Sie unterschätzen die Wirkung und die Möglichkeiten Ihrer Kunst auch auf Sie selber, auch wenn Sie zunächst eine Art inneren Rückzug von dieser Form gewählt haben. Diese Reaktion ist auch sehr verständlich. Dennoch, Sie sollten darüber nachdenken. Ich will Ihnen dabei, wenn Sie mögen, gerne behilflich sein, nicht so sehr als Arzt sondern viel mehr als ehrlicher Bewunderer Ihres Könnens und möglicher Förderer Ihres Schaffens, so ich Sie denn überzeugen kann. Wie wäre es, wenn wir uns einfach mal unverbindlich treffen könnten, um uns nicht weiter per Handy-SMS sondern in einem ganz normalen Gespräch darüber auszutauschen?

In Ordnung, meinetwegen. Ich habe heute frei und könnte am besten gleich, dann haben wir es hinter uns. Irgendwo in der Stadt?

Oh, das geht jetzt aber schnell bei Ihnen, aber ich freue mich sehr über Ihre Zusage. Wir können uns jederzeit und überall treffen, ich kann schnell bei Ihnen sein. Das Wetter ist schön, wir könnten vielleicht in irgendeinem Park ein paar Schritte laufen oder in einem netten Café sitzen. Wo sind Sie denn gerade?

Bin gerade auf der Berger Straße. Ein Park wäre mir lieber als ein Café, ehrlich gesagt. Vielleicht gleich hier im Bethmannpark am Cityring? Der ist zwar zum Laufen etwas klein, aber man kann schon ganz gut in der Frühlingssonne auf einer Bank sitzen. Können Sie so in einer halben Stunde da sein? Dann warte ich auf Sie.

Bin schon unterwegs zu Ihnen. Bis gleich. Ich freue mich auf unser Treffen.

Bis dann.

Jetzt geht's los! Dieser Atze ist ja wohl ein ganz übler Typ und womöglich sogar der, dem ich schon seit längerem mit den Gartenhüttenbränden auf der Spur bin. Durch Bernds Tipp komme ich vielleicht bald ganz nahe an ihn ran und kann möglicherweise sogar diese Brandstiftungsserie stoppen, wenn ich's geschickt anstelle. Bernd muss ich da rauslassen, das ist Ehrensache. Er muss mir ja nur sagen, wann das nächste Ding steigen soll. Besser für 'ne gute Story wär's natürlich, ich würde diesen Atze, wenn's klappt, nicht schon vorher stoppen sondern wäre praktisch der Erste, der ihn danach zu fassen kriegt. Wenn's tatsächlich brennt ist das allemal besser für 'ne ordentliche Schlagzeile oder Titelstory als wenn's nur beinahe gebrannt hätte und es gerade noch so verhindert werden konnte. Noch besser wäre es, wenn ich irgendwie vorher schon auf irgendeinem Weg mit ihm persönlich Bekanntschaft schließen könnte und so an ein paar vertrauliche Einzelinfos käme, die sonst keiner hätte. Danach wäre es für so was zu spät. Ich müsste mich also quasi in sein Vertrauen einschleichen, ihn aushorchen wie ein V-Mann und dann schließlich zur Strecke bringen. Aber dafür ist vielleicht die Zeit zu knapp, bevor er wieder losschlagen will. Und überhaupt, wie soll ich an den rankommen, wie soll ich sein Vertrauen gewinnen? Vielleicht würde er ja gleich misstrauisch werden und die ganze Sache würde eine ganz andere Wendung nehmen. Damit wäre meine Story dann wohl erledigt. Nein, so wird das nichts. Ich muss ihn am besten wirklich auf frischer Tat ertappen, gerade so, dass es schon ein bisschen brennt und die Feuerwehr mit großem Tatütata angerollt kommen muss aber der Schaden sich noch in Grenzen hält. So könnte ich zwei Fliegen mit einer Klappe schlagen. Muss mir nur noch eine glaubwürdige Story ausdenken, warum ich ausgerechnet zu dem Zeitpunkt in der Nähe bin und ihn dann zufällig erwischen kann. So eine Brandstiftung macht der ja eher mitten in der Nacht, um nicht gesehen zu werden und da treibe ich mich ja normalerweise auch nicht gerade im Park herum. Ich werde schon mal hinfahren und die Lage vor Ort auskundschaften. Vielleicht fällt mir ja dabei noch was ein.

Verdammte Hacke! Da hab ich mir ja was Schönes aufgehalst. Eben bin ich zu diesem Park gefahren, wo der andere Asien-Tempel steht und will mal eben die Lage checken, da stehe ich plötzlich vor verschlossenen Türen. Die schließen diesen blöden Park einfach zu, wenn's dunkel wird. Das gibt's doch gar nicht. Und dieser Asiengarten in dem Park ist anscheinend, soweit man das von außen sehen kann, auch noch mal dicht gemacht und außerdem von einer hohen Mauer eingefasst. Ich glaub ich spinne! Hab gedacht, ich könnte da mal eben nachts vorbei gehen mit 'nem Kännchen Sprit und ordentlich Feuer in der Hütte machen. Und jetzt das! Nicht dass ich nicht wüsstc, was man mit verschlossenen Türen macht, dafür bin ich schon zu oft irgendwo eingestiegen um das nicht zu wissen. Aber so was macht man nur, wenn sich's wirklich lohnt. Und vor allem, wenn der Rückweg schnell und sicher ist. Aber hier? Hier wollte ich doch eigentlich bloß dem blöden Bernd mal zeigen, dass ich immer noch was draufhabe und dass wir zusammen ein super Team sein können und noch ganz andere Sachen durchziehen. Aber ohne Risiko. Mist! Habe wirklich keine große Lust dazu. In den Park käme man ja noch leicht rein, der Zaun drumrum ist eher ein Witz als eine Grenze. Aber der Tempelbezirk ist schon 'ne harte Nuss. Keine Ahnung, ob man so ein großes Holztor so einfach geknackt kriegt. Und drüber klettern ist immer so 'ne Sache, da kann man sich verletzen und dann kommst du nicht schnell wieder weg. Mann, so 'ne Kacke aber auch! Hätte ich mal bloß nichts gesagt, jetzt wartet der doch richtig drauf, dass die Chinahütte brennt. Und wenn nicht, dann nimmt der mich nicht mehr ernst, dann hab ich's wirklich verschissen bei dem. Ich muss da irgendwie rein und wieder raus. Auf jeden Fall komm ich noch mal wieder, wenn hier die Türen auf sind. Das Ding muss doch irgendwie zu lösen sein. Mann!

Ich bin schon bestimmt 'ne Stunde lang hier herumspaziert und hab mir alles gründlich angeschaut. Es wäre wirklich schade, wenn es Atze gelingen würde, das Ganze hier abzufackeln. Es ist ein ganz besonderer Ort der Ruhe und Beschaulichkeit, irgendwie ähnlich, wie in den Schrebergärten aber doch wieder anders. Schrebergärten sind uns allen ganz vertraut seit der Kindheit, man erkennt vieles wieder, wird immer wieder von Erinnerungen eingeholt, von Düften verzaubert und vom Vogelgezwitscher begleitet. Aber hier ist eine ganz andere Stille, eine andere Stimmung. Dadurch dass die Architektur so fremdartig ist, fühlt man sich wie magisch an einen völlig anderen Ort oder in eine ganz andere Zeit versetzt und es würde niemanden wundern, wenn auf einmal sehr fremdartige Vögel in den Bäumen singen und merkwürdig gekleidete Menschen über die Wege schlendern würden. Man ist wie in einem Traum oder im Halbschlaf, beruhigt und befremdet zugleich. Ein toller Ort. Und hier will dieses Arschloch wieder die Lunte anlegen. Na warte, Freundchen, da wird nichts draus, das kann ich dir versprechen und das werde ich verhindern. Muss mir nur noch ausdenken, wie ich's am besten anstelle.

Da ist sie. Sitzt auf einer Bank in der Frühlingssonne und hat, ich glaube es kaum, eine dünne rote Jacke an. Sie, die früher immer nur wie eine graue Maus gekleidet war. Toll sieht sie aus, sportlich und drahtig, mit offenen, wuscheligen Haaren und ich ertappe mich dabei, dass mein Herz deutlich spürbarer schlägt als sonst. Das hatte ich nun wirklich nicht erwartet. Oder doch? Vielleicht heimlich erhofft? Wusste ich es nicht eigentlich bereits, dass mein so vehementes Interesse an dieser Frau nicht nur beruflich oder literarisch begründet ist? Mir wird warm und kalt zugleich. Das passt mir jetzt aber überhaupt nicht. Ich spüre, wie ich langsam die Kontrolle über mich verliere, über meinen Körper und meine Psyche, wie ich seltsam weich werde und unsicher. Ausgerechnet! Ich hatte doch mit so was eigentlich schon abgeschlossen. Und jetzt das. Was mache ich nun? Was mache ich überhaupt hier? Mache ich mich gleich zum Gespött? Ein lächerlicher alter Mann, der mit scheinheiligen Lobeshymnen versucht, bei einer Frau Eindruck zu schinden, sich an sie ranzuwanzen? Ist das nicht gegen alles, was ich für gut und richtig halte? Wie sie da sitzt. Ganz für sich und in sich ruhend in der schimmernden Sonne. Ihr Haar wird von einem Windhauch leicht in Bewegung versetzt und diese Bewegung versetzt auch irgend etwas tief in mir. Ich fürchte, ich beginne mich gerade zu verlieben.

Er kommt. Komisch, mir ist noch nie aufgefallen, wie unsicher er läuft. Vermutlich, weil in seiner Praxis immer nur ein paar wenige Schritte gegangen werden musste von der Eingangstür durch den kleinen Flur bis zum Behandlungszimmer mit seinen klassischen Sesseln. Aber hier im Freien setzt er seine Schritte so, als müsse er sich jedes Mal entscheiden, ob er wirklich vorwärts oder doch lieber in eine andere Richtung laufen will. Er lächelt und begrüßt mich mit einer angedeuteten Umarmung. Was soll das denn jetzt? Wir müssen wohl erst noch unsere Rollen neu definieren, wenn das keine Beratungs- oder Behandlungssituation mehr sein soll. Na von mir aus. Zuerst wollte ich ja gar nicht auf sein Ansinnen eingehen. Mit dieser Märchengeschichte habe ich wirklich schon längst abgeschlossen. Mag ja sein, dass diese Art von Traumabewältigung für manche Leute der richtige Weg ist – für mich ist es das jedenfalls definitiv nicht. Ich werde nicht geheilt durch reden oder schreiben. Ich heile mich durch mein Handeln, das ist es, was mich antreibt. Aber ich möchte etwas von ihm wissen, immerhin ist er ein gebildeter Mann und er hat zumindest ein Interesse, sich mit mir zu treffen und zu unterhalten. Das will ich ausnutzen und versuchen, vielleicht mit seiner Hilfe eine Frage zu lösen, die mir zunehmend auf den Nägeln brennt: Wie ist die Welt? Wie ist sie beschaffen, wie sieht sie aus? Fast mein ganzes Leben lang kann ich keine Farben mehr sehen, ist die Welt ein trüber Brei aus Grautönen. Ein Sumpf. Ein inneres und äußeres Nebelmeer, mit dem ich mir unbewusst den klaren Blick auf die Welt verschleiere. So viel hab ich immerhin schon kapiert. Früher hat mich manchmal die pure Verzweiflung darüber gepackt, dass ich nicht so an der Welt teilhaben konnte wie andere. Aber tief im Inneren wusste ich auch, dass das in irgendeiner Weise auch mein Glück war, mein innerer Schutz. Es war mir gelungen, etwas in mir so zu verändern, dass nichts oder fast nichts in mich und mein Inneres mehr eindringen konnte und wenn doch, dann so, dass ich es kaum noch wahrnehmen konnte, dass ich es kontrollierte, ihm die Kraft und die Farben und damit auch die Bedrohlichkeit und auch die Wirklichkeit nahm. Nichts war so, wie es wirklich war, alles war nur ein Film in Schwarzweiß, nichts Reales, an dem ich zerbrechen könnte. Aber seit mein Inneres wieder für kurze Momente die Farben zulassen konnte, wurde mir bewusst, dass ich zwar die ganze Zeit meinen tiefen, noch irgendwie unverletzten Teil hatte schützen können, dass ich aber dafür den irrsinnigen Preis bezahlt hatte, mein Leben zu verpassen. Das richtige Leben. Und das will ich mir zurückholen. Mit dem Brand von Roberts elender Gartenhütte fing es an, mit dieser Handlung spürte ich auf einmal wieder durch alle Ohnmacht eine

Kraft, die ich bis dahin kaum noch wahrgenommen hatte. Und ich konnte wieder Farben sehen, zwar nur für eine kurze Weile und mehr verschwommen als klar aber immerhin. Ein Silberstreif am Horizont. Und mit dem Brand dieses kitschigen Asientempels im Grüneburgpark war es wieder da, viel stärker noch als beim ersten Mal und es hielt auch viel länger an. Aber die Farben sind noch nicht wirklich so, wie ich sie, ganz schwach, aber doch unverkennbar in tief verschütteter Erinnerung hatte: es bleibt ein nebliges Gewaber in Grautönen, aus denen nur einzelne, sehr starke Farben herausstechen können. Nicht mehr und nicht weniger. Aber es fehlt noch etwas. Aber was? Ich weiß nicht mehr wirklich, wie die Welt eigentlich beschaffen ist, wie sie wirklich aussieht. Und ich will, ich muss das wissen. Denn da will ich hin, in die wirkliche Welt, koste es was es wolle. Und er, der wackelige weise Herr Doktor, soll mir dabei helfen zu sehen, was es zu sehen gibt und auch dabei, nichts mehr zu sehen, was es nicht gibt. Es geht nicht um Rache oder Vergeltung. Auch nicht um Zerstörung oder um die Lust am Zündeln. Das ist es überhaupt nicht. Es geht einzig und allein um die Wiederherstellung meines Lebens. Alle meine Wege haben mich wie auf einem magischen Pfad bis zu diesem Punkt geführt, an dem ich verstanden habe, wie es geht – wie es bei mir geht. Es braucht von innen eine bestimmte Art von Erregung, von Wut oder Verzweiflung, eine Erinnerung an einen dieser vielen unsäglichen Momente, in denen ich mich nur durch den Notausgang der inneren Versumpfung retten konnte. Und es braucht von außen bestimmte Trigger, Dinge, die diese Erinnerung auslösen und manifestieren, sichtbar machen und damit angreifbar. Und dann fehlt nur noch die Kombination aus Holz und Natur, dieser unsägliche Zweiklang, der in mir stets das Bild dieser elenden Gartenhütte heraufbeschwört, diesen Ort, an dem ich fast zerbrochen wäre. Dann überkommt mich eine wahre Flut an schrecklichen Erinnerungen und Bildern und zugleich eine derartige Wut, dass es dann im wahrsten Sinne des Wortes nur noch eines Funkens bedarf, um das ganze üble Gemisch mit einem wütenden Fauchen in Flammen aufgehen zu lassen. Dann bin ich wieder ein Stück weit befreit. Dann kommen die Farben zurück. Dann töte ich die Dämonen meiner Vergangenheit und reiße alle Türen auf in eine neue, farbenfrohe Zukunft. Aber wie weit ist dieser Weg noch? Muss ich die ganze Welt anzünden? Muss ich warten, bis ich alle Farben sehen kann? Und was sind alle Farben? Was sind alle Farben? Wie viele Farben hat die Welt? Und sind es für jeden dieselben? Ist dein Rot dasselbe wie mein Rot? Haben die Farben Worte, Namen, haben sie Gefühle? Machen sie vielleicht Gefühle? Oder machen Gefühle Farben? Ich habe so viele Fragen. Ich muss noch so viel lernen. Ich will noch so viel Leben leben. In Farbe!

„Hallo Frau Pohl, das ist aber schön, Sie hier zu treffen!"

„Hallo Herr Doktor."

„Oh bitte nein, bitte nicht Herr Doktor, ich bin doch nicht hier um Sie zu behandeln. Für Sie bin ich kein Doktor mehr bitte. Sagen Sie doch einfach Richard, lassen Sie uns damit ein neues Kapitel anfangen, wenn es Ihnen recht ist, ja?"

„Ok, dann Richard. Und Sie versuchen's dann mal mit Rebecca. Mal sehen, ob ich auch darauf reagiere."

„Ja schön, Rebecca. Ein schöner Name für eine schöne Frau. Ich freue mich so, dass Sie gekommen sind. Dass Sie meiner Einladung gefolgt sind. Denn ich möchte Ihnen wirklich Mut machen. Sie haben so ein Talent, so viel Einfühlungsvermögen in Zusammenhänge, die den meisten Leuten völlig fremd und unbekannt sind. Und ich bin sicher ..."

„Hören Sie auf, jetzt sind Sie wieder der Herr Doktor. Sie müssen sich doch schon von Berufs wegen in andere Menschen einfühlen. Ich kann das überhaupt nicht. Ich kann mich ja nicht mal in mich selber einfühlen. Ich bin mir so vertraut wie niemand anders und gleichzeitig völlig fremd und rätselhaft. Ich stehe meistens irgendwo neben mir und blicke dann auf eine mir ganz und gar unbekannte Frau. Ich kann manchmal gar nicht glauben, dass ich das selbst bin."

„Aber das ist ja gerade das Gute – Sie beginnen sich selbst langsam zu erkennen, Sie nehmen sich selber wahr. Natürlich ist das manchmal mit Irritationen verbunden. Aber mit Ihrer Literatur haben Sie doch eine Möglichkeit gefunden, diesen Prozess wunderbar zu unterstützen. Literatur ist wie ein Spiegel der Seele. Selbst wenn Sie es selbst geschrieben haben gibt es Ihnen doch die Chance auf ganz neue Einblicke und Erkenntnisse in Ihre Persönlichkeit. Und nicht nur Ihnen selbst. Jeder halbwegs einfühlsame Mensch kann daraus einen Gewinn schöpfen, kann darin Dinge wiedererkennen, sich selber darin spiegeln. Das machen unsere Spiegelneuronen im Gehirn. Und das ist das tiefe Wesen der Kunst. Ich bin kein Künstler, aber ich ..."

„Nein, Sie sind Doktor durch und durch und das legen Sie auch nicht ab, indem Sie sich offiziell aus dem Berufsleben zurückziehen. Das mag für Sie in Ordnung sein, aber es nervt."

„Es nervt?"

„Es nervt total, Richard. Immer wissen Sie besser als die Menschen selber, was für sie gut und was für sie schlecht ist. Sie denken, Sie hören den Leuten zu. Dabei warten Sie doch nur auf die Pausen, um dann ganz dezent die Weichen zu stellen für die Weiterfahrt. Aber Sie denken dabei viel zu sehr an die Schienen, auf denen Sie selber unterwegs sind."

„Wie meinen Sie das?"

„Denken Sie doch mal, stellen Sie sich vor, Sie sind der Streckenwärter auf dieser Eisenbahnstrecke des Lebens. Auf einem riesigen Rangierbahnhof. Sie sehen, wenn jemand nicht mehr weiterweiß, wenn sich jemand verirrt hat, wenn er auf dem falschen Gleis unterwegs ist. Und dann stellen Sie die Weichen richtig, setzen Signale, verteilen Fahrpläne und so weiter."

„Ein schönes Bild, sehr treffend. Jetzt sind Sie wohl die Frau Doktor und ich bin der Patient, oder? Aber was ist daran falsch? Ich meine, was ist daran falsch, jemandem auf den richtigen Weg zu helfen? Was stört Sie daran?"

„Mich stört alles daran. Diese Einseitigkeit, diese Engstirnigkeit. Klar ist das ein schönes und treffendes Bild. Für Sie. Denn Sie merken gar nicht, was Sie dabei übersehen."

„Und was wäre das, was ich da übersehe Ihrer Meinung nach?"

„Sie übersehen das Wesentliche. Sie denken eben nur wie ein Eisenbahnwärter. Aber es gibt doch im Leben unendlich viele Möglichkeiten sich zu bewegen. Zu Fuß. Mit dem Fahrrad. Mit dem Auto, dem Bus, dem Taxi. Von mir aus mit Pferdekutschen, auf Eseln reitend, per Flugzeug, Fesselballon oder im Ufo. Auf Skiern, Hundeschlitten, Longboards. Oder rennend, stolpernd, in Schlangenlinien, auf dem Bauch kriechend, rückwärts, in alle Richtungen oder auch einfach gar nicht, im Lotossitz auf einem Fleck verharrend. Oder eingegraben in die Erde. Oder auf einem Baum sitzend. Oder was weiß ich, verstehen Sie?! Es gibt unendlich viele Möglichkeiten, die Sie nicht mal erahnen. Und die kann nur jeder selber finden. Jeder muss seinen ganz eigenen Weg finden. Und niemand soll ihm da reinreden. Niemand."

„Puh, das ist jetzt also sozusagen ein Volltreffer direkt in die Magengrube der Psychotherapie. Mir bleibt auch ehrlich gesagt gerade etwas die Luft weg."

„Tut mir leid, Richard. Aber das musste jetzt einfach so raus. Ich will Sie ja gar nicht beleidigen. Sie versuchen auch nur Ihr Bestes. Aber was für mich das Beste ist, das kann eben nur ich am besten beurteilen."

„Das klingt einleuchtend, wenn auch nicht gerade einladend. Ich bin jetzt etwas perplex muss ich sagen. Warum sind Sie dann eigentlich gekommen? Um mir das zu sagen, Rebecca? Um mich zu demütigen?"

„Nein Richard, es geht mir ehrlich gesagt gar nicht so viel um Sie. Das war nur die Einleitung. Eigentlich will ich etwas ganz anderes von Ihnen wissen. Von Ihnen als Mensch, einfach als erfahrenem, lebenserfahrenem Menschen. Ich habe nicht so viele, mit denen ich über so etwas reden kann. Ich brauche keinen Arzt, ich brauche einfach ein ehrliches, offenes Gegenüber. Einen Menschen, der nachdenkt über das Leben. Jemanden mit offenen Augen."

„Ach so, na gut. Ich dachte schon, ich hätte in Ihren Augen gar keine positiven Seiten aufzuweisen. Was kann ich dann also für Sie tun, Rebecca?"

„Sagen Sie mir einfach, was Sie sehen."

„Wie meinen Sie was ich sehe? Jetzt und hier?"

„Ganz genau, jetzt und hier. Sagen Sie mir einfach, was Sie sehen. Beschreiben Sie es so, dass ich es wie durch Ihre Augen sehen kann, so, als ob ich gar nicht selber hier wäre und Sie wollten mir ganz genau das Bild vermitteln, das Sie hier an diesem Ort gerade erleben, das Sie sehen. Und bitte achten Sie dabei vor allem auf die Farben. Beschreiben Sie es wie ein Bild, so als ob Sie es malen wollten genauso wie Sie es sehen. Bitte ..."

„Also gut, ich will's versuchen ... hmmmm ... womit fange ich an? Ich bin so aufgeregt, wie bei einer Prüfung, wissen Sie?"

„Nein nein, ich bitte Sie. Das ist doch keine Prüfung. Und wenn, dann für mich. Ja, das trifft es doch am besten.

Ich möchte etwas überprüfen. Und dafür bitte ich Sie um Ihre Mithilfe. Weiter nichts. Bitte Richard."

„Ist gut, ist gut, ich mache ja mit. Aber was wollen Sie denn überprüfen, Rebecca?"

„Ich will überprüfen, wie weit ich schon bin und wie weit ich noch gehen muss. Ich will wissen, wie die Welt in den Augen anderer aussieht, wie die Farben sind, was sie erkennen, was sie sehen. Ich habe einen Weg gefunden, mir meine Farben zurück zu holen, verstehen Sie? Aber ich sehe sie nicht oder noch nicht wieder so, wie alle anderen. Es fehlt noch etwas und ich will überprüfen, was."

„Ja, aber ..."

„Ach kommen Sie, Richard, fragen Sie nicht so viel, lassen Sie jetzt doch mal den Doktor daheim und erzählen Sie mir einfach was von der bunten Welt da draußen. Hier wachsen so viele Blumen wie im Palmengarten, alles blüht und strahlt und ich will es so sehen wie Sie oder es wenigstens versuchen. Also los, lassen Sie uns aufstehen und herum gehen und ich höre Ihnen zu. Nehmen Sie meine Hand, führen Sie mich wohin Sie wollen."

„Das tue ich sehr gerne, Rebecca, wirklich sehr sehr gerne. Gut. Kommen Sie. Wir fangen dort drüben an. Also ich bin kein Botaniker, müssen Sie wissen, ich kann Ihnen fast rein gar nichts über diese wunderbaren Pflanzen hier erzählen. Aber gut, das wollen Sie ja auch gar nicht hören, das trifft sich also gut. Ich äh ... ich führe Sie zuerst zu dieser quer stehenden Bank oder vielmehr dahinter, denn da verbirgt sich eine Art, na ich würde sagen Schwertlilie, aber so eine habe ich wirklich noch nie gesehen, sie hat eine Farbe, die von einem matten, tief dunklen Aubergine langsam übergeht in ein glänzendes, leicht geflecktes Purpur an den Blütenansätzen und ihre Blütenblätter sind gekräuselt wie der schwere Mantel eines Königs, der nur mit den wertvollsten Farben eingefärbt werden durfte. Und das alles schwebt über den zarten verspielten

Grüntönen darunter und dahinter, die wie kleine Kinder mit ihrer Farbe spielen und sie mal heller, mal dunkler, mal gelber und mal bläulicher erscheinen lassen. Und die Sonne spielt dabei noch mit und verteilt mit ihrem Licht und Schatten noch zusätzliche Kleckse über das wilde Grüngewusel. Es gibt aber auch die klassischen gelben Lilien hier, schauen Sie. Die leuchten viel stärker als die Purpurne und sie sind verwandter mit den grünen Blättern, sie gehören mehr dazu. Und sehen Sie, diese großen Blätter darunter haben feine Adern, in denen das Grün so zart verdünnt ist, dass es schon fast farblos scheint, während die kleinen Punkte in den feingliedrigen Blättern direkt daneben auch heller sind, aber ganz klar gelber als Blassgrün. Oder hier, diese rosenartige Blüte an diesem Busch, der sicher kein Rosenbusch ist. Egal. Sie ist weiß, alle inneren, fein gekräuselten Blütenblätter sind rein weiß, aber die äußeren, Glatten sind es nicht, sie haben einen ganz zarten Hauch ins Rosane. Hier, an der noch geschlossenen Knospe können Sie es sehen, da ist die Farbe ganz klar Rosa und erst wenn sich die Blüte öffnet, enthüllt sie ihr wahres Geheimnis, die reine weiße Unschuld. Und da drüben, das dürften jetzt aber doch Rosen sein, denke ich, da haben wir außen ein feines Hellrot mit einem ganz leichten Stich ins Pinke und innen dafür ein Rosa, das schon fast zu Fleischfarben tendiert. Mit diesen in sich zart zusammengequetschten Blättern na ja ich würde sagen ein durchaus sinnlich anmutender Anblick. Wunderschön, so zart und weich und ..., aber Sie weinen ja. Rebecca, verzeihen Sie, ich wollte nicht ..."

„Es ist gut, Richard, alles ist gut. Lassen Sie mich nur weinen, Sie wissen gar nicht, wie gut mir das tut. Machen Sie einfach weiter. Bitte, Richard, machen Sie weiter ..."

„Gut, dann, nehmen wir dies hier, etwas ganz anderes. Das dürfte wohl eine Art Zypresse sein, ein Lebensbaum oder so was. Da haben wir ein ganz anderes Grün als in den

Blumenblättern, nicht so strahlend, eher kühl und leicht bläulich. Und hier mittendrin ein abgestorbenes Zweiglein, ganz klein in einen hellen Sandton ausgeblichen. Und es steht da wie ein erstes graues Haar in einem dunklen Männerschopf. Da drüben, da leuchtet es wieder weiß, sieht auch etwas wie Rosenblüten aus, ist aber sicher was Anderes, aber es ist rein weiß. Obwohl, in den schattigen Tiefen der Blüte verändert sich auch das Weiß, ich würde sagen in einen ganz zarten Hautton, so eine Schneewittchenhaut, wissen Sie? Und da drüben wird es wieder fast exotisch, das ist vielleicht auch eine Lilie, aber sie ist teilweise weiß, dann dunkellila und in dem Lila so ein Federmuster in Gelb, das von einer feinen weißen Lilie gestützt wird. Und hier, Klatschmohn, das stärkste Rot, das es gibt. Und dazu im Inneren tiefschwarze Flecken und ganz in der Mitte dünne lilane Fransen. Und eine dicke Hummel in klassischem Schwarz-Gelb. Da, hier haben wir noch mal einen tollen Kontrast in einer Blüte, ein ganz hell leuchtendes Lila der Blütenblätter und im Inneren dagegen sehr hell leuchtende Blütenstaub ... ich weiß nicht ... -Behälter, oder wie sagt man dazu?"

„Ich habe keine Ahnung, machen Sie einfach weiter Richard."

„Schön, was haben wir denn noch? Schauen Sie sich mal diese länglichen Blätter an, hier fast am Boden: Die sehen stellenweise nicht sehr gesund aus. Da gibt es braune Flecken, ein bisschen wie Leopardenfellmuster, finde ich. Diese Flecken sind außen fast schwarzbraun und im Inneren hellbraun wie Holz. Und das Blattgrün ist um die Flecken herum schon leicht zurückgezogen und wirkt sehr blass und leicht gelblich. Die verborgene Schönheit der Vergänglichkeit würde ich sagen. Auch der Verfall hat seine schönen Seiten, wenn man richtig hinschaut. Und schauen Sie mal hier drüben, Rebecca: In diesem großen Topf steckt eine Pflanze, die so frisch aus einem einzigen Grünton leuchtet, dass es fast künstlich wirkt. Riesige Blätter. Und je nachdem, wie diese zur Sonne stehen, changiert das Grün dann doch wieder in tausend Variationen von Bonbongelb bis zu dunklem Tannengrün. Oder da, in dem anderen Topf, das ist ja das reinste Kunstwerk der Natur. Das ist wohl eine Art Palme, riesige Blätter in grün-auberginer Riffelung, getragen von einer kräftig weinroten Mittelachse, einfach toll! Hier, Fuchsien, ein Duett aus Rot und Lila in jeder Blüte. Und diese Büsche – Rhododendren und Azaleen in allen Schattierungen von zartem Lila bis zu kräftigem Rot. Und selbst die verblühten Stellen haben noch ihren morbiden Charme, wenn die Farben langsam wieder verblassen."

„Vorsicht Richard, diese Art von Charme habe ich jahrelang genossen, jetzt bin ich genau in der anderen Richtung unterwegs! Ich will keine verschwindenden Farben mehr, ich brauche Farben, die neu entstehen da, wo vorher nur Grau herrschte. Also bitte ..."

„Verzeihung, natürlich, das verstehe ich doch gut. So, jetzt sind wir etwas abseits geraten unter die Bäume, hier blüht es nicht mehr so üppig wie in dem offeneren Teil des Parks, dafür ist es hier wohl zu dunkel. Aber das macht nichts, denn gleich kommt etwas ganz Besonderes, meine Liebe ..."

„Was haben Sie gesagt?"

„Gleich kommt etwas Besonderes, etwas ganz Besonderes, meine Liebe ..."

„Was soll das? Warum sagen Sie das? Warum sagen Sie das ...?!?"

„Verzeihung, ich verstehe nicht, ich wollte doch nur sagen, hier beginnt gleich der Chinesische Garten, wo ..."

„Das hat ER gesagt!! Das sind SEINE Worte!! Das sind SEINE Worte!!"

„Wessen Worte, Rebecca? Wer hat das gesagt? Wer hat was gesagt?"

Es ist wieder so weit. Es passiert gerade wieder. Ich spüre das wie ein Erdbeben, ich kann nichts dagegen tun und ich will auch nichts mehr dagegen tun. Denn ich weiß jetzt, dass hinter diesem Beben mein Weg in die Freiheit wartet. Ich sehe es kommen, ich spüre es kommen und ich lasse es kommen. Von mir aus jetzt, hier, jederzeit. Komm du verdammtes Beben, komm und hol mich. Hier stehe ich, du kannst mich haben, du kannst mich packen, schütteln und rütteln aber du kannst mich nicht besiegen, nie mehr. Ich springe zu dir ins Haifischbecken, ich nehme den Kampf auf und ich werde ihn gewinnen. Ich trotze diesem Wirbelsturm, ich werde ihn an mir zerbrechen lassen!

Richard schaut mich an wie von allen guten Geistern verlassen. Der Arme! Kann ja nichts dafür, dass er so wortgenau das wiederholt hat, was dieser widerliche Robert mir so oft und so hinterlistig ins Ohr geflüstert hat. „Gleich kommt etwas ganz Besonderes, meine Liebe.“ Ja, etwas besonders Ekliges, Widerwärtiges, Gemeines! Ich reiße mich los von seiner Hand, ich ignoriere sein „Aber …“, drehe mich um und renne davon, durch die erste offene Tür – in die falsche Richtung. Verdammt! Ich bin gefangen! Hier ist alles von einer hohen Mauer umstellt. Wieder so ein Disneyland mit Pavillons und Brückchen über plätschernde Bächlein und Teiche, wieder so eine kleine heile Scheinwelt und mich trifft es wie ein Schlag: Alles ist wieder da, dieser intensive Blütenduft von überall her, das dunkle Holz unter den schiefen Dächern, die vordergründige Ruhe rundherum und doch das leise Verkehrsgrummeln dahinter, die Sonne, die Bienen und die Hummeln, keine anderen Leute in Sicht und in der offenen Tür steht ein Mann! Und kein Ausweg, alles umzäunt, ummauert, eingesperrt. Mein Herz klopft und rast wie irrsinnig und mein Hals zieht sich zusammen wie in einer immer enger werdenden Schlinge. Aber ich kenne das jetzt. Ich weiß, es kommt aber es bringt mich nicht um. Ich breche in ein sehr lautes, hysterisch klingendes Lachen aus, ich schreie und lache im Wechsel, ich renne im Kreis, ich stampfe, tobe, ziehe heulend die Luft in meine Lungen, spüre, wie sich mir alle Haare sträuben. Ein Schritt zu Richard, ich reiße ihn an mich, drücke ihm einen schmerzhaft festen Kuss auf den Mund und sage nur: „Danke!"

Das gibt's doch nicht – die Stimme kenne ich doch! Das ist doch Rebecca, dic Schrcifrau! Ebcn habe ich noch in aller Ruhe diesen wunderbaren Pavillon mit seinen Wasserspielen und den liebevoll gepflanzten Bäumen und Sträuchern genossen, da höre ich dieses hysterische Kreischen und Toben und sehe, wie diese Frau vor einem älteren grauhaarigen Herren fast im Dreieck springt, mit den Armen in der Luft herum fuchtelt und ständig unter lautem Gezeter hin und her rennt. Dann geht sie plötzlich auf ihn zu und ich denke: Jetzt scheuert sie ihm eine, die sich gewaschen hat, jetzt wird sie handgreiflich. Aber nein, sie nimmt fest entschlossen seinen Kopf in beide Hände und drückt ihm einen riesen Schmatzer auf den Mund. Aber hallo! So kenne ich diese Zicke ja überhaupt nicht. Und er wohl auch nicht, so verdattert, wie er aussieht, als sie ihn dann sofort einfach stehen lässt und mit langen kräftigen Schritten aus dem Park stampft. Na das war ja mal wieder 'ne Vorstellung vom Feinsten. Diese Tante hat es ja faustdick hinter den Ohren. Tja, so sieht man sich wieder, wenn auch ungewollt und sehr einseitig. Aber besser so, in dieser Laune wäre ich ihr nicht so gerne wirklich begegnet, wer weiß, was sie ...

... da stimmt was nicht, der alte Mann, eben hat er noch wie angewurzelt da rumgestanden, jetzt taumelt er und – zack – sackt er in sich zusammen und liegt lang ausgestreckt auf dem Kiesweg. Verdammt! Das war wohl zu viel für ihn. Nichts wie hin, vielleicht ist es ja noch nicht zu spät. Ich zücke schon im Rennen mein Handy und drücke schnell den Notruf …

Ich will mir das Ganze noch mal bei Tageslicht ansehen. Es muss doch irgendeinen Weg geben, diesen blöden Tempel abzufackeln, ohne dabei ein zu großes Risiko einzugehen. Erst mal hab ich beim Inder ein Bierchen gezischt. Essen kann ich diesen Fraß da nicht, aber von den Tischen, die jetzt schon auf der Gasse stehen, hat man einen ganz guten Blick bis zum Parkeingang. Kann mir erst mal aus der Entfernung ein bisschen die Leute ansehen und was hier in der Gegend so los ist. Gehe dann rein in den Park und werde gleich im Eingang fast umgerannt von einer Frau, die wie eine Dampflock gerade aus dem Garten raus fegt, als sei der Teufel hinter ihr her. Bleibe stehen und rufe ihr nach: „Blöde Kuh, mach lieber mal halblang, ja?" Aber die hört und sieht nichts und ist nach einer halben Minute verschwunden. Leute gibt's. Ich dreh mich um und gehe ein paar Schritte hinein. Überall Blumenbeete, keine gescheiten Verstecke. Ganz hinten scheint so was wie ein Gewächshaus zu sein. Da könnte man vielleicht warten, bis es dunkel wird und sich irgendwie einschließen lassen. Aber das ist ja nicht das Problem. In den Park komme ich schon rein und auch wieder raus. Das Problem ist diese Mauer um den Japangarten. Ich war jetzt lange genug hinter Mauern eingesperrt, da will ich so schnell nicht wieder hin, erst recht nicht für so einen Pillepallekram. Gerade will ich mir die Mauer und die Eingangstore mal von nahem ansehen, da sehe ich, wie weiter hinten ein Mann am Boden liegt und ein Anderer sich gerade über ihn beugt. Gab's da 'ne

Schlägerei oder was? Dann kommt auch schon Tatütata, ist schon gleich da, immer lauter, jetzt kommen die Bullen und hier ist irgendwas passiert – das muss ich mir nicht geben, Leute! Nachher fragen die noch rum, wer was gesehen hat oder so. Und wenn die mich anhalten und mir scheiß Fragen stellen, dann wissen die auch in Nullkommanix, dass ich vom letzten Freigang nicht zurückgekommen bin und dann ade du schöne Freiheit. Neee, ohne mich, ihr Arschlöcher, ich mach mich fort, ab durch den Ausgang neben dem Gewächshaus und dann erst mal nichts wie weg. Scheiße! Ist echt nicht mein Tag heute. Und ist auch echt nicht mein Ort hier, irgendwie ist da was faul dran. Verdammt!

Ha, diesen Möchtegernrocker hab ich fast umgerannt, direkt im Ausgang vom Park. Macht sich da breit wie Oskar und brüllt mir noch Sachen hinterher. Aber ich bin stark wie schon lange nicht mehr. Stark und wütend. Und begeistert. Und völlig durch den Wind. Und diesen Wind, genau diesen Wind, den brauche ich, den nutze ich wie ein Surfer die perfekte Welle. Ich gehe zu Fuß, so weit ist es nicht bis zur Garage. Und ich kann jetzt eh nicht still in irgendeiner Bahn sitzen und langsam irgendwo hin rollen. Ich muss meinen Schwung halten. Laufe wie ein Roboter durch die Stadt, immer weiter, bis ich zu der Einfahrt komme. Ganz kurz bleibe ich stehen, um Luft zu holen. Ich keuche wie eine Dampflock. Aber es fühlt sich gut an. Ich habe Schleier vor den Augen und meine Beine zittern leicht. Aber das macht nichts, das gehört zu diesem Spiel dazu. Garage aufschließen, den Rucksack schnappen, um das Auto rumdrücken bis zu den Kartons, aufreißen, einen Sack herausziehen und im Rucksack verstauen, Streichhölzer aus dem kleinen Werkzeugschränkchen an der Wand holen und einstecken, Gartenhandschuhe einpacken. Garage wieder zu, Rucksack aufsetzen und weiter nach Hause. Haustür auf, Treppen rauf, Wohnungstür auf, Rucksack wieder absetzen. In die Küche, noch ein paar Brote schmieren und reinstopfen. Ein Glas Wasser auf ex. Ausziehen, duschen, umsteigen in meine alten Kletterklamotten, grau und unscheinbar und bequem. Die leichten Kletterschuhe anziehen und los. Treppe runter, immer zwei, drei Stufen auf einmal. Ich fühle mich jung und stark wie früher und zu allem bereit. Das ist mein Weg, mein Zaubermittel, mein ganz persönlicher Rettungsplan. Adrenalin durchströmt jede Faser meines Körpers. Ich nehme extra einen weiten Umweg, um noch etwas Zeit zu verschwenden bis es endlich tiefe Nacht ist. Ich brauche keinen Schlaf, nicht in einer solchen Nacht. Bin voller Euphorie und Zuversicht. Heute wird es wieder so weit sein. Heute hol ich mir wieder ein Stück meiner Farben zurück. Ich kann es nicht erklären und niemand würde es wohl überhaupt verstehen, ich selber ja auch nicht, Aber es ist einfach wie es ist. Wenn ich diese Kraft in mir spüre, weiß ich, dass die Tür ein kleines Stück offen ist, ein Spalt, durch den ich nur komme, wenn ich alle Energie dafür einsetze. Dann muss ich an den Ort, an dem diese Energie in mich gefahren ist. Und da muss ich meine Spur legen, mein Zeichen setzen, klar, deutlich, unwiderruflich. Das ist immer ein Ort, der irgendwie mit meinen schlimmsten Erinnerungen zu tun hat, an dem ich schon mal war, an dem etwas Schreckliches passiert ist oder der vielleicht auch nur daran erinnert, der so riecht, nach Holz und Garten, nach Falschheit und Lüge. Und dieses Gefühl, diese Erinnerung, diese Ohnmacht kann ich nur dort und nur in solchen Momenten besiegen. Ich werfe sie den Flammen zum Fraß vor, sie sterben den Opfertod und geben mir meinen Raum zurück, den Raum in mir, den sie vorher so grausam besetzt hielten und in dem so nicht mehr Platz war für alle schönen Seiten des Lebens und vor allem für meine Farben. Ich tausche Feuer gegen Farben. Das ist mein Angebot an das Leben und das Leben hat mein Angebot angenommen. Dieses Leben, das ich so oft verflucht und dessen Ende ich unzählige Male herbeigesehnt habe, dieses Leben hat mir endlich den Weg gezeigt, es wieder zurück zu erobern. Es hält jetzt zu mir, ist nicht länger mein Feind sondern mein Freund und nimmt mich bei der Hand und wir gehen zusammen. Endlich zusammen. Endlich den richtigen Weg.

„Der Arzt hat gesagt, Sie sollten wenigstens hier über Nacht bleiben, damit die sehen können, ob es Ihnen wirklich wieder gut geht. Ich war ja ganz erleichtert, als ich sah, wie Sie wieder wach waren und sprechen konnten. Als ich Sie habe umfallen sehen, bekam ich einen tüchtigen Schrecken und dachte schon, oh weh, mit dem ist's vorbei."

„Na zum Glück ist das nicht der Fall. Und mein besonderes Glück war wohl auch, dass Sie so schnell den Notarzt gerufen und mich sogar selbst noch reanimiert haben, bis die mich dann eingepackt und ins Krankenhaus gebracht haben. Ich bin Ihnen wirklich zu allergrößtem Dank verpflichtet, Herr Mauschner. Ohne Sie würde ich jetzt vielleicht schon mit den Englein singen. Wie kann ich mich dafür bloß jemals bei Ihnen bedanken oder revanchieren?"

„Ach Herr Mosbacher, das ist doch alles kein Problem. Erzählen Sie mir einfach was zum Dank. Ich bin doch Journalist und Autor und ich bin geradezu süchtig nach Geschichten, echten Geschichten, wissen Sie? Solche, die das Leben schreibt und die nicht einfach komplett ausgedacht sind. Ich bin sogar Ihnen dankbar für diese ganze

Aufregung, denn das macht es doch aus, das Leben, oder? Das ist wenigstens echt, das passiert wirklich, da kann ich ein Teil von sein, da bin ich auf einmal für diesen Moment der entscheidende Mensch, der Held, wenn Sie so wollen, aber darum geht es nicht, ich meine ein Held zu sein. Es geht mir einfach darum, dabei zu sein, mitten im Leben, etwas zu spüren, das wichtig ist, das mich bewegt und mit dem ich beim Schreiben dann auch andere bewegen kann. Das ist es."

„Sie wollen über mich schreiben?"

„Nein, natürlich nicht direkt über Sie. Ich schreibe über das Leben und über Menschen, wie sie wirklich sind, was ihnen passiert und so. Was dahinter steckt, was man meistens eben nicht so erkennt auf den ersten Blick. Ich hasse flache Geschichten, wissen Sie, wo alles absehbar ist und voller langweiliger Klischees. Ich liebe das Echte und ich suche es und versuche, es zu verstehen. Was war denn da los bei Ihnen zum Beispiel? Haben Sie sich gestritten mit dieser Frau? Darf ich Sie das fragen?"

„Ach, das könnte eine lange Geschichte werden, wissen Sie? Ich könnte Ihnen ... aber nein, ich will es kurz machen: diese Frau ist eine alte Freundin von mir und ja, wir haben uns gestritten."

„Und worum ging es bei dem Streit? Ich meine, sie ist da schon sehr laut geworden und dann, wenn ich es richtig gesehen habe, hat sie Sie trotzdem geküsst, bevor sie dann Hals über Kopf davon gerauscht ist."

„Tja, da ist Ihnen ja wirklich nichts entgangen. Ja, sie ist schon etwas reizbar. Es war einfach so ..., ich wollte noch in den Chinesischen Garten und sie eben nicht."

„Und deshalb so ein gewaltiger Ausflipp? Wegen so einer kleinen Meinungsverschiedenheit? Sie wollten rein und sie nicht?"

„Ja, so ähnlich. Ich sagte, das sei einer meiner Lieblingsplätze in Frankfurt und sie sagte, das sei einer der kitschigsten Plätze hier und das sei doch alles nur Kulisse und albern, und von ihr aus könnte man das alles anzünden oder einreißen und platt machen."

„Wie bitte?! Das hat sie gesagt?"

„Ja, und das fand ich eben unmöglich und geschmacklos von ihr, gerade weil doch erst vor kurzem genau so ein asiatischer Pavillon in einem anderen Park tatsächlich niedergebrannt ist. Das hab ich ihr dann auch gesagt und dabei ist sie eben so ausgeflippt. Aber sie kann mir doch nicht wirklich böse sein, also gab es gleich wieder einen Versöhnungsküsschen und dann musste sie auch ganz schnell zur Bahn und zu einer anderen Verabredung. Tja, das war's eigentlich schon mit der Geschichte. Nur hat mein Herz das Ganze wohl etwas zu dramatisch gesehen und sich erst mal kurz verabschiedet aus dem Dienst. Aber dann kamen ja Sie dazu und alles wurde wieder gut. So ein Glück aber auch."

„Tja, Glück muss man haben im Leben, so ist das eben. Aber danke für die Geschichte, jetzt kann ich mir das Ganze schon etwas besser vorstellen. Mann was für ein Tag, was? Den werden wir wohl alle nicht so schnell vergessen."

„Und ich vergesse Ihnen jedenfalls nie, dass sie mich gerettet haben. Danke!"

„Schon gut, schon gut, gerne geschehen, Herr Mosbacher. Das war doch selbstverständlich. Aber sagen Sie mir doch bitte noch eins: Glauben Sie, die hat das ernst gemeint, das mit dem Anzünden?"

„Wie meinen Sie?"

„Na ob sie so etwas wirklich tun würde. Ob sie das vielleicht vorhat?"

„Sie meinen, den Pavillon anzünden? Nein! Warum sollte sie so was tun?"

Es ist zum Kotzen. Ich warte nur noch darauf, dass mich Atze anruft und zum nächsten Tatort bestellt. Ich bin wie das Kaninchen vor der Schlange. Das weiß ganz genau, dass es gleich gefressen wird und kann doch nicht abhauen oder sich dagegen wehren, so völlig erstarrt ist es vor lauter Angst. Und ich habe Angst, eine scheiß Angst habe ich. Dabei ist das doch eigentlich gar nicht nötig. Was kann der Mann mit schon tun? Klar, er kann mir drohen, mich auffliegen zu lassen wegen der krummen Dinger, die wir früher zusammen durchgezogen haben. Aber dann wäre er doch auch selbst mit dran. Oder diese Sachen sind schon längst verjährt und kein Hahn würde mehr danach krähen. Ich weiß es nicht. Aber er hat ganz offensichtlich einen Plan, das hat er sicher auch selbst schon alles durchdacht und geplant und ich bin eben trotzdem eine Figur in seinem fiesen Spiel, das ich nicht wirklich durchschaue. Und eben damit spielt er. Er weiß, wie schwach ich bin. Er weiß, wie sehr mir immer die Angst in den Knochen steckt. Ich bin ein Weichei und er ist ein absoluter Killertyp. Eisenhart und kompromisslos. Wie mein Papa. Wie der alte Herr, vor dem ich auch immer gekuscht habe, der mich verprügelt hat bis ich grün und blau war, der immer gesagt hat, wo es lang geht, der keine Widerworte geduldet hat, der sich niemals dafür interessiert hat, wie es mir dabei ging. Bei diesen Gedanken kommt in mir eine solche Wut hoch, dass ich laut losheulen könnte. Oder endlich mal alles kurz und klein schlagen. Was ich noch nie gemacht habe. Noch nie. Und was ich mich auch wohl niemals trauen werde. Und es wäre ja auch so sinnlos. Sinnlose Zerstörung. Aber wenn ich meine Angst, endlich meine Angst damit zerstören könnte, dann, ja dann könnte es sich vielleicht doch lohnen. Mein Alter ist längst unter der Erde, den kann ich nicht mehr zur Rechenschaft ziehen. Aber dieser Atze, der so ist wie mein Vater war, der ist noch da. Und der versucht gerade, mir das Leben wieder zur Hölle zu machen. Den kann ich stoppen. Dem muss ich's zeigen. Ich muss ihm beweisen, dass ich keine Angst mehr vor ihm habe, dass ich nicht mehr feige bin und dass ich mich wehren kann gegen ihn. Dass ich jetzt den Ton angebe und nicht mehr länger er. Doch dafür reichen Worte nicht aus. Das versteht der gar nicht, da hört der gar nicht zu. Für den brauche ich was Stärkeres, etwas, das ihn umhaut, das ihn ärgert, dass ihn vor vollendete Tatsachen stellt. Und ich weiß auch schon was. Ich werde schneller sein als er. ICH werde diesen blöden Chinatempel anzünden und nicht er. Ich werde dieses Ding ganz alleine durchziehen, ohne ihn, ohne seine Führung und seine Befehle. Ich ganz allein werde ihm beweisen, dass ich das kann, genauso gut wie er oder sogar besser. Damit mache ich ihn platt, damit nehme ich ihm sein Ziel und seine Selbstbestätigung. Damit kann ich ihn blamieren und tief verletzen. Und dann werde ich ihm drohen, so wie er mir gedroht hat. Ich werde sagen, dass ich herausgefunden habe, wo er wohnt, dass ich ihm gefolgt bin und dass ich als Nächstes seine elende Bude abbrennen werde, am besten wenn er selbst gerade darin schläft, also mit ihm zusammen, wenn er mich nicht endgültig in Ruhe lässt. Dann kann ich ihm sagen, dass ich nie wieder etwas mit ihm zu tun haben will, dass ich ihn nicht brauche in meinem Leben, dass er sich verpissen soll aus meinem Leben oder ich fackele ihn ab, so wie ich den blöden Pavillon abgefackelt habe.

Endlich! Es ist drei Uhr in der Frühe, kein Mensch mehr auf den Straßen. Und ich bin da. Pünktlich zur Stelle. Mein Herz schlägt wie wild und meine Hände sind klatschnass. Also dann. Es kann los gehen! Ich bin bereit. Noch einen tiefen Atemzug und ich gehe mit festen Schritten in Richtung Haupteingang, der natürlich abgeschlossen ist. Einfach lächerlich. Wen glaubt ihr Leute denn mit so was aufzuhalten? Wenige Meter neben dem Tor stehen mehrere fest montierte Kästen, Elektroverteilung, Briefkasten oder so was. Drei Schritte Anlauf und ich bin oben, fasse den Zaun mit meinen dicken Lederhandschuhen und schwinge mich drüber. Keine fünf Sekunden dauert das – sogar mit Rucksack – und ich bin auf der anderen Seite. Keiner sieht mich. Außer den hohläugigen Spraymonstern, die sich an der gegenüberliegenden Hauswand tummeln. Weiter über die Kieswege, links unter den Bäumen durch. Hier ist es stockdunkel. Aber da vorne schimmert schon die Mauer um den Chinesischen Garten. Ich stehe vor dem Eingangstor, von dem mich zwei metallene Drachenköpfe finster anstarren. Rechts und links vom Tor führen zwei geschwungene Steinbögen nach oben – einladend wie eine elegante Treppe. Fast ohne jede Mühe klettere ich bis hinauf und greife nach den Ziegeln, die die Mauer nach oben abschirmen. Der erste ist locker und fällt sofort auf die andere Seite, wo er mit einem lauten Knacken zerbricht. Mist! Ich warte regungslos. Nichts zu hören. Niemand scheint es bemerkt zu haben. Ist ja auch keiner da. Also weiter. Die Lücke in den Ziegeln ist sogar jetzt ganz gut, ich kann mich richtig festhalten an der Kante, ziehe mich mit einem einzigen Schwung hoch und richte mich langsam auf bis ich auf dem schmalen Grat sicher stehe. Die beiden martialischen Drachenfiguren vor dem Eingang stehen immer noch regungslos da mit ihren Furcht erregenden Grimassen. Aber in mir erregen sie keine Furcht, keine Ehrfurcht, nur ein spöttisches Lächeln. Wer steht hier oben, ihr dummen Bronzemonster? Ihr oder ich? Na? Ich bin es. Ich stehe hier und ich bestimme jetzt und hier, wo es lang geht und was passiert. Ich strecke meinen Körper und fühle mich stark und schön. Auf der anderen Seite geht es genauso runter wie auf dieser Seite rauf. Und es geht auch genauso schnell. Alles ist still bis auf ein paar leise vorbeifahrende Autos auf dem Anlagenring hinter der Mauer am anderen Ende der Chinakulisse. Der Pavillon liegt da wie ein schlafender Misthaufen, die kleine überdachte Brücke und das kleine Tempelchen am anderen Ende wirken im Dunkeln wie zufällig aneinander gereihte Fundstücke aus einer anderen Zeit, die mit dem Jetzt und Hier überhaupt nichts zu tun hat. Es riecht nach Holz und vergammelten Blütenblättern und auch das Wasser verströmt eher dumpfe Nebel als plätscherndes Leben. Alles hier ist wie tot, nicht wie im Schlaf. Es ist falsch, falsch an diesem Ort, in dieser Stadt, in diesem Leben. Ich hasse diese Falschheit. Und ich will endlich das wahre, das echte Leben. Und so führen mich die weiteren Schritte trotz der tiefen Dunkelheit zielsicher mitten ins Herz dieser verkorksten Anlage, wo ich den kleinen Beutel aus meinem Rucksack hole, öffne, und den Inhalt gleichmäßig auf dem Boden, den Geländern und Absätzen verteile. Ja, nur die Ruhe, ihr blöden Schnitzereien, jede von euch bekommt was davon ab, keine soll hier zu kurz kommen. Der Beutel ist leer, ich knülle ihn zusammen und verstaue ihn wieder im Rucksack, setze ihn wieder auf und zücke die Streichholzschachtel. Es sind ungefähr zehn Meter bis zur rückwärtigen Mauer und noch mal drei Meter nach rechts bis zu einer Lücke zwischen den Gewächsen, die den Weg auf die Mauer freihält. Davor ist Platz für einen kurzen Anlauf, es wird ein Sprung genügen, um das obere Ende zu fassen, einen kurzen, energischen Klimmzug um raufzukommen und einen Zwei-Meter-Sprung bis auf den Gehweg am Anlagenring. Kein Problem für mich. Alles in allem etwa zwanzig Sekunden, dann bin ich hier raus. Alles ruhig. Selbst in meinem Inneren ist es jetzt mucksmäuschenstill wie im Auge eines Hurricanes. Ein kurzes Glimmen, ein Flämmchen, zwei Schritte zurück, ein Schnips, das Flämmchen fliegt, zittert, fällt leise zu Boden und brüllend erhebt sich das wilde Fauchen des Feuerdrachens. Ich fliege förmlich aus dem Garten, brauche vermutlich noch weniger Zeit als berechnet, lande locker auf dem Gehweg, kein Auto in Sicht, renne schnell über die Straße, durch die Grünanlage und bin schon zwischen den Häusern jenseits verschwunden, als sich die gelb lodernde Flammenwand bis über die Kante der Gartenmauer nach oben schraubt und das laute Knacken der trockenen Holzbalken einen neuen, fremdartigen Klang in das müde nächtliche Großstadtrauschen bringt. Die Sirenen höre ich schon nicht mehr, ich bin längst weit weit weg, ich fliege leichtfüßig durch die Straßen der Innenstadt, vorbei an den hell erleuchteten Schaufenstern und schwimme mit brennenden Augen durch ein Meer von Farben der Glückseligkeit. Jetzt sind es nicht nur die starken und lauten Rot-Gelb-Blau-und-Grüntöne, die meine Augen wie einsame Inseln erreichen, sondern sie verbinden sich, sie bilden Brücken aus farbigem Licht, sie streicheln sich mit zarten Übergängen und mischen sich zu feinen Harmonien. Es ist, als ob ich diese neuen Feinheiten nicht nur sehen, sondern ebenso hören und spüren könnte. Mein ganzes Sein ist erfüllt von diesem großartigen Geschenk, das ich mir selber gemacht habe. Mir und meinem Leben. Das Glück hält sein Versprechen. Es hält jetzt zu mir. Endlich zu mir.

Ich werde verrückt. Es ist nicht wahr. Das ist doch jetzt echt nicht wahr. Da stehe ich wie ein Vollidiot mit einem randvollen Fünfliterkanister Benzin in der Hand auf der Bergerstraße. Wie ein Idiot. Wie ein kotzdämlicher wahnsinniger Idiot. Gerade wollte ich endlich mal den Ton angeben, Geschichte schreiben, mich nicht immer und immer wieder dem Befehl eines Anderen unterordnen. Ich wollte es diesem Atze zeigen, ein für alle Mal. Und meinem alten toten Vater vermutlich auch. Geschenkt. Das Ding brennt von ganz alleine. Dieser blöde Pavillon steht in hellen Flammen, umgeben von einem Meer von zuckenden Blaulichtern und einem Haufen durcheinanderwuselnder Feuerwehrleute und Polizisten. Ich muss so in Trance bis hier hergelaufen sein, dass ich überhaupt nichts davon mitgekriegt habe, bis ich schon fast der Polizei in die Arme gelaufen bin. Ich stelle den Kanister einfach auf dem Boden ab, genau da wo ich gerade stehe. Ich kann nicht mehr klar denken. Atze hatte doch gesagt, er wollte mich unbedingt dabeihaben, wenn er das Ding abfackelt. Und warum jetzt das? Warum auf einmal ohne mich? Bin ich jetzt nicht mal zum Schmiere stehen gut genug? Will er mich noch weiter demütigen? Was soll das? Langsam bewege ich mich auf die gespenstische Szenerie zu, drängele mich durch die erstaunlich vielen Leute, die um diese nachtschlafende Zeit auf der Straße runtergekommen sind und fassungslos auf die Feuersbrunst schauen, soweit sie die Uniformierten ranlassen. Ich komme bis an den Zaun vom Park, fasse mit beiden Händen das kalte Metall des Zaunes und starre in den hellen Funkenregen. Da spricht mich ein Polizist von hinten an, so dass ich zuerst vor Schreck zusammenzucke.

„Guten Abend, Sie befinden sich hier an einem polizeilichen Ermittlungsort. Würden Sie bitte zurücktreten? Hier herüber bitte. Sie sehen, was passiert ist? Wir führen hier als Sofortmaßnahme eine Zeugenbefragung der unmittelbar Beteiligten durch. Haben Sie irgendwelche Beobachtungen zu dem Geschehen gemacht? Können Sie uns Hinweise geben? Ist Ihnen etwas aufgefallen?“

„Ich ... ich habe keine Ahnung. Ich bin auch kein unmittelbar Beteiligter.“

„Das sind Sie schon allein, weil Sie hier stehen, mein Herr. Wie lange sind Sie schon hier? Haben Sie gesehen, wie das Feuer begann? Haben Sie jemanden gesehen, etwas gehört oder beobachtet?“

„Nein, nein, ich bin erst ganz kurz hier, da war schon die Feuerwehr und die Polizei vor Ort, den Anfang hab ich überhaupt nicht mit bekommen. Ich kam hier nur ganz zufällig vorbei ...“

„Ganz zufällig, morgens um halb vier? Wohnen Sie hier? Arbeiten Sie hier?“

„Was wird das jetzt, ein Verhör oder was? Was wollen Sie hören von mir? Ich hab damit nichts zu tun, ich habe diesen blöden Pavillon nicht angesteckt wenn Sie das meinen. Ich nicht.“

„Das hat auch niemand behauptet. Ich führe hier lediglich eine Zeugenermittlung durch. Und Zeuge sind Sie ja schon, weil Sie hier sind. Können Sie sich ausweisen, bitte?“

„Ausweisen? Ich soll mich ausweisen? Bin ich jetzt doch verdächtig oder was? Ich sage Ihnen doch, ich habe den Pavillon nicht angesteckt, ich nicht!“

„Sie nicht? Und wer dann?“

„Ich habe ... ich wollte sagen ... meine Güte ich ...“

„Würden Sie mich bitte dort drüben zu dem Einsatzwagen begleiten?“

„Ich bin ... Scheiße, ich bin doch nur ... ich wollte doch nur ...“

„Bitte hier entlang. Kommen Sie bitte ... Zentrale – bitte zwei Kollegen zu Wagen 4, zwei Kollegen zu Wagen 4 zwecks Vernehmung einer verdächtigen Person, Ende.“

„Scheiße, Scheiße, Scheiße verdammt ...“

„Kommen Sie, setzen Sie sich bitte dort auf die Rückbank. Ihre Personalien bitte und Ihren Ausweis. Ich bin Hauptkommissar Clemens, das sind meine Kollegen Klöppel und Solzer. Sie haben das Recht ...“

„Ich weiß, ich weiß, ich habe genug Krimis gesehen, Sie können sich den Rest sparen. Ich sage Ihnen, was Sie wissen wollen. Ich sage Ihnen alles, was ich weiß, wenn Sie mich in ein Zeugenschutzprogramm aufnehmen.“

„Bitte was?“

„Ein Zeugenschutzprogramm. Ich kann Ihnen sagen, wer das Ding da angesteckt hat, aber ich brauche Schutz. Ich kenne den Täter aber er kennt auch mich und wenn Sie ... also falls Sie ihn fassen und eventuell wieder laufen lassen müssen, wegen der Beweise oder so ... dann bringt der mich um, dann weiß der genau, wer ihn verpfiffen hat, verstehen Sie?“

„Dann mal schleunigst raus mit der Sprache, je schneller desto besser. Vielleicht haben wir dann eine Chance, noch Beweise zu sichern, Spuren an Kleidung und Händen oder Ähnliches. Über Ihren Schutz machen Sie sich mal keine Sorgen, darum kümmern wir uns schon. Also?“

„Der Mann heißt Atze, Atze Schulz. Oder Achim. Weiß nicht so genau. Ist etwa so alt wie ich, groß, kräftig gebaut, grau melierte, ungepflegte Haare, trägt meistens Jeans und Turnschuhe und solche ausgewaschenen T-Shirts. Ich kenne den aus meiner Jugend, da haben wir ...“

„Jetzt bitte nicht in Einzelheiten verlieren. Woher glauben Sie zu wissen, dass er der Brandstifter ist?“

„Er hat es mir gesagt.“

„Er hat es Ihnen vorhergesagt?! Sie wussten also, dass er das tun würde? Was genau hat er Ihnen gesagt und wann?“

„Schon vor ein paar Wochen hat er mir gesagt, dass er diesen anderen Tempel in dem anderen Park abgefackelt hätte. Weil er die Schlitzaugen nicht leiden kann. Und dann hat er gesagt, dass er als Nächstes diesen Pavillon hier im Park anzünden wollte, um es den Chinesen so richtig zu zeigen."

„Sind Sie ganz sicher? Das können Sie ganz sicher bezeugen, auch unter Eid?"

„Ja das kann ich definitiv, das mache ich auch. Auf jeden Fall."

„Gut. Haben Sie seine Adresse?"

„Nein, die habe ich nicht, tut mir leid. So dicke sind wir nicht miteinander. Aber seine Mobilnummer habe ich ... Moment ... gleich ... hier, das ist seine Nummer, von dieser Nummer ruft er mich an."

„Kollegen – sofortige Personenfahndung an alle rausschicken. Ringfahndung für den ganzen Stadtbereich. Weit kann der noch nicht sein. Handyortung veranlassen. Machen Sie schnell. Und Sie bleiben hier. Zunächst danke für Ihre Hinweise. Aber auch die Frage: Wenn Sie wussten, was dieser Mann vorhatte, warum sind Sie dann hier? Warum haben Sie keine Anzeige erstattet, um das zu verhindern?"

„Ich wusste doch nicht, ob er das wirklich macht, ich meine ob er das ernst meint und so. Ich kenne ihn doch, der macht auch mal bloß große Sprüche und dann ist doch nichts dahinter. Der hat früher immer ... also ganz früher ... da waren wir noch Jugendliche, da haben wir, also da hat er öfter mal was angesteckt, Holzstapel und Jägerhochstände und so. Auch mal einen Schuppen ... er war der Anführer, es hat immer gesagt, was die anderen machen sollten, und ich musste jedes Mal Schmiere stehen, aufpassen, dass wir nicht erwischt wurden. Ich habe nie mitgezündelt, immer nur Schmiere gestanden. Und vor ein paar Wochen, da hat er ..."

„Moment. Kollege? Ja ... ja ... ja ... ihr habt ihn? So schnell? Was? Ach, ihr habt ihn schon in der Fahndung?!

... verstehe ... Verstehe. Und das ... wie bitte? ... na das ist ja ... ok ... ja ... ja. Danke, das reicht mir erst mal. Ende. Also Herr Bernd Brettschneider, die Kollegen haben mir gerade folgendes durchgegeben. Ihr Bekannter ist bei uns bereits in der Fahndung wegen eines unerlaubt verlängerten Freigangs, das heißt auf Deutsch, er ist für einen Tag aus dem Knast gekommen für einen angeblichen Arztbesuch und ist nicht wieder in die Haftanstalt zurückgekehrt und seitdem zur Fahndung ausgeschrieben."

„Ja, das kann ja sein, aber ..."

„Warten Sie, ich bin noch nicht fertig. Außerdem haben wir über eine Gesichtserkennungssoftware eben gerade herausgefunden, dass dieser Mann an einer Ampelkreuzung geblitzt worden ist. In einem kurz zuvor gestohlenen PKW. Er konnte anhand des Blitzerfotos einwandfrei identifiziert werden. Und da er ohnehin auf der Fahndungsliste steht, wurde uns diese Information sofort zugestellt."

„Na bitte, da haben Sie's. Jetzt hat er auch noch einen Fluchtwagen geklaut und versucht, sich aus dem Staub zu machen nach seiner Brandstiftung."

„Er hat wohl definitiv den Wagen gestohlen und eine rote Ampel missachtet an einer Straßenkreuzung in der Innenstadt von Fulda."

„So schnell ist der bis nach Fulda ...?"

„Das schafft man nicht mal mit einem Ferrari. Und dieses Fahrzeug ist ein Golf. Ihr Bekannter ist sicherlich ein ziemlich schräger Vogel, aber diesen Pavillon hat er mit Sicherheit nicht angezündet. Dafür hat er sogar ein behördlich dokumentiertes Alibi."

„Was? Er hat nicht? Aber ... das versteh ich jetzt nicht ... der Pavillon brennt doch ... wer, wer soll ihn denn dann ..."

„Sie Herr Brettschneider wussten jedenfalls ganz offensichtlich, dass der Pavillon heute Nacht brennen würde.

Und das tut er auch gerade. Bedauerlicherweise. Sie haben zwar versucht, die Schuld auf Ihren Bekannten abzuwälzen, der aber, wie wir nun sicher wissen, jetzt, zur Zeit des Brandes viel zu weit entfernt ist und deshalb auf keinen Fall der Brandstifter sein kann. Sie haben außerdem behauptet, derselbe Mann, den Sie schon einer Brandstiftung fälschlich bezichtigt haben, sei auch für eine weitere Brandstiftung, nämlich den Pavillon im Grüneburgpark vor genau einem Monat verantwortlich. Wollen Sie mir dazu noch etwas sagen, Herr Brettschneider? Haben Sie ... Moment ..., Kollege? ... ja ... ja ... na, das ist ja wohl ein Volltreffer. Danke. Ende. Herr Brettschneider, wir haben soeben einen vollen Kanister mit Benzin hier ganz in der Nähe gefunden. Wir werden ihn auf Spuren untersuchen und diese mit Ihren Fingerabdrücken vergleichen. Ich weiß nicht, was Sie damit noch vorhatten, aber ich denke, wir können froh sein, dass es nicht noch zu weiteren Taten gekommen ist. Haben Sie mir jetzt noch etwas zu sagen?

„Ja, natürlich hab ich etwas zu sagen, nämlich dass das alles ein riesengroßes Missverständnis ist, dass ich diesen Pavillon eben nicht angezündet habe, auch wenn das alles jetzt verdammt danach aussieht."

„Das können Sie ihrer Großmutter oder gerne auch dem Haftrichter erzählen. Herr Brettschneider, ich verhafte Sie hiermit wegen des Verdachts der schweren vorsätzlichen Brandstiftung in mindestens einem, eventuell auch mehreren Fällen."

Hier ist doch irgendwas faul. Irgendwas stimmt hier nicht. So ganz blicke ich noch nicht durch, aber in meinem Hirn beginnt sich so etwas wie ein roter Faden zu spinnen und ich weiß selbst noch nicht, wo der mich eventuell hinführen wird. Fakt ist: Es ist noch ein weiterer Asien-Pavillon abgebrannt, diesmal der Wasser-Pavillon im Chinesischen Garten. Es ist ein Jammer! Das Ding steht zwar noch, sieht aber übel aus und ist wahrscheinlich nicht mehr zu retten. Und dieses Mal war's wieder exakt 3:30 Uhr in der Nacht, als die Feuerwehr alarmiert wurde und es war dazu noch genau einen Monat nach dem Brandanschlag auf den ersten Pavillon. Das ist ja wohl ein klares Zeichen. Da ist jemand ganz gezielt am Werk, der auch will, dass man das Ganze sehr genau mitbekommt. Das ist kein Zufall, das ist Präzision. Eiskalte Berechnung. Aber warum? Geht es dabei gegen Asiaten ganz allgemein? Oder einfach gegen schöne Bauwerke in Parks? Es gibt keine Bekennerschreiben, laut Polizei nicht einmal Hinweise auf Brandbeschleuniger also auch keine zwingende Folgerung, dass es hierbei um Brandstiftungen geht. Aber davon gehe ich aus, das können keine Zufälle sein, niemals. Aber jetzt wird's verwirrend: Bernd hatte mir vor kurzem von seinen früheren bandenmäßigen Brandstiftungen erzählt und ich hatte mich schon da gefragt, warum. Außerdem kam er mit dieser merkwürdigen Geschichte seines ehemaligen Bandenchefs Atze, der jetzt plötzlich wieder aufgetaucht sei und ihn erpresse, wieder wie in alten Zeiten zusammen ein paar Dinger durchzuziehen. Was irgendwie keinen Sinn macht für mich. Dann meinte er, dieser Atze hätte gesagt, er hätte den ersten Pavillon angezündet und würde demnächst auch einen weiteren abfackeln, dann mit Bernds Hilfe. Mein Vorschlag war, ihn irgendwie daran zu hindern und so dafür zu sorgen, dass Bernd in Zukunft seine Ruhe vor ihm hätte. Aber dann ruft mich Bernd kurz nach dem zweiten Brand an und bittet mich um ein Gespräch. In der JVA! Man hat ihn verhaftet, anscheinend war er bei dem Brand in der Nähe. Ich bin fassungslos, fahre aber natürlich hin. Und er erzählt mir, vollkommen durcheinander, dass er erwischt worden sei mit einem randvollen Kanister Benzin, mit dem er tatsächlich den Pavillon hatte anstecken wollen. Wegen völlig verdrehter Fantasien, Rache an Atze oder an seinem Vater oder so, ich hab's nicht ganz verstanden. Aber er war's nicht, schwört er mir. Und schließlich war ja der Kanister auch noch voll, als sie ihn erwischten. Macht alles keinen Sinn. Atze kann's aber auch nicht gewesen sein, erzählt er mir, der hätte in der Zwischenzeit ein Auto geklaut und sich in Fulda genau zur Tatzeit beim Überfahren einer roten Ampel fotografieren lassen. Toll! Das perfekte Alibi. Und bei Bernd ebenfalls – mit einem vollen Kanister kann man ja wohl schlecht gerade etwas angezündet haben. Zumal die Schnüffelhunde der Ermittler ja auch wieder keine Spuren von Brandbeschleunigern erschnuppert haben sollen. Ja was denn jetzt? Das passt doch alles nicht. Was aber auch nicht passt und mir irgendwie komisch vorkommt ist diese zufällige Beobachtung in genau dem Park ein paar Tage vorher, wie diese merkwürdige Schreifrau Rebecca plötzlich ausgerechnet da wieder auftaucht und sich mit ihrem alten Bekannten eine filmreife Szene liefert, die den armen Mann fast das Leben gekostet hätte. Wieso da? Warum genau kurz vor dem Brand? Vielleicht war ich ja bisher auf einer ganz falschen Spur. Aber warum sollte denn diese Rebecca so etwas tun? Ich habe nicht die leiseste Ahnung. Und die Polizei wohl auch nicht. Aber immerhin, ich konnte den alten Herrn Mosbacher bei unserem Gespräch im Krankenhaus noch um ihre Nummer bitten. Eigentlich um ihr zu sagen, dass er wohlauf sei. Er fühlte sich zu schwach dazu. Aber vielleicht ist das ja auch noch für was anderes gut.

„Hallo?"

„Hallo Rebecca. Ich bin's – Erik. Der Journalist. Oder der Macho, wie du immer gerne sagst."

„Erik der Rote. Jaja, ich weiß schon. Wieso hast du meine Nummer?"

„Ich hab dir doch gesagt, ich bin investigativer Journalist, da kriegt man alles raus. Nein Quatsch, ich habe deine Nummer von dem alten Herrn Mosbacher."

„Richard? Ihr kennt euch? Das ist ja 'n Ding. Aber der darf die dir doch gar nicht weitergeben, das ist Arztgeheimnis."

„Stimmt schon eigentlich. Aber er hat sie mir ja nicht als Arzt gegeben, sondern als Freund. Also als dein Freund ..."

„Richard ist nicht mein Freund, ich habe überhaupt keinen Freund. Und was geht dich das überhaupt an?"

„Gar nichts, gar nichts. Außer mir sind andere Menschen nicht egal, dann geht es mich schon was an."

“Was soll denn das heißen? Wieso bin ich dir nicht egal?"

„Es geht hier ausnahmsweise mal nicht um dich, Rebecca, sondern um ihn oder vielmehr um euch. Ich rufe ja quasi in seinem Auftrag an, weil ich dir etwas mitteilen soll."

„Ach, bist du jetzt auch noch investigativer Botschaften-Überbringer?"

„Ja, irgendwie tatsächlich so was in der Art. Richard, also Herr Mosbacher lässt dir ausrichten, es gehe ihm wieder den Umständen entsprechend gut und du sollst dir um ihn bitte keine Gedanken machen."

„Umstände? Was denn für Umstände? Und worüber soll ich mir keine Gedanken machen? Rede doch nicht so in Rätseln, Mann."

„Gut, also pass auf. Ich habe euch ganz zufällig beobachtet, als ihr neulich da durch den Bethmannpark spaziert seid ..."

„Moment mal! Du schnüffelst mir nach?! Du spionierst mich aus?! Was soll das?!"

„Ich spioniere gar nicht, es war purer Zufall, sag ich doch. Aber ich habe eben eure merkwürdige Szene dort mitgekriegt, wie du da ausgeflippt bist und rumgeschrien hast und ihn dann plötzlich geküsst hast und aus dem Park gestürmt bist."

„Ja und weiter?"

„Eben, das Ganze ging nämlich noch weiter. Kurz nachdem du den Park verlassen hattest, sah ich, wie der arme Herr Mosbacher zusammenbrach und lang auf den Weg hinschlug."

„Ach du Scheiße!"

„So ist es. Er lag also da am Boden und ich bin zu ihm hin, hab den Notarzt gerufen und ihn solange reanimiert, bis die Fachleute kamen und ihn einpackten. Später hab ich ihn dann im Krankenhaus besucht, da war er wieder wach, konnte auch schon wieder sprechen, wenn auch noch ziemlich schwach. Es war wohl nur ein leichter Herzinfarkt oder so was. Jedenfalls bat er mich, dich doch bitte anzurufen und dir zu sagen, dass es ihm wieder gut geht. Und darum hat er mir deine Nummer gegeben. Alles klar?"

„Ja das ... das tut mir echt leid, das hab ich gar nicht mit bekommen, dass er da umgefallen ist. Mannomann. So 'ne Scheiße aber auch. Ich hätte nicht gedacht, dass das den so umhaut mit dem Kuss."

„Ach vielleicht war's ja gar nicht der Kuss, der ihn so umgehauen hat, sondern vielmehr das, was du vorher zu ihm gesagt hast."

„Was hab ich vorher zu ihm gesagt? Was hat er dir erzählt? Was hast du gehört?"

„Ich habe gehört, du hast gesagt, du wolltest nicht in den Chinesischen Garten, weil das alles so unecht sei und man sollte von dir aus den ganzen Kram abfackeln und einreißen."

„Wa ...“

„Tja. Und das am Tag bevor dann ganz zufällig dieser schöne Pavillon tatsächlich in Flammen aufgeht und wahrscheinlich abgerissen werden muss.“

„Ich ... also das ist ... das hat überhaupt nichts ...“

„Überhaupt nichts zu bedeuten, na klar. Alles purer Zufall, ja? Und dass dieses Ding genau, auf den Tag genau einen Monat nach dem letzten Brandanschlag im Grüneburgpark brennt, das ist wohl auch nur purer Zufall, oder? Und dass alle beide genau zur selben Zeit angezündet wurden, alles Zufall, ja? Auch dass es beides asiatische Einrichtungen waren und beide aus Holz waren und beide in schönen Parks lagen, alles zufällig, hm? Warst du vielleicht ganz zufällig auch vor einem Monat dort im Grüneburgpark, so etwa nachts um drei Uhr? Und hat dich da unter Umständen auch so ein Gefühl gekitzelt, so ein Hassgefühl gegen alles Asiatische? Hat dich vielleicht mal einer sitzen gelassen, irgend so ein Chinese oder so? Ist es das? Ist es das? Oder was ist es? Was?!?“

„...“

„Rebecca? Hallo? ... Ok, das war’s dann wohl. Na warte du, dich krieg ich noch, wart’s ab. Du spielst mir nicht noch länger den Feuerteufel. Du nicht!“

„Alles ist gut, mein Schätzchen. Du musst keine Angst haben. Alles ist gut. Ich bin ja bei dir. Hab keine Angst ...“

Ich hab aber Angst, verdammt noch mal! Eine scheiß Angst hab ich! Und du bist eben nicht bei mir, Papa! Fantasiepapa! Scheiß Fantasie! Das hilft mir doch auch nicht. Das fühlt sich mal ganz gut an, wenn ich mir vorstelle, er wäre noch da, würde auf mich aufpassen, auf sein kleines süßes Mädchen. Aber ... er ist nicht da. Niemand ist da.

Niemand. Ich bin allein. Das war ich die meiste Zeit meines Lebens. Und da war es auch ok für mich. Besser alleine als zu nahe mit jemandem, dem man nicht vertrauen kann. Ich möchte so gerne jemandem vertrauen.

„Aber du hast doch mich, mein Schätzchen. Ich bin doch immer für dich da, wenn du …“

Aaaaaaaaah!!!! Geh weg! Geh weg aus meinem Leben! Du bist nicht hier. Du warst niemals hier und du wirst niemals kommen, um mir zu helfen. Du bist nicht echt! Ich will dich nicht mehr hören, nie wieder will ich dich hören. Lass mich in Ruhe! Lass mich endlich in Ruhe, sonst komme ich hier nie zurecht …

„Ok, meine Liebe, in Ordnung. Ich bin kein Trost für dich. Ich kann dich nicht wirklich in den Arm nehmen. Das stimmt. Und das tut mir sehr leid, glaube mir. Aber so ist es nun mal. Alles, was ich dir geben kann ist ein Gegenüber. Nimm mich einfach als Gegenüber, egal, ob es mich wirklich gibt oder nicht. Egal ob ich dein Papa bin oder etwas anderes. Denke mich. Erschaffe mich als dein Gegenüber. Ich kann dir vielleicht nicht helfen, ich kann nichts direkt für dich tun. Aber ich kann dir dabei helfen, dir selbst zu helfen. Ok? Versuchen wir's. Also, beantworte mir einfach ein paar Fragen: Was willst du am meisten?“

Puh! Ich will … ich will meine Farben zurück. Alle Farben dieser Welt. Sie gehören zu mir, zu meinem Leben wie zu jedem anderen auch.

„Gut. Das ist dein gutes Recht. Aber nun hast du Angst. Wovor genau?“

Ich habe Angst, dass ich diesen Weg nicht zu Ende gehen kann. Ich habe entdeckt, dass ich mich selbst heilen kann, dass ich mir meine Farben zurückholen kann. Immer wenn ich es spüre, diese totale innere Erregung, dann schaffe ich es, sie zu nutzen, sie zu verwandeln in eine Kraft, wie ich sie sonst nie habe. Dann kann ich Dinge tun, die mir sonst unmöglich sind. Und wenn ich das tue, dann wachse ich über mich selbst hinaus. Wenn dann alles zusammenkommt, die Kraft, die Erregung, die Angst, der Mut, die Wut und dann noch das Rauschen der Natur, ein Park ein großer Garten, der Geruch von Holz, ein Haus aus Holz, das Gefühl von feinen Splittern auf der Hand, dann muss ich alles das zusammen nehmen, dann muss ich alles zusammen in ein großes Feuer vereinen, alles zusammen bringen und verbrennen. Und wenn dann endlich die grell hellen Flammen lodern, dann sind meine Farben wieder da, dann ist es, als ob der graue Schleier, der meine Augen oder meine Seele verdüstert hat, Löcher bekommt, durch die die wirklichen Farben hindurch strahlen. Aber ich weiß, dass dieser Schleier sich wieder schließen kann, dass er wachsen und die Löcher wieder zuwuchern kann, bis ich wieder in einem Meer von Grautönen versinke. Und das darf nie wieder geschehen! Ich muss es zu Ende bringen. Ich muss diesen Schleier ganz und gar von mir reißen, aus mir herausbrennen, bis ich nicht mehr nur durch einzelne Löcher blicke, sondern bis ich endlich wieder eine vollkommen freie Sicht habe, auf alles, auf die Farben, auf die Dinge, wie sie wirklich sind und vielleicht auch irgendwann auf die Menschen, wie sie wirklich sind. Und ich bin noch nicht fertig. Es reicht noch nicht. Und jetzt kommt mir dieser Schnüffler, dieser verdammte Erik in die Quere. Und ich fürchte, er weiß, was ich getan habe, er ist mir sowas von auf der Spur und ich weiß nicht, wie ich ihm entkommen soll, wie ich meine Sache zu Ende bringen soll.

„Also er ist dir auf der Spur. Er hat keine Beweise, aber er hat Hinweise. Und du denkst, er könnte dich stoppen bevor du fertig bist und alles wäre dann umsonst gewesen. Du denkst er verfolgt dich, ist es so?“

So ist es. Er verfolgt mich. Es ist dasselbe Gefühl wie damals, als Halbwüchsige, als mich dieser widerliche Onkel Robert zum letzten Mal vergewaltigt hatte. Damals bin ich abgehauen, habe alles hinter mir gelassen. Eine ganze Weile hab ich auf der Straße gelebt, hab mich zwischen Junkies und Saufköppen versteckt, habe gebettelt und geschnorrt und auch geklaut, um über die Runden zu kommen. Ich bin nicht mehr in die Schule, nicht mehr nach Hause gegangen. Wochenlang hab ich mich versteckt, damit mich niemand findet. Und mich hat auch niemand gefunden. Aber dann hab ich es nicht mehr ausgehalten und bin eines Tages zu meiner Tante nach Jügesheim gefahren. Die wusste natürlich, dass ich vermisst wurde, aber sie hat mich bei sich aufgenommen. Es war wohl ein ziemliches Hin und Her, von dem ich kaum etwas mitgekriegt habe damals, so vollkommen fertig war ich. Aber immerhin, irgendwie hat sie es geschafft, mich bei sich zu behalten und sogar das Sorgerecht für mich zu bekommen. Sie hat mich langsam wiederaufgebaut, hat mir ein Dach und genug zu Essen gegeben, hat mich wieder in eine neue Schule geschickt und mich ganz vorsichtig wieder ins Leben zurückgeleitet, so gut sie konnte. Sonst wäre ich längst nicht mehr da. Sie konnte nicht alle Wunden heilen, bei weitem nicht. Aber sie war immer für mich da, obwohl ich auch ihr gegenüber immer sehr verschlossen blieb. Aber sie ließ mich in Ruhe all die Jahre. Ich hatte immer ein Zimmer bei ihr, auch als ich längst erwachsen geworden und viel beruflich unterwegs war. Und seit ihrem Tod habe ich dort ein ganzes Haus für mich allein, in dem ich ab und zu wohne, wenn mich die große Stadt wieder zu viele Nerven kostet. Dann fahre ich hinaus und genieße die Stille, nehme meine Fahrrad zum See und lege mich nackt in die Sonne in den Sand und verschmelze in der Hitze mit allem, was mich umgibt. Dann löse ich mich auf, dann kann ich für eine Weile alles vergessen und nur noch sein, ganz in diesem Moment einfach nur da sein. Und dann aufstehen, meine langen einsamen Runden schwimmen, auch wenn es rundrum tobt und kreischt. Ich höre das nicht, ich sehe das nicht, ich schwimme meine Runden, lasse mich treiben auf dem Rücken, wenn winzig kleine Bewegungen ausreichen, um mich über Wasser zu halten, drehe mich wieder, tauche etwas in die eiskalte Tiefe, schwimme mit dem Gesicht zur Sonne zurück nach oben, gehe die letzten Schritte durch den flachen Teil des Strandes zurück, den heißen Hang ein Stück hinauf bis zu meinem Lieblingsplatz, lege mich hin und genieße die warme Schwere meines Körpers, das langsame Trocknen meiner Haut, das leise Aufstellen meiner Härchen, wenn der kühle Abendwind sacht vom Wasser herüber weht. Dann ist es schön, das Leben. Aber nur, solange ich die Augen geschlossen habe und nicht sehe, dass die grauen Schleier noch immer meinen Blick verfinstern. Selten treffe ich dort jemanden. Die Leute, die ich kenne, sie kennen mich nicht, auch wenn sie das denken. Sie nennen sich Freunde und Bekannte und die meisten kennen mich schon lange, seit ich dort aufgewachsen bin. Aber sie wissen nichts über mich und ich gebe ihnen nicht mehr zu wissen, als nötig ist für ein bisschen Normalität. Es ist dieses soziale Spiel, das alle spielen. Und ich spiele eben mit, auch wenn ich die Regeln niemals wirklich verstanden habe. Doch ich will nicht auffallen. Ich will hier, an diesem Ort, nicht meine ganzen tief versteckten Schrecken auspacken und zur Schau stellen. Das geht hier niemanden was an. Das soll hier niemand wissen. Und hier liege ich nun wieder und bin ganz ruhig. Papa hat mir geholfen dabei. Natürlich weiß ich, dass ich selbst mir geholfen habe. Aber es geht besser, wenn es in einer dritten Person geschieht, wenn ich mich in meinen Selbstgesprächen nicht mit meinem inneren Ich, sondern mit einem anderen, einem Gegenüber unterhalten kann. Das gibt mir Kraft, das gibt mir Struktur. Ich setze mich auf und blicke über den See.

Blinzele mit den Augen. Es ist so ruhig in mir. Draußen ein quirliges Durcheinander von Stimmen und Geräuschen, Kinderstimmen, wie in einer Schule. Wie in der Turnhalle beim Sportunterricht. Und da passiert es.

Die glatte Oberfläche des Sees gerät plötzlich in Bewegung am anderen Ende des Ufers. Und zwischen den Wellen wölbt sich etwas nach oben, etwas Großes, Riesiges, Schwarzes, Glänzendes. Es ist ein Wal, wunderschön und erhaben. Er schraubt sich aus dem Wasser, er macht langsam wie in Zeitlupe eine halbe Drehung in seinem bogenförmigen Weg aus der schäumenden Gischt. Das Wasser perlt in Strömen von seinem mächtigen, schwarz-grau gestreiften Leib und platscht neben ihm herunter wie ein Vorhang aus weißen Tropfen, er hat den Höhepunkt seines großartigen Sprungs erreicht und neigt sich nun in atemberaubender Eleganz wieder dem zitternden Spiegel des Sees zu, taucht mit der Spitze seines gewaltigen Kopfes wieder zurück ins Wasser und zieht wie eine schwarze Lokomotive die ganze Masse seines Körpers hinterher, sodass das Wasser erschrocken Platz machen muss und in spritzenden Fontänen seitlich durch die Luft davon jagt. Mit einem dumpfen kraftvollen Geräusch verschwindet er wieder unter der Oberfläche und taucht unter den aufgeschreckten Wellen weit weit hinunter in undurchdringliche ewige Tiefen.

Das ist es! Das ist die Lösung! Natürlich weiß ich, dass diese Vision nicht wirklich ist – ich habe diesen Videoclip gesehen, in dem ein virtueller Wal aus dem Boden einer Schulturnhalle auftaucht und inmitten schäumender Wellen wieder zurück in den Hallenboden verschwindet, begleitet von dem heftigen Aufschrecken der vielen Kinder, die auf den Tribünen das Geschehen verfolgen. Ein raffiniertes Spektakel, ein digitales Verwirrspiel mit den Sinnen. Aber gut gemacht und absolut faszinierend. Und das kommt mir nun gerade in den Sinn, hier an diesem friedlich-heiteren Baggersee. Und ich weiß natürlich, dass es eine Erinnerung ist, dass es nicht hier und jetzt, dass es nicht wirklich passiert. Und doch kann ich es zulassen, es nimmt mich nicht mehr mit wie in früheren Zeiten, es bringt mich nicht durcheinander, wirft mich nicht aus der Bahn, nein, es verbündet sich mit mir, es zeigt mir einen Weg. Und ich bin dankbar, bin so dankbar, dass ich es geschafft habe, dass ich nun auf meine inneren Zeichen hören, sie verstehen und nach ihnen entscheiden und handeln kann. Sie kommen aus mir und doch sind sie mir fremd wie eine Botschaft von außerhalb. Doch weil ich nun sicher weiß, dass sie von mir selbst kommen, lassen sie mich vor allem dies Eine wissen: Ich selbst habe die Kraft, mir zu helfen, mich aufzurichten, meinen eigenen Weg zu finden, Lösungen zu finden. Und das ist die Lösung: Ich werde untertauchen wie dieser Wal, in einem raffinierten Spektakel werde ich untertauchen und für immer verschwinden. Dahin, wo mich niemand findet. In ein neues Leben. Und ich weiß auch schon, wie.

Erik hat sich verändert. Oder seine Beziehung zu mir hat sich verändert. Es lief doch eigentlich ganz gut mit uns beiden. Ja, nicht die große Liebe, klar. Aber immerhin haben wir uns regelmäßig getroffen, haben regelmäßig was zusammen gemacht und hatten auch regelmäßig ganz ordentlichen Sex miteinander. Und viele Gespräche. Erik steht auf Gespräche, nimmt sich vielleicht ein bisschen wichtig dabei aber immerhin. Dann ist er bei mir, dann sind wir wirklich zusammen und sitzen nicht nur nebeneinander vor der Glotze oder im Kino. Nicht dass er sich groß für mich interessieren würde. Er erzählt lieber über sich, über seine Reprotagethemen und seit wir uns kennen vor allem über sein Lieblingsthema

Brandstiftungen. Das lässt ihn überhaupt nicht mehr los und ich füttere ihn natürlich mit allem, was ich dazu beitragen kann, damit ich für ihn wichtig bleibe. So ist der Deal, jedenfalls von meiner Seite aus und ohne, dass ich ihm das so gesagt hätte natürlich. Er darf und er soll ruhig glauben, dass mein Interesse in erster Linie ihm als Mann gilt und erst in zweiter Linie seinen „Fällen" und meinen polizeiwissenschaftlichen Kommentaren dazu. Es schien so gut zu funktionieren. Bis Anfang Mai dann dieser Chinesische Pavillon brannte. Beim ersten Pavillon genau einen Monat davor waren wir noch beide zusammen empört, sehr erregt und kriegten uns kaum ein vor lauter wilden Spekulationen und Theorien. Es war wie in einem Tatort-Krimi, spannend und unterhaltsam zugleich. Aber beim zweiten Pavillon schlug auf einmal die Stimmung um. War er vorher sehr darauf erpicht, meine Meinung zu hören und mir vielleicht sogar ein paar Hinweise zu entlocken, so scheint er nun plötzlich eher verschlossen und wenig kommunikativ zu sein. Was ist nur los auf einmal? Ich spüre, dass ihn das Thema nun eher noch viel mehr erregt als vorher, aber er spricht nicht mehr so oft mit mir darüber, fragt nicht und spekuliert auch nicht mehr. Wenn wir uns verabreden, dann fühlt es sich schon fast wie eine Pflichtübung an und nicht mehr wie ein prickelndes Abenteuer. Hat er aufgegeben? Oder weiß er vielleicht sogar mehr als er zugibt? Will er sein Wissen lieber nicht mehr mit mir teilen? Aber warum? Vielleicht kennt er den Brandstifter und will ihn vor der Polizei schützen? Nein, das klingt zu unwahrscheinlich. Aber was ist es dann? Oder hat sein Schweigen vielleicht gar nichts mit den Fällen zu tun? Hat er womöglich eine andere kennen gelernt? Eine, die natürlich jünger ist und knackiger? Eine, mit der er weniger Gespräche, aber dafür mehr Spaß haben kann? Oder die sich wirklich für ihn interessiert, die ihn liebt? Die keine verdammte Polizistin ist, sondern eine ganz normale süße kleine Maus? Ich spüre, wie sich alles in mir zusammenzieht. Das wäre mein Supergau. Das würde mich wirklich wirklich hart treffen, wenn es so wäre. Aber was soll ich nun machen? Soll ich ihn direkt fragen? Wird er mir denn darauf ehrlich und direkt antworten? Und was dann? Will ich diese Antwort denn überhaupt hören? Nein. Nein, das will ich nicht, Ich will es nicht wissen, vor allem dann nicht, wenn es wirklich so ist. Ich will ihn nur behalten. Ich will ihn bitte bitte bitte nur einfach nur behalten. Ist das denn zu viel verlangt? Ich muss ihn irgendwie wieder für mich interessieren. Und wenn schon nicht für die Frau, dann wenigstens für die Polizistin. Ich muss ihn da zu fassen kriegen, wo's ihn am meisten juckt. Beim Thema Brandstiften. Und wenn ich selbst etwas abfackeln muss, um ihn wieder dran zu kriegen. Irgendwas. Aber bald.

Wow, jetzt komme ich erst so richtig in Fahrt. Nachdem ich Rebecca angerufen habe und sie ganz direkt mit meinem Verdacht konfrontierte, ist sie sprachlos gewesen und hat einfach aufgelegt. Ich bin mir immer sicherer, dass sie etwas damit zu tun hat, es womöglich sogar selbst gemacht hat. Zumindest den zweiten Pavillon. Aber das Muster passt so gut auch zum ersten, dass es kaum wahrscheinlich ist, dass da zwei völlig unterschiedliche Täter zugange waren. Der Brandstifter ist eine Frau. Wow! Das hat bisher wahrscheinlich niemand auch nur in Erwägung gezogen. Ich verstehe zwar immer noch überhaupt nicht, warum sie das tun sollte, aber das finde ich auch noch heraus. Ich bin wie elektrisiert, seitdem sich dieser Gedanke in meinem Hirn einmal festgesetzt hat. Und das fühlt sich verdammt gut an. Viel besser noch, als diese Krimifantasien mit Barbara. Die hat mir bis jetzt auch nicht wirklich weiterhelfen können, jetzt wäre es vielleicht sogar eher umgekehrt. Aber ich werde schön erst mal mein Maul halten. Wenn die Polizei zu bald dahinterkommt, verdirbt sie mir noch die ganze schöne Story. Und das wird meine Story, das werden meine Recherchen und meine Schlussfolgerungen sein, meine Hintergrundberichte und meine Analysen. Fressen können die Bullen den Braten dann gerne auf ihre Rechnung, aber erst, wenn ich mir ein großes Stück davon gesichert habe.

Gestern bin ich ein großes Stück vorangekommen. Ich hatte bisher ja nur Rebeccas Nummer. Das ist nicht viel. Schon gar nicht, um jemanden zu überwachen oder auszuspionieren. Und wenn ich sie das nächste Mal versuche anzurufen, wer weiß, ob sie dann überhaupt noch rangeht? Und weitergeben kann ich den Fall mit so wenig Detailinformation sowieso nicht. Also weitersuchen. Und ich hatte Glück. Habe mein halbes Büro auf den Kopf gestellt und alle Arten von alten Papieren durchwühlt, bis ich schließlich doch die alte Teilnehmerliste aus dem Psychokurs damals gefunden habe, der wo ich Rebecca zum ersten Mal kennen gelernt hatte. Volltreffer! Die Nummer war zwar eine andere, aber ich hatte zumindest mal einen Nachnamen. Wenn sie also nicht zwischenzeitlich geheiratet hatte, müsste das noch derselbe sein. Das ist immerhin schon was. Und es gab da auch eine Adresse. Jügesheim. Irgend so ein Kaff im Rodgau nicht weit von Frankfurt. Also gut, hingefahren, Nachbarn gefragt. Es scheint, als hätte sie tatsächlich früher einmal dort gewohnt oder auch ab und zu immer noch oder immer wieder einmal, etwas undurchsichtig das Ganze. Aber das würde ja passen zu ihr. Das kleine Haus wirkt von außen völlig unscheinbar, etwas verwahrlost, kein Name an Klingelschild und

Briefkasten. Aber das muss ja nichts heißen. Vielleicht will sie unerkannt da wohnen. Habe mich sogar für ein paar Tage dort auf die Lauer gelegt in einem geliehenen VW-Bus mit Campingeinrichtung. Tag und Nacht. Aber nichts. Niemand ist gekommen oder gegangen, gar nichts. Aber auch das will nichts heißen. Vielleicht hat sie ja noch irgendwo einen anderen Wohnsitz oder einen Freund, bei dem sie übernachtet. Oder sie ist in Urlaub oder auf Dienstreise, was weiß denn ich? Das Warten ist frustrierend. Und jedes Mal, wenn ich kurz wegfahre, um mal was einzukaufen oder irgendwo aufs Klo zu gehen, denke ich, dass sie bestimmt genau jetzt nach Hause kommt, ihre Tatklamotten wechselt, ihre Benzinkanister ins Auto lädt oder sonst was und ich das alles natürlich genau wieder verpasse. Aber sobald ich zurück bin, scheint gar nichts passiert zu sein, alles ist wie vorher. So komme ich nicht weiter. Also breche ich diesen Beobachtungsversuch ab, nicht aber ohne ihr eine kleine Nachricht zu hinterlassen, damit sie weiß, dass ich ihr auf der Spur bin:“ Brandheiße Grüße. Wir sehen uns. Erik der Rote.“

„Was soll das?“

„Oh hallo, welch unerwartete Ehre. Spreche ich mit der Dame von der Feuerwehr?“

„Sehr witzig, Erik, wirklich sehr sehr witzig. Also was soll das mit den heißen Küssen?“

„Wie bitte? Was für Küsse?“

„Dieser schlecht gekritzelte Zettel da an meinem Briefkasten: Brandheiße Küsse. Wir sehen uns. Erik der Rote. Nochmal: Was soll das?“

„Ach sooo, das heißt Grüße, nicht Küsse, Rebecca. Sieh noch mal genau hin.“

„Es heißt Küsse. Eindeutig Küsse. Und ich will wissen, warum du mir so etwas schreibst. Und woher du überhaupt meine Adresse hast. Und noch so einiges mehr."

„Ganz schön neugierig auf einmal. Was ist denn plötzlich in dich gefahren?"

„Das erzähl ich dir nicht am Telefon, vielleicht auch überhaupt nicht. Aber wenn, dann nur persönlich. Wann hast du Zeit? Wo treffen wir uns?"

„Oh, das geht jetzt aber hoppladihopp, was? Na denn, also ich bin ja freiberuflich und kann mir meine Zeit selber einteilen. Was wäre dir lieber: In Frankfurt oder in Jügesheim?"

„Am liebsten am Strand. In St. Tropez."

„Ha ha, sehr witzig. Ich meine im Ernst …"

„Ich auch. St. Tropez am Baggersee. Nie gehört? Rodgau Monotones, die Kultband in Hessen. Die haben das damals schon besungen. Der Badesee bei Nieder-Roden im Rodgau, Mann. Zwischen Frankfurt und Darmstadt. Ist schon warm genug da zur Zeit. Das ist mein Lieblingsplatz. Also?"

„Gut. Also dann. Warum nicht? Da gibt's bestimmt auch ein schönes kühles Bier. Wie wär's am Mittwoch? Ist vermutlich nicht so voll da wie am Wochenende, stimmt's? Wo treffen wir uns? Und wann?"

„Ruf mich einfach an, wenn du da bist. So ab vier Uhr vielleicht. Oder nein, geh einfach gleich geradeaus durch über die Wiese, dann durch die Lücke in der Hecke, über die zweite Wiese und ganz hinten gehst du den Sandabhang links runter etwa bis zur Mitte. Gestreiftes Handtuch. Alles klar?"

„Alles klar. Muss mir nur noch 'ne neue Badehose besorgen bis dahin."

„Musst du nicht. Ist FKK-Bereich. Sei einfach du selbst. Bis dann."

Ich bin die ganzen Fälle von ungelösten Brandstiftungen durchgegangen, die letzten zehn Jahre. Hauptsächlich Gartenhütten. Autos. Müllcontainer. Nichts Besonderes. Außer vielleicht 2008, da brannte der Atzelbergturm bei Kelkheim im Taunus. Ist 'ne Ecke weit weg und 'ne Weile her, aber gehört schon noch irgendwie zum Rhein-Main-Gebiet und zu dem ganzen Thema dazu. Den Brand hatte Erik auch mal erwähnt, als wir über die ganzen Brandstiftungen der letzten Zeit gesprochen und spekuliert haben. Er hatte damals gemeint, das wären bestimmt Jugendliche gewesen, die im Suff ein bisschen Blödsinn gemacht hätten. Oder auf dem Turm gegrillt. Oder es wären die verstreuten Reste der berühmt berüchtigten Taunusbrandstifterbande mit ihrem geheimnisvollen Anführer Atze Feuertatze, die wieder aktiv geworden wären und nun einen nach dem anderen Aussichtsturm abfackeln würden. Und dabei hat er sich bald nass gemacht vor Lachen, hat mich so richtig nach Strich und Faden verarscht. Aber es klang schon wirklich komisch, wie er das sagte, und ich konnte auch nicht lange ernst bleiben dabei bis wir beide vor Lachen bald aus dem Bett gekippt sind. Das war schön. Und jetzt ist alles so anders, so merkwürdig. Es macht mich ganz krank. Erik hat bestimmt eine andere. Und wenn die jünger und hübscher ist als ich, dann muss ich eben um so interessanter werden für ihn, das ist meine einzige Chance, wenn überhaupt. Also werd ich's wieder spannend machen für ihn. Ich werde ihm ein kleines Feuerwerk bieten, ganz allein für ihn. Ich muss völlig verrückt sein. Ich bin Polizistin, Mann! Ich recherchiere genau zu diesem Gebiet. Ich bin dafür da, solche Sachen zu verhindern, nicht zu befördern. Ja ja ja ja ja und nochmal ja. Aber ich bin auch ich. Ich bin auch eine Frau. Ich habe auch ein Privatleben, in dem ich vielleicht auch mal keine Polizistin sein will, vielleicht sogar mal ganz genau das

Gegenteil davon, verdammt! Immer soll ich alles richtig und alles ganz korrekt machen, nur keine Fehler, nur keine Dummheiten. Es reicht mir. Es reicht mir so sehr, dass ich kotzen könnte. Was bringt mir denn diese ganze Korrektheit, dieses ganze vorbildliche Verhalten? Na? Das bringt mir genau gar nichts. Oder sogar im Gegenteil, es bringt mir, dass sich keiner mit mir abgeben will, oder wenn, dann nur so lange, bis er was Frischeres, Jüngeres gefunden hat. Und dann hat sich's ganz schnell wieder auskorrigiert, dann ist die wackere Polizistin mal eben so zack weg vom Fenster. Oh wie ich das hasse! Wie ich das alles so sehr hasse! Also fahre ich los, die Autobahn in den Taunus, immer dem Navi nach bis schließlich zum Waldparkplatz. Es ist noch zu früh. Es dämmert zwar schon, aber da sind noch Leute unterwegs. Und ich muss auch erst mal ankommen, meine Beine vertreten, mir das Ganze noch viele Male durch den Kopf gehen lassen. Ich gehe spazieren, habe zur Sicherheit eine Taschenlampe dabei, mit der ich auch im Dunkeln zurechtkomme. Bald ist es finster und still im Wald. Und ich bin allein. Allein und traurig. Aber entschlossen. Diesmal sollen andere korrekt und dienstfertig sein. Ich nicht. Dieses eine Mal nicht. Ich habe Wichtigeres zu tun. Ich muss mich um mein Privatleben kümmern. Und das braucht einen neuen Zündfunken. Und den werde ich ihm geben. Heute Nacht. Am Atzelbergturm. Der kann ruhig auch noch ein zweites Mal brennen, das erste Mal hat er ja auch irgendwie überstanden. Dann wird's wieder spannend mit Erik. Dann braucht er mich wieder.

Jetzt wird's ernst. Bin tatsächlich zu diesem Badesee raus gefahren um Rebecca zu treffen. Aber ich habe irgendwie ein mulmiges Gefühl dabei. Sie hat mich ja regelrecht da hinbestellt. Aber was soll das werden? Ein klärendes Gespräch zwischen alten Bekannten? Munteres Plaudern über Brandstiftungen und andere Freizeitbeschäftigungen? Will sie mir drohen? Einen Deal vorschlagen? Gestehen oder alles abstreiten? Hat sie womöglich eine ganz andere Erklärung parat? Und warum ausgerechnet hier am Badesee? Und dazu noch splitterfasernackt? Das ist eigentlich überhaupt nicht so mein Ding, das soll machen, wer es unbedingt will oder braucht, ich sehe darin keinen tieferen Sinn, sich vor anderen komplett zu entblättern und begaffen zu lassen. Aber was soll's. Gerade ist sie es, die die Bedingungen stellt. Und ich werde einen Teufel tun, aus irgendwelchen Empfindlichkeiten heraus diese Chance platzen zu lassen. Irgendwas wird schon dabei herauskommen.

„Hallo, Sherlock Holmes. Hast du's gleich gefunden? Toller Tag, was?"

„Hi Rebecca. Schön dich zu sehen. Also das hier ist dein Lieblingsplatz?"

Schön dich zu sehen, welch eine Untertreibung – es ist umwerfend, sie zu sehen. Bisher hatte ich anscheinend überhaupt keinen wirklichen Blick für diese Frau, sie wirkte auf mich immer völlig unscheinbar, grau und fad. Und für ihr Alter merkwürdig uninteressant. Aber jetzt und hier – whoaoooo! Diese Frau ist ja total umwerfend. Irgendwo zwischen fünfzig und sechzig schätze ich, aber so was von in Schuss. Braungebrannt, drahtig-sportlich, kein Gramm Fett zu viel und sonst alles gut und wohlproportioniert an den richtigen Stellen. Sogar ein freundliches Lächeln hat sie, wenn auch nur kurz, hinbekommen. Sie steht auf, begrüßt mich mit einem Küsschen und bewegt sich mit einer solchen Natürlichkeit, dass ihre Nacktheit nur umso anziehender wirkt. Dagegen komme ich mir selbst wie ein elender Stümper vor, schäle mich umständlich aus meinen Klamotten und lasse mich schnellstmöglich in einer ungeschickten Haltung auf mein Badetuch plumpsen. Sie bleibt noch kurz stehen, ein zeitloses Monument menschlicher Schönheit und souveräner Weiblichkeit. Der leise Wind lässt ihre Körperhaare leicht abstehen wie zitterndes Dünengras und zaubert auf ihrer Haut winzige Gänsehautpickelchen. Eine Weile blickt sie nur still in sich hinein lächelnd auf die Wasserfläche des Sees. Dann dreht sie langsam ihren Kopf in meine Richtung und kniet sich langsam neben mich, so dicht, dass ich meine ihre Wärme zu spüren. Jetzt hätte ich doch lieber eine Badehose an.

„Ist alles OK mit dir?"

„Ja klar, alles im Lot, muss mich nur erst mal ein bisschen akklimatisieren hier. Ist etwas ungewohnt für mich, ehrlich gesagt."

„Was?"

„Na ja, das alles hier. So völlig nackt sein in der Öffentlichkeit und so. Und dich so zu sehen. Als wären wir so was wie intime Freunde. Das ist schon, na ja, gewöhnungsbedürftig."

„Ist es wirklich so schlimm für dich? Kann ich was für dich tun?"

„Es ist OK, alles OK. Ich meine nur, ich weiß nicht wirklich, warum genau wir uns jetzt treffen und warum gerade hier. Als wir telefoniert haben das vorletzte Mal, da bin ich wohl ziemlich hart rangegangen und du hast einfach aufgelegt. Und dann rufst du wieder an und bist wie ausgewechselt und erzählst mir was von heißen Küssen und willst mit mir reden, das ist schon alles etwas verwirrend, findest du nicht?"

„Na die heißen Küsse kamen ja wohl von dir auf diesem Zettel an meiner Haustür. Ich wollte einfach wissen, was es damit auf sich hat."

„Ich hab's dir doch schon am Telefon erklärt, Rebecca, das ist ein Missverständnis von dir, ich hab geschrieben *brandheiße Grüße*, nicht Küsse, komm, reich mal den Zettel her, dann wirst du's sehen."

„Hab ich weggeschmissen."

„Wie – hast du weggeschmissen?! Ich dachte, das wäre so wichtig, dass du mich darum unbedingt treffen musst."

„Es ist nicht wichtig, was da wirklich draufstand, Erik. Es ist mir nur wichtig, dass ich das so gelesen habe im ersten Moment. Ja, vielleicht hast du was anderes geschrieben, aber was soll's. Ich hab gelesen *Küsse* und war doch einigermaßen verblüfft, weil du vorher so gar nicht besonders nett mit mir umgegangen bist. Und dann dachte ich: Na wer weiß, vielleicht ist das ja deine Art der Annäherung an eine Frau? So eine ganz besondere Anmache, weißt du? Erst mal irgendwie in die Enge treiben und dann vielleicht heldenhaft wieder aus dieser Klemme befreien oder so, wie der Prinz die Prinzessin aus allen Schwierigkeiten raushaut – nur dass du mir raffinierter Weise diese Schwierigkeiten selbst erst eingebrockt hast. Ist schon ein ziemlich abgefahrener Trick, finde ich."

„Ich soll dir was eingebrockt haben?"

„Also Fakt ist doch: Du hast mir nachspioniert und mich beobachtet, wenigstens im Park, als ich mit Richard unterwegs war. Und du hast anschließend weiter in meinem Privatleben rumgeschnüffelt, meine Adresse rausgefunden, vielleicht sogar mein Haus oder mich observiert und irgendwann diesen ominösen Zettel geschrieben, um mich irgendwie zu beeindrucken. Und aus all diesen *journalistischen* Aktivitäten hast du dir dann im stillen Kämmerlein eine wilde Geschichte zusammen fantasiert, deinen ganz persönlichen Action-Film, in dem ich plötzlich die Hauptrolle spielen soll. Und das, mein Lieber, gefällt mir überhaupt nicht. Ich habe keine Lust darauf, dass du mir nachstellst, warum und wie auch immer, klar? Ich will nicht dein Opfer sein, ich bin nicht

Teil deiner Geschichte. Wenn du was von mir willst, dann sag es klar und deutlich und sag es jetzt."

„Aber warum gerade jetzt und warum gerade hier? Was soll diese Inszenierung?"

„Weil du ein Feigling bist, Erik. Du bist nicht Erik der Rote, der berühmte Wikingerfürst, der Geschichte schreibt. Du bist nur ein kleiner verkannter und unbekannter Journalist, der es bisher zu nichts gebracht hat. Du versteckst dich hinter den Geschichten anderer, du suchst deine Selbstbestätigung, indem du andere ausziehst bis auf die Haut, indem du ihre Kleider stiehlst und veröffentlichst und sie nackt im Regen stehen lässt. Dabei hast du nur ihre Kleider geraubt und hast doch überhaupt keine Ahnung von den Personen selbst. An sie selbst bist du nämlich dabei gar nicht rangekommen. Du hast sie nur ausgeplündert, du hast sie missbraucht für deine ganz und gar egoistischen Zwecke. Darum hab ich dich herbestellt an diesen Nacktbadestrand. Um dir zu zeigen, dass ich nichts vor dir zu verbergen habe, dass ich mich vor dir nackt mache ohne zurück zu weichen. Und um dich dazu zu zwingen, dich selbst ebenso nackt zu machen, dich zu zeigen und deine wahren Absichten zu erkennen und zuzugeben. Hör auf mit dem Versteckspiel dir selbst und allen anderen gegenüber und schau dir erst mal selbst ins Gesicht. Dann kannst du vielleicht irgendwann auch andere so sehen, wie sie wirklich sind. Kapiert? Es ist einfach eine kleine Lektion in Selbsterkenntnis und ein dezenter Tritt vors Schienenbein, damit du mich entweder ab jetzt komplett in Ruhe lässt oder mich endlich als Mensch behandelst wie ich es verdient habe. So, und jetzt geh ich eine Stunde schwimmen und du denkst bitte einmal in aller Ruhe über das alles nach, ja? Und wenn ich wieder zurück bin, möchte ich, dass du nicht mehr hier bist, OK? Du brauchst Zeit für dich und ich brauche Zeit für mich. Und dann sehen wir weiter, wenn es so sein soll."

Damit steht sie auf und geht mit wiegenden Schritten durch den tiefen Sand den Abhang hinab, ohne sich noch mal umzudrehen. Die Füße bereits im Wasser, bleibt sie stehen und schaut ganz ruhig auf die weite Wasserfläche vor ihr. Ihre offenen Haare wehen im zarten Wind, ihr wunderbar durchgeformter Körper steht da wie eine Erscheinung aus sehnsuchtsvollen Männerträumen und strahlt eine unglaubliche begehrenswerte und zugleich einschüchternde Sicherheit aus. Wie in Zeitlupe nähert sich ihr da von rechts ein dunkler Schatten im Wasser. Ganz dicht am Ufer und direkt unter der Wasseroberfläche schwimmt ein großer Fisch, ein Karpfen glaub ich, sehr gemächlich auf ihre nackten Beine zu und streicht unmittelbar daran entlang um gleich im selben Tempo und in aller Ruhe weiter nach links zu ziehen. Ich kann ihr Gesicht dabei nicht sehen, aber ihr Körper zeigt keinerlei Anspannung oder Zurückweichen. Und als der Fisch sie berührt, entfährt ihr ein kleiner aber hörbarer Seufzer. Dann geht sie entschlossen ins tiefere Wasser bis ihre schmalen Hüften im Spiegel der kleinen Wellen untergehen, holt von hinten mit den Armen Schwung nach vorne und taucht kopfüber ein in das Glitzern. Nach einer Weile taucht sie viel weiter hinten wieder auf und entfernt sich mit kraftvollen Schwimmzügen langsam von meinem Platz. Ich sitze da, völlig verzaubert und tief berührt von dieser Erscheinung. Was war das jetzt eigentlich für ein Spiel? Da dachte ich eher, es würde eine Art Abrechnung mit meinen Spionageversuchen geben, Wutausbrüche, wie man es ja von ihr gewohnt ist. Vorwürfe, Geschrei oder Ähnliches. Aber nichts davon. Sie wirkte völlig klar und wohlüberlegt, argumentierte sehr gefasst und vorbereitet und lieferte mir in den paar wenigen Sätzen viel Stoff zum Nachdenken. Es war ja nicht mal eine wirkliche Unterhaltung. Sie lieferte sozusagen ihr Paket bei mir ab und ließ mich dann damit allein. Das alles wäre schon starker Tobak genug gewesen, wenn wir uns zum Beispiel irgendwo in einem Café getroffen hätten. Aber hier, in diesem Nudistenparadies, war alles noch viel seltsamer, vor allem, weil ich in meiner eigenen Nacktheit vollkommen aus meiner sonstigen Rolle versetzt war. Mir blieb da wirklich die Spucke weg, meine sonst so klare Argumentationskraft war wie weggeblasen und dafür ersetzt durch sehr körperliche Reize und Gefühle, auf die ich gar nicht gefasst gewesen war. Und jetzt sitze ich hier wie bestellt, abgeholt, abgeliefert und irgendwie auch abgestraft. Ich, der Feigling, der sein verpfuschtes Leben auf Kosten anderer aufpeppen will, der wie ein Schmarotzer sein Ego mit dem Leid anderer füttert. Ist das wirklich so? Ist da was dran? Und was ist mit den unleugbaren Lustgefühlen, die dieser Auftritt bei mir ausgelöst hat? Mein Schwanz liegt gerade wie erschöpft zwischen meinen Schenkeln und hat doch eine deutliche Glitzerspur auf der Haut hinterlassen. Ein so starkes Begehren habe ich schon lange nicht mehr gefühlt wie gerade eben. Und das völlig unerwartet. Sie hat mich damit regelrecht überrumpelt. Ist das gewollt? Will sie mich verführen auf ihre ganz eigene, etwas verschrobene Art? Ist ihr diese Wirkung überhaupt bewusst? Oder will sie mich absichtlich aufgeilen und dann im Regen stehen lassen? Ist das ein kleiner gemeiner Racheakt oder ein verkappter Annäherungsversuch? Und warum soll ich dann verschwinden bis sie wieder auftaucht? Um die Spannung zu erhöhen? Um sie zu vergessen? Oder wirklich um tiefer in mich zu gehen und die Zeit zu nutzen, über alles nachzudenken? Und was dann? Wie soll das weiter gehen? Wie soll ich ... Mist, jetzt klingelt mein Handy, auch noch ein Facetime-Anruf ... Barbara ... die kann ich jetzt gerade ...

„Hallo?“

„Hei, Erik, alter Schwede, wie geht’s dir, was machst du, wo bist du gerade?“

„Ach nichts, ich sitz hier nur so rum ...“

„Wo sitzt du rum? Ich hab jetzt frei. Ich kann zu dir kommen. Bist du im Schwimmbad oder was? Da sind lauter Leute hinter dir. Oooops ... sind die alle nackt? Zeig mal. Bist du etwa auch nackt?“

„Das kann ich nicht machen hier. Ich kann doch nicht andere Leute filmen, das gibt nur Ärger. Und ja, ich bin auch nackt, logisch. Ich bin hier einfach am FKK-Strand an einem Baggersee und genieße den Nachmittag.“

„Du und freiwillig beim FKK? Ist ja ganz was Neues. Bist du allein?“

„Klar bin ich allein. Wer soll denn sonst hier sein? Ich meine außer all den anderen Badegästen.“

„Zeig mal deinen Platz. Zeig mal dein Handtuch. Da ist ... ich sehe doch noch ein Handtuch direkt neben deinem. Da ist ... du bist nicht allein. Lügner! Mit wem bist du da? Mit wem liegst du da schön nackt in der Sonne und genießt den warmen Nachmittag?“

„Hier ist niemand. Ja, das Handtuch liegt ziemlich nahe neben meinem, das sieht aber nur so aus. Hier ist es ziemlich voll heute, da liegen die Leute eben eng nebeneinander. Ich wollte auch gerade gehen, weil es mir hier irgendwie doch zu voll ist.“

„Soso, und deine neue Freundin, ist die gerade schwimmen oder was? Willst du dich da jetzt einfach so verdrücken und sie ganz alleine lassen, diese hübsche, junge, knackig braune Schlampe oder was? Was spielst du mir da für ein Theater vor, Erik?! Was hab ich dir denn getan? Was hab ich falsch gemacht? Waaas?!“

„Jetzt reg dich doch ab, Barbara. Du liegst völlig daneben. Hier ist niemand mit mir und ich hab auch keine junge, knackige neue Freundin ...“

„Zeig mir deinen Schwanz!“

„Waaas?“

„Zeig mir deinen Schwanz. Zeig ihn mir. Ich will sehen, wie's mit ihm steht! Ich will sehen ... da, ich hab's gewusst

... eine kleine feine Schneckenspur, die kenn ich doch! Auf deinem Oberschenkel! Du Schwein! Du elendes dreckiges Schwein. Du betrügst mich in aller Öffentlichkeit! Du geilst dich auf mit deiner Freundin bis er steif wird, und liegst dann da und genießt, wie es leise tröpfelt, während er sich wieder in Ruheposition zurückbegibt und sie ihre Lust erst mal im Wasser kühlt, stimmt's?! Und was dann? Werdet ihr gleich zusammen losfahren? Zu dir oder zu ihr? Und dann? Dann könnt ihr nach Lust und Laune herumvögeln, wenn keiner mehr euch beobachtet, ja? Dann gibst du's ihr so richtig, ja? Dann lässt du dich schön verwöhnen von diesem Flittchen. Und denkst nicht mal eine Sekunde lang an mich, oder?! Ich bin doch auch noch da, Mann! Ich mache doch alles, was du willst! Wir haben doch jede Menge Spaß zusammen, Erik! Was soll das? Ich tue alles für dich! Ich mache Sachen, die hab ich noch nie gemacht vorher. Ich mache ... hör zu Erik. Ich will, dass du glücklich bist mit mir. Ich will, dass es dir gut geht. Ich will auch, dass es dir beruflich gut geht, hörst du? Ich arbeite mit dir zusammen. Ich kann dir so viel erzählen aus meiner Arbeit, ich kann dir Informationen geben für deine Recherchen, für deine Storys. Ich kann dir helfen wie niemand anders sonst. Ich brauche dich und du brauchst mich. Wir passen doch so gut zu einander. Komm zurück zu mir. Bitte! Komm zurück! Erik! Erik!! Eeeeeeeriiiiiik!!! Eeeeeeeeriiiiiiiiiiiiiiiiiiiiiik!!"

Das ist ja nicht zum Aushalten. Was für ein scheiß Tag heute. Alles kommt irgendwie vollkommen durcheinander. Mein Kopf platzt mir gleich weg. Ich kann nicht mehr. So jedenfalls nicht. Nicht hier. Und nicht am Telefon. Und schon gar nicht völlig nackt. Wie bin ich hier nur rein geraten? Wie komme ich da wieder raus? Ich überlege, was ich sage, aber dann lass ich es und lege auf.

Es tut sooooo gut. Nur schwimmen, tauchen, schwimmen, tauchen. Die Sonne genießen, die die oberen Wasserschichten anwärmt. Dann wieder tiefer gehen, dahin, wo's schnell kälter wird. Und wieder hoch. Und wieder runter. Ganz weit außen, da wo die Bojen den Schwimmerbereich begrenzen. Ist zwar begrenzt, fühlt sich aber doch wie grenzenlos an. Die Geräusche hinter sich lassen. Ganz weite Bögen schwimmen. Immer weiter und weiter. Sich treiben lassen auf dem Rücken, winzige Bewegungen der Hände, damit der Körper über Wasser bleibt. Ruhen. Die Stille spüren, wenn die Ohren im Wasser sind. Blinzeln, wenn die Sonne tief in die Augen dringen will. Ruhen. Und nachdenken, ohne dass mich irgendwas und irgendwer stören kann. Ist alles so gelaufen, wie ich wollte. Hat mich zwar etwas Überwindung gekostet, diesen Möchtegernwikinger so nahe an mich ran zu lassen, aber es war wohl die Mühe wert, so verdattert, wie er am Ende ausgesehen hat. Ich weiß genau, dass Erik als strategisch denkender Typ mir argumentativ haushoch überlegen ist. Er ist mir so dicht auf den Fersen, dass ich dringend etwas unternehmen musste. Aber ihn abbringen von seiner Verfolgungsjagd, das würde mit Worten allein nicht klappen. Darum musste ich andere Register ziehen. Und wo packt man einen Mann am besten, wenn man seine Gedanken umgehen will? Da kenne ich mich aus, wenn auch nicht freiwillig. Aber jeder Mann, ich bin sicher jeder Mann ist total schwanzgesteuert, wenn man es nur richtig angeht. Das ist die einzige Schiene, auf der sein Verstand baden geht, also hab ich ihn im wahrsten Sinne des Wortes baden gehen lassen. Wie Frau sich bewegen muss, um die Aufmerksamkeit eines Mannes zu erregen, das hab ich hier zu Genüge beobachten können, auch wenn die Meisten sicher nicht hauptsächlich deswegen hier her kommen. Aber einige eben auch. Und du siehst es, du spürst es sofort, wenn irgendwo die Blicke wandern, wenn sich die Aufmerksamkeit eines oder mehrerer Männer konzentriert und ein weibliches Objekt der Begierde ins Fadenkreuz nimmt. Und du siehst, warum das so ist, wie die Frauen aussehen, wie sie sich bewegen, wie sie stehen, sich drehen, wie sie laufen mit wiegenden Schritten, wie sie den Kopf halten, was sie mit ihren Händen tun, wie ihre Beine zueinander stehen, welche Drehung ihr Körper macht, wie sie ihre Haare schütteln, ihre Sonnenbrille auf- und absetzen, sich mit Sonnenöl eincremen, sich auf den Bauch und wieder auf den Rücken drehen, ein Bein anwinkeln, den Kopf zur Seite rollen, die Augen schließen, ein Lächeln über die Lippen laufen lassen. Ein Kosmos an winzigen Signalen, ausgesendet von Körpern, die vielleicht gar nicht immer wissen, was sie da senden, die aber alle Antennen in Reichweite zum Vibrieren bringen. Das habe ich studiert, stundenlang beobachtet und analysiert. Und heimlich geübt. Denn für mich ist es eine Fremdsprache, die ich eigentlich überhaupt nicht beherrsche. Es ist eine Art Muttersprache, die mir, bevor ich sie richtig erlernen konnte, durch Gewalt und barbarische Brutalität ausgetrieben, vernichtet, ausgebrannt wurde bis ich vollkommen leer und stumm war, bis mein Körper gelernt hatte zu überleben, indem er alles, was nach dieser Muttersprache klang, erbarmungslos gelöscht und ausradiert hatte. So habe ich es geschafft. So bin ich am Leben geblieben. Hart und ohne diesen scheinbar unwiderstehlichen weiblichen Charme, aber am Leben. Dieses Opfer hat mich das Leben als vollständige Frau gekostet und mir das Überleben als geschlechtsloser Mensch gesichert. Es hat mich meine Farben gekostet, meine Lebensfreude, den eigentlichen Sinn des Lebens. Aber ich bin aufgewacht. Ich hole es mir zurück, Stück für Stück. Alles, was ich verloren habe und alles, was ich noch nie haben konnte. Und das geht. Das geht wirklich. Ich habe meinen Weg gefunden und den lasse ich mir von niemandem mehr verstellen. Darum dieses ganze Affentheater mit Erik. Wenn ich ihn loswerden will, muss ich ihn erst einmal durcheinanderbringen. Ihn von seinem sicheren Weg zu meiner Enttarnung abbringen. Ihn überrumpeln. Damit bringe ich ihn ins Stolpern. Und noch etwas: Damit mache ich ihn, den potentiellen Ankläger, zu meinem vielleicht wichtigsten Zeugen. Er soll mich hier nicht nur begehren, er soll nicht nur von seiner männlichen Lust ein Stück um seinen analytischen Verstand gebracht werden, er soll vor allem Zeuge sein, dass ich heute hier war. Und dass ich auch hier bleiben werde. Für immer.

Verdammt. Ich weiß echt nicht mehr weiter. Ich soll zu ihr zurückkommen, sagt Barbara. Dabei bin ich doch gar nicht wirklich weg von ihr, auch wenn wir uns jetzt seit ungefähr einem Monat nicht mehr gesehen haben. Ich soll verschwinden bis sie wieder am Ufer ist, sagt Rebecca. Dabei hat sie mich doch extra herbestellt. Dieses bescheuerte Telefongespräch hat mich echt den allerletzten Nerv gekostet. Und dabei war ich doch eigentlich noch mit ganz anderen Gedanken und Gefühlen beschäftigt. Soll ich jetzt gehen? Soll ich doch bleiben? Kriegt sie dann wieder einen ihrer berüchtigten Wutanfälle? Oder schenkt sie mir ein breites Lächeln und freut sich, dass ich mich nicht so einfach wegschicken lasse? Kommt sie dann zu mir und legt mir sanft ihre nassen Arme um den Hals? Wird sie mich dann küssen? Oder wird sie mir einen Tritt in die Eier verpassen und mich zum Teufel schicken? Ich kann mich nicht erinnern, schon mal in Frauensachen so verunsichert gewesen zu sein. Und das macht mich noch zusätzlich fertig. Ich, der große Erik, bin auf einmal soooo klein mit Hut. Geradezu lächerlich. Jedenfalls ziemlich unmännlich. Ich denke, ich werde hier meinen Platz räumen, aber irgendwo anders im Gelände bleiben, vielleicht im Nicht-FKK-Bereich. Da wird sie mich nicht sehen und auch wohl nicht vermuten, da kann ich an der Bude was essen und trinken und alles noch mal in Ruhe Revue passieren lassen. Vielleicht treffe ich sie ja dann noch „zufällig“ beim Rausgehen und wir können noch ein bisschen weiterreden. Aber dann angezogen. Da fühle ich mich sicherer.

Er steht auf. Er packt seine Sachen. Gut so. Sehr gut so. Jetzt stapft er langsam nach oben auf die Wiese und geht in Richtung Ausgang, ohne sich nochmal umzuschauen. Das hätte also geklappt. Ich kann ihn gut beobachten, auf dem schrägen Sandhang bewegt er sich wie auf einem Präsentierteller, während von mir nur der Kopf aus dem Wasser schaut, was man vom Ufer aus kaum noch erkennen kann. Ich schwimme noch eine letzte weite Runde, um ihm noch einen Sicherheitsvorsprung zu lassen. Dann steige ich aus dem Wasser, diesmal nicht am sandigen Strandufer sondern ganz links an der Steintreppe, die den Badebereich begrenzt. Hier gibt es etwas abgelegen ein paar Hecken und Rasenstücke, wo man weniger im Getümmel liegen kann. Ist aber an so einem Tag wie heute selten jemand da. Ich steige die Stufen hinauf, biege ab auf die sichtgeschützte Mini-Liegewiese und gehe vor der Hecke ganz links in die Knie. Da ist sie noch, gut versteckt in den dichten Blättern. Ich ziehe die dunkle Tasche heraus, die ich schon kurz nach der Öffnung heute versteckt hatte. Trockne mich sorgfältig ab. Ziehe die frischen Klamotten an, einen weiten, leichten Leinenrock, flache Sandalen, eine geblümte Sommerbluse und einen weiten Strohhut. Alles erst vor ein paar Tagen gekauft und noch nie getragen. Eigentlich nicht mein Stil. Und genau so soll es auch sein. Die Haare hochgesteckt, so dass sie perfekt unter den Hut passen. Sonnenbrille auf, ein buntes Tuch locker um den Hals gelegt. Die Tasche umgehängt und jetzt nicht zu schnell und nicht zu langsam möglichst unauffällig rauf zur Hauptwiese, zwischen den anderen Badegästen hindurch, den Kopf etwas gesenkt und keine Blicke zur Seite. Auf den letzten Metern bloß nicht auffallen. Bloß nicht noch von irgendjemandem erkannt werden. Ich bin ganz ruhig, gehe meinen Weg Schritt für Schritt aus meinem alten in ein neues Leben. Vorbei an den Duschen, durch die Lücke in der Hecke, vorbei an der großen Liegewiese, die Rampe hoch, durch den verwinkelten Eingangsbereich und aus dem Tor zum Kiesweg am Parkplatz. Byebye, mein geliebter See. Byebye, mein schönes altes Fahrrad. Du bleibst hier stehen, angekettet an den Zaun. Ich aber, ich überwinde jetzt alle Zäune, ich sprenge alle Ketten, die mich noch hier gehalten haben. Am Ufer liegt noch mein gestreiftes Handtuch, meine Klamotten, meine Badetasche mit Sonnenbrille, Papieren, Schlüsseln, dem angebissenen Kuchenstückchen, dem üblichen Kram halt. Ganz normal eben, als hätte ich gleich nach dem Schwimmen weitermachen wollen, wie zuvor. Aber so wird es nicht sein. Da hinten auf dem gestreiften Handtuch, da lag Rebecca, da ist nun die Lücke, die sie hinterlässt. Und hier, mit lockeren Schritten über den Parkplatz, vorbei an den verstaubten Autos, dann in den Ort hinein, zur S-Bahn und noch viel weiter, hier geht Marie.

Jetzt sitze ich hier im Auto auf dem staubigen Parkplatz und das Herz schlägt mir bis zum Hals. Ich komme mir vor wie in einem Film, als sei das alles nicht real. Nach meinem Treffen mit Rebecca am FKK-Strand bin ich, ziemlich durcheinander, rüber in die Textilzone und habe mir einen abgelegenen Platz ganz am anderen Ende gesucht. Am Büdchen noch eine Wurst mit Pommes gegessen, eine Cola getrunken, Löcher in die Luft gestarrt. Dann wieder zurück auf mein Handtuch, weiter gegrübelt. Der ganze Trubel um mich herum ist mir völlig egal, da könnte ein ganzes Festival stattfinden, ich würde es wahrscheinlich nicht mal wahrnehmen. Erst als dann später am Abend die Lautsprecherdurchsage kommt, dass das Bad nun schließen werde und man bitte das Gelände verlassen möge, wache ich wieder aus meinen Grübeleien auf und begebe mich langsam zum Ausgang. Ich fühle mich wie betäubt, vielleicht habe ich sogar etwas geschlafen, kann ich gar nicht sagen. In meinem Kopf tobt ein Konflikt, der meinen Verstand immer wieder regelrecht abstürzen läßt. Meine ganze Recherchestory zu der Frankfurter Brandserie, so unvollständig sie auch noch ist, fußt auf den bekannten Tatsachen und dazu einigen logischen Verknüpfungen und Erkenntnissen, die sich nach den neuesten Ereignissen immer stärker auf diese Frau konzentrieren, auf Rebecca. Alle Fäden scheinen unweigerlich auf sie zuzustreben und es hat sich in meinem Inneren bereits ein ganzes Album von Bildern entwickelt, das die Taten in diesem Zusammenhang sehr anschaulich und überzeugend beschreibt. Rebecca, die Brandstifterin. Die Gestörte. Die kühle, unattraktive, graue Frau, die Ausgeflippte, die mit den merkwürdigen Eigenschaften, die Unnahbare, Verquere, Rätselhafte. Und nun plötzlich steht genau daneben ein ganz anderes konkurrierendes Bild, das mich nicht nur im Kopf total kalt erwischt beziehungsweise auch vor allem ziemlich heiß gemacht hat: Rebecca, die Verführerin, die Faszinierende, die Hochattraktive, die Nackte, die tiefgründige, souveräne, wohlkalkulierende, erfahrene, lebenskluge Frau. Die Frau, die mir tatsächlich den Kopf verdreht. Und die mich zugleich ohne Wenn und Aber stehen lässt, mich wegschickt, mich zum Nachdenken verdonnert. Das alles passt überhaupt nicht zusammen und es passt mir auch überhaupt nicht in den Kram. Ich spüre, wie mir mein eigenes Weltbild langsam unter den Füßen wegrutscht, wie meine Sicherheit ins Wanken gerät und meine Laune zu einem Spielball zwischen Elementen wird, die ich kaum mehr kontrollieren kann. Aber als ob das alles nicht schon genug Verwirrung stiften würde: Gerade bin ich durch das Ausgangstor durch, da höre ich noch eine weitere Lautsprecherdurchsage. Ich höre nur halb hin, es geht um irgendjemanden, der wohl seine Sachen noch am Strand liegen gelassen hat und aufgefordert wird, diese abzuholen bzw. sich selbst auch sofort nach draußen zu begeben. Ich bin einer der letzten, bleibe noch etwas auf dem Kiesweg stehen und warte einfach ab. Irgend etwas beunruhigt mich noch zusätzlich zu meinem ohnehin etwas durchgeschüttelten Zustand. Jetzt sind alle Badegäste weg oder auf dem Weg zu den letzten Autos, nur ein blaues Damenfahrrad steht noch angekettet am Zaun. Noch einmal kommt dieselbe Durchsage, nun schon in etwas dringenderem Tonfall. Irgendwo macht sich Unruhe breit wo zuvor nur ein paar Angestellte des Strandbades in aller Ruhe mit lagen Zangen den liegen gebliebenen Müll in große blaue Müllsäcke gefüllt haben. Viel kann man hier von außen ja nicht sehen, weil die Betriebsgebäude zwischen dem Eingangsvorplatz und dem eigentlichen Strandbereich liegen. Es ist eher zu spüren, etwas liegt in der Luft. Noch einmal kommt die Durchsage. Und danach dauert es nicht mehr lange: Plötzlich höre ich Martinshörner und kaum eine Minute später treffen fast zeitgleich Polizeifahrzeuge und Feuerwehren mit Bootsanhängern ein, auch ein Wagen der DLRG. Ich stehe wie gebannt bei meinem

Auto und betrachte das Geschehen von der Ferne aus. Da läuft doch eine Übung, oder? Alles scheint so routiniert, so eingeübt. Wie sie aus den Fahrzeugen springen, Geräte auspacken, wie ein paar Taucher ihr Equipment schultern und in schnellem Schritt auf das Gelände verschwinden. Ich gehe noch mal näher ran, aber werde sogleich von einem Feuerwehrmann zurückgeschickt, hier sei ein Notfalleinsatz am Laufen. Also ist das alles doch keine Übung? Ich frage nach und erhalte die unwirsche Antwort, nein, das sei keine Übung, es werde eine vermisste Person gesucht und ich sollte mich doch bitte diskret fern halten von dem Einsatzort, das hier sei bitterer Ernst. Eine vermisste Person. Ein blaues Damenfahrrad, das einsam am Zaun wartet. Badesachen, die im FKK-Bereich am Ufer zurückgelassen wurden. Drei offenbar erfolglose Lautsprecherdurchsagen. Rebecca? Rebecca! Das Blut schießt mir regelrecht durch den Körper, Adrenalin pur auf höchster Dosis. Ich versuche, mich zu beruhigen, das muss doch alles nichts bedeuten, das kann doch alles noch gut ausgehen, die Person wird gefunden, schläft ihren Rausch aus in irgendeinem Gebüsch, alle fahren wieder nach Hause, niemand ist zu Schaden gekommen. Und überhaupt, es handelt sich bei der vermissten Person gar nicht um Rebecca, es ist ein Mann, ein Mädchen, ein Jugendlicher, was weiß denn ich?! Es hilft nichts. Ich bebe vor Erregung. Krame mein Handy raus, warum hab ich nicht schon eher daran gedacht? Ich wähle ihre Nummer, höre ein paar Mal das Tuten, nichts, niemand geht ran. Dann springt der Anrufbeantworter an:

„Hallo, hier ist Rebecca Pohl, leider gerade nicht erreichbar. Bitte Nachricht nach dem Piepton, ich melde mich."

Sie geht nicht ran. Sie ist sonst immer ran gegangen. Noch nie habe ich ihren Anrufbeantworter gehört. Sie wollte eine Stunde schwimmen gehen, hat sie gesagt. Das ist schon ziemlich lang. Muss doch dann eine geübte und erfahrene Schwimmerin sein. Keine, die ihre Kräfte leicht überschätzt. Keine, die unnötige Risiken eingehen würde. Sie hatte nichts getrunken oder sonst welche Drogen genommen. Jedenfalls nicht so, dass ich etwas bemerkt hätte. Das ist so unwahrscheinlich, so irreal. Jetzt fängt die Luft an zu dröhnen, ein Polizeihubschrauber fliegt dicht über mich zum See und dreht etliche Runden, bleibt manchmal auf der Stelle stehen, dreht dann wieder ganz langsam ab und fliegt in Kreisen über den See. Immer wieder und wieder. Bootsmotoren brummen laut um die Wette. Stimmen. Anweisungen. Unruhe. Das alles geht immer weiter, es hört nicht auf. Sie finden sie nicht. Es wird langsam dunkel. Der Hubschrauber dreht ab. Nach und nach kommen die Feuerwehrleute und Polizisten und alle Anderen aus der Ausgangspforte, die Sachen werden wieder eingepackt, die Fahrzeuge verschwinden eins nach dem Anderen mit knirschenden Reifen vom Platz. Stille. Nur das blaue Damenrad bleibt zurück. Niemand hat es abgeholt. Niemand ist damit nach Hause gefahren. Ich stehe immer noch an mein Auto gelehnt, kann mich kaum bewegen, wie festgenagelt, wie eingefroren. Ich friere tatsächlich, zittere am ganzen Körper. Nicht nur vor Kälte. Es kriecht mir durch die Glieder wie ein eisiger, eitriger Strom der Angst, eher fast der unheimlichen Gewissheit: Sie ist tot. Rebecca ist tot. Ertrunken, elend ersoffen in der eisigen, stummen Tiefe dieses banalen Badesees. Rebecca. Diese großartige, faszinierende Frau. Rebecca ist tot.

Die Tage werden mir oft unerträglich lang in die-ser Zeit. Seit ich aufgehört habe zu praktizieren, bleibt mir wenig zu tun außer mit dem Hund Gassi zu gehen oder allein weite Stadtspaziergänge zu unternehmen.

Zu viel soll ich mir ja noch nicht zumuten nach meinem Herzinfarkt im Park. Und mir fehlt auch ehrlich gesagt die Kraft dazu. Ebenso fehlt mir die Kraft, mich wieder mit Rebecca in Verbindung zu setzen. Nicht dass ich ihr Vorhaltungen machen wollte wegen der ganzen Aufregung bei unserem letzten Spaziergang, auch wenn das sicherlich mit zu dem Infarkt beigetragen haben wird. Aber so was kann man schließlich niemandem vorwerfen. Schließlich war es sicher nicht ihre Absicht, mir zu schaden, es sind eben einfach mal wieder die Pferde mit ihr durch gegangen. Aber ich spüre, dass sie mich innerlich doch sehr beschäftigt und hätte einfach gerne wieder etwas mit ihr zu tun. Unser Spaziergang war doch bis zu seinem abrupten Ende sehr harmonisch. Und ich habe auch das Gefühl, dass ich ihrer Bitte, ihr meine Wahrnehmung von diesem zauberhaften Park und dieser einzigartigen Stunde zu erklären, sie daran teilnehmen zu lassen, durchaus zu ihrer vollen Zufriedenheit nachgekommen bin. Und dann dieser Kuss. Sicher, er kam sehr impulsiv und spontan, aber er war da. Und ich habe ihn sehr sehr intensiv gespürt, er fuhr mir sozusagen mitten ins Herz. Und das ist mir schon lange nicht mehr passiert. Aber bilde ich mir da nun etwas ein? War das mehr als eine einmalige, unüberlegte Geste, die sie vielleicht sogar gleich bereut oder schlicht und einfach längst vergessen hat? Oder war es mehr für sie? War es ein Anfang oder ein Ende von etwas? Immerhin hat sie sich von sich aus seitdem nicht mehr bei mir gemeldet. Ob dieser Herr Mauschner ihr wohl meine Grüße übermittelt hat? Hat sie dabei möglicherweise etwas falsch verstanden? Ist meine Botschaft an sie korrekt angekommen oder wie bei „Stille Post“ in ihrem Sinn völlig verdreht worden? Ich hätte doch selber anrufen sollen. Ich sollte sie mal wieder anrufen. Vielleicht wartet sie ja sogar darauf. Das werde ich machen. Gleich morgen.

Morgen rufe ich sie an. Mit einem Tee setze ich mich vor den Fernseher. Hessenschau. Ich schaue kaum hin. Bis es mich plötzlich wie elektrisiert. Da ist etwas passiert im Strandbad Niederroden im Rodgau. Das kenne ich nur aus ihrer Beschreibung. Sie schilderte mir in einer der letzten Sitzungen, wie sehr sie das Nacktbaden dort schätze. Und ich war einigermaßen verblüfft, zum einen über ihre plötzliche Begeisterungsfähigkeit und Offenheit, mir überhaupt davon zu erzählen. Und dann von dieser Sache selber. Ich bin ja selbst überhaupt kein Freund von solchen öffentlichen Nacktauftritten. Da bin ich doch wohl etwas zu konservativ. Aber sie war Feuer und Flamme für diese Art sich zu entspannen. Sie betrachtete es sogar für sich selbst als eine Art Therapie, die sie in die Lage versetze, ihren Körper auf eine ganz und gar selbstbestimmte Art langsam wieder kennen- und lieben zu lernen, sich einer positiven Körper- und Hautempfindung mit aller Vorsicht anzunähern, es überhaupt zuzulassen, sich in ihrer Haut wohl zu fühlen, was bei ihrer Vergangenheit, soweit ich davon Kenntnis habe, schon ein sehr bedeutsamer und bewundernswert selbstbewusster Schritt ist. Jedenfalls war ich von diesen Beschreibungen ganz fasziniert, auch wie sie bei diesen Gelegenheiten andere Menschen beobachtete und dem Rätsel ihrer Existenz und ihrer Umgangsformen so langsam Stück für Stück näherkam. Und, ich gebe es ja zu, auch die Vorstellung, sie nackt am Badestrand zu sehen, war mir durchaus nicht unangenehm. Und jetzt heißt es da in den Nachrichten, es werde eine Person im Badesee vermisst. Seit gestern Abend. Das ist wie ein Wink des Schicksals. Vielleicht hat Rebecca davon sogar zufällig etwas mitbekommen? Wie auch immer, das ist ein Thema, das sie sicherlich interessieren wird, es wäre ein guter Gesprächsansatz und eine perfekte Gelegenheit, den Kontakt wieder aufleben zu lassen. Ein guter Grund also heute noch anzurufen, jetzt sofort. Und es nicht wieder auf morgen zu verschieben. Also los. Ich zögere nicht, raffe mich sofort auf und rufe sie an. Verbindungszeichen. Schönes Wort eigentlich für so ein banales Tuten, denke ich. Dann höre ich ihre Stimme:

„Hallo, hier ist Rebecca Pohl, leider gerade nicht erreichbar. Bitte Nachricht nach dem Piepton, ich melde mich."

Schade, nur der Anrufbeantworter. Hätte sie gerne direkt gesprochen. Na ja, besser als gar nichts. Immerhin, der erste Schritt ist damit getan.

„Hallo Rebecca, schön Ihre Stimme zu hören und schade, dass Sie nicht selbst, sondern nur ihr elektronischer Freund am anderen Ende der Leitung sind. Ja ich wollte mich doch unbedingt und eigentlich schon lange bei Ihnen melden, weil wir bei unserem letzten Treffen im Park doch etwas unglücklich auseinander gegangen sind. Und ich hoffe, der Herr Mauschner hat Ihnen in der Zwischenzeit auch meine Grüße mitgeteilt und meine Botschaft, dass Sie sich keine Sorgen machen sollten, denn ... äh, keine Sorgen zu machen, weil ..."

Ich stehe da mit offenem Mund. Keine Sorgen. Keine Sorgen. Etwas in mir schreit förmlich auf bei diesem Wort. Sorgen. Ich mache mir sehr wohl Sorgen. Was ist denn da los? Ich schaue die ganze Zeit beim Sprechen auf den Bildschirm, sehe die Szenen von Feuerwehrtauchern und Polizeihubschraubern und höre aus dem Off den Kommentator etwas von einer erfahrenen, vierundsechzigjährigen Schwimmerin sagen und erstarre zu Eis. Eine vierundsechzigjährige erfahrene Schwimmerin. Rebecca ist genau das, eine vierundsechzigjährige erfahrene Schwimmerin. Und das ist ihr Lieblingssee. Und das ist die Katastrophe. Sie haben alles abgesucht, gestern Abend bis zum Einbruch der Dunkelheit und heute wieder. Mit Hubschraubern, Booten, Tauchern, sogar mit Leichenspürhunden. Und zwei von vier Hunden haben angeschlagen. Haben Meldung gemacht, dass hier tatsächlich jemand oder etwas gestorben sein könnte. Gestorben ist. Es ist definitiv jemand gestorben. Freunde hätten sie um 17:00 Uhr am Donnerstag zum letzten Mal gesehen. Dann, heute gegen 13:00 Uhr hätte eine Freundin das Fahrrad identifiziert, das noch am Zaun des Geländes angeschlossen war. Um 14:00 Uhr haben die Hunde angeschlagen. Um 16:00 Uhr haben Taucher genau an dieser Stelle intensiv nach der Person gesucht. Aber der See ist dort bis zu 30 Meter tief und es ist stockdunkel da unten. Es gibt da nichts zu sehen, keine Farben. Keine Farben. Rebecca sieht keine Farben mehr, sie sieht gar nichts mehr. Sie ist da unten im eisigen Wasser und sie ist nicht mehr. Sie hat es nicht geschafft. Ich habe es nicht geschafft. Wir haben es nicht geschafft. Oh nein oh nein oh nein. Die Tränen schießen mir nur so aus den Augen und verschleiern meinen Blick, ich sehe nichts mehr um mich herum, nur noch in mir drin: Rebecca. Meine Rebecca.

Was für ’ne verdammte Aufregung. Und was für ’ne verdammte Scheiße. Da ertrinkt so ’ne Frau einfach so im Baggersee. Gute Schwimmerin auch noch. Und ich glaube fast, ich kenne die sogar. War ja an dem Tag auch am See im FKK-Bereich. Es gibt ja nicht wirklich viele Plätze, auf denen ich mich gerne zeige, wie ich wirklich bin. Weil ich gar nicht so genau weiß, wie ich wirklich bin vielleicht. Aber die, wenn es die ist, die ich meine, die wusste genau wer sie ist. Lag aber oft ganz für sich, wenn ich mich recht erinnere. So ’ne ganz Schlanke, nicht mehr ganz jung, aber total gut in Form und schön knusprig braun gebrannt jetzt im Sommer. Die Meisten sind hier ja paarweise unterwegs, viele sogar in Gruppen, die scheinen sich alle von irgendwoher schon lange zu kennen, begrüßen sich ständig, scherzen, babbeln, stehen rum am Würstchenwagen, trinken was, schwimmen zusammen. Es sieht manchmal aus wie eine große Familie. Diese Frau traf sich nur ab und zu mit einzelnen Freunden oder Freundinnen, lag aber oft auch alleine. Die wirkte so souverän, so selbstsicher und dabei verdammt sexy, da war ich immer schon neidisch gewesen. Hab sie öfters gesehen und dachte mir oft so: Mensch, die hat's gut, die hat einfach den tollen Körper mit auf die Welt bekommen, den andere auch so gerne hätten, aber niemals erreichen. Ich war ja hier schon früher ab und zu mal auf dem jährlichen Strandfestival, mit den Rodgau Monotones und so. Da ging schon echt die Post ab. Klasse Musik und Superstimmung. Da konntest du saufen und tanzen und mal so richtig ausflippen. Zum Baden bin ich früher nie da hin. Aber nachdem ich aus dem Knast raus bin, fing das an. Der Knast hat mich hart gemacht, noch härter, als ich sowieso immer schon war. Aber da musst du hart sein, sonst nehmen dich die Anderen nicht ernst, und dann hast du's ganz schnell verschissen. Also hab ich immer noch einen drauf gesetzt. Ab und zu mal irgendjemandem ordentlich eins auf die Nase gegeben, immer groß das Maul aufgerissen. Hat auch geklappt soweit. Alle haben mich respektiert. Aber ich habe mich dabei immer schlechter gefühlt. Hatte einfach keine Lust mehr auf diese Nummer. Und nachts allein in der Zelle, da hab ich oft stundenlang nachgedacht über alles. Vor allem dann, wenn es mittags Griespudding zum Nachtisch gegeben hatte. Klingt bescheuert jetzt. Aber den gab's auch bei meiner Mama zu Hause früher immer. Das war so ziemlich der einzige Luxus, den wir uns geleistet haben. Nur wir beide. Sonst war ja keiner da. Vor allem im Winter, wenn es so richtig kalt wurde, dann durfte ich immer den kleinen Ofen anheizen, wenn wir hatten mit

Kohle, aber oft auch nur mit zusammen gesammeltem Holz aus alten Kisten und so. Und dann hat sie mich immer gelobt und gesagt, was wären wir ohne mich, „meinen kleinen Mann“ hat sie immer gesagt, „mein kleiner Heizer“ oder „mein kleiner Feuermacher“. Ich war dann auch wirklich ziemlich beschäftigt damit, so ein bisschen Holz ist schnell abgebrannt und ständig musst du nachlegen und umschichten und so. Und dann, wenn es richtig warm wurde, dann haben wir uns zusammen in den großen zerfledderten Sessel vor den heißen Ofen gesetzt und beide eine schöne Portion Grießpudding gegessen. Ganz manchmal sogar mit warmer Vanillesoße. Meine Mama und ich, der kleine Feuermacher. Das war schön. Bis dieser blöde Robert ins Spiel kam. Dabei war der viel jünger als meine Mama. Aber irgendwie hat's scheinbar gefunkt zwischen den beiden. Der hatte so 'ne Gartenlaube irgendwo bei Frankfurt, glaub' ich, und da ist sie dann immer hin, vor allem im Sommer. Hat mir zu Hause irgendwas zum essen hingestellt oder auch mal nicht und blieb oft wirklich tagelang weg bei diesem bescheuerten Typ. Nix mehr mit dem kleinen Feuermacher. Ich war damals völlig verzweifelt, aber keiner hat mir geholfen. Da hab ich dann angefangen, anderswo Sachen anzuzünden, alles was aus Holz war. Da kannte ich mich ja aus. Und bald hatte ich eine richtige Bande und wir haben die ganze Gegend unsicher gemacht mit unseren Feuerchen überall. Und wir sind nie erwischt worden. Hab immer alles gut im Griff gehabt, ich war immer der Chef. Der kleine Mann, weil ich war wirklich nicht groß, auch als Jugendlicher und Erwachsener dann. Aber egal. Ich war immer hart und habe den Anderen immer gesagt, wo's lang geht. Aber eigentlich wollte ich das alles gar nicht. Eigentlich wollte ich nur wieder mit meiner Mama zusammen am Ofen sitzen, mich da um das Feuer kümmern und Grießpudding essen und hören, wie sie zu mir

„mein kleiner Feuermacher“ sagt und mich ganz fest in den Arm nimmt. Aber das war vorbei. Ein für alle Mal. Dieser verdammte Robert hat sie mir einfach weggeschnappt. Hat sie in seine verdammte Gartenlaube mitgenommen und nicht wieder hergegeben. Da haben sie beide dann wohl meistens gesoffen und so, jedenfalls ist Mama dann irgendwann im Vollrausch in der Hütte umgefallen, liegen geblieben und da wohl an ihrer eigenen Kotze erstickt, während der Kerl praktisch neben ihr seinen Rausch ausgeschlafen hat. Aus die Maus. Das war’s dann. So haben sie mir das jedenfalls bei der Polizei damals erzählt. Da bin ich nur raus, war völlig daneben, bin rausgefahren, wo wir immer gerne spazieren gegangen sind, stundenlang durch den Wald gelaufen, hab geheult und geschrien und bin dann irgendwann an diesen Aussichtsturm gekommen. Den Atzebergturm, wie wir früher immer gesagt haben. Und da hab ich ihr zu Ehren noch Mal so ein richtig schönes Feuer gemacht, nur für sie. Ich weiß nicht, ob sie es sehen konnte von da oben, aber ich hab es für sie gemacht. Und das war gut so. Das war mein Gruß an sie, nicht so an die Saufeule, die sie wohl zum Ende hin war, sondern an die, die ich im Kopf hatte, an meine liebe Mama vor dem heißen Ofen. An die hab ich diesen Gruß geschickt. Und im Knast, da musste ich dann immer öfter an sie denken. Und wie so ihr Leben war und wie mein Leben geworden war. Und da hatte ich immer öfter die Idee, diese beiden Leben zu tauschen. Meins gegen Ihrs. Und als ich dann raus war aus diesem Affenstall, weil ich es einfach da nicht mehr ausgehalten habe, da habe ich dann immer mal wieder versucht, in ihre Rolle reinzuschlüpfen. Ich habe mir auf Flohmärkten billigen Schmuck gekauft, wie sie ihn immer gerne getragen hat. Frauenklamotten, Röcke und Blusen und so. Und Schminksachen und sogar ganz billig eine Perücke. Und dann bin ich immer öfter auch so raus gegangen, als

Mama, oder als Frau jedenfalls. Und die Leute haben mich angestarrt, als wäre ich ein Alien. Aber ich hatte nie Ärger, ich war immer sehr nett zu Anderen und die auch zu mir. Und das war ein ganz neues, ein ganz anderes Leben. Zwischendurch war ich dann auch wieder der alte Atze, wenn es mir schlecht ging meistens. Das hab ich dann auch schon mal wieder auf die Kacke gehauen. Und dann hab ich wieder Kontakt gesucht zu diesem Bernd, dem Softie aus unserer alten Bande. Der ist zwar doof, aber er ist nicht so, wie andere Männer, nicht so hart, der ist weich. Und ich suche jemand, der weich ist, der so ist, wie ich als kleiner Junge war, und der dann mit meiner Mama, die ich dann bin, der also mit der dann wie der große Atze schön zusammen kuscheln kann. Vielleicht vor einem Ofen so wie damals. Und sich nette Sachen sagen und so. Also hab ich den Bernd erst mal da gepackt, wo ich ihn kenne und wo er mich kennt. Ich hab ihm als Atze ein bisschen die Hölle heiß gemacht, damit er weiß, wer hier der Bestimmer ist, so wie früher halt. Ich wollte noch ein paar Brandnummern mit ihm durchziehen und ihn dann mit auf die andere Seite rüber nehmen, mit ihm zusammen dann was Neues anfangen, wo er sich entspannen kann und wo ich mich entspannen kann. Sonst weiß ich einfach keinen, der da vielleicht mitmachen würde. Aber der Bernd, den kann man für alles gebrauchen, der würde so was bestimmt auch mitmachen. Am See hab ich natürlich auch immer mal Ausschau gehalten, ob da wer in Frage kommen würde. Aber es ist immer dasselbe, da sind fast nur Leute unterwegs, die schon vergeben sind. Ich bin dann da auch mit meiner Perücke und mit dem Schmuck rumgelaufen. Aber sonst splitterfasernackt, so wie ich bin: klein, kugelig, braun gebrannt, mit allen Tatoos, mit dem Schmuck und mit schönen Frauenhaaren. Weil ich mich gut gefühlt habe so. Und weil da zwar alle etwas komisch geguckt haben, aber niemand hat sich beschwert oder hat mich blöde angemacht. Und weil es sich nackt einfach noch besser anfühlt als wenn ich in der S-Bahn fahre, schön aufgetütelt mit Rock und Bluse und hohen Schuhen. Aber da ist das irgendwie nur Hülle, nur Theater. Viele erkennen da auch nicht mal, dass unter der Verkleidung ein richtiger Kerl steckt, außer wenn ich mit meinem Brummbass etwas sage, dann schon. Aber am See, da ist das irgendwie ehrlicher. Und das fühlt sich einfach gut an. Tja, und nun das mit dieser Frau, das ist schon ein Jammer. Eine, die so gut aussieht. Und jetzt ist sie einfach tot. Mit der hätte ich gerne getauscht, also mit ihrem Körper. Da würde ich noch ganz anders dastehen, da würden sich aber alle nach mir umdrehen. Aber dann wäre ich ja wieder nicht wie meine Mama, die war auch nicht so schön und schlank, die war mehr kugelig und klein wie ich. Also das passt schon. Jetzt muss ich nur noch sehen, wie ich wieder mit Bernd in Kontakt komme und wie ich dem das verklickern kann, dass ich nicht mehr der alte harte Atze sein will, sondern ein netter weicher Typ, also eigentlich eine nette weiche Frau eben. Eigentlich dachte ich ja, wir könnten zusammen noch diesen Tempel da in dem Park abfackeln und dann irgendwie könnte ich ihn überzeugen, damit aufzuhören und was Neues anzufangen. Aber das ging ja erst mal gründlich in die Hose. Der Tempel ist tatsächlich abgebrannt, aber damit hatte ich diesmal gar nichts zu tun! Komischer Zufall. Oder auch nicht. Denn nachher habe ich natürlich versucht, den Bernd anzurufen, wir waren ja da quasi verabredet gewesen. Aber er ist nicht ran gegangen, kein einziges Mal, über ein paar Wochen nicht. Da bin ich schon ins Grübeln gekommen. Was wenn jetzt der Bernd den Tempel angesteckt hat, ohne mich? Vielleicht, um es mir zu beweisen, dass er das auch ohne Anführer kann? Vielleicht sitzt der ja schon längst im Knast. Keine Ahnung. Ich hab einfach keine

Ahnung. Muss es einfach weiter versuchen. Irgendwann wird er schon mal ran gehen. Dann sehen wir weiter, Bernd und ich.

Ich bin wieder draußen, raus aus der U-Haft. Haben mir nichts nachweisen können, außer dem Besitz eines randvollen Benzinkanisters. Da hätte man noch vielleicht irgendwas auf Vorsatz zu einer Brandstiftung draus stricken können, aber wegen meiner Kooperationsbereitschaft und meinen Hinweisen auf den von mir zumindest vermuteten Brandstifter haben sie mich dann schließlich doch ohne Anklage nach Hause geschickt. Also gerade noch mal mit einem blauen Auge davongekommen. Wegen der Brandstiftungen aus meiner Jugendzeit, die ich ja alle gleich eingeräumt hatte in meiner Panik, muss ich mir auch keine Gedanken mehr machen, die sind wohl allesamt verjährt, meinte die Richterin in der Anhörung. Aber sie ermahnte mich auch, endlich mein Leben auf die Reihe zu kriegen und mit dem ganzen Scheiß ein für alle Mal endlich und endgültig aufzuhören, was ich ihr dann auch hoch und heilig versprochen habe. Aber das ist leichter gesagt als getan. Ich meine, nicht dass ich vorgehabt hätte, wieder irgendwo rum zu zündeln, das war ja sowieso eigentlich nie wirklich mein Ding. Es war nur so – ich wollte einfach irgendwo dazu gehören. Ich hasste diese Bande, ich hasste diesen Atze Angeber, ich hasste diese ganze Scheiße. Aber ich gehörte immerhin dazu. Sie wollten mich immer dabeihaben. Vielleicht nur als den nützlichen Idioten, aber immerhin. Darum hab ich letztlich auch immer mit gemacht. Und darum bin ich auch nur wieder irgendwie so da rein geraten, als mich dieser blöde Atze dann vor ein paar Wochen plötzlich wie aus dem Nichts wieder angesprochen und heiß gemacht hat. Ich wollte und ich wollte nicht. Ich wollte, dass er mich in Ruhe lässt. Aber ich wollte es ihm auch zeigen, und das ausgerechnet auf seinem Spezialgebiet. Bescheuerte Idee, ich weiß. Alles was ich mache ist irgendwie bescheuert, ohne Plan. Ich bin der perfekte Reagierer, ich reagiere einfach nur auf Sachen, die passieren, aber ich mache nichts selbst, fange nichts von selbst an, keine Pläne, keine Ideen, nichts. Keine Freunde, kein Verein, kein Sport. Und meistens auch keinen gescheiten Job, alles nur so halbe Sachen, die ich mehr oder weniger schlecht als recht so lange mache, bis ich entweder rausgeschmissen werde oder bis ich von selber wieder gehe. Keine Frau, keine Familie, gar nichts. Ein Wunder, dass ich es geschafft habe, nicht ganz auf der Straße zu landen, dafür hat's immerhin gereicht. Aber was ist das für ein Leben? Wozu das alles? Meine Eltern haben mir nur beigebracht, immer brav zu sein, alles zu machen, was man mir sagt und ansonsten den Mund zu halten. Aber interessiert für mich haben sie sich nie. Und haben mir nie gezeigt, dass ich mich auch selber für irgendwas interessieren könnte. Keine Anregung, kein Lob, keine Vorschläge, keine Ausflüge, nichts. Eine große Schwester hab ich, die hat's genau so gemacht wie meine Eltern, hat ganz klassisch geheiratet, Kinder bekommen und ein langweiliges Leben geführt, aber immerhin ein Leben. Mit mir, dem „Versager", wollte sie, wollte vor allem ihr oberlangweiliger Mann dann irgendwann nichts mehr zu tun haben, so von wegen schlechtem Einfluss auf die Kinder und so. Ich sollte mich mal melden, wenn ich mein Leben auf die Reihe gekriegt hätte. Das war's dann. Ich hab mich nie wieder bei ihr gemeldet und sie bei mir auch nicht. Und jetzt klingelt mein Handy. Wenn sie das jetzt ist, dann werd ich verrückt. Das wäre zu irre. Das wäre zu schön.

„Ja?“

„Hey Bernd, altes Haus, wo warst du denn die ganze Zeit? Ich hab dauernd versucht, dich anzurufen, aber du bist nie ran gegangen!“

„Atze?! Was willst du?“

„Was ich will? Ich will mit dir reden, Mann. Darum ruft man an, wenn man mit jemandem reden will, Alter. Jetzt sag schon: Wo hast du gesteckt? Warst du im Urlaub? Hast du jemanden kennen gelernt?“

„Hör zu Atze, kann sein, dass du mit mir reden willst aber ich nicht mit dir, kapiert?“

„Jetzt sei doch nicht so schnippisch, ich hab dir doch gar nichts getan! Wir sind doch alte Kumpel von früher noch, Mann. Das waren doch tolle Zeiten zusammen. Und jetzt sag schon, wen hast du kennen gelernt?“

„Niemanden hab ich kennen gelernt. Außer mich selber vielleicht ein Stück weit. Ich war im Knast, wenn du's genau wissen willst. In U-Haft. Wegen dem Brandanschlag auf den Tempel im Chinesischen Garten. Der zu dem du mich überreden wolltest. Und den ich dann eigentlich selber anzünden wollte, allein, verstehst du? Ohne dich. Ohne Bestimmer. Und dann hat das Scheißding von ganz alleine gebrannt, genau in dem Moment, als ich es anzünden wollte. Jedenfalls hab ich es nicht angezündet. Und du offensichtlich auch nicht. Hast nur groß rum getönt.“

„Woher willst du denn das wissen, dass ich das nicht gemacht habe?“

„Weil du zu der Zeit mit einem geklauten Golf durch Fulda gerast bist und dich hast blitzen lassen. Astreines Alibi, gratuliere! Nur ich stand dann ziemlich blöd da bei den Bullen. Darum haben die mich auch gleich dabehalten, verstehst du?“

„Nein, versteh ich nicht. Kein Wort. Woher weißt du das mit Fulda? Und das mit dem Blitzer? Da weißt du ja mehr als ich selber! Jetzt versteh ich überhaupt nichts mehr."

„Ich hab dich angezeigt, du Angeber. Ich dachte, du hättest die beiden Tempel angesteckt, wie du's mir ja auch gesagt hast. Ich bin den Bullen in die Arme gelaufen, als das Ganze passierte, und da haben die mich so in die Mangel genommen, bis ich alle Schuld auf dich geschoben habe. Aber das stimmte dann überhaupt nicht, und so saß ich dann erst mal selber in der Scheiße. Und hab überhaupt nichts mehr verstanden. Und dann habe sie mich schließlich doch laufen lassen, weil sie mir nichts Strafbares nachweisen konnten. Auch das mit unseren gemeinsamen Fackeleien hat übrigens keine Bedeutung mehr. Alles gegessen, die Dinger sind längst verjährt, du kannst mich also deswegen auch nicht mehr erpressen, nie mehr, verstehst du? Nie mehr!"

„Aber ... Bernd, hör zu, ich ..., ich wollte dich doch damit nie erpressen, hörst du? Ich wollte eigentlich was ganz Anderes, ich wollte einfach wieder Kontakt mit dir haben."

„Kontakt? Wozu denn? Zum Schmiere stehen!"

„Nein ich ... hör zu Bernd, ich würde dir das gerne erklären, aber nicht am Telefon, verstehst du? Wo bist du denn gerade? Hast du Zeit? Können wir uns irgendwo treffen, vielleicht auf einen Kaffee?

„Ich bin in der Stadt. Im Park. Da wo dieser verdammte Tempel gestanden hat oder wo die Reste immer noch rumstehen. Ich wollte mir das noch mal ansehen. Ich geh spazieren."

„Nein!! Das gibt's doch gar nicht! Da bin ich doch auch gerade. Ich gehe hier fast jeden zweiten Tag stundenlang spazieren. Auch ein bisschen wegen dem Tempel. Aber eigentlich mehr, weil ich's hier einfach schön finde. Warte mal ... wo bist du? Ich ... ach ja, jetzt seh ich dich! Da hinten bei dem Gewächshaus. Mann, ist das ein Zufall. Hey Bernd!"

„Ich seh dich aber nicht."

„Ich komme doch schon direkt auf dich zu auf dem Hauptweg. Ich winke, hier, hiiiiiier ..."

„Ich sehe nur eine kleine dicke Frau winken. Vielleicht denkt die, du winkst ihr zu und sie winkt zurück. Aber in der anderen Richtung, Moment ... da seh ich dich aber auch nicht. So groß ist das doch hier gar nicht!"

„Ich bin's Bernd. Die kleine dicke Frau, das bin ich! Ich winke dir zu ... und jetzt bin ich da, hallo! Jetzt brauchen wir kein Telefon mehr."

„Wa... ?"

„Ich bin's, Atze. Oder Adele, ganz wie du willst. Ist mir schon klar, dass du mich nicht gleich erkannt hast. Aber ich bin's, oder ich bin's auch wieder nicht. Ich bin so jemand anders, weißt du? Jemand, der oder die ich schon ganz ganz lange immer sein wollte. Viel mehr als der alte Angeber Atze, den du noch kennst. Und das versuche ich jetzt. Nicht immer, nicht jeden Tag. Aber heute zum Beispiel, heute hab ich mich extra schön gemacht und bin hier in den Park und gehe spazieren, so wie alle anderen Leute das eben auch machen. Und das ist toll. Und am allertollsten ist, dass ich dich jetzt hier getroffen habe. Das wir uns hier treffen. Du als Bernd und ich als Adele. Das ist einfach superschön. Bernd? Was ist denn Bernd? Was ...?!"

„An alle verfügbaren Wagen: Schlägerei im Beth-mannpark, anscheinend ein Mann und eine Frau, scheint ziemlich hoch her zu gehen. Wer kann das übernehmen?"

„Wagen 21, Barbara Sollinger. Bin schon unterwegs, Kollegen, kann in zwei Minuten da sein. Bin aber alleine, vielleicht kann mich noch jemand unterstützen, ja?"

„Wagen 12, hier Klöppel und Strunz, wir sind in fünf Minuten bei dir, Kollegin. Sei vorsichtig so lange, ja?"

„Mach ich, Ende."

Ich bekomme sogar eine richtige reguläre Parklücke, kaum zu glauben in dieser Gegend und in der Hektik. Zack raus aus dem Wagen und rein in den Park. Ich höre sie schon. Nicht zu fassen, ich höre sie bevor ich sie sehe. Kein Geschrei wie sonst oft bei Schlägereien. Nur dumpfes Poltern. Ich kann hören, wie die Fäuste treffen, wie sie auf die Leiber treffen wie auf hohle Trommeln. Nicht zu fassen! Und das, wo doch eine der beiden Personen eine Frau ist. Aber eine kräftige! Da stehen sie, wie zwei Kampfroboter stehen sie sich gegenüber und dreschen aufeinander ein, was das Zeug hält! Unglaublich! Die bewegen sich kaum von der Stelle, hauen nur blindwütig aufeinander ein. Und die Frau haut kräftig mit, ja es sieht sogar aus, als sei sie die Stärkere! Ha! Jetzt weiß ich auch warum: Eben fegt ihr ein weiterer Fausthieb an den Kopf die Perücke vom Schädel und siehe da, eine feine Halbglatze kommt da zum Vorschein. Also doch kein streitendes Ehepaar, kein Beziehungsstress in aller Öffentlichkeit. Dafür eine echt krasse Sondervorstellung der Extraklasse.

„Halt. Stopp, Polizei! Auseinander!", brülle ich so laut ich kann schon aus der Entfernung. Nichts, keine Reaktion. Beide Kontrahenten scheinen völlig in einer anderen Welt zu sein. Dreschen weiter ohne Atempause aufeinander ein. Jetzt bin ich bei ihnen. Jetzt kann ich noch etwas Anderes hören, eine Art Wimmern, ganz leise und zweistimmig, wie von kleinen Kindern. Ihre Gesichter sind beide geschwollen, Blut rinnt aus den Nasen, vermischt sich mit Schweiß und Tränen und läuft in Strömen über die Gesichter, den Hals und durchtränkt die Kleidung. Sie weinen, wimmern, schwitzen, bluten und hämmern weiter aufeinander ein wie in Trance. Nicht ansprechbar. Ich kann auch nicht dazwischen gehen, sonst kriege ich sicher selbst kräftig eine ab. Nein danke. Aber es scheint auch keine wirkliche Gefahr im Verzug, jedenfalls nicht zu Ungunsten einer Person. Beide geben sich alles, aber keiner scheint dem Anderen überlegen zu sein. Es herrscht fast etwas wie eine absichtliche Balance, so als wollte keiner dem ganzen Kampf wirklich ein Ende setzen, den anderen besiegen, sondern als hätten sich beide in diesem Kampfmodus bis auf weitere Zeit fest eingerichtet wie in einer endlosen Zeitschleife. Na bitte, dann sollen sie doch. Ich passe auf, dass niemand von den Umstehenden in Gefahr gerät und warte einfach ab, bis die Kollegen kommen und dem Ganzen dann mit schnellem und entschlossenem Polizeigriff ein Ende setzen. Beide Männer sind nicht in der Lage, auch nur ein Wort zu sprechen. Von Weinkrämpfen geschüttelt, sitzen sie bald am Wegesrand und japsen laut, bis sich ihr Atem ganz langsam dann doch wieder etwas beruhigt. Arme Würstchen.

„Ich nehme lieber den Handkäs, einen doppelten, bitte. Und einen großen Sauergespritzten. Und du? Die Würstchen? Ok, die Würstchen mit Kartoffelsalat und noch einen großen Sauergespritzten. Danke."

„Danke. Hätt ich auch selbst bestellen können. Ok, war ja nur nett gemeint, entschuldige. Ich bin einfach fertig, war so ein richtiger scheiß Tag heute. Aber schön, dass ich dich endlich mal wieder erreicht habe und dass wir jetzt hier zusammensitzen und essen und trinken können. Wie in alten Zeiten, was Erik?"

„Wie in alten Zeiten. Du redest ja, als hätten wir schon Schluss gemacht. Also ich habe das jedenfalls nicht."

„Wirklich nicht? Aber ich hatte das Gefühl, du wolltest nicht mehr. Du hast dich überhaupt nicht mehr gemeldet in letzter Zeit. Und als ich dich angerufen habe am See, da hast du sogar aufgelegt."

„Ja komm, das war ja aber auch eine Super-Szene, die du mir da gemacht hast, echt! Das war einfach nicht zum Aushalten, Barbara!"

„Ja was sollte ich denn machen? Zuschauen, wie du da mit irgend so einer Tussi nackt am Badestrand liegst und es dir so richtig gut gehen lässt oder was?!"

„Also jetzt hör mir bitte mal zu. In aller Ruhe, ja? Mir ging's da überhaupt nicht gut. Da war eine andere Frau, ja. Aber das war und ist nicht meine Freundin. Das war, wie soll ich das erklären? Das ist, also das war eine Frau, die ich schon seit Ewigkeiten kenne. Und wir hatten jahrelang überhaupt keinen Kontakt. Und dann kam er doch irgendwie durch puren Zufall wieder zustande, aber es war immer komisch mit der. Ich bin ihr dann noch ein paar Mal begegnet. Und dann, du weißt ja, ich recherchiere immer noch zu den merkwürdigen Brandstiftungen, da wurde sie ganz plötzlich wieder interessant für mich."

„Interessant!"

„Ja verdammt, nein nicht was du jetzt wieder denkst ..."

„Woher weißt du denn, was ich denke?"

„Jetzt hör mir doch mal zu, Barbara. Diese Brandserie, wir haben doch oft darüber gesprochen und spekuliert, aber wir lagen vollkommen daneben. Es gibt überhaupt keinen Brandstifter, also ich will sagen, der Brandstifter ist kein Mann, sondern eine Frau!"

„Wie bitte? Wie kommst du denn da drauf?"

„Jetzt wirst du schon wieder rot im Gesicht, nicht ausflippen, bitte. Ich sag das doch nicht gegen dich und deine Theorien. Ich lag ja genauso falsch. Es war eine Frau. Ich war sooo dicht dran, ich hatte sie schon fast am Wickel."

„Diese Frau am See?!"

„Genau, diese Frau am See. Ich hatte sie schon quasi fast überführt und wir trafen uns dort zu einer Aussprache."

„Eine Aussprache. Ein Journalist trifft sich mit einer dringend Tatverdächtigen nachmittags nackt am Baggersee zu einer Aussprache. Sag mal, willst du mich verarschen oder was ist mit dir los?!"

„Ich weiß, das muss erst mal für dich ziemlich bescheuert klingen. Aber es kommt ja noch viel dicker: Wir hatten ja dann auch diese Aussprache, also eigentlich hat sie mehr gesprochen als ich. Und dann ist sie schwimmen gegangen und nicht wieder aufgetaucht."

„Wie nicht wieder aufgetaucht?! Du meinst ... das ist ... du sagst, das ist die Frau, die letzte Woche da im Baggersee ertrunken ist? Die man nicht mehr gefunden hat?"

„Ganz genau. Das ist genau die Frau, mit der ich mich da getroffen hatte. Und das ist auch die Frau, die die asiatischen Tempel in Frankfurt angesteckt hat."

„Du hast sie unmittelbar davor getroffen? Und dann ist sie verschwunden? Du hattest eine Auseinandersetzung mit ihr und plötzlich ist sie tot?! Erik! Erik, du machst mir Angst. Was hat das zu bedeuten?! Erik!"

„Reg dich ab, Barbara, bitte! Du tickst ja gleich wieder aus. Mann, ich hab sie getroffen und dann ist sie schwimmen gegangen und weg war sie. Sie ist einfach nicht mehr aufgetaucht. Aber das hat beides nicht das Geringste miteinander zu tun. Ich meine, ich habe damit nichts zu tun, dass sie nun tot ist. Sie wollte schwimmen und hat mich weggeschickt. Und ich bin auch weg gegangen, rüber in den Textilbereich, ich hab da noch was gegessen und getrunken und hab vermutlich auch noch ein bisschen am Strand geschlafen. Und dann, als das Bad, also der See geschlossen hat, bin ich raus und aber nicht gleich weggefahren und dann hab ich mitbekommen, wie da die ganze Rettungsmaschinerie angelaufen ist. Und da hab ich erst langsam realisiert, dass das diese Frau gewesen war, die man gesucht hat."

„Und du hast wirklich nichts damit ..."

„Barbara! Ich bin Journalist und kein Frauenmörder! Ich wäre doch völlig bescheuert, wenn ich einer heißen

Story auf der Spur wäre und dann die Hauptperson um die Ecke bringen würde. Das macht doch überhaupt keinen Sinn! Die Story ist jetzt eh fürn Arsch, die kann ich komplett vergessen. Ich hab ja keine echten Beweise, dass es so war, wie ich vermute. Aber ich bin sicher, dass es so war. Nur kann ich das so niemandem klar machen und schon gar keine Story darauf aufbauen. Ich hab wieder mal alles in den Sand gesetzt. Alles umsonst. Und dann noch, dass diese Frau so einfach gestorben ist. Nicht, dass ich sie ... verstehst du, wir hatten nie was miteinander, aber ... aber ich war nun mal der letzte Mensch, der sie lebend gesehen hat, der mit ihr gesprochen hat. Und sie hatte bestimmt nicht vor, sich so früh schon aus dem Leben zu verabschieden, sie wollte nur schwimmen gehen und dann das ... ich komm da einfach gerade überhaupt nicht mit zurecht. Ich bin völlig am Ende."

„Aber vielleicht hast du dich ja auch geirrt, Erik. Vielleicht war sie es doch nicht, wenn du auch gar keine echten Beweise hast. Das mit ihrem Tod, das verstehe ich ja, dass dir das nahe geht. Aber deine Story, die muss damit vielleicht doch noch nicht mit gestorben sein. Vielleicht musst du erst mal tief Luft holen und noch mal alles von vorne durchdenken. Ich kann dir doch dabei helfen. Schau mal, eine Frau als Brandstifterin, das ist doch ziemlich unwahrscheinlich. So was hab ich jedenfalls noch nie gehört. Das machen sonst immer Männer, Erik. Immer! Das ist so ein echtes Männer-Ding. So wie Männer auch immer viel lieber grillen als Frauen. Oder Lagerfeuer machen und so was. Das machen immer Männer. Wir müssen einfach noch dranbleiben, Erik. Sieh mal, jetzt hat doch gerade schon wieder was gebrannt, dieser Aussichtsturm im Taunus. Und das schon zum zweiten Mal! Das kann doch auch kein Zufall sein. Und? Gibt es da auch eine Verbindung zu dieser Frau? Passt das zu ihr oder deutet das nicht eher wieder in eine andere Richtung?! Vielleicht dass da irgendjemand einfach einen Hass auf Freizeiteinrichtungen hat? Die Gartenhütten, die Tempel im Park, der Aussichtsturm, das sind doch alles Freizeitplätze, wo die Leute ihren Spaß haben wollen. Vielleicht ist der Brandstifter ein notorischer Spielverderber, der einfach Anderen nicht ihren Spaß gönnen kann und darum alles kaputt macht, was die schön finden? Hast du mal so darüber nachgedacht?"

„Ich weiß nicht, Barbara, in meinem Kopf ist momentan nur ein einziges großes Durcheinander. Ich weiß überhaupt nicht mehr, was ich denken soll. Es schien alles so klar und jetzt ist alles wieder vollkommen offen. Vielleicht hast du Recht. Vielleicht hab ich mich da wirklich verrannt in etwas. Das hat sie mir ja auch gesagt. Sie wollte, dass ich aufhöre, in ihrem Leben rumzuschnüffeln. Genau darum hat sie mich ja ausgerechnet an den FKK-Strand bestellt. Einmal, weil sie da in der Nähe wohnte und wohl auch gerne da hin ging, aber eben auch um mir zu zeigen, dass sie nicht zu verbergen hatte. Sie wollte in Ruhe gelassen werden. Und jetzt hat sie die ewige Ruhe."

„Komm, hör auf, dir Vorwürfe zu machen. Das bringt doch nichts. Es ist furchtbar, was da passiert ist, ja. Aber da kannst du nichts dafür und wahrscheinlich auch sonst niemand. Das ist einfach Schicksal eben. Und trotzdem, das Leben geht weiter, für dich und für mich und alle anderen. So ist das eben. Und ich bin bei dir, ich helfe dir, wo ich kann, Erik. Komm, lass uns jetzt mal nicht mehr davon reden, lass uns einfach den Abend in Ruhe zusammen verbringen. Schau mal, da kommt unser Essen endlich, wir essen jetzt und trinken und reden am besten mal gar nichts für eine Weile, ja? Und danach fahren wir zu mir und du entspannst dich und ich helfe dir dabei, ja? Nur du und ich."

„Ja, vielleicht hast du Recht, Barbara. Ich bin einfach total überreizt. Ich kann echt nicht mehr klar denken.

Vielleicht muss ich einfach mal eine Pause einlegen. Und wenn's erst mal eine Essenspause ist. Prost. Und guten Appetit!"

„Prost, mein Lieber. Und lass dir keine grauen Haare wachsen. Lass lieber ein bisschen Gras über die ganze Sache wachsen. Das wird dir guttun. Und mir auch. Und uns beiden. Prost, Erik!"

Jetzt wird langsam erst mal etwas Gras über die ganze Sache wachsen, denke ich. Das Gras wird länger werden so wie meine Haare kürzer geworden sind. Ratzekurz, so kurz, wie ich sie noch nie zuvor hatte. Sieht aber gar nicht schlecht aus, so leicht angegraut. Frisch irgendwie. Und je mehr ich mir im Spiegel selbst noch fremd bin, desto besser. Dann werden mich andere umso weniger wiedererkennen, sollte ich mal auf jemanden treffen, der mich von früher kennen könnte. Auch meinen Kleidungsstil habe ich radikal verändert, nicht mehr so grau und unscheinbar, mehr feminin, weiter, leichter, eben so wie ich mich fühle. Es geht mir gut. Es geht mir richtig gut. Ich habe kein Handy mehr, keine Stadtwohnung, keine Möbel, keinen Papierkram, keine Andenken, keine Freunde und Bekannte, kein Fahrrad und kein Haus mehr. Und vor allem: keine Angst. Die ersten Tage nach meinem Untertauchen waren angefüllt von einer nicht endenden Freude, am Leben und auf einem guten neuen Weg zu sein. Das Haus im Rodgau bin ich schon ein paar Tage vorher losgeworden, wahrscheinlich erheblich unter dem marktüblichen und möglichen Verkaufspreis, aber dafür mit der diskreten Zahlung des gesamten Betrages in bar. Ich kam mir vor, wie in einem Mafiakrimi. Aber alles ging sehr freundlich und ohne viel Aufregung über die Bühne, mit Lächeln, Kopfnicken, angenehmem Plaudern, ein paar guten Wünschen und einer bunt gestreiften Umhängetasche voller gebrauchter Scheine. Danke, liebe Tante! Das ermöglicht mir jetzt einen wirklich neuen Anfang, ein wirklich neues Leben. Ich fühle mich wie ein entfesselter Fesselballon, der seinen gesamten Ballast abgeworfen hat und frei und fröhlich zum Himmel aufsteigt. Das schlechte Gewissen den paar Menschen gegenüber, die mir etwas näherstanden und die ich so abrupt verlassen und womöglich in schweren Gedanken zurückgelassen habe, war schnell verflogen, so als sei es an eine falsche Adresse geschickt worden. Denn ich bin nicht mehr Rebecca, ich bin Marie. Ich wohne in einem kleinen diskreten Hotel, deren Besitzer mich gerne sehr nett und verbindlich auf längere Dauer, anonym und zu einem Sonderpreis aufgenommen haben, nachdem sie von meinem gewalttätigen Ehemann, den Schlägen und den Morddrohungen und den rettungslos überfüllten Frauenhäusern erfahren haben. Eine kleine Notlüge, um mir erst mal eine Verschnaufpause zu gönnen. Ich könnte jetzt natürlich auch irgendwo ganz woanders völlig neu anfangen. Aber so weit bin ich noch nicht. Ich habe mir den Zeitpunkt meines Verschwindens ja nicht selber ausgesucht, sondern musste schleunigst vor den Nachstellungen dieses übereifrigen Erik flüchten, ohne vorher mit allem wirklich fertig zu sein, was ich mir vorgenommen hatte. Aber das ist in Ordnung so. Es ist vielleicht sogar besser. Viel besser. Wir werden sehen.

Erst mal habe ich Zeit, unendlich viel Zeit. Kein Job mehr, der mein Leben fremdbestimmt, keine Verabredungen, die mir die Zeit stehlen. Kein Radio, kein Fernsehen, keine Zeitung, kein Telefon. Es ist eine tiefe Ruhe in mein neues Leben eingekehrt. Ich gehe viel spazieren, denke viel nach, sitze in Cafes und beobachte die Leute, wie sie dasitzen, wie sie vorüber gehen, wie sie reden, wie sie sich anschauen, berühren, sich aus dem

Weg gehen, sich abstoßen oder sich anziehen. Ich sehe Menschen, die in Gedanken vertieft sind, denen ihre Geschichte oder ihre momentane Verfassung aus allen Körperzellen zu strömen scheint, ich sehe verschlossene und sehr offene Gesichter, steife und elegante Bewegungen, laute und leise Unterhaltungen, stille Genießer, wilde Hektiker, gelangweilte Hundegassiführer, quirlige Eltern mit Kindern, ohrverstöpselte Jugendliche, ältere Zeitungsleser, verwirrte Obdachlose, weinende Kleinkinder, lachende Mädchen, grummelige Opas, wackelige alte Frauen, genervte Postboten, eilige Pizzalieferanten, zeitlupenhafte Vorgartenblumengießer, albernde Freundinnen, breitbeinige Radfahrer, viel zu dünne Businessfrauen und viel zu dicke Businessmänner, Taxifahrer, Kuchenesser, Limotrinker, Kaugummikauer, Abfallverstreuer, Einfach-nur-so-da-Steher. Alles ganz normale Leute eben. Die einzig Verrückte bin ich. Aber keiner sieht es und keiner weiß es. Ich fühle mich wirklich verrückt, aber auf eine ganz eigene, ganz persönliche Art. Es ist so, als sei alles um mich herum gemeinsam im Fluss, so etwa wie auf einer großen Straße mit vielen verschiedenen Verkehrsteilnehmern. Alle haben ihr eigenes Ziel und ihren eigenen Weg, aber alle teilen sich den gleichen Straßenraum und bewegen sich nach den dort vereinbarten Regeln. Nur wenn einmal ein Unfall passiert, wenn irgendwo irgendwelche Regeln gebrochen werden, dann gerät etwas ins Stocken, dann schmeißt es eins von den schön gleichmäßig dahin rollenden Autos plötzlich aus der Bahn. Dann ist es ver-rückt, aus der Bahn gerückt. Dann stellt sich plötzlich ein Problem, nämlich: Wie kommt es da wieder rein, in den allgemeinen Fluss? Oder ist der Schaden zu groß, wird es nie wieder mithalten, mitfahren können? Bleibt es draußen oder kann es sich irgendwie wieder einreihen? So fühle ich mich, so habe ich mich fast mein ganzes Leben lang gefühlt. Aus der Bahn geworfen, mit Gewalt, mit einem fürchterlichen krachenden Geräusch aus dem Weg geknallt, schwer verletzt und schwer beschädigt. Aber ich habe nie den Glauben daran verloren, einmal wieder mitfahren zu können in dem allgemeinen Fluss des Lebens. Nur war da niemand, der mir gesagt hätte, wie ich das schaffen kann. Oder halt. So ganz stimmt das auch nicht. Ich dachte lange Zeit, ich wäre auf diesem Weg ganz alleine, auch wenn ich alles Mögliche versucht habe. Aber ich war zu ungeduldig, wollte die ganz große Lösung jetzt, hier, sofort, radikal.

Und die sprang mich einfach nicht an, stand nicht einfach vor mir und sagte: Hey, ab jetzt geht es so und so weiter. Aber je länger ich darüber nachdenke, desto stärker werde ich mir bewusst, wie gut sich doch bisher vieles zusammengefügt hat. Mein gewaltsam enteigneter, gedemütigter und in Schreckstarre gejagter Körper wäre vielleicht niemals wieder aufgewacht ohne die tiefen Erfahrungen aus der Bioenergetikgruppe vor vielen vielen Jahren. Vielleicht hätte ich niemals gelernt, dieses Fenster der Erkenntnis zu öffnen, das mir gezeigt hat und jeden Tag aufs Neue zeigt, dass ich nicht nur ein Wirrkopf bin, der von einem kranken Körpergestell mehr schlecht als recht durchs Leben getragen wird, sondern dass dieser Körper meine Welt ist, mein Universum, unendlich groß und reich an Erfahrungen, stark und unbeugsam und wunderbar in seiner Unabhängigkeit. Er lebt einfach weiter, er trägt mich mit der Last all meiner Verzweiflung und der Schwere meiner Verletzungen und er funktioniert trotzdem wie ein Uhrwerk. Er bricht nicht oder nur noch ganz selten zusammen, er atmet, verdaut, schwitzt und schläft, pulsiert und regeneriert sich von selbst und dankt mir jede Fürsorge mit wachsender Kraft und Lebenslust. Ich habe damals zum ersten Mal erfahren, dass ich mit meinem Körper aktiv kommunizieren, dass ich ihm zuhören, von ihm lernen aber auch ihn lenken und verstehen kann. Wir sind ein Team, ein gutes Team, das sich immer besser kennt und immer besser miteinander zurechtkommt. Diese Perspektive erlaubt mir so vieles, was anderen vielleicht Zeit ihres Lebens völlig verschlossen bleibt. Ich habe gelernt, diese innere Welt mit ihrem äußeren Erscheinungsbild zu versöhnen, mich intensiv zu spüren und immer wieder neu zu entdecken, mit mir zu arbeiten und Spaß zu haben, meine Grenzen kennen zu lernen, sie zu erweitern, neues Land zu entdecken, das doch längst da war, das ich nur nicht erkennen konnte. Dieser Prozess, der mit ein paar scheinbar lächerlichen und sehr schmerzhaften Übungen begann, begleitet mich nun immer stärker als mein Lieblingsbegleiter, als mein roter Faden, mein bester Freund und mein schönstes Ziel. Endlich, endlich bin ich in mir zu Hause, endlich angekommen. Danke dafür, du verrückter abgefahrener Lehrer Joss. Du warst damals nicht sehr nett zu mir – und das hast du gut gemacht. Denn es ging nicht ums nett sein. Du hast mir dieses Fenster gezeigt. Darum ging es. Ich habe lange gebraucht, um das zu verstehen. Und dafür bin ich dir ewig dankbar. Und auch Richard, du behäbiger, gutmütiger, etwas eingestaubter und etwas zu verliebter Couchtherapeut. Du hast mich in ganz anderer Weise unterstützt, auch wenn ich damals davon nichts wissen wollte. Du wolltest eine therapeutische Schriftstellerin in mir sehen, eine Therapeutin des Wortes, so wie du einer bist. Das war sicher nicht der richtige Weg für mich. Und doch, die Wertschätzung, die darin lag, außer meinem frühkindlichen körperlichen Desaster und meinen Versuchen, dies zu überwinden und mich immer mehr zu stärken, auch meine geistigen Fähigkeiten zu entdecken und öffentlich zu machen, hat mir vermutlich mehr Kraft gegeben, als ich zunächst dachte. Du hast mir das Fenster geöffnet, mich nicht nur körperlich wahrzunehmen, sondern meinen Geist zu entdecken, meine mentale Kraft zu fördern und meinem zutiefst verstörten Selbstvertrauen auf die Beine zu helfen, mir Gefühle wie Stolz und Überlegenheit, Klugheit und Lebenserfahrung zu erlauben und überhaupt erst mal wahrzunehmen. Und du hast mir auf wunderbare Weise Einblick in deine Welt der Farben gegeben, in eine Welt, die mir so lange verschlossen war und die ich durch deine Augen neu entdeckte. Nun weiß ich nicht nur, was ich verloren hatte, sondern vor allem, was ich wiederhaben will. Und auch dies: deine anrührende Verliebtheit, auch wenn ich sie nicht erwidern konnte, hat mir eine Seite gezeigt, die ich bis dahin weder bei einem Mann noch bei mir selbst wahrgenommen hatte: Dass ich ein liebenswertes Wesen, eine liebenswerte Frau sein kann. Das war mir völlig neu. Und es fühlte sich zuerst seltsam und dann aber auch sehr sehr warm und angenehm an. Danke auch dafür. Und Jutta aus der Gruppe, immer leicht beleidigt und etwas zickig. Aber du hast dich eingelassen auf diese Übungen mit mir und hast mir damit geduldig und leise den Raum eröffnet, meine ängstlichen Augen einfach zu schließen, dir zu vertrauen und mich zum ersten Mal im Leben von jemand Fremdem führen zu lassen und dabei zu erfahren, dass die Welt, in der ich lebe, ein flirrendes, verwirrendes aber eben auch ein real existierendes Netzwerk ist, das auch dann weiter lebt und agiert, wenn ich mich davon ausklinke und mich der Führung durch jemand anders überlasse. Dass ich es nicht ständig kontrollieren muss, dass ich nicht andauernd die Verantwortung dafür tragen muss. Allein die Welt der Geräusche und Klänge ist so ein wunderbares Geflecht, das man aber nur dann wirklich erfährt, wenn man selber lernt, still und bescheiden und innerlich vollkommen ruhig zu werden und sich darauf voller Vertrauen einzulassen. Danke dir dafür. Selbst Erik, du überambitionierter, getriebener Mann hast mir geholfen auf meinem Weg, auch wenn das wohl eher nicht dein Ziel war. Du warst mir ein ebenbürtiger Gegner, einer, der mir Paroli geboten, der mich herausgefordert hat, der mich dazu brachte, meine ganzen Reserven zu mobilisieren, ein klares Ziel zu finden und dementsprechend zu handeln. Ohne dass du es weißt, hast du mir geholfen, aus meinem alten Leben ab- und in meinem neuen Leben aufzutauchen. Wer weiß, ob ich das ohne dich auch getan hätte? Und so wie es nun ist, ist es gut. Danke, du alter Wikinger für diese große Tat!

Nur wie soll es jetzt weitergehen? Mein Leben habe ich vollkommen auf den Kopf gestellt. Nichts ist mehr wie früher. Fast nichts. Das Äußerliche nicht. Aber innerlich schleppe ich schon noch etwas mit mir herum. Es ist so, als würde ich Stück für Stück aufräumen in einem völlig chaotischen Haus, von dem ich lange Zeit nur ein winziges Zimmer bewohnt habe. Nun, nach und nach, räume ich ein Zimmer nach dem anderen frei und schmeiße alles weg, was mir dabei in die Quere kommt. Es entsteht plötzlich Luft, Lebensraum, Licht. Aus dem Dunkel der Nacht, das mein Inneres so lange ausgefüllt hatte, wird langsam das Licht des Tages. Inzwischen habe ich keine Angst mehr davor, neue Räume in diesem Haus meines Lebens zu betreten. Aber ich kann nie sagen, wann dafür der richtige Zeitpunkt gekommen ist. Es ist, als seien alle Räume, die ich mir noch nicht zurückerobert habe, fest verschlossen. Als könnte ich nicht einmal sagen, was das wohl für ein Raum sein mag. Ich muss einfach bereit sein. Bereit für den Moment, in dem sich die nächste Tür einen Spalt weit öffnet. Ich weiß nicht, wann das sein wird und auch nicht wodurch. Es sind immer magische Momente, in denen irgendetwas aufblitzt, ausgelöst wird, angestoßen wird und dann plötzlich da ist, im Scheinwerferlicht, klar und schmerzhaft und unübersehbar und das mir dann sagt: Hier bin ich. Hier stehe ich, deine Erinnerung, dein Schmerz, der Moment, den du ganz tief in deinem Inneren verborgen, begraben hattest. Hier bin ich nun, laut, grell, brutal und zum Endkampf bereit. Dann geht es los, dann entfesselt dieses Schlaglicht alle meine fast ungeahnten endlosen Energien, dann bin ich zum Kampf bereit, dann läuft alles wie am Schnürchen, muss alles ganz schnell gehen, bevor die Spannung wieder nachlässt. Handeln. Handeln und nicht viel nachdenken. Losschlagen, die Erinnerung bloßstellen, angreifen, vernichten. Dann ist es geschafft, dann ist wieder ein Raum befreit, dann kommt wieder Licht in meine Seele, öffnen sich die Fenster, leuchten neue Farben in meine Welt. Und dafür lasse ich mich treiben. Darum kann ich hier noch nicht weg. Ich muss diesen magischen Momenten eine Chance geben, mich zu finden. Und mir die Chance, die richtigen Gelegenheiten möglich zu machen und zu entdecken. Darum bin ich unterwegs, jeden Tag und oft auch in den Nächten. Fast immer zu Fuß oder mit der Bahn, da hinterlässt man am wenigsten Spuren. Das Auto, das ich von Robert bekommen hatte, steht ungenutzt schon lange in der Garage im Hinterhof. Ich weiß nicht mal, ob es noch fahren würde, ob der Tank leer ist, ob es überhaupt noch fahren darf. Egal. Ich brauche es nicht, es ist nur der Grund für diese Garage, und die brauche ich noch als Lagerraum für das feurige Zeug, das er mir zur Entsorgung überlassen hatte. Da ist es gut aufgehoben und wartet geduldig auf seinen nächsten Einsatz. Ab und zu sehe ich dort nach dem Rechten, aber es ist, als sein die Zeit da einfach stehen geblieben, nichts ändert sich, alles wartet auf das Zeichen. Und ich spüre eine wachsende innere Unruhe. Es wird Zeit, es muss wieder was passieren. Es ist dir Ruhe vor dem Sturm.

Dieselbe Strecke wie schon so oft. Mit der S-Bahn vom Rodgau in die Stadt. Wie immer habe ich etwas zum Lesen dabei, ein Taschenbuch, preisermäßigtes Mängelexemplar vom Wühltisch, zufällig drüber gestolpert. Urlaubslesebuch. Eine Geschichte von drei Frauen, die auf einer Zugfahrt aus lauter Übermut einen Schaffner fertig machen. Aber so richtig. Herrlich anarchistisch. Völlig ohne Moral, krass in seiner absoluten Konsequenz. Aber leider schon zu Ende. Es klingt noch in mir nach, ich sehe noch die inneren Bilder, den Film, den diese Geschichte in mir entstehen ließ. Spüre mich hinein in dieses Gefühl der skrupellosen Machtausübung, den Genuss der radikalen Handlungsfreiheit, den irrsinnigen Kick der Schadenfreude. Und kein Bisschen Mitleid gegenüber dem armen Schaffner. Ich gucke Löcher in die Luft, schaue aus dem Fenster ins Dunkel der vorbeiflitzenden Tunnelwand. Mein Kopf klinkt sich aus, nur mein Körper fährt hier gerade noch mit. Es ist, als driftete ich innerlich einfach davon, während ich hier scheinbar ruhig auf meinem Platz sitze. Gegenüber telefoniert ein junger Mann. Er spricht wie üblich etwas zu laut mit seinem unsichtbaren Telefonpartner über seine Ohrstöpsel und ein winziges Kabelmikrophon, blickt dabei ebenso wie ich völlig ins Leere. Sein Körper sitzt mir gegenüber, aber sein Geist ist ganz woanders unterwegs. Aber sein Mund ist hier und spricht. Und meine Ohren sind hier und hören. Doch was sie hören, ergibt keinen Sinn. Es ist immer nur ein Teil dessen, was sich da zwischen zwei Leuten gerade abspielt. Meine Ohren aber nehmen diesen Teil auf, leiten ihn weiter. Mein Kopf will wissen, will verstehen, was da gesagt wird, worum es geht. Er strengt sich an, er kann gar nicht anders. Der junge Mann ist erregt, wütend, ärgerlich. Erzählt, schimpft, flucht, hört zu, unterbricht, wird unterbrochen, redet weiter, plötzlich in einer anderen Sprache, dann wieder für mich verständlich. Aber ich verstehe in Wirklichkeit nichts. Und dieses Nichts ist kaum auszuhalten. Nicht zu verstehen, was passiert. Nicht zu begreifen, was gemeint ist, was war und was als nächstes kommt. Was das alles bedeutet. Ein Gefühl von Hilflosigkeit, von Panik breitet sich in mir aus. Der Mann wird immer lauter und ich verstehe immer noch nichts. Gar nichts. Überhaupt nichts. Aber da dreht sich meine Angst. Dreht sich um und wird zu Wut. Gegen dieses Arschloch. Gegen diesen exhibitionistischen Telefonierer, der mich hier zum Wahnsinn treibt. Ich springe auf und scheuer ihm eine, dass es kracht. Und höre gar nicht hin, wie er nach einer kurzen Pause der Verblüffung nun anfängt, über mich zu schimpfen. Alle Gesichter drehen sich zu uns um. Und nicht wenige können sich ein Schmunzeln kaum verkneifen. Aber mir ist überhaupt nicht zum Schmunzeln zu Mute. Mit ein paar Schritten taumele ich zur Wagentür und bleibe da stehen, ohne mich um irgendetwas zu kümmern. Mein Blut donnert von innen gegen meinen Schädel, als wollte es ihn zersprengen. Meine rechte Hand krallt sich fest um die Haltestange bis die Fingerknöchel weiß werden und alles Blut aus ihnen gewichen ist. Kalter Schweiß steht auf meiner Stirn und ich atme so heftig wie nach einem Marathon-Endspurt. Aus der dunklen Tunnelwand schießen immer wieder Lichter an mir vorbei. Dunkel, grell, dunkel, grell, dunkel, grell ... Gleich kippe ich um. Gleich kippe ich. Nein, ich kippe nicht. Im letzten Moment hört es auf, dieses irrsinnige Geflacker, der Zug fährt hoch, Tageslicht kommt von oben, dann der Horizont, der Blick nach draußen, Weite, Felder, Gärten, Häuser, Bäume. Es klickt in meinem Kopf, ich weiß wieder, wo ich bin. Blicke nach draußen auf die Grünflächen von Oberrad, auf den Ort, auf den Berg. Vor den Fenstern fliegen die Dinge vorbei, dahinter, weiter weg, bewegen sie sich langsamer. Und ganz hinten, da wo der herbstbunte Wald, die Baumwipfel in den Himmel übergehen, da bewegt es sich fast gar nicht, alles steht still für einen kurzen Moment. Da steht er. Wie ein Punkt, um den sich plötzlich alles dreht. Wie ein Mahnmal, der Mittelpunkt der Welt, der Zenit dieses Augenblicks: Der Goetheturm! Das ist es! Das ist es! Da bricht es aus mir heraus wie ein Schwall aus stinkendem Unrat, der irgendwo ein Rohr verstopft hatte und nun – endlich – den Weg wieder frei gibt. Und ich halte mich mit beiden Händen fest und kotze mir direkt vor die Füße, mir, der Tür, dem Fenster, dem Ausblick und diesem verdammten verfluchten Turm! Das ist es, was ich gesucht hatte, das ist der nächste Schritt. Hier ist etwas passiert und hier wird, hier muss wieder etwas passieren, um diesen Schrecken wettzumachen, ein Lichtzeichen, ein Signal. Mit dem Auftauchen aus dem Tunnel verändert sich nicht nur der Ausblick, nicht nur mein Inneres Gefühl, dass sich von einem zum nächsten Moment quasi umstülpt, das Innerste nach außen dreht, die Ohnmacht verkehrt in den beginnenden Rausch der Allmacht. Das allen Ballast abwirft, auswirft wie einen überflüssigen Klumpen. Es verändert sich auf einen Schlag auch etwas, das ich vorher nicht einmal wahrgenommen habe: Es wird still. Alle Geräusche treten einen großen Schritt zurück, machen Platz für etwas Neues, für einen neuen Auftritt. Und jetzt erst registriere ich, dass da vorher ständig noch etwas anderes war, ein Geräusch, ein schmerzhaft hohes, andauerndes Quietschen. Und jetzt ist es weg! Der Weg ist frei!

Verdammt noch mal! So eine Scheiße aber auch. Jetzt ist mir die Wurst in den Dreck gefallen! Mit den Pommes! Scheiße, verdammte! Jetzt hab ich mich schon den ganzen Weg hier heraufgequält, alles zu Fuß und das mit meinen siebenundsiebzig Jahren. Das muss man sich mal vorstellen! Dann musste ich noch warten, bis dieser Tresen endlich aufgemacht hat, damit ich mir was zum Essen kaufen konnt. Und jetzt das! Alles im Dreck. Und kein Geld mehr, um mir noch eine Wurst zu holen. Ich könnte kotzen vor Wut.

Was mache ich eigentlich hier? Ich könnte genauso gut oder schlecht irgendwo auf einer Bank sitzen oder wie immer Mülleimer nach Pfandflaschen durchwühlen. Oder in meiner selbst wieder aufgebauten Bretterbude im Kleingarten hocken und die Spinnen an der Wand zählen. Aber ich bin hier, weil es mir keine Ruhe lässt. Hier, wo damals fast alles aufgeflogen wäre, wo ich fast erwischt worden wäre. Dann wäre mein Leben anders gelaufen. Ich wäre im Knast gelandet und wer weiß, vielleicht hätten sie mich da sogar gelyncht oder so. Weiß keiner. Aber ich kann so schlecht schlafen in letzter Zeit. Und immer, wenn ich dann wach liege auf meiner kaputten Matratze und mir eh schon alles wehtut, dann läuft da dieser Film ab in meinem Kopf, wie ein Krimi, wie ein Horrorfilm. Bin damals öfter mal mit meinem kleinen Pflegekind-Schätzchen rauf zum Goetheturm gefahren auf den großen Spielplatz. Da hat sie richtig Spaß gehabt mit Karussellfahren oder im Wasserbecken plantschen oder auf den kleinen Berg steigen und über die langen Blechrutschen nach unten sausen. Und natürlich sind wir dann auch immer auf den Turm rauf gestiegen, die ganzen vielen Stufen. Und wenn sie nicht mehr konnte, hab ich sie hochgetragen, ich hab sie huckepack genommen und sie hat sich an meinem Hals festgehalten bis wir oben waren. Oder von vorne so Bauch gegen Bauch, das ging auch ganz gut. Und das war noch schöner. Und oben hab ich sie dann so hoch gehalten, dass sie alles sehen konnte, die ganze Stadt, die Straßen, die Bäume, den Taunus und so weiter. Ich fand das schön, ich hatte sie immer so ganz nah bei mir, auch wenn sie immer zappelte und wackelte, wenn ich sie so an mich drückte. Na ja, wir hatten schon immer unseren Spaß dabei. Manchmal, wenn nicht so viel los war, hab ich dann auch da oben meinen Ömmel rausgeholt und sie ein bisschen damit rumspielen lassen. Das Gute war, dass man genau hören konnte, wann jemand die Treppe hochkam und wie weit der noch weg war. Und wenn keiner kam, waren wir da oben ganz ungestört. So konnte jeder seinen Spaß haben, sie erst unten auf dem Kinderspielplatz und ich dann oben auf dem ganz speziellen Kinderspielplatz. Und zur Belohnung hab ich ihr dann immer unten ein Eis spendiert. Und wenn sie besonders lieb zu mir war und mich dabei auch abgeschleckt hat, dann gab's sogar ein Eis mit Sahne. Doppelte Sahne sozusagen. Das ging immer gut so, hat keiner gemerkt. Aber dann hatte ich so eine blöde Idee: Ich dachte, wenn ich schon mit ihr zugange bin, könnte ja auch gut noch jemand anders ein bisschen mitmischen, vielleicht auch gegen eine kleine Spende. Könnte ich gut gebrauchen.

Also hab ich einem Kumpel Bescheid gesagt, der hat schon öfter mal gefragt, ob da mal was gehen würde mit der Kleinen und gemeint, er würde auch was locker machen dafür. Also gut, hab ich gedacht, das machen wir mal. Und dann haben wir uns da getroffen, dieser Kumpel, die Kleine und ich und sind eben rauf auf den Turm, als es schon spät wurde und nicht mehr so viel los war. Vorher war wie immer spielen angesagt auf den ganzen Geräten und so. Würstchen haben wir auch gegessen und Eis gab's sogar vorher schon, also als Nachtisch zu den Würstchen. Und dann ging's rauf auf den Turm. Und wir waren echt alleine auf den Treppen, nur oben war noch so ein Pärchen, aber die sind dann auch bald wieder runter gegangen. Und wir sind eben oben geblieben. Zusammen mit meinem Kumpel. Und wir waren schon ganz schön geil …

Es war so schön. Ich durfte spielen, wo und so lange ich wollte, und ich bekam eine Wurst und sogar gleich danach noch ein Eis, einfach so. Ohne das Übliche. Ich war so richtig froh. Robert war so richtig nett und fasste mich auch nicht so viel an wie sonst. Und als es schon ziemlich spät war, da sind wir dann noch auf den Turm gestiegen. Und da hat er mich wieder so komisch angefasst, als er mich huckepack genommen hat. Da hat er mich in den Po und in die Oberschenkel gekniffen und dabei ganz dämlich immer nur gesagt: „Naaa? Na du? Naaa? Naaa? Naaa?“, und ich fühlte, wie das Schöne schon wieder verschwand und sich das Dunkle wieder ausbreitete. Und dann war da plötzlich noch ein anderer Mann, einer, den ich noch nie gesehen hatte. Oben auf dem Turm haben wir ihn getroffen. Und Robert kannte den ganz offensichtlich. Sie tuschelten und giggelten ein paar Minuten zusammen und ich sah, wie der andere Mann Robert ein paar Geldscheine in die Hand zählte, so, als ob sie ein Geschäft gemacht hätten, als ob Robert ihm etwas verkauft hätte. Ich stand nur dabei und kapierte gar nichts. Und da zog der andere Mann seine Hose runter, einfach so. Und Robert auch. Und da wusste ich es: Das Geschäft war ich!!! Robert hatte mich verkauft an diesen fremden Mann!!!

Ja und ich dachte, wir machen es wie immer – ein bisschen Rumfummeln, ein bisschen Anfassen und Abschlecken. Nur eben mal zur Abwechslung mit zwei Männern statt mit einem. Oder auch nur mit meinem Kumpel, von mir aus, dann konnte ich besser aufpassen, dass niemand hochkommt. Aber es lief irgendwie nicht so gut. Der Kumpel wollte gleich viel mehr als nur Rumfummeln, der hat die Kleine gleich so richtig rangenommen, also richtig hart mit allem und so. Das war eigentlich so nicht abgesprochen gewesen. Und das wollte sie auch nicht. Aber jetzt ging's ja nicht mehr zurück, der hatte ja schließlich schon bezahlt. Aber die Kleine schrie und jammerte und ich musste ihr mit Kraft, richtig mit Kraft den Mund zu halten, sonst hätte die den ganzen Stadtwald zusammen geschrien. Ich hab dann einfach mit beiden Händen ihr ganzes Gesicht zu gehalten.

Ich ersticke!!! Ich ersticke!!! Robert drückt mir alles zu, die Augen, den Mund, die Nase, ich kann nichts mehr sehen, ich kann nicht mehr schreien, ich kriege keine Luft mehr!!! Und dieser Irre, dieser fürchterliche Mann, der zerreißt mich, der muss ein Messer haben, er sticht immer wieder und wieder auf mich ein, der reißt mich in Stücke, der bringt mich um, alle beide bringen mich um!!! Ich rase, ich tobe mit aller Kraft, ich beiße Robert tief in die Finger, aber er lässt nicht los, er krallt sich nur noch tiefer in mein Gesicht, alles verschmiert mit Spucke, Schleim, Blut, Schweiß und Tränen ... mir wird ganz langsam schwarz vor Augen, alles dröhnt wie wahnsinnig in meinem Kopf, mein Kopf platzt, ich platze, ich sterbe, ich sterbe hier wie ein kleines nasses Kaninchen, das von ein paar irre gewordenen Jungs zu Tode geprügelt wird, ich sterbe und sterbe und sterbe und bin tot.

Mann, das war vielleicht ein Akt! Die Kleine ist irgendwie total ausgerastet, ich musste sie wirklich mit aller Kraft festhalten und ihr vor allem den Mund zu halten, aber sie hat immer weiter getobt und gebissen und es hat eine Ewigkeit gedauert, bis mein Kumpel dann endlich zum Abspritzen gekommen ist und ich dachte schon ganz erleichtert, ok, das hätten wir geschafft, da ist sie mir auf einmal fast aus den Händen geglitscht, ist einfach wie ein nasser Sack zu Boden gegangen, ohne einen Mucks. Dann lag sie da wie tot und ich dachte nur Scheiße, das war jetzt wohl doch eine Nummer zu hart für sie. Ich hab ihr links und rechts eins auf die Backe gegeben, aber nichts. Sie lag einfach nur da. Sah auch ziemlich übel aus, muss man sagen. Ich hätte diesen Typen glatt vom Turm schmeißen können, so einen Zorn hatte ich auf ihn. Aber er sagte nur „Waaaas?!" und zog sich sehr eilig seine Hose wieder an, stopfte das Hemd hinein und ging ohne ein weiteres Wort mit harten Trampelschritten die Treppe runter. Schöne Scheiße! Jetzt stand ich da mit dem Kind und wusste nicht, ob sie noch lebt oder nicht. Einen kurzen Moment dachte ich auch daran, sie einfach vom Turm zu schmeißen, es hätte ja ein Unfall sein können, sie wäre über das Geländer geklettert, obwohl ich es natürlich verboten hätte und dann ... aber ich hab's dann doch nicht getan, weil ich dann sah, dass sie anscheinend doch noch atmete. Ganz leicht, ganz flach, wie ein Vögelchen. Aber sie atmete. Also war sie noch am Leben. Na Gott sei Dank! Jetzt musste ich sie bloß noch irgendwie heil hier herunter und wieder zurückbringen, ohne dass irgendjemand etwas bemerkte. Also hab ich ihr das Gesicht abgeputzt mit einem Taschentuch und ein bisschen Spucke, hab sie schön in den Arm genommen, Kopf auf meiner Schulter und hab sie dann runter getragen, so wie ein Papa sein schlafendes Kind runter trägt. Fast war ich unten, da kam mir noch der Typ entgegen, der immer den Turm abschließt. Hat mich komisch gefragt, ob alles in Ordnung sei, er hätte da was gehört, aber ich hab nur genickt und so ein Schlafzeichen mit der flachen Hand an der Backe gemacht und den Finger auf die Lippen gelegt. Er hat immer noch komisch geguckt, aber ich bin vorbei und weg. Puh, das war knapp.

Nächste Station: Mühlberg. Ich kann mich nicht rühren. Übernächste Station: Ostendstraße. Nichts wie raus aus dieser Bahn. Ich stolpere die Stufen rauf und stehe plötzlich oben auf der Straße. Luft. Hauptsache frische Luft. Mein Puls rast immer noch. Gegenüber ist ein Lokal, ich gehe rein und gleich zu den Toiletten, spüle mir den Mund aus und wasche mir das Gesicht – ich sehe schlimm aus in dem kleinen Spiegel. Gleich wieder raus, wo mich eine Bedienung ganz freundlich anspricht, ob sie mir helfen könne. „Ja", sag ich, „Wie komme ich von hier am schnellsten zum Goetheturm bitte?" Es ist ganz leicht, einer der Busse von der anderen Straßenseite fährt direkt hin und kommt auch schon in ein paar Minuten. Es geht mir alles nicht schnell genug. Fünf Minuten bloß – und doch ist das Warten eine Quälerei. Habe das Gefühl, als würden mich alle anderen Leute anstarren, sich fragen, was bloß mit mir los ist. Aber eigentlich guckt überhaupt niemand. Wie damals. Niemand schaut wirklich hin, keiner interessiert sich für den anderen. Erst wenn ich hier auf der Stelle tot zusammenbrechen würde, dann käme vielleicht jemand auf die Idee, etwas zu unternehmen. Der Bus kommt, rein, hinsetzen, weiter warten. Es geht langsam voran den Berg hinauf, vorbei am Henninger Turm, den sie einfach ausgetauscht haben: Den Alten weg, einen nachgemachten Luxusneubau hin. Zack, weg ist die Vergangenheit, hier ist die neue Zukunft. Ach wenn es doch so einfach wäre. Auch hier sind wir mal zusammen drin gewesen, im Turmrestaurant, ganz früher, ich glaub, das war an meinem Geburtstag oder so. Und Mama war ausnahmsweise auch mal mit dabei, darum ist auch nichts weiter passiert. Und es gab Sinalco für mich, Cola durfte ich nicht. Aber das war in Ordnung so, Hauptsache, es gab was Besonderes zum Essen, Limo dazu und keine Fummeleien. Dann war es ein guter Tag. Aber dieser andere, das war kein guter Tag. Das war der blanke

Horror. Endlich hält der Bus ganz oben am Parkplatz. Von da sind es nur wenige Meter. So wenige? Ich hatte es viel länger in Erinnerung. Da steht das Ungetüm, viel zu groß hier dicht zwischen den Bäumen. Der ist immer noch so groß wie damals. Und immer noch so finster mit seinem schwarzbraunen Holz. Aber wo ist das Schwimmbecken? Wo ist das Karussell? Wo sind die riesigen Rutschen, auf denen ich mich todesmutig vom Berg stürzen konnte? Ich erkenne nichts mehr wieder, ich finde nichts davon, was mir hier einmal Spaß gemacht hat. Es ist alles weg. Andere Spielgeräte stehen rum, viel kleinere. Alles, was schön war, ist weg. Und nur dieser verdammte Turm steht noch da, als ob er mich auslachen würde. Ich gehe langsam herum, starre nach oben bis mein Nacken schmerzt, ich sehe die unzähligen Stufen, sehe die Zwischenplattformen und die Alleroberste, die fast unerreichbar über allem anderen thront. Trete in eine dreckige Bratwurst, die jemand einfach auf dem Boden liegen gelassen hat. Eklig, so was. Jetzt klebt das Zeug an meinem Schuh, auch noch mit Ketchup. Muss zur Seite gehen, irgendwo wächst bestimmt Gras, da kann ich mir die Sohle abstreifen. Ist ja fast so eklig wie Hundescheiße. Bäh! Weg damit! Ich könnte schon wieder fast kotzen. Aber es ist nicht nur diese blöde Wurst. Es ist der Geruch. Es liegt ein widerlicher Geruch hier in der Luft, den ich kenne, der mir einen ekligen Würgreflex in den Hals jagt. Ich schaue mich um. Was ist das? Das ist nicht die Wurst, nicht der Turm, der stinkt anders, nach Holzschutzfarbe, Teer oder so was. Das hier ist Schweißgeruch, Menschengeruch. Von einem ganz bestimmten Menschen. Aber das kann doch nicht sein. Ich kann doch nicht jemanden riechen nur aus der Erinnerung heraus. Nach so vielen Jahren. Und doch, es stinkt. Es stinkt nach diesem Robert. Nach diesem Widerling. Ich drehe mich herum, ich suche in Panik nach der Quelle dieser widerlichen Duftwolke. Und da steht er. Das ist jetzt nicht wahr! Da steht er wie angewurzelt, dreht mir den Rücken zu, starrt irgendwo in die Ferne, schätze ich. Er ist es wirklich, er muss es sein! Das gibt es nicht! Wieso hier? Wieso jetzt, ausgerechnet jetzt? Ich stehe da, bewegungslos, auf dem Sprung, wie vor einem Tiger, der plötzlich vor mir auftaucht aus dem Nichts, der sich gleich umdrehen wird, mich sieht, zuckt, sich anspannt, langsam dir Beine beugt, die Krallen ausfährt, die Zähne fletscht ... stopp, es ist kein Tiger, es ist ein verdammter alter Mann, ein widerlicher, verkommener alter Mann, der es wagt, hier herumzustehen, die Gegend zu verpesten mit seinem Gestank, mit seiner Gegenwart, der hier nichts, aber auch gar nichts zu suchen hat, nicht hier, nicht heute, nie! Rasend vor Wut bücke ich mich noch mal nach dieser zermatschten Bratwurst, jetzt ist mir alles egal, ich schiebe sie mit beiden Händen zusammen mit dem ganzen Ketchup, einem Rest breiiger Pommes und dem verschmierten Pappteller, dazu noch einer guten Hand voll feinem spitzen Kieseldreck vom Boden und stürme mit langen Schritten auf ihn zu, der sich im selben Moment zu mir umdreht und mich fassungslos mit offenem Mund anstarrt. Wie in Zeitlupe fliege ich durch den Raum, höre wie aus weiter Ferne, wie er irgendwas stammelt von „Ach du liebe Güte...“ und dann bin ich da, ich stopfe ihm sein widerliches Maul mit allem, was meine beiden Hände fassen konnten, mit allem Dreck, den ich in dieser Sekunde fassen konnte, ich quetsche in ihn rein, was geht, und die restlichen kleinen spitzen Steine, die noch an meinen Händen kleben, reibe ich mit aller Kraft tief in sein Gesicht, bis das Blut aus den Kratzern quillt. Er taumelt halb ohnmächtig zurück, plumpst hilflos auf eine Bank und bekommt zum Abschluss noch eine paar kräftige Tritte in die Eier und so viel Spucke wie möglich dazu.

Er kippt mit einem gurgelnden Stöhnen zur Seite. Jetzt nichts wie weg hier. Ein paar Leute kommen näher, Rufe,

Gesten, zwei Männer aus der Gartenwirtschaft sind von ihren Plätzen aufgestanden und kommen mit schnellen Schritten und entschlossenen Gesichtern näher. Aber ich kann rennen, Leute! Weg von dem Platz, den Weg am Parkplatz entlang und dann mit fliegenden Schritten die steile Straße zwischen den Gärten hinunter. Ich sehe mich nicht um, meine Beine tragen mich, jagen mich den Asphalt runter, jetzt hält mich keiner mehr auf. Erst viel weiter unten, an der nächsten Kreuzung, bleibe ich einen Moment lang stehen, drehe mich um und sehe beruhigt, dass niemand mir so weit folgen konnte. Ich atme ein paar Mal tief ein, schlucke und gehe dann weiter mit immer ruhiger werdenden Schritten. Nicht umdrehen, einfach weiter gehen, als sei nichts geschehen. Nichts ist geschehen. Ich gehe hier ganz normal den Gehweg entlang, steige irgendwo in einen Bus, woanders wieder aus, wechsele zur U-Bahn, steige wieder nach oben und gehe weiter zu Fuß, kontrolliert, wie ein Flugzeug auf dem Leitstrahl, ohne viel nachzudenken, wie eine Puppe, vollautomatisch gesteuert und zielsicher dorthin, wo ich hin will. Zu meiner Garage. Ich beherrsche dieses Spiel. Ich habe die volle Kontrolle. In meinem Inneren tickt eine Bombe, sie ist scharf gemacht, wird explodieren, und wird alles in Stücke reißen – aber ich habe sie im Griff, ich weiß, wann es passiert und wie es passiert. Ich selbst bin's, ich bin diese Bombe. Und ich werde sie zünden, so wie immer, so, dass ich selbst nicht nur heil wieder da herauskomme, sondern so, dass es sein wird, wie ein reinigendes Gewitter, wie ein vernichtender Schlag gegen die Dunkelheit, gegen die Erinnerung, gegen den Schmerz und die Wut und Verzweiflung, so, dass ich aus dem Rauch heraustreten werde in ein neues, besseres, bunteres und freieres Lebensgefühl. Eine wunderbare, grenzenlose Euphorie durchflutet meinen ganzen Körper und gibt mir unendliche Kraft und Zuversicht. Heute ist er fällig. Heute ist es wieder soweit! Dieser Turm wird brennen, wird vernichtet werden und mit ihm alles Widerwärtige, das jemals auf ihm und um ihn herum geschehen ist. Es wird ein weiteres, deutliches, unübersehbares Leuchtzeichen werden, ein Leuchtturm der Gerechtigkeit und der Genugtuung. Nie wieder wird hier ein Unrecht geschehen, nie wieder soll hier jemand zu Schaden kommen auf diesem Schandmal, nie wieder wird dieser Ort missbraucht werden, nie wieder eine fröhliche Kulisse für ein widerliches Schauspiel abgeben. Ich packe sorgfältig meinen Rucksack, diesmal mit so viel von dem Zeug, wie nur irgendwie rein geht, und nehme noch eine Umhängetasche voll dazu mit. Es wird eine ziemliche Schlepperei werden. Aber nur auf dem Hinweg. Jetzt muss ich nur noch warten, bis es dunkel wird. Ich bin bereit.

Das war furchtbar. Ich weiß gar nicht, was da passiert ist. Da springt mir diese Frau fast ins Gesicht, mitten am Tag, mitten auf dem Platz, wo der Goetheturm steht. Ich kenne die überhaupt nicht. Ich weiß gar nicht, wer das ist. Ich stehe nur da und denke ein Bisschen nach und genieße die Sonne und da springt die mich an, ohne ein einziges Wort und drückt und quetscht mir irgendwas in den Mund, irgendwelchen Dreck, irgendwelchen Müll, zerkratzt mir das ganze Gesicht und knallt mich dann noch rückwärts auf eine Bank und tritt mir ein paar Mal voll in die Eier, spuckt mich auch noch an und rennt dann weg wie der Teufel vom Weihwasser. Ich war so vollkommen geschockt, ich weiß gar nicht, wie ich sagen soll, das kam über mich wie eine Explosion, wie ein Vulkanausbruch, da kannst du dich nicht wehren, da kannst du gar nichts machen, da bist du einfach das Opfer und hoffst, dass du das Ganze wenigstens überlebst. Es haben sich ja auch gleich ein paar nette Leute um mich gekümmert, die wollten sogar einen Krankenwagen rufen und die Polizei. Aber da hab ich dann doch gesagt, nein, lassen Sie mal, ich komm schon wieder auf die Beine. Sie haben mir dann aber geholfen, mein Gesicht wieder sauber zu kriegen und mir Wasser gebracht zum Ausspülen vom Mund und so. Es war dann alles nicht so schlimm eigentlich. Nur der Schrecken, das war das Schlimmste. Ich hab nicht verstanden, was da los war. Hat mich diese Frau vielleicht verwechselt? Hat sie gar nicht mich gemeint? Ich kenne sie jedenfalls nicht. So viele Frauen kenne ich ja auch gar nicht. Ein bisschen ähnlich war sie meiner Nichte, aber die ist älter und hat längere Haare und ist lange nicht so kräftig wie die. Außerdem würde die so was nie machen, dafür hat sie viel zu viel Angst vor mir. Vielleicht hat sie ja auch gar nicht mich gemeint, sondern sie hatte bloß so eine Art Wutanfall und ich stand eben dummer Weise gerade da, wo sie ihre Wut loswerden musste. Das soll's ja auch geben. Das kenne ich jedenfalls. Von ganz ganz früher. Da hab ich in der Schule noch oft auch andere Kinder einfach so verkloppt, wirklich mit aller Kraft verkloppt, obwohl die mir gar nichts getan hatten. Einfach, weil die gerade da waren und weil ich wusste, dass die sich nicht wehren würden. Ich hab da schon so richtig mit den Fäusten zugeschlagen, da gingen auch mal ein paar Zähne verloren und blaue Augen gab's auch jede Menge. Ich hatte einfach so eine Wut in mir, so eine verdammte innere Wut, die ich irgendwie loswerden musste. Das ging dann so lange, bis ich einmal an den Falschen geraten bin. So ein kleiner, schmächtiger Junge, dem ich ordentlich was eingeschenkt habe. Und wie ich gerade gehen will, weil der schon heulend auf dem Boden liegt, da kommt plötzlich so ein Riesenkerl um die Ecke und haut mich aber so was von zusammen, dass mir echt Hören und Sehen vergangen ist. Vielleicht sein großer Bruder oder was, ich weiß es nicht.

Keine Ahnung. Der hat mich halb tot gehauen und ich war eine Woche lang krank danach. Und dann hab ich nie wieder zugeschlagen. Nie. Und diese Wut, die hatte sich in Angst verwandelt. Ich hatte nur noch Angst, mein ganzes verdammtes Leben lang Angst. Angst vor dieser Wut. Nur vor Kindern hatte ich keine Angst. Kinder hab ich immer gemocht. Immer.

Dritter Teil

Die Farben der Hoffnung

Barbara ist anstrengend. Dabei will sie mir ja nur helfen, sagt sie. Andauernd will sie, dass wir uns treffen, dass wir zusammen ausgehen, was trinken gehen, spazieren gehen, ins Bett gehen und immer reden, reden, reden. Ich weiß, ich habe ja damit angefangen, schon als wir uns da beim Schrebergartenfest kennen gelernt hatten. Da war ich gerade voll in Schwung mit meinen Recherchen zu den Gartenhüttenbränden und dachte, so eine Polizistin, die kommt mir dabei jetzt gar nicht ungelegen. Und scharf auf mich war sie ja auch noch. Aber dieser Schwung ist weg, in sich zusammengebrochen. Dabei war ich schon so nah dran. Zu nah vielleicht. Denn alles hatte sich irgendwann voll auf diese Rebecca konzentriert, ich war mir so sicher, in ihr die Schuldige für all diese mysteriösen Brände der letzten Zeit gefunden zu haben. Und dann ist sie einfach gestorben. Von einem Moment zum anderen war diese Geschichte zu Ende. Aus. Vorbei. Nicht mal an ihr Motiv bin ich ein Stückchen näher herangekommen. Im Gegenteil, kurz bevor sie starb, hat sie mir ja noch mal kräftig den Kopf gewaschen, von wegen Einmischung in das Privatleben anderer, mangelnder Respekt und fehlendes Einfühlungsvermögen und so. Dabei hätte ich mich schon gerne weiter eingefühlt in das, was so einen Menschen bewegt, schöne Gebäude, die anderen viel bedeuten, in Schutt und Asche zu legen. Hätte gerne verstanden, wieso so jemand überhaupt keinen Respekt gegenüber dem Eigentum anderer hat, aber für sich den vollen Respekt für seine Privatsphäre einfordert. Wie so ein merkwürdiges

Verständnis entsteht, warum jemand so tickt. Aber ich habe es – mal wieder – nicht geschafft. Bin der Wahrheit nicht nahe genug gekommen. Bin steckengeblieben. Und dann hat mir ihr Tod einfach einen endgültigen Strich durch die Rechnung gemacht. Und eigentlich will ich inzwischen von diesem Thema überhaupt nichts mehr wissen. Wie denn auch? Wie soll ich diese Geschichte weiterverfolgen, wenn die Hauptangeklagte tot ist? Verfahren eingestellt, sagt man dazu bei der Polizei. Aber jetzt kommt plötzlich Barbara mit einer ganz neuen Theorie und versucht ständig, mich wieder heiß zu machen auf diese Story. Sie meint, es wäre doch gar nicht erwiesen, dass das Ganze wirklich an dieser einen Frau hängt, vielleicht hätte ich mich da einfach verrannt und es kämen auch ganz andere Möglichkeiten in Betracht. Zum Beispiel ein Serientäter, der eine ganz alte Kette von Brandstiftungen weitertreiben wolle. Zum Beispiel dieser Atze Feuertatze, von dem mir mal dieser Bernd erzählt hatte und über den wir auch schon herzlich zusammen gelacht hatten. Was wenn der wieder aktiv geworden sei oder ein anderer aus seiner früheren Bande? Oder sonst jemand ganz anders? Das alles ist mir noch viel zu vage. Aber dann hat sie erwähnt, dass seit dem zweiten Brandanschlag auf den Atzelbergturm im Taunus, gar nicht weit weg von hier, die Frankfurter Polizei regelrecht alarmiert sei. Zwei Anschläge auf einen Turm und zwei Brände von hölzernen Parktempelanlagen, das sieht schon stark nach einem Schema aus, nach einer Serie eben. Und darum hätte die Stadt beschlossen, zur Sicherheit einige mögliche weitere Anschlagsziele in eine höhere Sicherheitsstufe zu befördern. Heißt: Zum Beispiel den Goetheturm (Holz, Freizeitpark, Turm) stärker zu bewachen, nicht rund um die Uhr natürlich, das wäre viel zu teuer, aber in unregelmäßigen Schichten vor allem in den Nachtzeiten von einem Sicherheitsdienst kontrollieren zu lassen. Da scheint sich doch noch etwas zu bewegen. Erhöhte Alarmstufe. Sieht nicht nach Entwarnung aus, im Gegenteil.

Erik ist anstrengend. Ich will ihm doch nur helfen, damit er wieder seinen alten Schwung bekommt. Aber er ist so schwerfällig, so depressiv, so hoffnungslos mit all seinen geplatzten Recherchen und plötzlich verstorbenen Hauptverdächtigen, dass er sich immer mehr zurückzieht, wo ich dann gar nicht mehr an ihn ran komme. Ich versuche alles, probiere es mit Ablenkung, mit Ausgehen, mit gut zureden und natürlich auch mit Sex. Aber es ist schwer. Er ist so tief in seiner Theorie verstrickt, dass man echt eine Axt braucht, um diesen Knoten zu durchschlagen und ihn wieder wach zu rütteln. Immerhin, durch den Brandanschlag auf den Atzelbergturm ist schon mal wieder etwas Schwung in die Sache gekommen. Nichts ist umsonst. Egal, wer oder was wirklich hinter den anderen Bränden steht (wenn es denn überhaupt nur ein Täter ist und nicht bloß Zufälle sind!), diese scheinbare Übereinstimmung der beiden Brände im Taunus und nun die verstärkten Sicherheitsmaßnahmen am Frankfurter Goetheturm scheinen ihn jetzt doch wieder hellhörig gemacht zu haben. Vorteil für mich. Wir haben wieder ein gemeinsames Thema, über das wir uns annähern können. Ich bin sein Maulwurf im Polizeipräsidium. Und auch wenn es da im Moment nicht viel Neues zu erzählen gibt, ich versuche es mit kleinen spannenden Details, manchmal geheimnisvoll, manchmal auch etwas aufgeblasen und halte ihn so wieder in Spannung. Er soll mich brauchen. Er soll froh sein, dass er mich kennt und dass ich ihm helfe, so gut ich kann, seinen Job gut zu machen. Es soll ihm gut gehen mit mir. Dafür würde ich auch noch weiter gehen.

Verdammt! Ein Nachbar hat mir gerade erzählt, es war jemand an meiner Hütte! Eine Frau, vor ein paar Tagen. Nicht mehr ganz jung, sportlich gebaut, Sonnenbrille, lange Haare. Könnte aber auch eine Perücke gewesen sein. Und die hat komische Fragen gestellt, zu dem Brand in meiner Hütte, zu anderen Bränden, wann ich denn hier wäre und so weiter. Und ein Mann war wohl auch dabei. Aber gesprochen hat nur die Frau. Sie hat gesagt, dass sie wiederkommt. Hat aber keinen Namen oder Adresse dagelassen. War das vielleicht Rebecca? Aber die hat doch meine Handynummer, die könnte mich doch anrufen, wenn sie was von mir will. Na ja, das Ding ist meistens aus, weil ich kaum Gelegenheit habe, den blöden Akku aufzuladen. War sie's dann vielleicht doch? Und war sie das vielleicht auch heute oben am Goetheturm? Diese Wahnsinnsattacke? Wenn sie mich jetzt doch drankriegen will wegen dieser alten Sachen? Was wenn sie sich nun Verstärkung geholt hat? Diesen Mann, der mit ihr da war? Aber warum geht sie damit dann nicht zur Polizei? Will sie lieber ihren ganz persönlichen Rachefeldzug? Will sie vielleicht eine höhere Strafe für mich als es die Polizei oder ein Gericht verhängen würde? Das oben am Turm, das fühlte sich schrecklich an, so als würde da jemand völlig wild auf mich losgehen, ohne Sinn und Verstand. Vielleicht will sie mich umbringen?! Die alte Schlampe, vielleicht dreht sie jetzt völlig durch nach so vielen Jahren? Aber nicht mit mir, Fräuleinchen, nicht mit mir! Ich bin zwar alt und krank und ich habe nicht mehr viel vom Leben. Aber das was ich noch habe, das werde ich verteidigen, wenn's denn sein muss. Ich kann mich körperlich nicht mehr gut wehren, dazu fehlt mir die Kraft. Aber gut, wenn sie es denn so will – dann grab ich meine alte Knarre wieder aus, die ich vor vielen Jahren mal hinten im Garten in einer Blechkiste verbuddelt habe. Die hab ich noch nie benutzt, die stammt noch von meinem Alten, der hat die aus dem Krieg mitgehen lassen, alte Armeepistole, dazu ein paar Schachteln Munition. Die geht bestimmt immer noch. Die hol ich wieder raus und werde sie immer griffbereit halten in meiner Hütte. Und wenn sie dann wiederkommt, dann bin ich bereit. Mein Leben gehört mir, wenn es auch noch so armselig ist, es gehört mir und ich werde es verteidigen.

Heute hat sie mich wieder in die Kleingarten-anlage geschleppt, wo alles angefangen hat. Wo wir uns kennen gelernt haben. Sie meint, man müsste eben manchmal einfach wieder ganz von vorne anfangen, nach Dingen suchen, die man beim letzten Mal übersehen hat, Spuren, Hinweise, Zeugen, Unstimmigkeiten. Es war mir fast peinlich, wie sie dann da überall die Leute ausgefragt hat. Nicht als Polizistin im Dienst, sondern einfach so. Was sollen denn die denken? Ich hab mich eher zurückgehalten. Vielleicht ist es ja ganz klug, wie sie das jetzt angeht, vielleicht aber auch nur saudumm. Ich weiß es nicht, ich weiß gar nichts mehr. Ich gehe einfach mit und schaue und höre mir die ganze Sache an. Wir sind dann auch zu der Hütte, die damals abgebrannt ist, kurz, nachdem wir von da weg sind. Es steht inzwischen ja wieder eine Hütte auf dem Grundstück und ein Nachbar sagte, es wäre auch noch immer derselbe Bewohner, ein etwas eigenartiger alter Mann ohne viel Kontakt zu den anderen Bewohnern der Gärten. Ein eher unangenehmer Zeitgenosse. War gerade nicht da. Aber ich verstehe nicht, was sie von dem erfahren will. Er wird doch auch nicht wissen, wer ihm damals seine Hütte angezündet hat und ob es überhaupt Brandstiftung war oder nicht einfach seine eigene Schuld zum Beispiel. Aber sie lässt nicht locker, sagt fast drohend, „Wir kommen wieder". Aber dann, wir sind schon fast wieder weg, sagt der Nachbar noch:

„Wann se den unbedingt schpresche wolle, dann fahre se doch emohl nuff zum Göhdetorm, da wollder heut hi, hadder gesacht. Er müssde da was erledische odder so. Vielleischd trewwe se den ja do obbe unn dann könne se'n aach grad selber fraache, gel?"

Und unsere Ohren stellen sich auf wie bei einem erschreckten Tier. Zum Goetheturm? Hat der Mann etwa selber etwas mit den Brandstiftungen zu tun? Ist das vielleicht dieser sagenumwobene Atze Feuertatze selbst? Will er womöglich da was vorbereiten? Ach was, dumme Fantasien! Das hat doch alles überhaupt nichts miteinander zu tun. Aber Barbara sagt ganz aufgeregt etwas von einer heißen Spur und will unbedingt sofort mit mir da oben hinfahren und nach dem Alten suchen. Also gut, ich hab eh nichts Besseres vor heute, fahren wir also zum Goetheturm und hören uns da mal um. Wenn wir den da überhaupt treffen, denn das wäre ja wohl ein wirklich komischer Zufall. Aber vielleicht gibt's da oben ja wenigstens irgendwo eine Wurst oder so zu kaufen, langsam kriege ich Hunger vom vielen erfolglosen Recherchieren.

Wir sind am Goetheturm. Das war so ein Tipp von einem Mann dort in den Kleingärten, wo Erik und ich uns kennengelernt hatten und wo wir heute wieder hin sind. Klang irgendwie seltsam und spannend. Der Mann, dem man damals die Hütte angezündet hatte, wohnt immer noch dort, war aber nicht da, als wir ihn suchten. Aber er wollte heute hier, ausgerechnet am Goetheturm angeblich was erledigen, sagte der Nachbar. Und obwohl das ja gar nichts bedeuten muss, kam mir die Sache plötzlich spannend vor. Was wenn dieser Mann damals gar nicht Opfer, sondern vielleicht selber der Täter war? Vielleicht hatte der ja seine Hütte selbst in Brand gesetzt, womöglich um irgendwelche Spuren verschwinden zu lassen? Keine Ahnung. Aber der Zusammenhang mit dem Goetheturm, der gerade jetzt als hochgradig gefährdet gilt, ist schon komisch. Erik meint, ich spinne jetzt echt, kommt aber mit, weil er Hunger hat und denkt, da gäbe es bestimmt was an der Bude zu Essen. Na von mir aus. Hauptsache, wir ziehen das zusammen durch, das schweißt uns zusammen, das verbindet uns wieder ein Stück weit mehr. Und darauf kommt es ja an. Aber hier ist es langweilig. Nur ein paar Mütter mit Kindern sind zu sehen, ein Liebespaar, ein paar Rentner mit Hunden beim Spazierengehen, aber niemand, der unserem Gesuchten entsprechen könnte. Also gehen wir zu der Gastwirtschaft und bestellen was zum Essen und Trinken. Und kommen dabei ein bisschen mit dem Kellner ins Gespräch, weil ja ohnehin nicht viel los ist. Und der erzählt uns von einem merkwürdigen Vorfall heute, keine Stunde her. Ein alter Mann sei ganz plötzlich von einer Frau massiv attackiert worden, so heftig, dass er im ganzen Gesicht und aus dem Mund geblutet hätte. Genau hier, zwischen Terrasse und Turm sei das gewesen. Der Alte hätte sich vorher hier noch eine Wurst zum Mitnehmen geholt und hätte beim kurzen Smalltalk etwas von „heißen Erinnerungen“ gesagt, die er an diesen Platz hätte. Und dann plötzlich dieser Überfall, das ging blitzschnell, sagt der Kellner. Und bevor irgendwer etwas machen konnte, sei die Frau wie der Blitz die Straße da hinten runter gerannt und keiner hätte es geschafft, sie einzuholen. Na ja, es hätte auch keiner wirklich versucht. Dann hätten sie den armen Mann versorgt, so gut es ging. Der wollte keine Polizei und auch keinen Krankenwagen und ist dann irgendwann mit dem Bus in die Stadt runtergefahren. Aber er sei völlig verstört gewesen und hätte überhaupt nicht verstanden, was die Frau von ihm wollte. Gestohlen hat sie ihm auch nichts. Hat ihn nur fertigmachen wollen ganz offensichtlich. Tja, so was erlebe man hier ja nun doch nicht jeden Tag. Nee, und so eine verrückte Geschichte hört man auch nicht jeden Tag! Unser Gesuchter scheint wohl schon in irgend etwas Merkwürdiges verstrickt zu sein, was es auch immer sein mag. Und da ist offenbar noch eine unbekannte Frau mit im Spiel. Und „heiße Erinnerungen". Was soll das wohl bedeuten? Sex? Feuer? Oder beides?

Bei „heiße Erinnerungen" kommt mir sofort meine letzte Begegnung mit Rebecca wieder in den Sinn. Bilder, die ich einfach nicht loswerde. Und auch nicht das Gefühl, dass da irgendwas nicht stimmt. Keine Ahnung. Obwohl, es ist eigentlich genau das – eine Art Ahnung, dass etwas im Gange ist, von dem ich nichts Genaues weiß, aber irgendwie etwas spüre. Hier am Goetheturm.

Ich fühle mich wie der Panther im Käfig. Eine tiefe innere Unruhe treibt mich um, so dass ich kaum stillstehen oder sitzen kann. Und ich schaue durch die Gitterstäbe wie durch die Zeiger einer riesigen Uhr und weiß, wenn es richtig dunkel ist und richtig spät, dann öffnet sich das Gitter, dann gibt die Zeit mich frei, dann ist es soweit. Aber bis dahin muss ich es aushalten zu warten. Habe meine ganzen Sachen in einem Schließfach im Südbahnhof deponiert, ging alles gerade so rein. Ich will nicht das alles so lange durch die Gegend schleppen.

Nur nicht unnötig auffallen. Darum sitze ich auch jetzt schon wieder in der Bahn, will noch ganz woanders hin, will nicht wie ein Geier schon stundenlang um mein späteres Ziel kreisen, dass womöglich noch jemand auf mich aufmerksam wird. Wenn man wartet, geht die Zeit noch viel langsamer vorüber als sonst. Ich fahre zu Roberts Garten. Nicht dass ich ihm noch mal begegnen will heute. Einmal reicht. Aber ich koche immer noch innerlich vor Wut auf diesen Mann, auf diesen Dreckskerl, der immer noch frei herumläuft und sich einfach so einen schönen Nachmittag am Goetheturm machen kann. Und wer weiß, ob er die Erinnerung an frühere Taten dort nicht sogar ganz im Stillen genießt. Diesen Genuss hab ich ihm verdorben, jedenfalls für heute. Aber das besänftigt meine Wut in keiner Weise. Er soll die volle Ladung davon abkriegen. Bis jetzt hab ich mich immer nur an Objekte getraut, um mit diesen Gefühlen irgendwie klar zu kommen. Aber jetzt ist es Zeit, auch den Verursacher all dieser Qualen mitzunehmen. Ich fühle kein Rachebedürfnis, ich will ihn ja nicht umbringen, es ist eher so etwas wie eine höhere Gerechtigkeit, für die ich sorgen will. Er darf einfach keine schöne Zeit, keine schönen Erinnerungsorte mehr haben, er darf sich nicht mehr sicher fühlen, er soll Angst haben, Angst wie ich sie fast mein ganzes Leben lang haben musste. Er soll sich genau so klein und hilflos fühlen wie ich als Kind und auch noch sehr sehr lange als Frau. Dieses schwere Paket bin ich nicht mehr länger bereit zu tragen. Und nur ich kann es ihm aufladen, es an ihn weitergeben, damit er es nun zu tragen hat für den kümmerlichen Rest seiner Tage. Noch habe ich keinen Plan, ich lasse mich einfach zu ihm hintreiben oder wenigstens an einen Ort, der ihm wichtig ist. An sein Refugium, seine Sicherheit. Ich treibe aus dem Meer meiner Wut zum Strand seiner verdammten Insel der Sicherheit wie ein Ungeheuer aus der Tiefe. Und dort steige ich aus den Fluten, wild und böse und gehe mit festen Schritten zu seiner erbärmlichen Hütte. Da ist sie. Und er ist da, jedenfalls fällt ein schwacher Lichtschein aus dem kleinen Fenster in den Garten. Nett hat er sich's hier wieder eingerichtet, nachdem ich ihm schon einmal die Bude abgefackelt habe. Schöner Wohnen im Grünen. Na warte! Unterwegs habe ich einen faustgroßen Stein aufgelesen. Nicht um ihn zu erschlagen, nein. Das wäre zu gnädig. Angst ist schlimmer als der Tod. Angst soll er haben, dieses Schwein. Ich stecke ihn in die Bäckertüte, mit der meine Abendbrotbrezel eingepackt war, und schreibe rasch noch mit Kuli einen kleinen Satz darauf: „Bald bist du dran. M." Marie lässt grüßen. Und du weißt nicht mal, wer das ist. Du hast keine Ahnung. Aber Angst, die wirst du haben. Er liegt gut in der Hand, es sind nur ein paar Meter vom Gartentor bis zum Fenster. Und ich war schon immer gut im Werfen, das hat er mir selbst beigebracht, wenn wir immer zum Wädchestag um die Buden gezogen sind, um irgendwelche dämlichen Preise zu ergattern. Und im Werfen war ich bald unschlagbar. Zehn Bälle, ein Kuscheltier. Garantiert. Und jetzt gibt's dafür einen harten Gruß aus Stein. Einmal kurz konzentriert, fest ausgeholt und zack – er fliegt durch die Nacht und knallt genau mitten durch die Scheibe in die winzige Hütte rein. Ein Schrei tönt heraus wie von einem erschreckten Gockel. Gut so! Erschreck dich nur, erschreck dich bis in die tiefsten Tiefen deiner Knochen, bis tief in den Bauch hinein. Und denke dran, morgen die Zeitung zu lesen, du Schwein. Es wird ein besonderer Gruß ganz speziell an dich darin sein. Ich ziehe dir den Boden unter den Füßen weg. Ich nehme dir alles, was dir wichtig ist, deine lustvoll verschmierten Erinnerungen, deine Sicherheit, deine Zukunft. Die Zukunft gehört mir. Deine ist schon vorbei.

Scheiße! Was ist das?!? Ich bin zu Tode erschrocken! Jemand hat mir das Fenster eingeschmissen. Als ob heute nicht schon genug passiert wäre. Und jetzt das! Ich hab fast einen Herzinfarkt bekommen, ich zittere am ganzen Körper. Ich komme kaum hoch aus meinem alten Sperrmüll-Korbsessel, dann stehe ich da in meiner kleinen Bude und bin völlig perplex. Ein Stein war's, in einer Tüte eingepackt und da steht etwas drauf, das ich im Kerzenlicht kaum lesen kann, auch vielleicht darum, weil meine Hand so fürchterlich zittert ... „Bald bist du dran. M." ... Das ist eine Drohung. Das ist kein Spaß. Da will mir einer was antun. Aber wer zum Teufel, wer?!? Wer ist M.? Ich kenne keinen M. und auch keine M.-Frau. Halt. Doch. Mein Nachbar, der mir von dem merkwürdigen Schnüffelpaar erzählt hat, der hat noch was gesagt: Dass er die auch nach ihren Namen gefragt hat. Und da hätte der Mann gesagt, sein Name wäre Maschner oder Mascher oder so ähnlich. Nur die Frau hätte überhaupt nichts gesagt dazu, außer den Mann komisch angeguckt. Maschner. Das fängt an mit M. Die wollen mich bedrohen. Ein Mann und eine Frau. Die ich beide nicht kenne. Oder doch? Vielleicht doch die kleine Rebecca, jetzt mit Macker-Verstärkung?! Scheiße, was soll ich nur machen? Die machen mir Angst.

„Es wird langsam dunkel, Erik. Und kalt. Und hier läuft heute eh nichts mehr. Komm, lass uns fahren und den Abend etwas gemütlicher verbringen, ja? Gehen wir zu mir oder zu dir?"

„Ok, fahren wir. Von mir aus zu mir nach Hause. Ich hab aber nichts da, nichts zu trinken oder so. Kam noch nicht zum Einkaufen."

„Na dann los. Wir können ja noch unterwegs irgendwo anhalten und was kaufen. Aber eigentlich brauchen wir doch gar nichts außer uns beiden, oder? Komm, wir gehen. Schau mal, da vorne steht schon der Wagen vom Wachdienst."

„Was denn fürn Wachdienst?"

„Security eben. Die Stadt hat ein Unternehmen beauftragt, um bestimmte Objekte im Stadtbereich zu schützen, bis Klarheit über die Brandstiftungen besteht. Damit nicht noch mehr passiert."

„Das sagst du mir erst jetzt? Ich dachte, die Polizei selbst würde den Turm bewachen. Bleiben die die ganze Nacht hier oder wie?"

„Nein, das wäre viel zu teuer. Und glaube mal nicht, das hier wäre der einzige Ort, der inzwischen als gefährdet eingestuft wurde. Da gibt's schon noch ein paar mehr. Nein, die machen nur Stichproben und sollen vor allem Präsenz zeigen."

„Präsenz zeigen, was fürn Quatsch."

„Wieso denn Quatsch? Da wird doch wenigstens was getan!"

„Aber das ist doch Augenwischerei, Barbara. Was würdest du denn machen, wenn du, sagen wir mal, du wolltest diesen Turm anstecken. Heute Abend zum Beispiel ..."

„Also Erik ..."

„Nur mal so. Und dann siehst du so einen Wachmann. Was macht der? Geht einmal um den Turm herum, prüft vielleicht, ob die Tür auch abgeschlossen ist, guckt mal hier und mal da, steigt dann irgendwann wieder in sein Auto, wartet da vielleicht ein paar Regentropfen ab, liest Zeitung, was weiß ich, steigt wieder aus und geht dann noch mal für eine Abschlussrunde einmal um den ganzen Bereich herum. Und dann guckt er auf seine Uhr, sagt leise *Feierabend*, steigt wieder ein und fährt gemütlich nach Hause."

„Ja und?"

„Ja und?! Das ist doch Pillepalle. Das schreckt doch keinen ab, Mensch! Wenn du so was durchziehen wolltest, na dann wartest du eben ab, bis der Typ sich endlich verkrümelt hat und dann schlägst du zu. Fertig. Schau mal, der geht jetzt hier seine Runde. Und es ist noch nicht mal richtig dunkel. Aber die Brandstiftungen, die waren immer mitten tief in der Nacht, in den frühen Morgenstunden, wenn eben niemand mehr unterwegs ist und dich beobachten könnte. Das hier ist doch echt für die Katz'!"

So 'ne Katze hat's gut. Die ist frei, die macht was sie will und keiner hat wirklich die Kontrolle über sie. Also wenigstens so eine wie die kleine Gestreifte, die hier am Straßenrand spazieren geht. Mitten in der Nacht, ganz alleine und ganz ohne Angst. Das ist ein Leben. Hier in den Schrebergärten findet sie sicher genug Mäuse für ein ganzes Katzenleben. Und auch genug Leute, bei denen sie mal unterschlupfen kann, wenn es draußen zu kalt wird. Und wenn sie Lust hat, schleicht sie rauf zum Goetheturm und nascht von den Resten, die die Leute da fallen gelassen haben. Obwohl, ich glaube, Katzen sind zu schlau oder zu stolz, um irgendwelche Würstchenreste zu verputzen. Das ist doch alles Junkfood, nichts für so stolze Tiere. Das brauchen die gar nicht. Und ich brauche so was auch nicht. Ich bin wie du, kleine Katze. Stolz, frei und unabhängig. Und ich mache immer mein eigenes Ding. Ich bin jetzt ganz ruhig. Meinen Rucksack hab ich wieder aus dem Schließfach geholt und nun den ganzen Berg hochgeschleppt. Kein Problem, fit genug bin ich dafür allemal. Nur könnte es komisch aussehen, eine ältere Frau mitten in der Nacht mit einem großen Rucksack durch die Gegend ziehen zu sehen. Und auffallen will ich auf keinen Fall. Aber es ist eh kein Mensch auf den Straßen, jetzt um halb drei Uhr in der Früh. Ein klein wenig Großstadtrauschen dringt noch durch die Bäume, ansonsten ist es still. Gerade will ich den Parkplatz am Waldrand überqueren, da leuchtet kurz ein Licht auf. Es flackert weiter unruhig und ich bin wie zu Stein erstarrt. Da ist jemand am Turm! Eine dunkle Gestalt läuft langsam herum und leuchtet mit einer Taschenlampe. Der Lichtkegel huscht unruhig über den Weg, den Zaun, das Eingangstor, einmal hoch die dicken Eckpfosten entlang und quer über die unteren Plattformen. Dieser Mensch schaut sich um. Es ist ein Mann, so viel kann ich im Dunkeln erkennen. Sicher kein Spaziergänger, dafür leuchtet er zu gründlich und zu gezielt den Turm aus. Als ob er nach etwas sucht. Aber warum sucht er mitten in der Nacht? Irgendetwas scheppert leise. Schlüssel. Ein dicker Schlüsselbund, das der Mann an seinem Gürtel befestigt hat. Ha! Na klar, warum bin ich nicht gleich darauf gekommen? Ein Wachmann! Die bewachen jetzt den Turm. Die passen auf, dass nicht noch mehr Gebäude in dieser Stadt in Flammen aufgehen. Mist! Damit hab ich nicht gerechnet. Das passt mir jetzt aber überhaupt nicht. Es ist ja nicht so, dass ich das alles nur so zum Spaß mache. Ich muss das tun. Und ich muss es tun, wenn die Zeit reif ist. Und sie ist reif, nicht irgendwann, sondern heute, jetzt, unbedingt jetzt und heute. Das ist kein Spiel, das ist bitterer Ernst. Es geht nicht ein andermal. Es muss alles zusammenpassen, die äußeren Umstände und vor allem die Inneren. Ich muss bereit sein und ich bin bereit. Es muss alles stimmen, damit es so geschehen kann, wie es geschehen muss. Nur dann und nur dann ist es gut. Nur dann kann ich hoffen, dass sich wieder ein Fenster öffnet, ein Schleier lüftet und mir ein weiteres Stück meines gestohlenen Lebens zurückgegeben wird. Es ist pure Magie. Kein billiger Zaubertrick. Es funktioniert, vielleicht nur bei mir, das weiß ich nicht. Aber es funktioniert, es muss funktionieren, es darf doch jetzt nicht alles umsonst gewesen sein, alle Hoffnungen ... Moment ... jetzt steigt er in sein Auto. Das ist jetzt nicht wahr! Er steigt in sein Auto, er schließt die Tür, startet den Motor und ... ja ... jaaaaaa ... er fährt weg. Ist denn das zu fassen?! Er fährt nach Hause, er macht Feierabend, jetzt, genau mitten in der Nacht. Nach Hause zu seiner leise schlummernden Freundin, zu seinem schnarchenden Dackel, zu seinen blubbernden Goldfischen. Fahr heim, mein Lieber, fahr heim, du Guter, hast einen prima Job gemacht hier in der Nacht, hast den großen Turm bewacht, bis genau zu der Zeit, in der immer die anderen Gebäude sich in Rauch aufgelöst haben, genau bis dahin, und dann machst du Feierabend! Super! Klasse! Extraklasse! Du kriegst einen Orden von mir, einen ganz persönlichen Orden, den goldenen Schnarchsack am Bande kriegst du! Herzlichen Glückwunsch! Ich könnte laut losjubeln vor Entzücken, aber ich lasse es sein. Nicht jetzt, nicht so kurz vor der großen Show. Kein Bisschen Lampenfieber. Ich warte, bis ich das Geräusch seines Motors nicht mehr höre und dann noch einmal so lange. Nichts rührt sich. Frankfurt schläft. Den Schlaf der Gerechten. Den Schlaf der Ahnungslosen. Den Schlaf der Selbstzufriedenen. Nur ich bin noch wach. Und ich werde euch ein helles Erwachen bescheren.

„Was ist?“

„Kann nicht schlafen.“

„Fandest du's nicht gut?“

„Doch doch, alles gut. Das hat gar nichts mit uns zu tun. Ich bin einfach unruhig. Wegen dieser Brandgeschichten. Und wegen dem Wachmann.“

„Wegen dem Wachmann?“

„Wegen dem Wachmann, genau. Ich find's ja gut, dass sie von der Stadt jetzt endlich die Initiative ergriffen haben und bestimmte Objekte schützen lassen. Aber ich werde das Gefühl nicht los, dass da Leute ohne Fantasie arbeiten, die sich also einfach nicht in so einen Täter hineinversetzen können, verstehst du? Die schicken mal für 'ne Stunde oder so 'nen Wachmann hin und denken, so, nu' is' gut. Aber damit ist gar nichts gut. Der lauert womöglich schon hinterm Baum und lacht sich ins Fäustchen über so viel Dummheit."

„Ich hab dir doch erklärt, ein Rundumschutz die ganze Nacht lang wäre viel zu teuer, das will keiner bezahlen. Also machen sie wenigstens Stichproben. Und außer der Security fährt auch noch ab und zu ein Streifenwagen da vorbei um nach dem Rechten zu schauen."

„Ab und zu, ab und zu, das ist ja gerade das Problem."

„Und? Was willst du machen? Sheriff spielen und den Turm die ganze Nacht selbst bewachen? Und die anderen Objekte auch noch? Und tagsüber schlafen?"

„Ich weiß es doch auch nicht. Ich hab nur so ein blödes Gefühl dabei. Als ob man dabei irgendwas Wichtiges übersehen hätte."

„Das Gefühl hast du doch andauernd. Immer sagst du, du hättest was übersehen, du wärst kurz davor aber irgendwas fehlt, du hättest das Puzzle fast komplett bis auf ein paar ganz wenige aber wichtige Teile. Immer dasselbe, egal, worum es geht. Ich glaube, das ist so ein Grundgefühl von dir, dass dir immer was fehlt, was du nicht finden kannst. Da solltest du vielleicht mal drüber nachdenken."

„Danke bestens, Frau Doktor. Das haben Sie ja wieder mal toll analysiert."

„Ach komm, jetzt schmoll nicht schon wieder. Ist doch wahr. Du bist immer am Jammern. Immer beschwerst du dich über dein Pech und dein Unglück. Und immer sind die anderen schuld. Oder das Schicksal. Oder was weiß ich. Lass uns doch einfach zusammen da dran weiterarbeiten. Ich helfe dir so gut ich kann, wenn du diese Brandgeschichte zu Ende bringen willst, ich gehe mit dir, wohin du willst, ich recherchiere für dich, ich frage den Leuten ein Loch in den Bauch, alles was du willst. Nur bitte nicht heute Nacht. Ich bin todmüde und will nur noch schlafen. Bitte, Erik. Lass uns schlafen. Morgen sieht alles ganz anders aus.“

Morgen sieht hier alles ganz anders aus. Nichts wird mehr so sein wie vorher, nichts wird mehr erinnern an die furchtbaren Stunden, die meinem Leben hier eingebrannt wurden. Nichts. Es ist Zeit. Der Wachmann wird schon sein Feierabendbier trinken. Ich gönne es ihm von Herzen. Er wird die nächsten Nächte schlecht schlafen, aber das geht vorbei. Ich werde gut schlafen. Wenn ich das alles hier gut über die Bühne gebracht habe. Ich löse mich aus dem Schatten, in dem ich nun schon fast eine halbe Stunde wie angewurzelt gestanden habe. Aber das macht mir nichts aus. Das macht mir sogar Spaß. Es ist ein bisschen wie damals in der Bioenergetikgruppe, wo wir ewig und vollkommen regungslos auf der Stelle gestanden haben, bis uns alles wehtat und unser Innerstes nach außen gestülpt wurde. Damals war das fremdbestimmt und grausam für mich. Aber es hat mich auch etwas gelehrt. Wenn du ganz still bist, wenn du dich kein kleines bisschen regst, dann kannst du deine Gefühle im Inneren hören. Wenn du jung bist und unerfahren, dann bringt dich der Schmerz zum Rasen. Aber wenn du Erfahrung gesammelt hast, dann kannst du ihn nutzen, dann hilft er dir, dich zu konzentrieren, ganz bei dir selbst zu sein und deinen eigenen Weg klar zu erkennen.

Eigentlich habe ich das schon fast mein ganzes Leben lang so gemacht, ohne groß drüber nachzudenken. Habe immer den Schmerz ausgehalten, ihm standgehalten und mir selbst so das Gefühl gegeben, ich kann das hier überleben, egal, was es ist, ich kann und ich werde es überleben.

So, und jetzt los! Mit großen festen Schritten gehe ich zum Turm. Das große Tor ist abgeschlossen, klar. Aber wozu brauche ich ein großes Tor? Es ist fast peinlich, wie leicht ich über die Außenpfosten nach oben komme, meine rutschfesten Kletterschuhe fest an das Holz gepresst, meine behandschuhten Hände weiter oben seitlich um den Stamm geschlungen und dann Stück für Stück, Ruck für Ruck wie ein Eichhörnchen aufwärts bis zur ersten Plattform, über die Balustrade und mit einem kurzen Sprung auf die Bretter. Ausatmen, einatmen, ausatmen, ruhig werden. Nichts und niemand stört mich. Ich bin ganz allein auf meiner Bühne. Bretter, die die Welt bedeuten. Ha! Genauso ist es. Diese Bretter bedeuten die Welt für mich, die wirkliche, wahre Welt meiner schrecklichen Vergangenheit genauso wie die zukünftige Welt meines neuen befreiten Lebens. Holz. Dunkles Holz. Jetzt, mitten in der Nacht, ist es noch dunkler, noch finsterer, noch bedrohlicher. Hier wurde ich gequält, hier wurde ich verkauft wie ein Stück Scheiße, hier wurde ich fast umgebracht ein paar Stockwerke höher. Aber da brauche ich heute nicht mehr hinaufzusteigen. Das Feuer wird diese Arbeit für mich tun, konsequent und erbarmungslos. Ich streue den ganzen Inhalt der Tüten, die ich in meinem Rucksack hier hinaufgeschleppt habe, sorgfältig auf dem Bretterboden aus. Es ist fast wie eine Meditation. Es muss nicht schön aussehen, aber es muss schön gleichmäßig verteilt sein. Überall, auf ganzer Breite. Und dann kann's losgehen. Noch einen kurzen Blick über das Geländer, ich lasse den schnellen Abstieg vor meinem inneren Auge genau ablaufen, Stück für Stück, Meter für Meter. Nichts wird dem Zufall überlassen. Ich bin in diesem Stück die Regisseurin und ich sage, wie das Spiel gespielt wird. Aufsitzen auf dem Geländer. Beine nach draußen schwingen, mit den stabilen Schuhspitzen außen abstützen auf der Bodenkante. Linken Ellenbogen übers Geländer, festhalten. Streichholzschachtel raus, festhalten mit links, ein Hölzchen rausholen. Anreiben und mit dem hinteren Ende in den Schlitz zwischen Schublade und Außenhülle stecken. Schachtel aufs Geländer stellen. Warten, bis sich das Flämmchen über das Hölzchen bis zur Schachtel vorgearbeitet hat. Warten. Warten. Wusch! Die Schachtel entzündet sich mit einem Fauchen, diese Flammen sind nun stabil genug für einen kurzen Flug. Ein Schnips mit dem rechten Handschuh und im selben Moment der Abgang rückwärts wie vorhin der Aufgang hinauf. Geht deutlich schneller. Ein letzter Sprung ins Dunkel, das jetzt augenblicklich aus seiner Dunkelheit gerissen wird. Wenige Meter über mir tobt ein Feuersturm über das ganze Deck und lässt die mächtigen Eckpfeiler wie die Masten eines brennenden Piratensegelers erscheinen. Dieses Schiff ist dem Untergang geweiht! Dieses finstere Mörderschiff wird untergehen! Und keine Rettung wird kommen, kein Erbarmen wird ihm helfen. Seine Zeit ist um, sein Schicksal ist besiegelt. Auf diesem Deck wird nie nie wieder ein solches Unglück geschehen, wie ich es hier erleben musste, nie nie wieder! Das Feuer brennt wie verrückt, es rast förmlich den ganzen Turm hinauf und auch hinunter bis an seine gemauerten Füße, es verbreitet eine solche Hitze, dass ich mich im letzten Moment fast losreißen muss von seiner magischen Kraft, bevor es mir die Haare versengt. In einem kurzen Moment der inneren Rührung verbeuge ich mich ganz spontan tief wie ein Japaner vor dem Inferno. So stehe ich für ein paar Sekunden und bekunde meine Ehrfurcht vor der Kraft des Feuers. Und mache dann, dass ich fortkomme, im lockeren Laufschritt dieselbe Straße hinunter wie heute morgen. Und mein Gesicht strahlt nicht nur von der Hitze, von der Anstrengung und vom schnellen Laufen. Es ist wie ein Dauergrinsen, ein breites, unglaublich befreiendes Lächeln, dass mir den Mund bis zu den Ohren zieht. Ich kann gar nicht mehr aufhören. Ich muss lachen, lachen bis mir auch noch die Tränen kommen. Ich lache und weine, schüttle den Kopf und werfe ihn rückwärts in den Nacken, ich schmeiße den Rucksack in einer spontanen Eingebung in einen Müllcontainer am Straßenrand und fühle mich frei und unbeschwert wie auf Wolken, renne und springe immer weiter und weiter bis runter in die schlafende Stadt, die nun von einem Chor aus Martinshörnern und einem Feuerwerk aus blauen Flackerlichtern aus ihren Träumen gerissen wird. Meine Beine kennen kein Halten und ich renne weiter bis es nicht mehr geht. Hier stehe ich, unten am Fluss und blicke auf die dunkle Silhouette der Stadt. Was hinter meinem Rücken geschieht, geht mich nichts mehr an. Was vor mir liegt, ist wichtig. Ich gehe langsam in die Knie und setze mich auf die Kaimauer. Meine Füße schweben hier ein ganzes Stück über dem Wasser. Still und beinahe majestätisch fließt der Main unter ihnen hindurch. Eine tiefe, wunderbare innere Ruhe durchströmt mich. Und langsam, ganz zart, dämmert der Morgen des nächsten Tages. Die ersten Vögel lassen vorsichtig ihr Zwitschern ertönen, nicht so kräftig wie im Sommer, aber doch so, dass man sie wahrnimmt. Von Osten erhellt sich zaghaft der Himmel. Unfassbar zarte Farbtöne bilden sich auf und zwischen den Wolken, eine wahre Lichtpoesie aus hellrosa und violett, blassem Goldschimmer und feinstem silbrigen Blau, wie ich es noch nie zuvor gesehen habe. Dunkle Schatten wohnen noch in den westlichen Wolkenbänken, schwer und grau von der Nacht und ihren finsteren Geheimnissen. Doch unter ihnen schweben schon hauchdünne Fetzen versprengter Wattewolken, weich und dünn wie ein Windhauch und doch lebendiger und farbiger als alle Macht, die noch düster über ihnen dräut. Sie sind schnell und leicht und ziehen einfach unter der trüben Decke hindurch wie spielende Kinder, die sich aus einer Menge finsterer Erwachsener lösen und sich munter in den Tag hineinspielen. Das Neue ist da und das Alte wird und muss weichen. Es gibt keinen Weg zurück. Auch die Häuser bekommen langsam Leben, verwandeln sich von schwarzen Schattenrissen in eine vielgliedrige, glänzende und schimmernde Kulisse eines prachtvollen neuen Bühnenstücks. Die ersten Lichter gehen an. Geräusche schälen sich aus der kühlen Stille und füllen sie mit den Klängen einer neuen Großstadtsinfonie. Autos bewegen sich am anderen Ufer. Auch hinter mir auf der Uferstraße erwacht das Verkehrsleben. Noch wissen die Leute nicht, was an diesem Tag anders sein wird als an jedem anderen. Anders für sie und vor allem anders für mich. Ich kann es spüren und vor allem – ich kann es sehen. Um mich herum entsteht Stück für Stück eine Welt, wie ich sie in solch einer Brillanz, in solch einer Pracht und Herrlichkeit niemals zuvor gesehen habe. Alles ist so klar, so frisch, so deutlich zu sehen. Es gibt viel mehr Farben, viel mehr Zwischentöne und Übergänge, als ich gewusst habe. Alles fließt ins andere und steht doch zugleich kristallklar für sich selbst. Alles hängt mit allem zusammen auf eine wunderbare, magische Art. Die Welt um mich herum atmet, ist ein einziges, riesiges, buntes Lebewesen aus aller Materie, die diese Erde uns zu bieten hat. Und ich bin ein kleiner, winziger und doch unendlich großer Teil davon. Alles ist noch so neu an diesem Tag, so unverbraucht und unverdorben, dass ich fast Angst bekomme, es könnte plötzlich zerplatzen wie eine Seifenblase, wie eine Illusion, die mein armes krankes Hirn mir vorgegaukelt hat. Aber das geschieht nicht. Das Gleichgewicht hält. Die Farben halten. Und nur ein feiner Hauch von Brandgeruch kitzelt mich in der Nase.

„Was ist denn mit dir los? Erik! Du siehst ja aus, als hättest du dem Tod ins Auge gesehen!"

„Ich drehe noch durch, ehrlich, Barbara, ich glaube ich drehe gleich durch..."

„Was ist denn los? Du warst doch bloß Brötchen holen zum Frühstück und eine Zeitung....."

„Ganz genau, ganz genau, eine Zeitung, nur eine ganz normale Rundschau zum Frühstück, das wollte ich. Aber da, als ich die Titelseite gesehen habe, da hab ich den ganzen Laden zusammengebrüllt, verstehst du? Den ganzen Laden! Die wollten schon die Polizei rufen, ich hab da rumgetobt und geschrien und geheult wie ein kleines Kind. Wie ein kleines Kind. Ich konnt ... ich konnte ... einfach ... nicht ... ich konnte nicht anders, Barbara."

„Aber wieso denn bloß? Was ist los mit dir, Erik? Los, zeig her diese verdammte Zeitung, gib her, lass mich mal sehen, was dich da so ... ach du liebe Scheiße ... ach du große Scheiße ... das ... das ... das darf doch nicht wahr sein!"

„Siehst du? Verstehst du mich jetzt? Verstehst du, warum ich gleich durchdrehe?"

„Der Goetheturm ist abgebrannt. Heute Nacht. Während wir noch geschlafen haben, oder nein, wir haben ja gar nicht geschlafen, wir haben diskutiert, ob das mit dem Schutz und der Sicherheitskontrolle ausreicht beim Goetheturm und du hast gesagt, nein, das reicht nicht, das hindert keinen, der es wirklich will daran, das Ding trotzdem anzuzünden ..."

“Siehst du? Siehst du es jetzt? Hab ich’s nicht genau so gesagt? Hab ich’s nicht gesagt? Und genau so ist es passiert. Und das ausgerechnet heute Nacht. Als ob der Täter uns zugehört hätte. Als ob er sich ins Fäustchen gelacht hätte und dachte, na denen wird ich’s dann mal zeigen, heute, genau heute werd ich’s denen zeigen. Oh wie ich es hasse! Wie ich es hasse, schon wieder Recht zu haben. Schon wieder! Ich wusste es, ich wusste, dass das passieren könnte, ich hab’s geahnt, ich hab’s ja fast vorhergesagt. Ich bin ein Wahrsager wider Willen und ein elender Versager dazu!“

“Erik, hör auf! Hör doch bitte auf, dich immer für alles verantwortlich zu fühlen. Was kannst du denn dafür, dass dieser Irre jetzt schon wieder zugeschlagen hat?“

„Ich wusste es! Ich wusste es doch schon vorher! Ich hätte es verhindern können. Ich hätte es verhindern müssen! Ich hätte irgendwas tun müssen, keine Ahnung, ich hätte zur Polizei gehen müssen ...“

„Du warst doch bei der Polizei, hihi ...“

„Sehr witzig, wirklich sehr sehr witzig, Barbara.“

„Ok, entschuldige, das war jetzt blöd von mir. Aber ich meine wirklich, du kannst absolut nichts dafür. Du hast ihn nicht angezündet. Du konntest nicht sicher sein, ob und wann so etwas passieren würde. Du konntest absolut nichts dagegen tun, Erik. Es ist nichts als ein ganz blöder verdammter Zufall.“

„Und das glaubst du wirklich?!“

„Ja natürlich, was denn sonst? Denkst du vielleicht, jemand hat das Ding angezündet, um dir persönlich eins auszuwischen?“

„Nein.“

“Denkst du, jemand spielt da ein böses Spiel mit dir und jagt dich kreuz und quer durch Frankfurt um dir dann immer wieder zu entwischen, ist es das?“

„Nein.“

„Na also. Das wollte ich von dir hören. Hör zu, ich kann verstehen, was das alles jetzt mit dir macht. Aber ich bitte dich, gerade jetzt: Bleib professionell, drehe nicht durch. Das ist vielleicht deine Story aber es ist nicht dein Leben. Das sind vielleicht im Moment ein paar dumme Zufälle zuviel aber es sind und bleiben Zufälle. Und das Ganze zeigt nicht, dass du versagt hast, sondern dass du ganz nahe dran bist, dass du den richtigen Riecher hast, auf der richtigen Spur bist. Du warst noch nie so nahe dran. Der Täter hat nur noch einen winzig kleinen Vorsprung vor dir. Aber du bist ihm auf den Fersen. Und du wirst ihn einholen, du kannst ihn kriegen. Du bist derjenige, der ihm am dichtesten hinterher ist, du verstehst ihn, du kannst dich in ihn hineindenken wie ein echter Profiler. Erik. Du bist gut. Und du musst weiter machen, jetzt erst recht, mit voller Kraft und mit meiner vollen Unterstützung. So! Und jetzt wird gefrühstückt, verdammt noch mal. Vom Hungern steht der Turm auch nicht wieder auf!"

„Aber was kommt als nächstes? Was will der Täter dann?"

„Ein Laugencroissant mit Butter und Honig. Und einen Kaffee. Bitte."

Kaffee trinken will hier heute keiner. Obwohl wir ja geöffnet haben. Aber die Leute sind wie hypnotisiert, die stehen da rum, soweit sie die Polizeiabsperrungen ranlassen und diskutieren um die Wette. Manche sind echt total aufgeregt. Und andere stehen einfach nur da. Oder machen Fotos. Und ich hab nicht wenige gesehen, die echt geheult haben. Na kein Wunder, der ganze schöne Turm ist ja nur noch ein großer Haufen Asche, nur ein paar Reste von den verkohlten Eckpfeilern stehen noch. Innerhalb der Absperrung sind immer noch Feuerwehrleute und bekämpfen ein paar übrige Glutnester. Und Leute von der Kripo, denke ich mal, die stehen mehr rum als dass sie echt was ermitteln, dazu ist das Ganze wohl noch viel zu heiß. Das war vielleicht ein Schock heute, als ich zur Wirtschaft hochgefahren bin, ich hatte ja noch gar nichts mitbekommen von der ganzen Katastrophe. Und Leute, echt, ey, ich kann euch sagen, ich habe geheult wie ein Kind. Wie ein Kind. Das hat mich so traurig gemacht und auch wütend, was da passiert ist. Und ich meine, das hier ist meine Heimat, hier ist mein Job, hier komme ich jeden Tag hin und bediene die Leute und freue mich, wenn sie hier ihren Spaß haben, spazieren gehen, ihre Hunde Gassi führen, mit ihren Kindern oder Enkeln zum Spielen kommen, auf den Turm steigen und die tolle Aussicht genießen und dann wieder runterkommen und bei uns gleich noch mal was Schönes zum Essen und zum Trinken bestellen oder was mitnehmen oder einfach ein Eis bestellen oder so. Nette Leute sind das hier meistens, ganz entspannt und zufrieden. Ja. Und jetzt das. Mama mia, das sieht vielleicht aus! Und es stinkt noch schlimm nach Rauch und verbranntem Holz. Wir haben großes Glück gehabt, dass das Feuer nicht auch noch unsere Gaststätte mit erwischt hat, die Feuerwehr hat gut aufgepasst und wohl auch ein bisschen Wasser zur Kühlung auf unser Dach gespritzt. Nur auf die Tische draußen, da muss es einen richtigen Regen aus glühenden Holzstücken gegeben haben, die haben fast alle Brandlöcher in den lackierten Holzflächen, die am Rand natürlich mehr, weil sie näher dran stehen und die anderen weniger. Es sieht richtig gruselig aus. Aber das wollen wir so lassen, sagt der Chef, das ist unser Denkmal oder Mahnmal zu dieser schlimmen Sache. Dass das die Leute auch später noch sehen können und nicht vergessen sollen, meint er. Find ich auch gut so. Ich hab nur mit einer harten Bürste die Reste von dem verkohlten Holz aus den Löchern geschrubbt und die Tische dann wieder ganz sauber gewischt. Sauber mit Brandlöchern. Ein paar Leute kommen jetzt doch und setzen sich, manche extra so, dass sie den qualmenden Schutthaufen sehen können, andere extra andersrum, damit sie ihn nicht sehen müssen. Und hier diskutieren sie dann weiter. An einigen Tischen bilden sich so richtige Diskussionsgruppen und an jedem Tisch sind sie ein bisschen anders.

Hier an Tisch 3 bestellen alle Kaffee und was Süßes, obwohl es erst Vormittag ist und noch nicht Kuchenzeit. Egal, soll mir recht sein. Hier sind die in der Mehrzahl, die sich schnell mit dem ersten Schock arrangiert zu haben scheinen. Da fliegen die Erinnerungen nur so über den Tisch mit „Weißt du noch …“ und „Genau, wir haben damals immer …“ und „Ach war des schee…“, oft im breitesten Hessisch. Da erzählen sie sich von ihren schönsten Erlebnissen als Kind oder als Eltern und werden dabei immer fröhlicher statt trauriger. Es sind alles Menschen im Rentenalter. Da hat man anscheinend schon die Ruhe weg und regt sich nicht mehr so leicht auf, denke ich.

An Tisch 5 sieht es dagegen ganz anders aus. Hier sitzen jüngere Leute, so von dreißig bis fünfzig vielleicht, die sind alle hoch erregt und steigern sich immer mehr rein, manche so richtig laut und wütend. Die sind so geschockt, dass sie ihre ganze Wut oder Verzweiflung regelrecht rauskotzen müssen. Die schimpfen und zetern und würden den oder die Brandstifter am liebsten auf der Stelle vom Turm schmeißen, wenn der noch da wäre. Alle sind überzeugt davon, dass das Ding nicht von alleine abgebrannt ist und diskutieren nur noch über die wahrscheinlichste Täterbeschreibung: Frustrierte Flüchtlinge, regellose Ausländer, besoffene Jugendliche, verzogene Kinder, verkommene Obdachlose, kriminelle Drogendealer oder einfach beschissene Arschlöcher. Meistens werden mehrere Täter vermutet, immer Männer, nie

Frauen. Und immer werden härteste Strafen verlangt. Und dazu meistens Bier getrunken.

An Tisch 6 sind sie am konstruktivsten: Hier werden schon verschiedene Wiederaufbauszenarien entwickelt, denn eins ist klar – der Goetheturm MUSS wiederaufgebaut werden. Ein paar finden, man sollte gleich eine Bürgerinitiative gründen und so viel Geld wie möglich sammeln, damit die Stadt sich nicht rausreden kann, es würde zu teuer werden. Guter Vorschlag. Da würde ich sofort mitmachen und das sage ich denen auch. Dann diskutieren sie, ob der Turm genauso wiederhergestellt werden soll, wie er mal war oder, wenn er doch sowieso ganz neu ist, dann vielleicht auch ganz anders. Aus Metall statt Holz zum Beispiel. Alle sind für: So wie früher. Aber dann kommen Behinderte und alte Menschen wieder nicht hinauf über die vielen Stufen, wenden einige ein. Stimmt auch wieder. Aber ein Aufzug in der alten Holzkonstruktion, geht das überhaupt? Alles nicht so einfach, darum stärken sich die Leute hier vor allem mit Handkäs und Würstchen und trinken anregenden Äppelwein.

An Tisch 1 geht es zu wie nach einer Beerdigung. Und das ist es ja eigentlich auch. Die meisten hier trinken Wasser oder ein Glas Wein und sagen nicht viel bis fast gar nichts. Zwei Frauen sind dauernd damit beschäftigt, sich die Tränen aus den Augenwinkeln zu wischen und können gar nicht aufhören. Ich glaube, das sind hauptsächlich Leute aus den Schrebergärten nebenan, bei denen gehörte der Turm ja fast zum Inventar, das war deren unmittelbare Nachbarschaft, die kennen den wahrscheinlich auch schon seit Ewigkeiten, sind mit ihm aufgewachsen und haben ihn immer, wenn sie hier waren gesehen. Der gehörte einfach ganz und gar zu ihrem Leben dazu. Die tun mir am meisten Leid und die leiden anscheinend auch am meisten. Und essen fast gar nichts, trinken nur Tee oder Saftschorle.

Und dann sind da noch die Leute, die nicht zum Restaurant kommen, sondern nur an der Brandstelle stehen und gucken. Ein paar Kinder sind auch dabei. Und oft fragen die Kleinen ihre Papas und Mamas, warum und wieso und was und wie und die können denen das doch auch nicht erklären. Spielen will hier heute offenbar niemand. Es ist einfach kein Tag zum Spielen. Es ist ein Tag zum Trauern.

Holz. So nennt sie sich, diese Ermittlungsgruppe. Arbeitstitel. Die wurde gerade frisch gebildet wegen der andauernden Brandstiftungsserie an Frankfurter Gebäuden. Alle waren aus Holz, daher der Name. Erst der Morgentaupavillon im Koreanischen Garten im Grüneburgpark, dann der Wasserpavillon im Chinesischen Garten im Bethmannpark. Diverse Gartenhütten sowieso. Und zuletzt hat es nun sogar unseren geliebten Goetheturm erwischt. Es ist wirklich ein Jammer. Was sich da für schöne Erinnerungen mit verbinden, Kindheit, Ferien, Spiel und Spaß, Würstchen und Vanilleeis. Alles vorbei. Die Erinnerungen bleiben, aber der Ort der Erinnerungen ist verschwunden, sie sind plötzlich heimatlos geworden. So muss es sich anfühlen, wenn einem das eigene Haus abbrennt. Schrecklich. Und nun soll ich helfen. Die Ermittlungsgruppe sucht einen Profiler, einen Psychologen, der sich in die Psyche des Straftäters und mutmaßlichen Serientäters hineindenken und so vielleicht helfen kann, ihm auf die Schliche zu kommen und weitere Straftaten zu verhindern. Anscheinend sind denen intern die Leute ausgegangen, jedenfalls haben sie sich wohl erinnert, dass ich in meinem Berufsleben schon das eine oder andere Mal mit der Polizei gut und erfolgreich zusammengearbeitet habe, Gutachten erstellen, vor Gericht aussagen und so weiter. Na und da ich meine Praxis aufgegeben habe, verfüge ich wohl kurzfristig über mehr Zeit als jeder andere, der in Frage gekommen wäre. Nun denn, warum nicht? Immerhin verbindet mich mit all diesen Gebäuden auch ein starker persönlicher Bezug. Zufällig. Im Koreanischen Garten habe ich meiner zweiten Frau den Heiratsantrag gemacht, ganz stilvoll mit einem Blumenstrauß, den ich vorher dort in einem Beet versteckt hatte. Mit Kniefall und der berühmten samtenen Ringschachtel natürlich. Ganz klassisch. Und erfolgreich. Sie hat ja gesagt und ist vor Rührung in Tränen ausgebrochen. Ja. Nun ist sie tot. Aber dieser Moment ist für immer in meinem Gedächtnis, auch wenn der schöne Garten nun ein riesiges Loch hat, da wo früher der Pavillon gestanden hat. So wie mein Leben ein riesiges Loch hat, seit sie von mir gegangen ist. Und der Chinesische Garten, tja da bin ich selbst fast gestorben, nachdem ich mit Rebecca diese Auseinandersetzung hatte und sie mich dann plötzlich heftig auf den Mund geküsst hat. Das hat mich dann tatsächlich umgehauen. Das war da. Und der Goetheturm, da bin ich selbst schon mit meinen eigenen Kindern aus erster Ehe oft zum Spielen und rumtoben hingefahren, Lisa und Bosse. Immer mit den Fahrrädern und immer zusammen mit Betty, meiner ersten Frau. Schon wieder eine Frau. Alle meine besonders heftigen Erinnerungen scheinen wohl immer etwas mit einer Frau zu tun zu haben. Muss ich mal einen Psychologen dazu fragen, was das wohl zu bedeuten hat. Also ist diese Aufgabe nun an mich herangetragen worden und ich habe gleich zugesagt. Ich habe Zeit, habe Erfahrung und habe nicht wenig Lust, diesem abscheulichen Kerl gerne mit meiner Hilfe das schändliche Handwerk zu legen. Die erste Sitzung bald nach dem Goetheturmbrand war auch ganz interessant und ich konnte doch wohl ein paar Eckpunkte festzurren, an denen nun mit Hochdruck weitergearbeitet wird. Nur mit einer der neuen Kolleginnen, einer Frau Barbara Sollinger, Kriminalhauptkommissarin, bin ich gleich etwas aneinandergeraten. Nicht wegen irgendwelcher inhaltlicher Differenzen, sondern weil sie meinte, sie hätte da auch jemanden am Start gehabt, der sich hervorragend für diese Rolle als Profiler geeignet hätte. Viel besser als ich, da er bereits eingehend mit dieser Brandserie beschäftigt gewesen sei. Aber der Ermittlungsgruppenvorsitzende wollte davon nichts wissen, weil der andere „nur" Journalist sei und er für den notwendigen Profiler unbedingt auf einem diplomierten und erfahrenen Psychologen bestehen müsse. Nun ja, einen, der bereits tiefe Einblicke in diese Fallserie hat, hätte ich persönlich auf jeden Fall mal konsultiert oder auch in die Arbeitsgruppe mit eingebunden. Aber so ist das bei der Polizei – für alles gibt es Regeln und die werden eingehalten, koste es was es wolle. Darum habe ich der Frau nach der Sitzung angedeutet, ich sei durchaus an einem Treffen und einem Gedankenaustausch mit ihrem Bekannten interessiert und sie hat darauf sehr erfreut reagiert. Na bitte, so einfach ist es manchmal, die Leute glücklich zu machen. Wir haben auch gleich einen Termin ausgemacht, Samstag morgen um zehn in einem Cafe auf der Bergerstraße zum investigativen Frühstück.

„Hallo Herr ... Entschuldigung, jetzt hab ich doch glatt Ihren Namen wieder vergessen. Das ist mir so peinlich. Aber schön, dass Sie gekommen sind. Kommen Sie, setzen Sie sich. Darf ich bekannt machen, mein Freund Erik ..."

„Herr Mauschner? Na das ist ja wohl eine Überraschung!"

„Herr Mosbacher! So sieht man sich wieder. Wie geht's Ihnen?"

„Äh ..."

„Was macht das Herz? Sie sehen ja wieder ganz munter aus, nicht wie beim letzten Mal."

„Danke, danke, alles bestens. Aber vielleicht sollten wir Ihrer Freundin erst mal reinen Wein einschenken, Herr Mauschner."

„Ich bitte darum. Ihr kennt euch? Wieso kennt ihr euch?"

„Ihr Freund, verehrte Kollegin, hat mir vor nicht langer Zeit das Leben gerettet!"

„Waaas? Davon hast du mir nie was erzählt!"

„Weil ihn ein Kuss fast umgebracht hatte. Ich wollte das nicht erzählen, das wäre doch irgendwie peinlich gewesen."

„Ja, und ich wollte das auch nicht. Es gehört nicht gerade zu den Sternstunden meines Lebens. Und ich stehe auch noch tief in Herrn Mauschners Schuld."

„Ach Unsinn, Herr Mosbacher, das haben wir doch längst geklärt."

„Na super, dass euch beiden das alles so klar ist. Ich verstehe überhaupt nichts. Außer, dass ihr euch kennt und offenbar auch mögt. Darum Vorschlag: Wir lassen jetzt mal die blöden Herr Soundso und Herr Soundso weg und bleiben bei den Vornamen, ja? Also, ich bin Barbara, das ist Erik und das ist ...?"

„Richard, wenn's recht ist. Ja das finde ich auch besser, immerhin fühle ich mich meinem Lebensretter sehr nahe und außerdem arbeiten wir ja alle offenbar an derselben Sache, nicht?"

„Und wir kennen auch noch dieselbe mysteriöse Frau."

„Hä? Welche Frau?"

„Ja, welche Frau, Herr ... äh Erik?"

„Na Rebecca, die Frau, die ihn damals fast das Leben gekostet hätte."

“Sie…äh, du kennst Rebecca? Das hast du mir damals im Krankenhaus gar nicht erzählt.“

„Wer ist Rebecca?!“

„Das ist die Frau, die Richard damals derart den Kopf verdreht …“

„Das Herz …“

„Ok, die ihm derart das Herz verdreht hat, dass er einen kleinen Herzinfarkt bekommen hatte und im Park zusammengebrochen ist. Ich hab ihn dann reanimiert und den Krankenwagen gerufen. Und dann hab ich ihn nochmal im Krankenhaus besucht und nachgesehen, ob es ihm gut geht. Und dass ich Rebecca kenne, das wollte ich Ihnen … also dir Richard bei der Gelegenheit nicht auch noch auf die Nase binden in deinem labilen Zustand. Ich kenne Rebecca schon seit vielen Jahren, seit wir mal eine Art Gruppentherapie zusammen gemacht haben. Also ich kannte sie, muss man ja leider inzwischen sagen. Du weißt es doch, Richard, oder etwa nicht?“

“Ich weiß es, Erik, und ich kann es manchmal immer noch nicht fassen.“

„Moment, redet ihr beiden jetzt von der Frau, die Richard den Kopf verdreht hat oder von wem?“

„Von der Frau, die Richard den Kopf verdreht hat. Und von der Frau, die dich zum Ausflippen gebracht hat, weil sie mit mir nackt am Baggersee gelegen hat …“

„Was …?“

„Und von der Frau, die dann einfach im See verschwunden ist und nie wieder auftauchte.“

„Also auch von der Frau, die du lange Zeit für die Brandstifterin gehalten hast, oder?“

„Ganz genau.“

„Aber Erik, Rebecca war eine Seele von Mensch. Niemals hätte sie so etwas gemacht, niemals!“

„Ja, wahrscheinlich hast du recht, Richard. Es ist alles sehr verwirrend. Es sprach so viel gegen sie bzw. für sie als Täterin. Aber nachdem sie ertrunken ist, hörte die Serie ja nicht auf. Im Taunus brannte der Atzelbergturm, sogar schon zum zweiten Mal. Und jetzt der Goetheturm. Alle immer nachts um drei Uhr dreißig, immer ohne oder mit unbekanntem Brandbeschleuniger, immer Holzgebäude, die etwas mit Freizeit oder Kultur zu tun haben. Und immer mit vollem Erfolg, das heißt bis zum Totalschaden. Also kann es folglich nicht Rebecca gewesen sein, zumindest nicht bei den letzten beiden Fällen. Und genau darum sitzen wir ja nun hier zusammen, oder?"

„Eigentlich sitzen wir hier auch zum Frühstücken zusammen, meine Herren. Und ich finde, wir haben uns ein kräftiges Frühstück redlich verdient, nachdem hier so ganz nebenbei schon eine ziemlich verzwickte Geschichte ratzfatz über den Tisch gehandelt wurde. Lasst uns was bestellen und dann reden wir weiter, ja?"

Mit mir redet ja keiner. Darum hab ich auch erst Tage danach von dem Brand erfahren. Hab eine alte Zeitung im Abfall gefunden. War ja ganz groß auf der Titelseite, das schwarze Gerippe im hellen Feuerschein mitten in der Nacht. Schreckliches Bild. Der schöne Turm, es ist doch einfach ein Jammer. Aber dass der ausgerechnet in der Nacht dieses Tages angezündet wurde, als ich auch da oben war und mich diese verrückte Person da attackiert hat, das macht mich fertig. Das macht mich echt fertig. Das ist doch kein Zufall. Erst dieser Überfall und dann diese Brandstiftung. Das war doch Absicht. Da will mir jemand an den Kragen, der oder die verfolgen mich. Da will mich jemand fertigmachen, mir alles kaputtmachen oder mich vielleicht sogar umbringen. Wer weiß? Ich hab eine scheiß Angst, ich kann kaum noch schlafen in meiner kleinen Hütte, die wissen doch, wo ich wohne, die wissen doch, dass ich alt bin und mich nicht wehren kann. Ich kann da nicht mehr bleiben. Und das gerade jetzt, wo es langsam kalt wird. Scheiße, Scheiße, Scheiße! Ausgerechnet jetzt muss ich da raus, da bin ich einfach nicht mehr sicher. Ich hab ja schon mal auf der Straße gelebt, nachdem mir zum ersten Mal die Hütte angesteckt wurde. Aber ich will das nicht noch mal erleben müssen, sonst überlebe ich das diesmal vielleicht nicht. Ich will da nicht elend verbrennen. Also, ich muss da weg. Noch haben sie mich nicht wieder besucht, aber das ist bestimmt bald soweit, ganz bestimmt. Ich werde meine Sachen packen und nichts wie weg. Vielleicht finde ich ja noch wen von den alten Kumpels vorn damals und kann da irgendwo mit dazu kommen. Ich weiß ja, wo die am liebsten übernachten, gerade die, die nicht so gerne mitten in der Stadt auf der Straße liegen wollen. Die noch einen Rest von Stolz haben und einfach lieber draußen sind mit einem bisschen Natur drumrum. Ich geh mal runter zum Blauen Haus unten am Main, da trifft man immer wen zum Übernachten.

Es geht mir so gut wie seit Jahren nicht mehr. Vielleicht so gut wie noch nie. Diese Farben, diese Düfte, dieses Gefühl! Es ist wie ein Rausch, wie etwas, das einen befällt, wenn man zu viel getrunken oder geraucht hat, wenn man durch stundenlanges Tanzen in Ekstase oder durch heftigen Sport in einen Adrenalinsturm geraten ist. Nur dass so ein Rausch dann doch immer irgendwann verfliegt und nicht selten in einem deprimierenden Kater endet. Aber das hier ist anders. Es ist gigantisch, endlos und von kosmischen Dimensionen. Und es hört einfach nicht auf! Was wie ein absoluter

Ausnahmezustand begann, setzt sich immer weiter fort und wird zu einem Normalzustand. Ich kann es kaum fassen, aber es fühlt sich immer mehr so an, als sei das hier tatsächlich der Normalzustand. So ist es, das Leben, genau so und nicht so eng und düster und farblos, wie ich es bisher kannte, sondern genauso, wie es mir jetzt erscheint: grenzenlos und wunderbar. Das alles habe ich bisher nicht nur nicht so gekannt, ich habe es nicht mal vermisst oder herbeigewünscht, schlicht und einfach, weil ich es mir selbst in meinen kühnsten Träumen so gar nicht vorstellen konnte. Und das ist für alle anderen normal. Unfassbar! Warum jubeln dann die Leute nicht ununterbrochen, warum lächeln sie nicht andauernd, warum feiern sie dieses wunderbare Leben nicht jeden Tag wie einen Freudentag?! Ich kann es kaum fassen, ständig staune ich mit offenen Sinnen über die tausend kleinen und großen Wunder, die mir auf allen Wegen begegnen und mein Herz schmelzen lassen wie Vanilleeis in sommerlicher Hitze. Vor ein paar Jahren habe ich zum ersten Mal einen Kinofilm mit Drei-D-Brille gesehen und war fast erschrocken über die plötzliche Veränderung, mit der die Bilder in meinen Kopf drängten. Aber das war nichts gegen das, was ich jetzt erleben darf. Alles wirkt wie fein poliert, wie bis ins kleinste Detail sorgfältig verfeinert, wie extra für mich ganz besonders schön aufbereitet und geschmückt. Ich entdecke auf einmal so viele Dinge, die mir vorher niemals aufgefallen sind und kann mich daran kaum sattsehen. Auch meine anderen Sinne, Geruchs-, Tast-, Geschmacks- und Hör-Sinn sind aufs Äußerste geschärft und zugespitzt und bereiten mir jede Minute ein brillantes Feuerwerk an Eindrücken und Überraschungen, in die ich mich hineinstürze wie in einen Jungbrunnen der Lebendigkeit. Fast ist es schade, wenn ich dann irgendwann nach einem weiteren aufregenden Tag zum Schlafen doch die Augen schließen und den übrigen heißhungrigen Sinnesorganen ein wenig Nachtruhe verordnen muss. Meine Jahrzehnte alten, immer wiederkehrenden Schlafstörungen, jede Nacht, die Krämpfe, die Atemnot, die steifen Beine, das Gefühl von Eingeschnürtsein, sich nicht bewegen können, all das ist weg. Einfach weg. Ich schlafe wie ein Baby, ich wache auf mit einem puren Wohlgefühl, ich frühstücke mit Hochgenuss, ich jogge, schwimme, fahre Fahrrad mit einer wunderbaren Leichtigkeit, ich treffe fremde Menschen mit einer Offenheit, die mich manchmal selbst erstaunen lässt und mache so gut wie nie schlechte oder auch nur komische Erfahrungen. Fragende Blicke höchstens. Und ein verstohlenes, wie aus Versehen herausgelocktes Lächeln meines Gegenübers. Mein Spiegelbild strahlt in nie da gewesener Schönheit, das kann ich ganz ohne Eitelkeit sagen. Schönheit von innen, mitten aus der Seele, oder etwas weniger pathetisch, mitten aus mir selbst heraus. Ich bin wie neu geboren, ich bin Marie, die jetzt erst, mit fast Mitte sechzig, ihren zarten Fuß zum ersten Mal wirklich hier auf diese fremde Erde setzt, ganz behutsam, neugierig und grenzenlos offen für alles, was ihr hier begegnen will.

Nein, nicht ganz. Allem, was mich bereichert, will ich neu und offen begegnen. Allem, aber nicht Robert. Der sitzt nach wie vor wie ein Stachel in meinem Fleisch, nicht mehr jede Minute, Stunde, nicht jeden Tag. Aber immer wieder. Wenn Schmerz auftaucht zum Beispiel. Wenn ich in euphorischer Stimmung einen frisch duftenden Waldweg hinabspringe und mir plötzlich den Fuß verdrehe. Nicht schlimm, nicht wirklich bedrohlich. Aber da kommt ein kurzer Schmerz, ein Alarmsignal, das mein Körper aussendet und sagt: Vorsicht! Aufpassen! Das war jetzt nicht gut! Und sofort ist da noch ein anderer Schmerz, mehr eine blasse Erinnerung als ein Gefühl, mehr ein stehendes, ausgebleichtes Bild als ein realistischer Film, aber er ist da. Zack! Da war doch noch was. In solchen Momenten läuft es mir ganz kurz eiskalt den Rücken herunter und ich brauche ein paar tiefe Atemzüge, ein paar Minuten stilles Anhalten, um wieder in die Spur zu kommen. Oder plötzliche laute Geräusche. Bremsenquietschen zum Beispiel. Oder ein Knall, eine laute Stimme, ein bellender Hund. Sofort piept es laut in meinen Ohren und ich spüre meinen Herzschlag bis in meine Gehörgänge. Dann muss ich auf der Stelle innehalten, beide Ohren fest zudrücken und langsam von zehn bis null herunterzählen. Dabei stelle ich mir so etwas wie einen Lautsprecherregelknopf vor, den ich ganz langsam nach links drehe, so lange, bis das Piepen aufhört oder wenigstens nicht mehr alles andere übertönt. Oder ein Geruch, Aasgeruch, stinkender Müll oder ganz besonders eine bestimmte Art von Schweißgeruch. In der überfüllten Straßenbahn zum Beispiel. Dann muss ich sofort auf der Stelle die Luft anhalten und nur noch auf minimaler Dosis einatmen, am besten den Wagen verlassen oder gleich an der nächsten Haltestelle ganz aussteigen und dann wie nach einem unfreiwilligen zu langen Tauchgang mit einem Heulen gierig die Luft einsaugen, die mir zuvor vor lauter Schreck weggeblieben ist. Und in solchen Momenten, in diesen verdammten Zwischenrufen in meiner wunderschönen Aufführung eines neuen Lebens kommt mit dem Schreck sofort auch die Wut, eine fast maßlose Wut gegen den, der damit wieder aus dem dunklen Teich meiner Erinnerungen auftaucht wie ein längst totgesagtes Seeungeheuer. Robert. Er ist und bleibt der Grund, warum der größte Teil meines Lebens in einem Sumpf aus Verzweiflung und Angst steckengeblieben ist, warum ich von alledem, was mir jetzt erst begegnet, vorher so unendlich viel versäumt habe. Es ist nicht mehr der stechende Schmerz und die lähmende Angst wie vor meiner inneren Befreiung. Das ist vorbei.

Aber die Wut, die ist geblieben. Es kann doch einfach nicht wahr sein, dass dieses andauernde Verbrechen einfach so auf mein Minuskonto geht, dass er, der Täter, dabei völlig ungeschoren davonkommt. Und es kann einfach nicht sein, dass ich mit meiner neu entdeckten Kraft und Lebensfreude nicht in der Lage sein sollte, jetzt endlich, nach so vielen Jahren, das zu tun, was ich in all dieser Zeit fast niemals tun konnte: Mich wehren. Und zwar ganz direkt. Das geht niemanden etwas an außer ihn und mich. Das kann ich nicht einfach abgeben, ihn irgendwo anzeigen, vor fremden Menschen stundenlange Aussagen zu Protokoll geben, still auf harten Gerichtsbänken sitzen und zuschauen, wie sich Ankläger und Verteidiger endlose Debatten liefern über etwas, das sie nichts angeht – über mein Leben! Wie sie schachern und diskutieren, das Für und Wider erörtern, vielleicht noch irgendwelche Deals miteinander verhandeln, auf langatmigen Paragrafen herumreiten und dabei auch noch sattes Geld verdienen, egal ob sie für oder gegen mich sind. Nein. Das ist meine Sache. Ganz allein meine. Aber ich muss aufpassen dabei. Darf mich nicht wieder in eine neue Abhängigkeit von ihm begeben. Nicht länger nur reagieren. Ich bin jetzt diejenige, die handelt. Ich bin diejenige, die bestimmt, was geschieht und wie und wann. Und wieviel von meinem Leben ich dafür noch investieren will. Es darf nicht zum Hauptinhalt meiner restlichen Jahre werden, diesen Mann zu jagen. Nein, so eine Jagd muss ein klares Ziel haben und zu einem klaren Ergebnis führen. Und dann muss sie abgeschlossen sein, ein für alle Mal. So muss es sein. Das gebietet mir mein Stolz und meine Selbstachtung. Und das verlangt auch meine Begeisterung für all das, was mir jetzt noch offensteht, für alle wunderbaren Wunder dieses Lebens. Sie dürfen nicht von Ihm dominiert werden, nicht von meiner Abrechnung mit diesem Mann. Das muss nebenbei geschehen, nüchtern wie ein Job, sachlich wie ein Auftrag, kalt wie eine Rechnung.

Ich werde ihn nicht töten, auch wenn er es verdient hätte. Tausendfach verdient. Aber ich will nicht zu einer Mörderin werden. Nicht dafür. Ich werde ihn auch nicht mehr aktiv körperlich verletzen, wie bei meiner affektiven Tat am Goetheturm. Die war zum Erschrecken vielleicht ganz gut, aber mehr auch nicht. Der ist ein zäher Brocken, sowas steckt der dann doch irgendwie weg. Nein, ich muss sein Innerstes treffen, ich will ihn genau dahin bringen, wohin er mich selbst gebracht hat. Er soll sich einfach seines Lebens nicht mehr freuen können. Er soll Angst haben bis zu seinem Ende. Er soll nicht mehr schlafen können, soll nichts mehr genießen, sich nichts mehr wünschen, an nichts mehr Freude haben können. Er soll nur noch eine andauernde, tiefe Bedrohung spüren, sich nirgends mehr sicher fühlen. So will ich ihm das kalte Herz bei lebendigem Leib in kleine, hilflose Stücke zerschneiden. Er soll leiden, in seinem tiefsten Inneren soll er leiden so wie ich leiden musste. Mein Herz war allzu lange gefesselt, ausgebremst und eingemauert, so dass ich immer wie in einem undurchdringlichen Nebel neben mir stand, mich selbst kaum wahrnehmen und das wahre Leben gar nicht sehen konnte. Ich habe bloß existiert in einer eigenen Zeit, die der wirklichen Zeit immer hinterherhinkte, sie aber niemals einholen konnte. Ich war immer für alles zu spät dran, nie zur rechten Zeit am rechten Ort. Jetzt habe ich es geschafft, habe mich selbst eingeholt, bin aufgetaucht und atme endlich die frische, herrliche Luft des hier und jetzt. Und da hat er nichts mehr zu suchen. Nie mehr. Seine Zeit ist um.

Meine Zeit ist um, haben die Ärzte gesagt. Die Bauchspeicheldrüse. Wusste nicht mal, dass es sowas gibt. Krebs. Zu spät gekommen, sagen sie. Hätte früher kommen sollen, jetzt können sie nichts mehr für mich tun. Hätte, hätte, Fahrradkette! Hätten sie mir eben früher was sagen sollen. Aber früher war ich ja nicht da, im Krankenhaus. Erst als es mir so richtig schlecht ging, bin ich da hin. Weil, es ging mir eh eigentlich immer schlecht. Da bin ich auch nicht dauernd zum Doktor gerannt. Keine Zeit. Und kein Geld. Und überhaupt, das Leben ist eben so. Tut eben immer mal was weh irgendwo. Normal. Normale Scheiße eben. Normale Scheiße wie alles. Nur mein kleiner Florian, der war nicht Scheiße, nein überhaupt nicht. Der war mein absolutes Wunschkind, der Flori. Der war immer lieb und gut in der Schule und hat mir nie Scherereien gemacht. Und auch sein Papa hat ihn geliebt. Mehr als mich. Dachte ich jedenfalls. Hat mich sitzen gelassen dann irgendwann, ganz allein mit Kind. Wegen ner anderen. Eine Jüngere natürlich. Und auf einmal wollte er nicht mal Unterhalt zahlen, sagte, der Flori, der wäre ja gar nicht von ihm und so. So ein Blödsinnsgeschwätz. Also weg war der. Und ich alleine mit Kind. Hatte keinen Job, nichts. Konnte dann nicht mal die kleine Wohnung behalten, weil ich kein Geld für die Miete hatte. Nur die Gartenlaube, die haben sie mir nicht weggenommen. Und die war ja auch billiger. Das konnte ich mit Putzen gerade noch so hinbekommen. Konnte sogar im Sommer wenigstens ein Bisschen Gemüse und Salat und so anpflanzen und auch ernten. Da hatten wir dann auch mal was Frisches aus dem eigenen Garten zum Essen. Aber sonst lief's nicht gut. Der Flori vermisste seinen Papa. Und die paar Männer, die sich mit mir in der kleinen Laube und mit Kind überhaupt ab und zu auf was eingelassen haben, die waren natürlich kein Ersatz für den richtigen Papa. Und einer von denen hat mir dann auch noch ein Kind gemacht, obwohl ich eigentlich keins mehr wollte. Aber der hat mich einfach durchgerammelt ohne Gummi und hat nicht aufgepasst dann. Ich hab mich gewehrt, aber der war einfach stärker als ich und hat eben gemacht was er wollte. Und dann, ratet mal, ist der natürlich auch abgehauen, kaum dass ich schwanger war. Der alte Dreckskerl! Jetzt hatte ich zwei Gören zu versorgen, ich ganz alleine. Flori und Robert. Zwei mit O. Einen lieben Jungen und einen, der immer nur Scheiße gebaut hat. Immer, schon von ganz klein auf. Den hätte ich manchmal echt an die Wand klatschen können, so scheiße wie der drauf war. Drecksbalg! Ich mochte ihn auch wirklich nicht besonders, musste immer an seinen Drecksvater denken. Und der war auch fies zu seinem Bruder, hat ihn andauernd geärgert und gepiesackt. Als Kind schon und auch noch als Jugendlicher. Und die zwei mussten sich trotzdem ein winziges Zimmer in der Laube teilen. Das war schon ziemlich eng und schlimm für alle. Und dann ist der Flori ausgezogen, ziemlich früh schon, und ist zum Bund und hat dann auch ziemlich bald geheiratet, die Lara. Ein Kind haben die beiden bekommen, Rebecca, und zack, war ich Oma. Die haben uns dann oft besucht, Lara, Rebecca und mein Flori. Und ich hab mich da immer sehr gefreut und auch Robert, der ja jetzt Onkel war, hat immer gerne mit der kleinen Becki gespielt. Auch Lara und Robert mochten sich wohl ganz gerne. Aber das hat dann meinem Flori wieder nicht gepasst und so sind sie dann eine Weile wieder nicht mehr so oft gekommen. Und dann fing es an. Ich wurde immer dünner und dünner und konnte bald fast gar nicht mehr meine Jobs machen. Und immer Streit mit Robert, das kam ja noch dazu. Gerade weil die anderen nicht mehr so oft zu Besuch kamen, hockten wir dann wieder nur wir beide aufeinander und haben uns angezickt. Er ist einfach ein blöder Kotzbrocken, mein ungeliebter Sohnemann.

Und eines Tages war mein Flori dann einfach nicht mehr da. Und kein Mensch wusste, was los war. Keiner. Ob er abgehauen ist oder ob er krank war oder tot, keiner wusste es und keiner hat es je rausgefunden. Das war schrecklich! Das war so schrecklich! Robert war am allerwenigsten traurig. Und das brach mir fast noch mehr das Herz. Der freute sich, dass sein großer Bruder nun nicht mehr da war, glaube ich. Das war nicht zum Aushalten, wirklich! Ich bin dann immer kränker geworden, aber ich dachte, es wäre nur wegen meinem Kummer und so. Darum bin ich auch nicht zum Arzt. Und Lara, der ging's auch beschissen, genauso wie mir. Die hatte plötzlich gar nichts mehr außer ihrem kleinen Mädchen und musste jeden Job annehmen, um sich und die kleine Becki durchzubringen. Sogar anschaffen gegangen ist sie, glaube ich. Sie hat sich dann auch irgendwie ganz verändert. Ich erkenne sie manchmal kaum noch. Vielleicht nimmt sie auch Drogen, keine Ahnung. Jedenfalls bringt sie immer öfter die kleine Becki zu uns, vor allem übers Wochenende, weil sie dann Kohle ranschaffen muss, angeblich mit Kellnern. Dann haben wir die Kleine hier. Aber ich komme ja kaum noch aus meinem Sessel raus. Und jetzt das noch. Krebs. Habe vielleicht noch ein paar Wochen, vielleicht aber auch nicht. Dann muss Robert das mit Becki hier alleine schaffen. Mein Leben ist jedenfalls bald vorbei. Scheiße. Verdammte Scheiße. Dabei hab ich doch gar nichts davon gehabt bisher. Viel zu wenig. Aber es ist vorbei. Und ich höre schon die Uhr ticken.

„Eine tickende Zeitbombe meinst du, Erik? Du hast ihn doch noch nicht mal kennen gelernt."

„Das stimmt, Richard. Aber wir waren ja da, wo er wohnt. An der Gartenhütte. Ich weiß, es ist mehr eine Intuition als eine Beweiskette. Diese Hütte, die hat schon einmal gebrannt. Ausgerechnet am selben Tag, an dem wir auch auf diesem Gelände waren. Tatsächlich haben wir uns bei der Gelegenheit kennen gelernt. So, und als wir neulich dort noch mal was recherchieren wollten wegen dieses Brandes, da war der Besitzer nicht da. Der Nachbar schickte uns weiter zum Goetheturm, wo der aus der Gartenlaube angeblich etwas zu erledigen hatte. Getroffen haben wir ihn da nicht, aber dafür erfahren, dass kurz bevor wir dort ankamen, eine heftige Attacke abgelaufen sein soll zwischen einem alten Mann und einer unbekannten Frau. Das könnte er gewesen sein. Und in derselben Nacht dann ist der Turm abgebrannt. Ich weiß, das muss alles nichts miteinander zu tun haben, aber was wenn doch?!"

„Die Fragestellung, Erik. Es kommt auf die Fragestellung drauf an. Warum sollte ein alter Mann, noch dazu nach einer solchen Attacke, den Goetheturm anzünden? Und ein paar Monate früher seine eigene Hütte? Und warum in aller Welt sollte er diese beiden asiatischen Pavillons in Schutt und Asche legen? Nenne mir doch bitte einen einzigen einigermaßen triftigen und logisch klingenden Grund dafür."

„Weil er der berühmt berüchtigte Atze Feuertatze ist, vielleicht?"

„Barbara, wir versuchen gerade ernsthaft ..."

„Ich auch, Richard, ich auch. Und Erik genauso. Erzähl's ihm doch, Erik."

„Ja, es klingt zugegeben erst mal etwas wie eine Verschwörungstheorie. Also ich kenne da noch von früher einen Mann, der mir lange Geschichten aus seiner Jugend erzählt hat, in denen es um eine jahrelange Serie von Brandstiftungen ging, die damals eine Bande von Jungs regelmäßig verübt hat. Mehr als Dumme-Jungen-Streiche würde ich mal sagen. Er war da mit von der Partie, wenn auch etwas gezwungenermaßen. Aber der Anführer Atze Feuertatze war wohl ein ziemlich übler Kerl, der dann später irgendwann auch in den Knast gewandert ist wegen anderer Sachen allerdings. Aber als er wieder draußen war, hat er meinen, na ja, sagen wir Bekannten sozusagen erpresst und wollte mit ihm diese Serie offenbar fortsetzen. Er hat dann sogar erzählt, er hätte den ersten der beiden Asiatempel abgefackelt und wollte das auch mit dem zweiten tun, dann allerdings mit Hilfe meines Bekannten. Der wiederum ist so durchgedreht, dass schließlich er von der Polizei verdächtigt wurde, er sei der zweite oder vielleicht auch der erste Brandstifter."

„Was für ein Durcheinander. Und das hat er dir alles erzählt? Und die Polizei weiß davon?"

„Ist alles protokolliert, jedenfalls soweit es dieser Bernd den Kollegen erzählt hat. Aber es passt eben hinten und vorne nicht richtig zusammen. Dieser Atze hat ein lupenreines Alibi für den zweiten Tempelbrand und dieser Bernd hatte immerhin einen vollen Kanister Benzin dabei, der Idiot."

„Das macht alles keinen wirklichen Sinn für mich."

„Warte, warte, ich weiß, das hört sich alles ziemlich verwirrend an. Aber angenommen, der Besitzer der abgebrannten Gartenlaube, der alte Mann am Goetheturm und der alte Bandenchef Atze Feuertatze sind identisch. Dann wohnt in der Laube ein notorischer Brandstifter, der auch am Tag des Brandes am Goetheturm war und dort in irgendwas verwickelt war. Macht das einen Sinn?"

„Ja wenn es so wäre, Erik. Aber das sind doch nichts als Vermutungen. Zugegeben, wenn es denn eine Serie ist, das mit den Brandstiftungen ..."

„Ja sind das denn etwa nicht genügend Fälle für eine Serie? Ich bitte dich: mehrere Gartenhütten im Laufe der Jahre, aus Holz, Freizeitbauwerke, dann zwei Mal der Atzelbergturm im Taunus, auch aus Holz, auch ein Freizeitbauwerk, dann die beiden Pavillons, Holz, Freizeit, Kultur, dann der Goetheturm, Holz, Freizeit, Kultur. Und vorher die Brände im Taunus von der Feuertatzenbande: Hütten, Jägerhochstände, Scheunen, Grillplatzdächer, Bänke, Forsthäuser, Unterstände und so weiter, alles aus Holz!"

„Weil's eben gut brennt."

„Was?"

„Na, weil's eben gut brennt, ihr beiden. Wenn's irgendwo brennt, dann ist es in den meisten Fällen etwas aus Holz, weil das ganz einfach gut brennt eben. So einfach kann das sein."

„Das ist doch Quatsch, Richard. Ja gut, natürlich, Steine brennen nicht so gut, ok. Aber ich finde auch, die Übereinstimmungen sprechen doch ziemlich eindeutig für eine Serie. Und was sagst du denn zu den personellen Übereinstimmungen?"

„Sicher, wir haben da ein paar Auffälligkeiten. Aber mehr auch nicht. Was mir dabei fehlt, ist das Motiv. Warum sollte jemand so etwas tun? Warum?"

„Warum, warum, das weiß ich nicht, warum. Aber die Bande damals, die HAT es getan, unter Atzes Kommando. Sie hat es getan, dutzende von Malen. Immer wieder. Wie in einem Wiederholungszwang. Und die Pavillons, der Goetheturm, die HABEN gebrannt! Was weiß denn ich, warum jemand so etwas tut? Wichtig ist doch, dass das endlich beendet wird, dann kann man immer noch versuchen herauszufinden, warum."

„Dafür, Erik, ist die Polizei zuständig. Die ermitteln, die sichern Spuren, die sie auswerten, die fahnden nach tatverdächtigen Personen, setzen sie fest und überstellen sie an die zuständigen Behörden. Ich bin dazu berufen worden, den Ermittlern dabei zu helfen, ein passendes Persönlichkeitsprofil zu entwickeln, das den potentiellen Täterkreis eingrenzen und präzisieren kann, so etwa wie eine Art psychologisches Phantombild. Barbara ist Mitglied der aktuellen Sonderermittlungsgruppe Holz, die diese Erkenntnisse weiterentwickeln und wenn möglich zu einer erfolgreichen Festnahme bringen soll. Und du, Erik, bist Journalist, sehr engagiert wie ich sehe und schon lange mit diesen oder vergleichbaren Fällen befasst. Vielleicht aber auch zu lange. Es scheint mir fast ein Teil deines Lebens geworden zu sein, da muss man aufpassen, dass man die eigentliche Aufgabe nicht aus den Augen verliert und etwas zu übereifrig wird. Das trübt manchmal leicht die neutrale Sicht auf die Dinge, wie sie in solchen Fällen ...“

„Na toll, jetzt bin ich wieder der Doofe, oder was? Da draußen rennt einer rum und zündet alles an, was ihm nicht passt, aber ich soll mich bitte nicht zu sehr engagieren, weil ich sonst die richtige Sicht auf die Dinge verliere. Super! Toll! So kommen wir ganz bestimmt weiter, Leute! Danke auch für die tiefenpsychologische Beratung, Herr Doktor!“

„Erik, bitte. Er sagt doch nur ...“

„Er sagt doch nur, er sagt doch nur. Er nimmt mich nicht ernst, Barbara. Wir wollten uns hier treffen, um diese verdammten Fälle weiter zu bringen, um unsere Erkenntnisse zusammenzuführen, um vereint stärker zu sein als dieser verfluchte Brandstifter. Aber nein, erst mal muss ich mir anhören, dass ich mir das alles vielleicht auch nur einbilde!“

„Erik, jetzt flipp nicht wieder gleich aus, hörst du ...?!“

„Ich flippe aus, ich flippe gleich aus, ja? Findest du auch, ich sollte lieber ganz ruhig bleiben, während da draußen jemand ein berühmtes Gebäude nach dem anderen anzündet, ja? Findest du auch, ich übertreibe es etwas mit meinem Engagement, ja?“

„Erik, es reicht. Ich meine, du hast es noch vor Kurzem sogar unserer gemeinsamen Freundin Rebecca zugetraut, den ganzen Feuerzauber. Ausgerechnet Rebecca. Einer Seele von Mensch. Und jetzt zauberst du so einen Räuberhauptmann aus Jugendzeiten aus dem Hut und entdeckst ihn wieder in einem alten Mann, den du noch immer nie gesehen hast. Und deinem Freund Bernd glaubst du anscheinend jedes Wort, das er dir erzählt hat, auch wenn es noch so unwahrscheinlich klingt. Und aus allem zusammen ziehst du hier einen Popanz auf und regst dich auf, wenn wir das alles nicht so einfach eins zu eins übernehmen wollen."

„Ich will verdammt, dass diese Sache endlich zu Ende geht, dass ich die Lösung finde und darüber meine Geschichte schreibe und dass dann endlich Ruhe ist. Das will ich. Und wenn ihr mir dabei nicht helfen oder wenigstens zuhören wollt, dann ziehe ich das Ganze eben alleine durch. Dann ermittle du mal ganz in Ruhe und immer schön so weiter, liebe Frau Kommissarin. Und der liebe Herr Doktor hilft dir sicher gerne dabei. Und der böse böse Journalist dreht wieder mal durch und bringt alles durcheinander, aber das werdet ihr schon verhindern, gel? Ich wünsch euch viel Spaß dabei! Ich mache es lieber auf meine Art. Wir werden ja sehen, wer mehr Erfolg hat dabei, ich oder ihr!"

„Erik! Eeeeerik!! Du verdammter blöder empfindlicher Dickkopf! Dann verpiss dich halt! Hau ab!"

Samstagabend. Ich wollte nur noch mal zurück, um was zu holen aus der Hütte. Hatte meine Tabletten vergessen. Und da sehe ich, dass das Gartentor offensteht. Und drinnen, in meiner Hütte, da ist jemand. Ein Mann. Mit einer Taschenlampe. Der da herumwühlt. Überall herumwühlt. Und flucht und schimpft. Und tobt: „Ich krieg dich noch, du Schwein!", brüllt er vor sich hin und schüttet die ganze kleine Kommode auf den Boden. Alle Schubladen, alles was drin ist. Wie irre. Und ich mache mir fast in die Hose vor lauter Angst. Was wenn der was findet? Die Kinderfotos zum Beispiel? Oder meine versteckten Videokassetten? Ich hab ja keinen Strom in der Hütte, ich kann die ja gar nicht mehr gucken. Aber was wenn der sie jetzt findet? Was wenn ich jetzt ein paar Minuten früher da gewesen wäre? Was hätte der dann mit mir angestellt? Hätte der mich umgebracht oder was? Ich schleiche mich davon und verstecke mich ein paar Gärten weiter in einer anderen Hütte, von der ich weiß, dass sie immer offensteht. Später dann, wenn der Kerl wieder weg ist, gehe ich rüber und hole meine Pillen. Und dann nichts wie weg von hier. Der darf mich nicht wiederfinden. Sonst macht der mich alle. Gerade als ich wieder raustrete aus der Hütte, da sehe ich, obwohl es schon dunkel ist, einen weißen Zettel an einem trockenen Ast direkt am Baum. Ich nehme ihn ab, meine Hände zittern wie verrückt. Aber erst unter der nächsten Straßenlaterne kann ich ihn richtig lesen: Bis zum nächsten Mal, du Schwein! M.

Er hat nicht mehr angerufen und ist auch nicht ran gegangen, wenn ich's versucht habe. Kein Zeichen, kein Kommentar, nichts. Wie vom Erdboden verschwunden. Ich mache mir echt Sorgen. Und ich bin total sauer. Immer diese Egotrips. Erik kann einfach nicht mit anderen zusammenarbeiten. Immer ist er der einsame Einzelkämpfer, der große Held, der Super-Journalist. Ha! Dass ich nicht lache. Er ist einfach ein riesengroßes Arschloch und kann mir mal gestohlen bleiben! Echt! Gegen so viel Dummheit und Borniertheit da helfen wirklich keine Pillen.

Sonntag. Verdammt, ich hab in der Aufregung die falschen Pillen mitgenommen, eine fast leere Packung noch vom letzten Jahr. Das darf doch nicht wahr sein. Ich muss noch mal hin, diesmal aber im Hellen, das ist sicherer, da sind noch ein paar andere Leute im Gelände, denke ich. Aber ich komme gar nicht bis hin. Denn unten, wo der Weg langsam ansteigt, da steht plötzlich mein alter Passat. Aber nicht auf dem Parkplatz. Er steht quer auf dem Weg, mit vier platten Reifen steh er da! Die Türen auf. Und auf der Motorhaube ist etwas reingekratzt. Irgendwie, vielleicht mit einem Schraubenzieher, kann es kaum lesen: Danke Robert! M. Ich drehe mich um und laufe weg so schnell ich kann.

Das ging ja schnell. Kaum waren wir alle beim DU und hatten es uns zum Frühstück so richtig bequem gemacht, da bekamen wir auch schon Streit miteinander, Barbara, der Doktor und ich. Und es reicht mir jetzt. Ich bin doch nicht bescheuert. Ich lasse mich doch nicht zum dummen Jungen erklären. Ich bin Journalist, und wenn das denen nicht passt, dann müssen sie sich eben einen anderen suchen, der ihnen hilft, ihren Fall zu lösen. Nicht mit mir. Ich hab mich nicht mal verabschiedet, bin einfach aufgestanden, ins Auto und weg.

Montag. Ich bin wieder da, diesmal schaffe ich's bis in den Garten. Das Auto ist weg. Ich suche in dem Durcheinander nach meinen richtigen Pillen. Es ist der Wahnsinn. Ich finde überhaupt nichts, alles liegt kreuz und quer in der kleinen Hütte auf dem Boden herum. Dann höre ich Stimmen, die nach mir rufen. Scheiße.

Die Polizei ist da. Ein freundlicher Nachbar hätte sie gerufen, als ich gekommen bin. Weil sie gestern schon mal da waren, mich aber nicht angetroffen haben. Na wie nett auch von dem Nachbarn. Alter Spitzel! Ob das mein Wagen gewesen wäre da gestern quer auf dem Weg. Der mit den platten Reifen und ohne TÜV-Plakette. Nein, ist schon lange nicht mehr meiner, sage ich, den hab ich meiner Nichte geschenkt. Wer das sei, wollen sie wissen. Sie wollen alles wissen. Oder sie wissen schon alles. Wie meine Nichte denn heiße. Na wie wohl? Rebecca. Rebecca Pohl, sage ich. Kurze Beratung, telefonieren, noch eine Beratung. Dann zu mir, ob ich mir sicher sei. Ja klar bin ich mir sicher. Aber diese Rebecca Pohl, sagen sie, die lebt gar nicht mehr. Ist gestorben. Was. Sage ich, gestorben? Davon weiß ich ja gar nichts. Ja, gestorben, sagen sie. Und wer hat dann den Wagen hierhergefahren, fragen sie. Ja das frag ich mich auch, sage ich. Und warum steht dann dieser merkwürdige Gruß auf der Motorhaube und warum sind die Reifen plattgestochen gewesen? Ja was weiß denn ich, schreie ich. Ich weiß es doch auch nicht. Und wer ist dieser oder diese M.? ICH WEISS ES NICHT!

Ich weiß nicht, was da in diesen Erik gefahren ist. Alles begann nach der ersten Überraschung, dass wir uns bereits kannten, Erik und ich, doch ganz freundlich und sachlich und ich freute mich schon, etwas Neues und Interessantes über seine Sichtweise der Ereignisse zu erfahren. Aber dann gab es wohl ein paar Missverständnisse und plötzlich war mit ihm gar nicht mehr zu reden und er ist nur noch auf und davon. Schade, denn ich fand es teilweise schon sehr spannend, was er da für Theorien auftischte. Vielleicht ist ja doch eine heiße Spur dabei.

Dienstag. Ein weißhaariger älterer Herr hätte sich nach mir erkundigt, sagt mein Nachbar. Weil ich schon wieder zu meiner Hütte musste, wegen der Fotos und so. Musste sehen, was davon noch da ist und alles irgendwie wieder gut verpacken. Ein älterer Herr? Name? Irgendwas mit M. Ich werde noch verrückt!

Das verdammte Auto bin ich schon mal wieder los, mit einem schönen Gruß an den früheren Besitzer. Ich muss Ballast abwerfen und die Vorstellung gefällt mir, dass dieser Ballast von meinem immer höher steigenden Ballon direkt auf seinen Kopf hinunterfällt. Ein paar von den Tüten mit dem feinen Zeug hab ich gleich mitgebracht ganz früh am Morgen, ausgeladen und schon mal in seine Hütte gestellt. Entweder er findet sie selbst und denkt sich seinen Teil oder ich werde selbst nachhelfen, sie zum Leben zu erwecken. Werde in der Nacht noch mal nach dem Rechten schauen. Bis bald, Robert. Ich wünsche dir eine heiße Nacht.

Mittwoch. Denke, es ist besser, wenn ich die Fotos doch nicht in der Hütte lasse. Ich muss die irgendwo anders verstecken. Oder wegschmeißen. Einfach wegschmeißen. Dann ist Ende. Dann findet keiner mehr was. Gehe wieder hin, bin schon völlig erschöpft, als ich im Gelände ankomme, aber erst recht, als ich oben bei der Hütte ankomme. Da wo vorher meine Hütte war. In der letzten Nacht ist sie nämlich abgebrannt. Alles weg! Alles verkohlt und verbrannt! Keiner weiß was, keiner hat irgendwas gesehen. Nur dass dann irgendwann die Feuerwehr gekommen ist und die letzten Brandnester noch abgelöscht hat. Nachts um drei Uhr dreißig. Nicht schon wieder! Warum denn schon wieder?! Und wer hat das gemacht? Das erste Mal, da war es Rebecca, da bin ich mir sicher. Aber jetzt? Jetzt, wo sie tot ist? Wer zündet denn dann noch meine arme kleine Hütte an? Wer? Und warum ist sie tot? Meine kleine Rebecca? Mein kleines Mädchen, das mir früher so viel Spaß gemacht hat? Auch als sie dann zickig wurde, hab ich sie immer noch gemocht. Warum ist sie jetzt plötzlich tot? Und warum ist da jemand, der mich trotzdem vernichten will? Der mich fertig machen will? Warum? Ich verstehe das alles nicht. Ich hab nur noch Angst. Rebecca, bist du das? Ist das dein Geist? Verfolgst du mich jetzt als Untote? Willst du mich jetzt in den Wahnsinn treiben?

Bin ihm gefolgt wie ein treuer Hund, der darauf wartet, dass sein Herrchen irgendwann irgendwo einen Fehler macht und er ihn dann hinterrücks zerfleischen kann. Diese Woche habe ich mir gegeben, um Robert zu entsorgen, um ihn fertig zu machen und mir endlich den Weg in mein neues Leben freizuräumen. Eine Woche, das müsste reichen und es ist nicht zu viel Zeit und Energie investiert für einen solchen Haufen Dreck. Großreinemachen eben. Muss sein.

Donnerstag. Ich schiebe mein Wägelchen durch den Sinaipark. Hab da übernachtet, zwischen den dichten Büschen mit den ausgetretenen Trampelpfaden, da ist man ziemlich ungestört, wenn die Schwulen und die Dealer und Junkies erst mal abgezogen sind. Jetzt bin ich auf der Suche, muss irgendwas zu Essen finden. Mal sehen, eine Straße weiter, vielleicht gibt's da eine Gelegenheit. Da ist eine Schule oder Kita, weiß nicht so genau. Die haben manchmal was übrig für Leute wie mich. Stehe da rum wie bestellt und nicht abgeholt. Na ja, ich bin ja nicht mal bestellt da. Stehe einfach nur so rum vor diesem schönen Holzbau und schaue auf die Kinder, wie sie da spielen im Hof und wie sie ihren Spaß haben und tollen und rennen und schaue und schaue vor allem natürlich auf die kleinen süßen Mädchen. Gibt ja genug davon. Das waren noch Zeiten, was, Rebecca? Wir hatten doch auch unseren Spaß, oder? Ich stehe da und habe plötzlich so ein Gefühl, dass mich jemand beobachtet. Mir wird richtig schlecht dabei. Würde gerne noch weiter hier stehen, aber mir wird richtig schlecht. Und dann gehe ich weiter. Und ein paar Stunden später, als ich schon längst wieder in meinem Schlafsack unter den Büschen liege, da höre ich ein wildes Tatütata, mitten in der Nacht, und am Morgen, als ich wieder um die Häuser ziehe, da sehe ich, dass genau diese Kita, dieses Haus, wo ich gestern noch lange davorgestanden habe, dass das Haus vollkommen abgebrannt ist in der Nacht! Alles verkohlt! Die armen Kinder! Jetzt haben sie keinen Platz mehr zum Spielen. Und ich kann ihnen nicht mehr dabei zusehen. Als ob mich jemand dafür bestrafen wollte, dass ich das gemacht habe. Und dann sehe ich es: Eine Ecke weiter, an einer vorher weißen Gartenmauer, da steht ein neues Graffito, eine gesprühte Botschaft in knallroter Schrift, die mich sofort mitten ins Herz trifft: Hallo Robert, alter Wichser! M. Mit einem Pfeil in Richtung Kindergarten. Schon wieder! Ich bekomme weiche Knie. Mir wird schwarz vor den Augen. Ein Feuer speiender Drache verfolgt mich, er fliegt mit wildem Getöse hinter mir her, gleich hat er mich, gleich kriegt er mich. Ich kippe um.

Der treue Hund schnappt zu. Mach dich bereit, Robert. Du bist schon lange überfällig.

Freitag. Bin vollkommen angstdurchgeschwitzt. Und durchgeregnet dazu. Zum Glück, kann man sagen. Denn in der Nacht hat jemand versucht, meinen Schlafsack anzuzünden. Als ich drin gepennt habe! Die ganze Ecke ist verschmurgelt, aber dann war es dem Feuer wohl doch zu nass und es ist ausgegangen. Zum Glück, sonst wäre ich heute morgen nur noch ein Häufchen Asche gewesen. Ich muss weg, ich bin nirgendwo mehr sicher, ich muss wieder zu meiner Hütte, da hab ich wenigstens ein Dach über dem Kopf. Aber nein, die Hütte ist ja auch nicht mehr da! Ich habe gar nichts mehr. Nur noch nackte Angst. Nur noch die Angst. Und ich muss trotzdem wieder hin. Wo soll ich denn sonst hin? Habe noch ein kleines altes zerlumptes Zelt, das kann ich neben der Hütte aufschlagen, auf dem kleinen Rasenstück. Vorerst jedenfalls. Und ich habe noch die Pistole von meinem Alten, die liegt in einer Plastiktüte hinten unter der alten Obstkiste versteckt. Die nehme ich auch. Das ist alles.

Und du denkst, du könntest es dir einfach wieder gemütlich machen in deinem lausigen Garten oder sonstwo? Denkst, du könntest dir irgendwo ein ruhiges Plätzchen suchen und den lieben Gott einen guten Mann sein lassen? Der liebe Gott, mein lieber Robert, ist genauso verlogen wie du. Nein, er existiert genauso wenig wie du existierst. Er ist nur eine Idee, so wie du nur eine Idee bist, eine Scheißidee. Eine, die aus der Welt gehört, damit die Welt endlich wieder schön sein kann, so wie sie sein soll. Ohne Not und ohne Gewalt. Einfach nur schön. Der liebe Gott kümmert sich einen Scheiß darum, wie es zugeht in der Welt, genauso wie du dich einen Scheiß darum gekümmert hast, wie es zugeht in mir. Und das muss jetzt endlich ein Ende haben, denn sonst hört es nie auf.

Verdammt, die Pistole ist weg. Ich weiß genau, wo ich sie versteckt hatte. Und da ist sie nicht mehr. Jemand hat sie gefunden. Aber das kann kein Zufall sein. Niemand sucht etwas unter einer alten Obstkiste in der Ecke eines alten Gartens. Niemand. Außer, er weiß genau, nach was er sucht und wo er es finden kann. Dann sucht er es und findet es und nimmt es mit. Und benutzt es. Irgendwann. Vielleicht schon morgen. Vielleicht bin ich morgen schon tot. Morgen schon. Morgen. Ich träume. Ich träume von Rebecca. Nicht von der kleinen, von der großen Rebecca. Ich sehe sie, wie sie da sitzt, ganz lässig auf der alten Obstkiste. Sie sieht wunderbar aus – ganz in weiß gekleidet, mit kurzen, weißen Haaren und einem merkwürdigen, fremden Lächeln auf den schmalen Lippen. Sitzt sie da im Mondlicht und hält die alte Pistole mit beiden Händen auf ihrem Schoß wie ein kleines Kind, wie ein Baby. Sieht mich an, ohne den Blick auch nur eine Sekunde abzuwenden. Sagt nichts, gar nichts. Hält nur die Pistole, legt sie nicht an, hält sie nur in Bereitschaft. Sie wartet, wartet ab, bis ich weich werde. Sie sitzt nur da und ich spüre, jetzt hat sie gewonnen, jetzt hat sie mich besiegt. Und ich will laufen, will fliehen. Und ich stehe auf und meine Beine versinken, langsam, ganz langsam versinken sie im Boden. Und ich versinke mit ihnen, immer tiefer, mein Bauch, meine Arme, meine Schultern und meine Augen. Weg.

„Hey!!!"
„Was …?"
„Suchst du die hier?!"
Wer ist das? Was ist hier los? Wo bin ich? Ich hocke hier inmitten meiner verwüsteten Hütte, verbranntes Holz und jede Menge angesengte Sachen, die überall herumliegen. Ein schreckliches Chaos. Es ist kalt. Ich friere. Was suche ich hier? Ich bin wie weggetreten. Gerade hab ich von Rebecca geträumt. Und dann bin ich irgendwie im Boden versunken. Ich sitze auf dem Boden. Warum sitze ich einfach hier auf dem Boden rum? Was hat das alles zu …

„Hey!!! Ich hab dich was gefragt, Mann!!!"

Da ist sie ja … nein, das ist sie nicht … sie ist doch tot und sie sieht auch ganz anders aus … oder doch? Da steht eine Frau, die sieht aus wie Rebecca, wie ich sie gerade eben in meinem Tagtraum gesehen habe, aber so sieht sie doch gar nicht wirklich aus … oder sie ist ein Geist, der Geist von Rebecca …

„Hat es dir die Sprache verschlagen, du altes Schwein, oder was ist los? He? Suchst du die hier?! Suchst du diese alte Pistole, ja?! Was willst du machen damit, he? Denkst du, du kannst die Vergangenheit erschießen, ja?! Denkst du, du kannst deine beschissenen Erinnerungen an deine beschissenen Untaten damit wegpusten oder was?! Oder willst du mich damit erschießen? Willst du mich damit loswerden? Denkst du, das geht so einfach?!"

„Rebecca, Schätzchen, was ist hier los? Was hat das zu bedeuten? Du bist doch …"

„Ich bin nicht Rebecca, du Schwein. Ich bin Marie. Ich bin Marie, verstehst du?! Rebecca ist tot, Rebecca existiert nicht mehr. Aber alles, was du ihr angetan hast, existiert noch. Und es wird Zeit, dass das endgültig verschwindet, vollkommen aus der Welt verschwindet. Rebecca ist nicht mehr da. Aber du bist noch da. Und mit dir sind alle deine Untaten noch da. Und das alles muss verschwinden! Genau wie alles, was mit deinen Untaten zu tun hat, alle Orte, die du damit verpestet hast, alles muss weg. Das alles hat kein Recht mehr, hier zu sein, auf dieser Welt zu sein! Also mach, dass du wegkommst, verschwinde, verschwinde auf ewig, du Schwein!“

„Aber ... aber wo soll ich denn hin?“

„Verschwinde aus dem Leben, Mann! Mach, dass du wegkommst, dass du niemals, niemals wieder irgendwo auftauchst! Bring dich um! Bring dich einfach um! Töte dich, mach dem Ganzen endlich ein Ende! Oder du wirst nie mehr deine Ruhe haben, das verspreche ich dir!“

Die ganze Zeit zielt sie auf mich. Mit meiner alten Pistole! Hat sie in beide Hände genommen, die Arme ausgestreckt und zielt auf mich. Sie zittert kein bisschen. Sie kommt näher. Schritt für Schritt kommt sie auf mich zu. So kann ich ihr Gesicht gar nicht richtig erkennen. Ich kann nicht sehen, ob sie es ist oder ein Geist oder eine ganz andere Frau, die Marie heißt und die aber so tut, als wüsste sie über alles genauso gut Bescheid wie Rebecca selbst. Ich blicke genau in die Mündung. Ich mache mir in die Hose. Ein heißer Bach läuft mir die Beine runter. Ich kann sie kaum noch sehen, Tränen füllen meine Augen. Ich traue mich aber nicht, sie wegzuwischen. Mir ist so kalt. Meine Hosenbeine sind nass. Meine Augen, meine Backen sind nass. Meine Arme sind schwer wie Blei, ich kann nichts an mir bewegen. Ich kann nur den Kopf schütteln. Immer nur den Kopf schütteln. Nein, es schüttelt mich von innen. Ein fürchterliches Schluchzen schüttelt mich durch von oben bis unten. Ich kann gar nichts dagegen tun. Ich bin wie ein kleines Kind, das von der Mama geschimpft wird, dem seine Mama gerade sagt, dass sie es hasst und dass es besser wäre, es wäre gar nicht erst auf die Welt gekommen. Das hat sie gesagt. Das hat sie wirklich gesagt! Meine Mama hat gesagt, sie wünschte, ich wäre nie auf die Welt gekommen und sie wünschte, ich wäre tot. Einfach tot und weg. Diese Frau sagt dasselbe wie meine Mama und ich mache mir genauso in die Hose, wie ich mir schon mal in die Hose gemacht habe und ich flenne wie ein Baby und es schüttelt mich durch und durch und durch und durch ...

„Du hast jetzt die Wahl, alter Mann ...“, sagt sie, als sie plötzlich ganz nahe, direkt vor mir steht. Sie reicht mir die Pistole, sie schaut mich aus eisigen Augen an. Das ist nicht Rebecca. Das ist sie nicht. Das ist der Todesengel, der Todesengel kommt mich holen. Aber der Todesengel nimmt einen doch mit, der lässt einem doch nicht die Wahl. Was denn für eine Wahl?!

„Was denn für eine Wahl?“

„Du hast die Wahl zwischen Pest und Cholera, alter Mann. Dein Leben ist vorbei. Nur ein kleiner Rest windet sich noch wie ein dreckiger, alter Wurm im Schlamm und stinkt vor sich hin, dass es einem schlecht werden kann. Du kannst noch eine Weile weiter stinken, wenn du willst. Dann mache ich dir deine restlichen Tage zur Hölle, das schwöre ich dir. Oder du machst dem ganzen Dreck ein Ende, jetzt, sofort, auf der Stelle. Dann ist dieser Spuk endlich zu Ende, dann hast du deine Ruhe vor der Welt und die Welt hat endlich ihre Ruhe vor dir. Hier hast du deine alte Pistole. Es ist genau ein Schuss drin. Ein einziger Schuss. Der reicht für dich und dein armseliges Restleben. Direkt in den Kopf und dann ist Ruhe.“

„Ich will nicht ... ich kann das nicht ...“, stammelt er und steht mühsam auf.

„Du kannst das ...“, sage ich und bereue es im selben Moment. Das war ein Fehler. Damit mache ich ihm Mut. Verdammt! Daran hab ich nicht gedacht. Eine Sekunde lang hab ich daran nicht gedacht. Ich ermutige ihn, das ist doch genau das Gegenteil davon, was ich will. Ich ermutige ihn, etwas zu tun. Ich hatte ihn doch schon fast soweit. Er steht doch schon da wie ein einziges Häufchen Elend, ein Schritt nur noch, ein kleiner Schritt und er hätte es getan, aus purer Verzweiflung, aus purem Elend. Jetzt sehe ich es. Sofort, als ich das gesagt habe, springt ein Funke auf in seinen Augen, der letzte Rest von Stolz, das letzte Bisschen Arroganz und Arschigkeit. Das Schwein lebt noch, tief drinnen lebt es noch und ist immer noch voller Hass und Brutalität. Er tritt plötzlich zurück, ein Schritt, zwei Schritte. Er fasst die Pistole jetzt mit der rechten Hand, so wie man eine Waffe in die Hand nimmt, die man auch benutzen will. Und hebt sie langsam in meine Richtung. Er zittert, aber er zielt. Und er lächelt dabei sein ekelhaftes, verbissenes, verschissenes Lächeln. Ich habe ihn unterschätzt. Verdammt, ich habe ihn unterschätzt. Und ich habe mich selbst überschätzt. Ich dachte, ich hätte ihn soweit, ich hätte ihn mürbe gemacht, weichgekocht, niedergerungen. Ich dachte, ich hätte ihn mit meinen kleinen fiesen Aktionen endgültig fertiggemacht, fertig für den letzten, den allerletzten Showdown. Und jetzt stehen wir da wie zwei Westernhelden auf der staubigen Straße. Und die Musik verstummt, alles hält den Atem an, alles stockt und steht und wartet auf den Moment, die Sekunde, wenn der erste zieht und Bruchteile danach der andere zieht und beide Schüsse fast gleichzeitig fallen und dann ... diese Stille, diese unendliche Stille, in der niemand weiß, wer von den beiden getroffen hat, wer von den beiden umfallen wird, wer tot ist und wer weiter leben darf. Nur dass ich keine Waffe habe und er seine schon gezogen hat. Ich habe keine Chance mehr. Vorbei!

Aus und vorbei. Erik ist so ein Arschloch! Ich bin geladen wie noch nie, schon seit Tagen, seit er unser konspiratives Frühstück verlassen hat und sich dabei aufgeführt hat wie der einsame Held einer komplizierten Geschichte, in der alle gegen ihn sind und er als Einziger den richtigen Weg weiß. Wie oft hatten wir das schon? Wie oft schon habe ich nachgegeben, immer wieder nachgegeben und bin auf ihn eingegangen, habe versucht, ihn zu verstehen und zu betüteln, ihn Mut zuzusprechen und ihn zu unterstützen. Nur um etwas von ihm zu bekommen. Aufmerksamkeit, Sex, Liebe, Zuneigung wenigstens. Aber er sieht nur sich selbst. Ich war da höchstens mal hin und wieder Mittel zum Zweck. Ich habe mich sogar dazu hinreißen lassen, selbst kriminell zu werden, habe selbst eine Brandstiftung ausgeführt, nur um ihn irgendwie wiederzubekommen, ihn an mich zu binden, ihn für mich zu interessieren. Aber das alles interessiert ihn überhaupt nicht. Ihn interessiert nur er selber und was er in der Welt für eine Rolle spielt. Und die ist ihm immer zu wenig bedeutend, zu unwichtig. Das frustriert ihn, das ärgert ihn so über alle Maßen, dass er sich nur um so verbissener an alles klammert, was ihm vielleicht doch noch einen späten Ruhm, eine lange ersehnte Berühmtheit verschaffen könnte. Das treibt ihn an, das motiviert und interessiert ihn und sonst nichts. Gar nichts. Schon gar keine Beziehung, keine Frau. Jedenfalls nicht ich. Es ist aus. Es ist vorbei. Ich muss mich endlich von ihm lösen, sonst werde ich noch verrückt. Und ich muss von ihm weg, um endlich Licht in diese verdammte Brandserie zu bringen. Mit ihm bin ich dauernd auf der falschen Spur. Er mischt sich da viel zu sehr ein. Schließlich bin ich hier die Polizistin, nicht er. Ich bin Mitglied der Sonderermittlungsgruppe, nicht er. Es war ein Fehler, ihn da mitreinzuziehen und auch noch mit Richard bekannt zu machen. Obwohl, die kannten sich ja überraschenderweise schon. Egal. Ich muss ihn vergessen. Ich werde nicht mehr mit ihm zusammenarbeiten. Ich werde ihn nicht mehr treffen. Und ich werde nicht mehr mit ihm schlafen.

Konnte kaum schlafen letzte Nacht. Ich bin total durch den Wind. Alles geht schief, wirklich alles! Dieses investigative Frühstück neulich mit Barbara und Richard, das hat mich echt aus der Bahn geworfen. Ich war so dermaßen stinkesauer wie selten zuvor. Hab die einfach sitzen gelassen, weil mir beide so blöd kamen, mich nicht ernst genommen haben. Dann bin ich am selben Abend noch zu der Hütte von dem Verdächtigen gefahren und hab dem alles durchwühlt, hab nach irgendwas gesucht, was meine Vermutung bestätigen könnte, dass der Mann, der da haust, niemand anders ist als dieser Atze Feuertatze, der alte und auch der neue Brandstifter, nach dem sie alle suchen. Aber nichts, gar nichts hab ich gefunden. Eine böse Botschaft hab ich ihm dafür hinterlassen, damit er vielleicht ein bisschen Angst bekommt und irgendeinen Fehler macht, irgendwas, womit er sich verrät. Ich hab ihm einen weiteren Besuch angekündigt oder angedroht. So, und das mache ich jetzt auch. Ich fahre noch mal da hin. Vielleicht treffe ich ihn ja diesmal an und dann werden wir ja sehen, was dabei herauskommt. Und diesmal nehme ich Bernd mit, der kennt ihn schließlich und kann ihn identifizieren, wenn er's ist.

Jetzt tut es mir schon fast leid, dass ich Erik über- haupt was von Atze und diesen ganzen Feuergeschichten erzählt habe. Er lässt da gar nicht mehr locker. Hat mich wieder mal deswegen angerufen und zu einem Treffen überredet, weil er glaubt, dass er jetzt weiß, wo Atze wohnt und dass er der Brandstifter ist von den beiden asiatischen Pavillons und auch vom Goetheturm. Ich hab ihm die Geschichte mit dem Alibi wegen des Blitzerfotos in Fulda erklärt, aber er wollte nicht hören und meinte, das wäre dann doch vielleicht irgendwie getürkt oder so. Jedenfalls will er unbedingt, dass ich mitkomme, wenn er wieder da hingeht, wo er den Übeltäter vermutet. Nach meiner letzten Begegnung mit Atze hatte ich eigentlich ja die Schnauze voll von diesem Typen. Der ist ja noch viel schräger drauf, als ich schon immer gedacht hatte. Läuft jetzt als Frau durch die Gegend, aufgetakelt wie ein Weihnachtsbaum! Der ist jetzt wohl völlig irre geworden. Als wir uns da im Park überraschend begegnet sind, bin ich völlig ausgerastet. Plötzlich ist mir alles, wirklich alles hochgekommen, was mir dieser Mann angetan hat, der ganze Frust der frühen Jahre, die Angst, die Wut über seine ewige Bestimmerei, die ganze Anspannung unserer gemeinsamen Untaten, mein ganzes verpfuschtes Leben, das ich zu einem Teil auch ihm zu verdanken habe. Und dann macht er plötzlich so einen auf lieb und freundlich und das auch noch als Frau verkleidet – das war einfach zu viel für mich. Wir haben uns da so richtig gekloppt und ich habe kaum wirklich eine klare Erinnerung mehr dran. Von dem Zeitpunkt an, als ich ihn im Sommerkleidchen auf dem Weg auf mich zulaufen sah, winkend und lächelnd, da setzt es bei mir aus – totaler Blackout. Ich weiß dann nur, dass ich irgendwann in einem Krankenhaus aufgewacht bin, rundum versorgt mit Pflastern und Verbänden und dass ich da noch so zwei oder drei Tage geblieben bin, bis sie mich wieder rausgelassen haben. Und jetzt also schon wieder Atze! Erik hat mir versichert, es würde zu keiner direkten Konfrontation kommen, er selbst wollte sich auch eher im Hintergrund halten, weil er da wohl eingebrochen war und alles durchwühlt hatte. Er wollte nur sehen, ob ich den Mann, wenn er denn da wäre, erkennen könnte als Atze. Das wäre schon alles. Na wenn's der Sache dienlich ist. Ich hab da ja meine Zweifel, aber gut. Versuchen kann man's ja.

Ich versuch's noch mal in der Kleingartenanlage, wo wir versucht haben, den Mann anzutreffen, dessen Hütte damals abgebrannt ist an dem Tag, als wir, Erik und ich, uns dort ganz in der Nähe kennengelernt haben. Und der dann zum Goetheturm gezogen ist und in eine merkwürdige Attacke verwickelt wurde, ausgerechnet an dem Tag, als dann in der Nacht der Turm angezündet wurde. Diesen Faden muss ich noch mal aufnehmen, diesmal aber ohne die Presse dabei. Aber ich habe trotzdem Unterstützung, diesmal von Richard, der sich, wenn wir Glück haben, direkt vor Ort ein psychologisches Bild machen will von dem möglicherweise Tatverdächtigen. Ist zwar so auch nicht direkt seine Aufgabe, aber er ist mir in seiner besonnenen Art als Begleiter deutlich lieber als der hitzköpfige Erik. Mal sehen, ob wir diesmal mehr Glück haben.

Ich treffe Barbara am unteren Eingang zur Kleingartenanlage. Sie hat mich um Unterstützung gebeten beim Besuch eines möglichen Verdächtigen, der wohl hier in seiner Gartenhütte wohnen soll, aber nur schwer anzutreffen ist. Sie hat das schon mal versucht mit diesem Erik zusammen, aber ohne Erfolg. Vielleicht klappt es ja diesmal. Sie kommt in Uniform, in voller Montur. Das macht schon was her. Vielleicht muss man bei manchen

Leuten so martialisch auftreten, damit sie überhaupt kooperativ sind. Außerdem, sagt sie, ist sie ja schließlich nicht privat und zu ihrem Vergnügen hier, sondern im Dienst. Und diese halbprivaten Ermittlungstouren mit Erik waren ja auch nicht gerade von Erfolg gekrönt. Also los. Wir gehen den Weg bergan, es ist etwas kühl und windig, kein schönes Wetter für einen Außentermin. Barbara ist sichtlich nervös, ohne dass ich erkennen kann, warum. Sie meint, sie hätte irgendwie kein gutes Gefühl. Falscher Tag? Falscher Ort? „Das weiß man doch immer erst hinterher.", sage ich.

Wir gehen diesmal von einer anderen Seite auf das Gelände. Ich denke, da können wir besser ungesehen an den Garten kommen. Verfranse mich aber immer wieder mit den Richtungen. Verdammt. Wo ist dieser verflixte Garten? Bernd fragt schon dauernd, ob ich sicher bin, dass wir hier richtig sind. Ich bin nervös. Gehe mehrmals denselben Weg vor und wieder zurück. Dann einen anderen erst bergab, dann wieder bergauf. Ah, da ist noch ein Verbindungsweg, da könnte es gehen. Tatsächlich, jetzt scheinen wir richtig zu sein. Ich denke, wir sind ganz nah dran. Möchte etwas mehr von hinten an das Gelände, vielleicht haben wir da einen Durchblick, ohne dass wir so leicht selbst gesehen werden. Ich denke, das könnte der Garten sein. Steht eine mächtige Tanne drin. Aber ich sehe keine Hütte, nur ein altes orangefarbenes Zelt. Und jede Menge Durcheinander auf dem Boden verstreut. Da scheinen auch Leute zu sein, kann es noch nicht so gut erkennen durch die Hecken und Zweige. Aber es muss hier doch irgendwo sein, verdammt!

Sekundenlang starren wir uns an, Robert und ich. Sekunden oder Minuten, ich weiß es nicht. Mein Atem steht still, kein Glied kann ich mehr rühren. Es sind meine allerletzten Momente im Leben, denke ich, meine allerallerletzten. Es ist zu Ende. Jetzt, wo es doch gerade erst so richtig losgeht, ist es zu Ende. Wegen ihm. Wegen diesem Scheusal, das mir schon fast den ganzen Rest meines Lebens versaut hat. Der mir jetzt auch noch den allerletzten Moment versauen wird. Der mich abknallen wird wie ein räudiges Stück Scheiße, mich, Marie, die neue Marie, die doch eben erst angefangen hat, so richtig zu leben, mich wird er einfach töten? Nein. NEIN! „NEEEEEEEEEEEEEIIIIIIIIIIIIIIIINNNNNNNN!!!“

Ein infernalischer Schrei, direkt da vorne aus dem Garten! Eine Stimme, die sich fast überschlägt! Eine Schreistimme, die ich kenne! Das ist Rebecca, unverkennbar Rebecca, die Schreifrau. Aber das ist unmöglich. Rebecca ist tot, mausetot. Ich will sofort da hin, drehe mich um und renne direkt in Bernd, der blöd wie ein Brot genau da in der Gegend rumsteht mit offenem Mund. Renne ihn über den Haufen, stolpere noch ein paar Schritte im Zickzack, taumele, drehe mich um die eigene Achse und falle dann in so eine stachelige Hecke, natürlich mit dem Gesicht und den ausgestreckten Händen zuerst. Scheiße!!!

Es fährt mir wie ein Blitz in alle Glieder! Noch nie habe ich einen Menschen so schreien hören! Ein Frauenschrei, ohne Zweifel, ganz direkt vor uns, quasi um die Ecke. Ich bin starr vor Schreck, da sprintet Barbara schon mit gezogener Waffe in einem irren Tempo um die Kurve, verschwindet aus meinem Blickfeld und brüllt weiter vorne ebenfalls mit aller Kraft:

„Stopp!!! Polizei!!! Waffe weg!!! Sofort! Waffe weg und runter auf den Boden, aber dalli! Wird's bald?!"

Ich stolpere um die Ecke. Da steht sie, breitbeinig, die Dienstwaffe im Anschlag mit beiden Armen gestreckt nach vorne. Ein Garten, das Tor steht offen, im Garten ein alter Mann, steht mitten im Unrat und hält eine alte Pistole im Anschlag. Er zittert. Er hat die Augen weit aufgerissen. Er schaut zu Barbara, dann wieder in die Richtung, in der er zielt zu einer Frau, die da steht wie angewurzelt, den Rücken zu mir, mit kurzen grauen Haaren. Er schaut wieder zu Barbara, dreht sich, zielt jetzt auf sie, zittert noch stärker …

„Ich habe gesagt: Waffe weg, und zwar sofort!!! Waffe weg, Mann, sonst schieße ich!!!"

Ich rappele mich auf, steige über den protestierenden Bernd, der noch auf dem Boden liegt. Trete ihm auf die Hand. Was liegt er auch so dämlich hier rum?!

„Aua!"

Scheißegal! Was geht hier ab?! Sehe den alten Mann mit der Pistole im Anschlag, der zielt abwechselnd auf … Barbara!!! Barbara in Uniform, mit ihrer Dienstwaffe direkt auf den Mann gerichtet. Und dann zielt er weiter links auf eine Frau, auf die Frau, die da steht und die wohl so wahnsinnig geschrien hat. Aber das ist nicht Rebecca, das ist jemand anderes, ganz kurzhaarig und mit einem panischen Schreckgesicht steht die da und rührt sich keinen Millimeter. Und der Alte zittert am ganzen Leib und zielt und starrt immer abwechselnd von der einen zur anderen und zurück. Und weiter hinten, ich fasse es nicht, da steht Richard, der Psychologe, nur ein kurzes Stück hinter Barbara, steht da und ist käseweiß im Gesicht. Was soll das? Was tun die denn alle hier?! Von hinten rempelt mich Bernd an, der dazu gestolpert kommt. Und da fällt ein Schuss. Zwei Schüsse, ganz kurz hintereinander. Peng! Peng! Stille.

Aaaaaa ... er hat es getan! Er hat geschossen! Er hat mein Leben beendet!

Mein
schönes
Leben

Er fällt nach hinten um, erst ganz langsam, dann mit einem einzigen Schwung und verschwindet fast in dem Müll, in dem er gestanden hat. Ein Bein macht beim Aufprall noch eine fast komische gestreckte Bewegung nach oben, so als wollte er noch einen letzten Elfmeter schießen, dann plumpst es ohne Kraft nach unten und er bleibt regungslos liegen. Barbara steht da wie erstarrt. Die Frau steht da wie erstarrt. Und weiter drüben, ich kann es kaum glauben, da steht Erik, der rasende Erik, auch wie erstarrt und daneben noch ein Mann, den ich nicht kenne. Wie ein Bild, in dem sich nichts bewegt. Ein Bild für die Ewigkeit. Eine gefühlte Ewigkeit. Denn plötzlich kommt dann doch Bewegung hinein. Es geht ganz schnell: Barbara springt zu dem Alten rüber, untersucht ihn hektisch, schüttelt energisch den Kopf und verzieht dabei den Mund, blickt schnell und kurz um sich, verharrt eine Sekunde mit dem Blick nach oben, grinst dann auf einmal spöttisch und sagt:

„Scheiße, Mann, ich hab den Baum getroffen! Der hier ist bloß in Ohnmacht gefallen. Sonst alle OK? Niemand verletzt?“

Sekundenlang friert wieder die ganze Szenerie ein. Dann löst sich auf einen Schlag die andere Frau aus ihrer Erstarrung, blickt ganz kurz alle Anwesenden nacheinander an, dreht sich um und rennt wie der Blitz davon. Barbara auf und hinterher. Und weg sind sie, alle beide. Zurück bleiben vier ratlose Männer. Einer davon ohne Bewusstsein am Boden, die anderen drei wie vor den Kopf geschlagen.

Warum renne ich eigentlich dieser Frau hinterher? Schließlich hat nicht sie, sondern dieser alte Mann jemanden mit einer Waffe bedroht. Aber es ist spontan, ein Impuls, sie rennt, ich renne ihr nach. Aber hallo! So was hab ich noch nicht erlebt. Die ist bestimmt älter als ich, aber sie rennt wie eine Profisportlerin. Meine Herren, ist die schnell! Und sie fegt um die Ecken ohne auszurutschen, springt locker über hängende Ketten oder Geländer, macht richtig Tempo mit unglaublich langen Schritten. Ich komme kaum hinterher. Ich bin ganz gut trainiert, dachte ich immer, aber diese Frau bringt mich echt an meine Grenzen. Ich will rufen, sie zum Anhalten zwingen, schließlich bin ich Polizistin. Aber ich tue es nicht. Es ist wie ein Wettstreit, den ich gewinnen will. Richtig gewinnen. Nicht weil ich bei der Polizei bin und sie zur Not sogar mit der Waffe zum Anhalten zwingen könnte. Nein, weil sie mich herausfordert, weil sie mich reizt. Das werden wir ja sehen, du rasende Gazelle. Wer ist hier die Schnellste? Du oder ich?!

Ich dachte, ich bin tot. Ich dachte wirklich, das ist das Ende. Aber nein. Zwei Schüsse und nichts passiert. Warum zwei?! Robert hat nur eine Patrone. Robert fällt um. Jetzt kommt es mir wieder zu Bewusstsein – da sind noch mehr Leute im Spiel. Jemand hat gerufen, etwas von Polizei, hat richtig laut gerufen und Robert hat sich umgedreht und dann wieder auf mich gezielt und wieder zurück und hin und her. Und dann hat er geschossen. Und noch jemand. Ich weiß nicht mal, auf wen jetzt eigentlich. Ich dachte auf mich. Aber es passiert nichts. Er hat mich nicht getroffen. Er hat mich nicht getroffen! Ich bin am Leben! Ich darf weiterleben! Die andere Person ist eine Polizistin, meine Retterin! Wo kam die nur her, genau im richtigen, im allerallerletzten Moment?! Ich kann mich immer noch nicht rühren. Die Polizistin springt zu Robert, untersucht ihn, schaut sich um und sagt plötzlich etwas von Baum und dass er bloß ohnmächtig sei. Bloß weg hier, denke ich, nichts wie weg! Ich schaue noch kurz, wer da plötzlich noch so rumsteht. Ein untersetzter, mir völlig unbekannter Mann. Und daneben?! Erik?!? Wieso Erik?!? Und da drüben?!? Richard?!? Wieso Richard?!? Ich glaub, ich spinne! Vielleicht bin ich doch getroffen, vielleicht sind das die letzten Sekunden vor dem Tod, wenn Ereignisse und Personen aus deinem Leben noch mal wie in Zeitraffer am inneren Auge ... aber nein, es ist wirklich, aber es ist mir sowas von egal. Dafür hab ich jetzt keine Zeit. Ich muss hier weg, ich renne um mein Leben, für mein Leben, ich renne wie ein wilder Wirbelwind durch Zeit und Raum ...

Wie lange sind wir so gerannt? Ich weiß es nicht. Ich habe keine Ahnung. Ich weiß nicht mal, wo wir jetzt sind. Irgendeine Grünanlage. Keine Ahnung. Nur sie und ich. Und da hält sie an. Kein langsames Auslaufen. Ganz plötzlich bleibt sie einfach stehen. Ob sie nun endlich nicht mehr kann? Ich bin jedenfalls völlig am Ende. Auch ich bleibe stehen, ein paar Schritte hinter ihr. Sie dreht mir den Rücken zu, atmet sehr tief und gleichmäßig. Dann dreht sie sich langsam um, erst den Ober-, dann den Unterkörper, steht mir jetzt direkt gegenüber. Und lächelt. Eine tolle Frau. Unglaublich. Sicher schon über fünfzig, aber wohlproportioniert wie eine Sportlerin. Nein, mehr noch, wie ein Kunstwerk. Sie steht da wie in Stahl gegossen, ihr Brustkorb hebt und senkt sich in großen Bewegungen, aber sie scheint trotzdem vollkommen in sich selbst zu ruhen. So als hätte dieser wahnsinnige Wettlauf sie nicht bis zum Äußersten erschöpft wie mich sondern auf das Äußerste energetisiert. Sie strahlt förmlich aus allen Poren, auch wenn ihr der Schweiß genauso über die ganze Haut läuft wie mir. Sie macht einen weichen Schritt auf mich zu, geht wieder fest in Position, schaut mir direkt in die Augen. Diese Augen! Klar, hell, eindringlich und doch butterweich zugleich. Sie hat zwar als Erste angehalten, aber dieses Rennen hat dennoch eindeutig sie gewonnen. Wenn es denn überhaupt darum geht. Es geht überhaupt nicht darum. Auch nicht darum, wer von uns beiden die Stärkere ist. Sie steht einfach da, nachdem wir zusammen für ein paar Minuten zusammen wahrhaftig durch dick und dünn gegangen, gerast sind wie in einem Film in Zeitraffer, steht da, schaut mir in die Augen und fragt:

„Gehen wir zu dir oder zu mir?“

Ich schlucke, mein Hals ist wie zugeschnürt, mein Atem keucht in wildem Auf und Ab durch meine Brust, meine Haut ist überall klatschnass und meine Arme vibrieren leise wie unter Strom.

„Äh, was?“

„Komm …“, sagt sie und lächelt mich immer noch mit großen offenen Augen an. Und da ist es um mich geschehen. Ich fange an zu stottern, ich sage:

„A- aber ich bin doch noch im Dienst.“

So was Albernes. Als ob es darum geht. Wie doof ist das denn!

„Dann hast du jetzt Feierabend …“, sagt sie, ohne mit dem Lächeln aufzuhören. Hör bitte niemals damit auf! Sie nimmt meine Dienstmütze und setzt sie sich selbst auf den Kopf. Dann nimmt sie meine Hand und zieht mich zu sich fort. Irgendwohin. U-Bahn, Straßenbahn, ein paar hundert Meter zu Fuß, ein kleines Hotel, ein Treppenhaus, eine Tür, ein Schlüssel, ein kleiner Flur, ein kleines Zimmer, ein großes Bett. Sie hält meine Hand, die ganze Zeit. Hör bitte niemals damit auf. Sie zieht mir die Uniform aus, die Jacke, die Bluse, den BH, sie öffnet meine Hose. Ich muss ihr helfen bei den Schuhen, ihre sind schon aus. Auch ihre übrigen Sachen, sanft und schnell zu Boden geglitten, nichts versperrt uns noch den Weg. Da stehen wir voreinander, etwa gleich groß, etwa gleich schlank, Auge in Auge, Nase an Nase, Lippen auf Lippen, Zunge an Zunge …

Ihre Haare. Die duften. Ihre Haut. Duftet auch. Sie schwitzt, sie schmilzt unter meinen Händen. Und ich schmelze unter ihren. Wir stehen, eng aneinandergepresst, die Arme fest um die andere geschlungen, dann wieder locker, streichelnd, fühlend, entdeckend, genießend …

Ihr Po, rund und fest in meinen Händen. Wir liegen. Wir spüren die Schwere der anderen. Wir wechseln. Sie oben. Ich oben. Seite an Seite. Bauch an Rücken. Rücken an Bauch. Küsse. Unendliche Küsse. Unendlich sanft, unendlich einfühlsam, unendlich warm und weich und fest zugleich …

Sie bewegt sich schneller. Zielgerichteter. Sie küsst meinen Busen, meinen Bauch, meinen Nabel, liebkost meine Schenkel, die sich öffnen für ihren Mund. Sie findet alle empfindlichen Zonen meines Körpers wie im Schlaf, wie in Trance. Sie stöhnt, sie seufzt, sie singt eine feine kleine Melodie der Lust …

Und ich rolle über sie hinweg, drehe und winde mich in wohliger Wärme. Finde mich wieder Kopf an Fuß und Fuß an Kopf, Münder wollen küssen, liebkosen, lecken und saugen, lächeln und spielen. Und sie ist wie ein Spiegel, mal im selben Tempo, mal zurück und mal voraus. Geben und Nehmen und wieder Nehmen und Geben und alles ohne Ende, ohne Zwang, ohne hektische Verrenkungen. Es ist ein Fluss, der niemals endet, es ist wie die ziehenden Wolken am Himmel, zart rosa und von himmlischer Leichtigkeit, sich ineinander vermischend und miteinander wandernd, hinter- und übereinander und immer weiter und weiter ziehend. Und dann, irgendwann, nachdem alle Zeiten durchwandert und alle Wege durchschritten sind, lösen sie sich auf, werden durchsichtig, werden zu Luft. Und der Himmel wird langsam dunkel, es wird Abend, es wird Nacht und alles geht ganz still, ganz ganz still zu Ende. Und es ist gut so. So gut wie niemals zuvor. Und mein Lächeln schläft sanft mit mir ein.

„Du hast ja Gänsehaut, Liebes.“

Sie streicht mit der Hand über ihre nackte Schulter. Die feinen Härchen glänzen hell im Gegenlicht. Sie setzt sich langsam auf den Stuhl gegenüber. Ihr blondes langes Haar hängt ihr ins Gesicht. Sie streicht es mit der anderen Hand sanft zur Seite und lächelt mich an.

„Hier, trink erst mal ’nen Kaffee.“

„Danke. Und guten Morgen, schöne Frau. Hast du gut geschlafen?“

„Das war die schönste Nacht meines Lebens gestern. Und das schönste Aufwachen. Zu sehen, wie du da liegst, sanft schlafend wie ein kleines Kind und doch so stark und groß, du wunderbares, wunderschönes Wesen. Bei mir. Ganz bei mir. Ich hätte dich stundenlang nur anschauen können. Aber ich musste mal ganz dringend. Und als ich dann schon mal aufgestanden war, hab ich mich schnell angezogen und bin runter und hab uns ein leckeres Frühstück besorgt. Die kümmern sich hier echt lieb um alles. Immer wenn man was braucht."

„Du wohnst hier? Im Hotel? Warum wohnst du im Hotel?"

„Das ist eine lange Geschichte. Willst du sie hören oder willst du ein Brötchen?"

„Erst ein Brötchen, bitte. Danke. Und die Butter bitte. Und diese gelbe Marmelade da. Die da, genau. Dankeschön. Danke für alles, meine Liebe. Meine Retterin."

„Meine Retterin? DU bist MEINE Retterin. Du hast doch auf diesen Mann geschossen. Du warst da in allerallerletzter Sekunde, kurz bevor der abgedrückt hat. Und er hätte abgedrückt. Er hätte eine Sekunde später mein Leben ausgelöscht, das ist sicher."

„Ach was, das war doch meine Dienstpflicht als Polizistin. Das hätte ich so für jede und jeden getan. Ich musste es tun. Aber du, du hast für mich etwas getan, das mir ein ganz neues Leben gezeigt hat, ein ganz neues Gefühl, eine ... ich weiß gar nicht, wie ich's dir sagen soll ... eine Art Notausgang oder ein Fenster oder eine Tür, ja, eine Tür, von der ich vorher gar nichts wusste. Eine Tür, durch die du mich mitgenommen hast in ein ganz neues, wunderbares Leben. Es ist, als ob ich erst jetzt so richtig aufgewacht bin, als hätte ich vorher irgendwie nicht so ganz richtig gelebt. Nicht, dass ich jetzt plötzlich nur auf Frauen stehen würde, das denke ich nicht. Ach das ist doch auch alles ganz egal. Ich bin hier und du bist hier und das ist mir im Moment vollkommen genug. Danke! Ich danke dir so sehr!“

„Komm, hör auf, du machst mich ganz verlegen, Liebes. Ich bin doch nur, ich meine, ich konnte auch gar nicht anders. Als wir da gerannt sind, da war ich so aus dem Häuschen, so aus mir selbst rausgetreten, ich bin gerannt wie eine Maschine, eine Menschmaschine. Es war schrecklich und irre und wahnsinnig zugleich. Und als ich dann gemerkt habe, wie du mir folgst, wie du mir auf den Fersen bist, wie du mich nicht als Polizistin zum Anhalten zwingst, sondern den Kampf, den Wettkampf mit mir aufnimmst, da durchflutete mich ein wahnsinniges Glücksgefühl. Weißt du, das war kein Wettkampf mehr, kein Gegeneinander, sondern ein Miteinander. Ich hatte dir Vorstellung, wir wären plötzlich Verbündete, als würden wir für dieselbe Sache rennen, als wären wir wie Geschwister oder fast wie ein und dieselbe Person. Es war wie ein Rausch, ich konnte gar nicht stoppen, bis mir in dieser Grünanlage so eine ältere, etwas merkwürdige Frau voller Goldkettchen und Rüschen genau in den Weg gelaufen und dann auch noch da stehengeblieben ist und mich mit großen Augen ganz komisch angeschaut hat. Die konnte ich einfach nicht umrennen, ich musste stoppen und dachte mir in dem Moment, gut, dann war's das jetzt, dann sehen wir mal weiter, was jetzt passiert. Und dann hab ich mich umgedreht und dich gesehen und es war um mich geschehen.“

„Die Frau hab ich gar nicht wahrgenommen. Ich hab nur dich gesehen. Und da war's um mich genauso geschehen, einfach so.“

„Und jetzt sitzen wir hier bei mir im Hotel und frühstücken gemeinsam. Und ich bin so glücklich wie noch nie vorher. Und dabei kenne ich dich eigentlich gar nicht. Und huch! Hey! Ich weiß ja noch nicht mal, wie du heißt!“

„Danke, ich dachte schon, du fragst nie. Hihi! Ich bin Barbara. Bitte nicht Babsi oder so, einfach Barbara. Barbara Sollinger. Kriminalhauptkommissarin. Zur Zeit nicht im Dienst. Und du?"

„Ich bin Marie. Rebecca Marie Pohl. Beruflich dies und das, mal hier mal da. Und privat vor kurzem verstorben."

„Warum sagst du das?"

„Warum sag ich das? Weil es so ist. Und das sage ich dir nur als Mensch, nur der wunderbaren Frau, die ich letzte Nacht kennen- und lieben lernen durfte. Nicht der Polizistin, hörst du?"

„Ich bin nicht im Dienst, hab ich doch gesagt. Du kannst mir alles sagen, alles was dir auf der Seele liegt."

„Ich bin tot, ganz offiziell gestorben."

„Aber warum denn bloß? Was hat das zu bedeuten?"

„Weil ich das so wollte. Weil es so sein musste, Weil es die einzige Möglichkeit war, aus meinem früheren Leben zu entfliehen. Und vor jemandem ganz Bestimmten zu fliehen."

„Etwa vor diesem Mann, der dich mit der Pistole bedroht hat?"

„Vor dem auch. Und vor Erik."

„Vor Erik?! Du kennst Erik? Du kennst meinen Freund, also meinen Ex-Freund? Wie gibt's denn sowas?! Und wieso musstest du vor ihm fliehen? Ich verstehe überhaupt nichts mehr."

„Erik ist DEIN Freund?!"

„Mein Ex-Freund. Und du, du kennst ihn auch?"

„Ja, ich kenne ihn nur zu gut. Und er kennt mich. Auch nur zu gut. Das ist alles sehr kompliziert, weißt du? Zu kompliziert für einen kleinen Frühstücksplausch."

„Ich glaube, ich will das auch gar nicht alles so genau wissen, Nicht jetzt jedenfalls. Nur eines interessiert mich noch ganz kurz: Wie bist du gestorben?"

„Ich bin ertrunken. In einem Baggersee im Rodgau. Anfang August. Ertrunken und nie wieder aufgetaucht."

„DU bist die Frau im Baggersee?! Die mit der sich Erik getroffen hat? Die alle wie verrückt gesucht haben?! Die gute Schwimmerin, vierundsechzig Jahre alt? Rebecca Pohl. Das bist DU?!"

„Das bin ich. Das war ich. Jetzt bin ich nur noch Marie. Ich habe kurze Haare, trage Sonnenbrillen, kleide mich völlig frei und neu und habe kein Handy mehr. Ich lebe im Hotel, ich schwimme nur noch durch die Tage und nicht mehr durch den See. Und ich bin gerade ganz unverhofft an einer wunderschönen Insel gelandet, die Barbara-Island heißt."

„Marie. Wie schön, dass ich jetzt deinen Namen kenne. Dass ich dich kenne. Wie schön du bist. Wie wunderwunderschön. Und stark. Denn ich ahne, was du mitgemacht hast. Ich weiß es nicht, aber ich ahne es. Und ich will dir helfen, wenn ich kann. Ich will dir so gerne helfen."

„Das hast du doch längst, Barbara. Das tust du mit jedem Wort, das du sagst, mit jedem Blick, den du schickst und mit jedem Lächeln, das du mir schenkst."

„Hör zu, liebste Marie. Das kann doch so nicht weitergehen. Ich glaube ... ich denke, ich kann da was für dich tun. Ja, ich will das für dich tun. Du hast dich aus deinem alten Leben verabschiedet. Aber du hängst hier vollkommen in der Luft, richtig? Das alte ist schon weg aber das neue ist noch nicht da, jedenfalls nicht richtig offiziell. Und das können wir ändern."

„Wie kann man das ändern?"

„Du hast doch sicher schon mal was von Zeugenschutzprogrammen gehört, oder? Manchmal, da ist es nötig, Zeugen oder auch andere Leute, die irgendwie in ein Verbrechen involviert oder sonst wie bedroht sind, zu schützen. Und das machen wir, indem wir diesen Leuten eine neue Identität verschaffen. Neuen Namen, neuer Wohnort, neuer Job, neue Papiere, alles neu. Aber alles amtlich und legal. So könntest du ein neues Leben beginnen. Ganz offen und ganz frei."

„Das würdest du ... das könntest du für mich tun?"

„Das würde ich für dich tun, ja. Und das mit dem größten Vergnügen. Ich kenne da einen, der ist mit solchen Sachen bei uns befasst, der sitzt sozusagen genau am richtigen Schreibtisch. Und bei dem hab ich noch was gut. Hat auch mit dem Schreibtisch zu tun, aber das ist eine andere Geschichte. Der ist mir noch was schuldig. Und das ist genau das, was er für mich tun kann. Er verschafft dir eine neue Identität und ein neues Leben. Und dann, wenn du dich neu erfunden und gefunden und eingerichtet hast, dann erzählst du mir die ganze Geschichte, abgemacht?"

„Abgemacht, du Retterin der Entleibten und Entflohenen. Ich liebe dich dafür. Nein, nicht dafür. Dafür danke ich dir als vollstem Herzen. Und für alles andere liebe ich dich."

„Ich liebe dich auch, Marie. Ich liebe dich auch. Und für alles andere danke ich dir."

„Barbara."

„Marie."

„Wie schön wir sind, wir beide, was?"

„Du und ich."

„Ich und du."

„Müllers Esel der macht MUH!
Hahahahaaa ... hihihihiiiiiiiii ... huuuuuuuuuuu!"

Und so ist es gekommen. Ging überraschend schnell. Ich bin jetzt ein neuer Mensch. Ganz offiziell! Ich heiße Marie Decker, geborene Quirin und bin immer noch vierundsechzig Jahre alt. Mein Geburtstag ist derselbe geblieben, mein Geburtsort ist Mannheim, warum auch immer. Ich habe kurze graue Haare und trage am liebsten weite Klamotten, Kleider oder luftige, wallende Hosen. Alles am liebsten schön bunt. Ich habe Jura und Politikwissenschaften an der Johann Wolfgang von Goethe Universität studiert und beides mit Auszeichnung abgeschlossen. Habe in verschiedenen Anwaltskanzleien gearbeitet, eine Zeit lang im Ausland, genauer gesagt in Kanada gelebt, war dort acht Jahre verheiratet mit einem gewissen John P. Decker, Logistikunternehmer, keine Kinder, verwitwet und darum ganz gut mit einem ordentlichen Nachlass abgesichert. In Rente seit drei Jahren, wohnhaft an der Stadtgrenze von Frankfurt. Da wollte ich trotz allem bleiben, auch wenn mir der Beamte davon abgeraten hat. Ich fahre sogar wieder ein Auto, einen fünfundsiebziger Ford Mustang, alte Kiste, aber gut in Schuss, genauso wie ich. Sozusagen als Andenken an meine Zeit in Toronto. Ich habe wieder ein Handy und einen Computer und surfe am liebsten auf YouTube in alten Musikvideos und Konzertaufzeichnungen, alles das, was man früher, als diese Jungs und Mädels live auf der Bühne standen, nicht sehen konnte, wenn man nicht selbst dabei war. Marianne Faithful. Uria Heep. King Crimson. Tolle Leute damals. Und manche sind sogar immer noch unterwegs. Still alive and kicking! Wie ich. Es geht gerade erst los. Jetzt erst recht. Und ich habe eine Freundin. Barbara. Polizistin. Frech, adrett und ganz schön clever. Sie ist wie ein Teil von mir geworden. Wie etwas, das sich anfühlt, als sei es schon immer da gewesen. Schon immer. Es war die Sehnsucht, die schon immer da gewesen war. Und die hat sich jetzt endlich erfüllt. Endlich.

Nur zwei Dinge muss ich noch erledigen, bevor ich es so richtig genießen kann, mein neues, freies Leben.

Das eine heißt Robert und verpestet immer noch meine Erinnerungen und meine Gegenwart. Das andere heißt Rebecca und ruht immer noch mit ungeklärtem Status in den Untiefen meines Lieblingssees. Beide brauchen noch mein Zutun, damit sie Ruhe geben können.

Nummer eins, Robert. Noch einmal mache ich mich auf den Weg zur Gartenkolonie, dem einzigen Ort, wo ich ihn suchen kann. Habe mich extra für ihn besonders angezogen. Besonders düster. Er soll nichts von meinen neuen schönen Farben abbekommen, die gehören jetzt alleine mir. Dunkles Grau ist genug für ihn. Zum Glück hatte ich davon noch etwas übrig im Schrank. Es ist kalt. Trübes Wetter jetzt Mitte Januar. Keiner da. Es sieht trostlos aus hier, keine Blumen, kein frisches Grün, kein Mensch unterwegs in den Gärten und Hütten. In seinem Grundstück herrscht immer noch das reine Chaos. Die halb verbrannte Hütte liegt weiter in Trümmern. Im Garten steht noch ein orangenes Zelt, restlos verdreckt, das schon fast umgefallen ist. Überall Müll und halb verkohlte Möbel. Wo ist er? Ich gehe lange durch die Wege hin und her und halte Ausschau nach anderen Gartenbesitzern. Und tatsächlich, nach etwa einer Stunde kommt jemand vorbei, direkt neben Roberts Garten und kramt vor seiner Hütte rum. Ich spreche ihn an, er freut sich, dass hier überhaupt mal jemand vorbeikommt, sagt er. Ich stelle mich ganz offen vor als Roberts Nichte, die auf der Suche nach ihrem Onkel ist, von dem sie schon lange nichts mehr gehört hat. Hoffe, es ist nicht derselbe Kumpel, vor dem Robert schon einmal so übel über mich hergezogen hat. Aber er scheint ganz freundlich und hilfsbereit zu sein. Er erklärt mir, Robert sei schon lange nicht mehr hier gewesen, jedenfalls nicht, wenn er selber da war. Aber er wisse, dass Robert sich wohl öfter im Obdachlosenmilieu aufhalte. Bei dem Wetter vermutlich tagsüber irgendwo in der Stadt und nachts vielleicht in der B-Ebene der Hauptwache, die von der Verwaltung ja extra zum Übernachten für Wohnsitzlose geöffnet sei. Aber eigentlich sei er ja keiner für solche Plätze, er habe es immer mehr geschätzt, irgendwo in der Natur zu sein, vielleicht auch, weil da keine anderen Leute ihn behelligen oder stören könnten. Ist halt schon irgendwie ein komischer Kauz, sagt er und ich stimme ihm seufzend zu. Und dann hat er doch noch einen Tipp: Das sogenannte Blaue Haus unten am Main, da wo das Luft- und Lichtbad Niederrad ist. Ist eine Art Jugendzentrum oder so was. Da nächtigten auch immer mal wieder irgendwelche Leute. Und Robert hätte auch schon mal sowas erwähnt. Danke!

Ich bin sowas von am Ende. Den ganzen Tag auf Achse, immer auf der Suche nach was zum Essen und Trinken. Es sind lausige Zeiten. Und das ganz wörtlich. Wenn ich da unten in der B-Ebene schlafe, kriege ich immer, wirklich immer irgendein Ungeziefer, das mir das Leben dann noch schwerer macht. Darum schlafe ich jetzt lieber wieder am Main, unten am Blauen Haus, zusammen mit Kurt, Otto und Wassili. Ist zwar im Freien, aber man kann da trotzdem ganz gut pennen. Und manchmal lassen die Leute da sogar etwas zum Essen für uns da. Wenn jemand kommt. Aber jetzt im Winter ist natürlich kaum was los. Dann stört uns aber auch keiner. Und die Sachen kann man da auch ganz gut liegenlassen, da kommen keine Assis vorbei und klauen einem noch das Wenige, das einem geblieben ist. Viel ist das ja nicht. Alte Klamotten, zwei, drei Schlafsäcke, ein Paar Ersatzschuhe, eine Tasche voll Krimskram, was man so braucht, Klopapier und Seife, Plastikplanen, Einkaufstaschen zum Sammeln von Leergut und sowas. Und jeder hat noch so ein besonderes Dings dabei, etwas fürs Herz. Bein Wassili ist es so eine Matjonka oder wie das heißt, eine russische Holzpuppe mit vielen anderen Puppen drinnen. Er sagt, das erinnert ihn an seine russische Heimat und macht ihn immer so schön traurig und fröhlich zugleich. Kurt hat ein Taschenmesser von seinem Papa, mit allen möglichen Funktionen, Korkenzieher, Nagelfeile und so. Das ist sein ein und alles. Otto schwört auf sein Katzenfell, das er von seiner Oma übernommen hat. Gut gegen Rheuma und gegen Einsamkeit, sagt er. Die Katze kannte er als Kind sogar noch. Minzi hieß die, glaub ich. So nennt er auch sein Fell, Minzi. Und ich habe dafür Püppi. Püppi ist eine kleine Puppe aus Stoff, schon ganz abgenudelt und ausgeblichen. Die gehörte mal meiner Nichte Rebecca, der kleinen süßen Rebecca, als sie noch regelmäßig zu mir in die Gartenlaube kam und auch bei mir übernachtete. Da hat sie immer mit Püppi gespielt. Und dann hat sie sie dagelassen beim letzten Mal. Und ich habe sie aufbewahrt und überall hin mitgenommen, mich oft an sie angekuschelt und mit ihr geschmust und mich dann an die schöne Zeit mit Rebecca erinnert. Ach ja, das waren Zeiten!

Zur Zeit ist wohl nicht viel los hier unten am Ufer. Eine Spaziergängerin mit Hund, das ist alles. Ich steige die Stufen runter, direkt am Blauen Haus und gehe einmal herum. Keiner da. Aber da, in einer Nische, liegen ein paar Sachen herum, Schlafsäcke, Taschen und so was. Niemand da. Ich schaue mich kurz um, dann beginne ich, in den Sachen zu suchen. Irgendwas, das mir sagt, wer hier nächtigt. Nichts, alles alter stinkiger Kram. Es ist ziemlich übel, da drin rumzuwühlen. Aber ich mache ja nichts kaputt, ich will auch keinem was klauen, ich will nur wissen, ob hier unten vielleicht ... aber ... das ... das gibt's doch nicht! Püppi! Meine Püppi! Meine kleine alte Kuschelpuppe, die ich immer mit zu Onkel Robert in den Garten genommen habe, damit ich da nicht so allein mit ihm bin. Püppi. Dich hatte ich ja ganz und gar vergessen. Und nun bist du wieder da. Und Robert ist wieder da. Ich habe ihn gefunden, Bingo! Zwar noch nicht ihn selber, aber immerhin seinen Schlafplatz. Das ist schon mal die halbe Miete. Und wie es aussieht, wird er auch wieder hier nächtigen. Na dann, auf ein Neues! Mein alter Kampfgeist ist erwacht. Ich packe Püppi in meine Manteltasche, schaue mich noch einmal um. Niemand hat etwas gesehen. Und wenn schon – Püppi ist MEINE Puppe! Und die nehme ich mir. Eigentlich brauche ich sie nicht, nicht für mich. Das ist vorbei. Aber für ihn muss sie etwas bedeuten, sonst hätte er sie nicht so lange mit sich rumgeschleppt. Also zurück auf das hochliegende Ufer, ein paar hundert Meter zur Tramhaltestelle Uniklinik. Von da aus wieder in die Stadt, einen neuen Rucksack kaufen. Kein Problem, schön muss er ja nicht sein, nur unauffällig. Dann den üblichen Weg, das kenne ich ja schon im Schlaf. Aber jetzt bin ich hellwach! Fahre zur Garage, stopfe zwei von den Tüten in den Rucksack, Streichhölzer dazu und weg, zurück in die Stadt. Hole mir noch ein Sandwich mit Thunfisch und eine kleine Flasche Wasser und fahre dann zurück zum Mainufer. Es ist schon dämmerig. Gehe an der Treppe am Blauen Haus vorbei und noch ein Stückchen weiter an der Uferstraße entlang bis zur kleinen Brücke. Über den schmalen Altarm, auf dem ein uraltes Schiff liegt, auf dem Dach vollkommen bewachsen mit Gras, Büschen und Bäumen aller Art. Jetzt im Winter wirkt es noch mehr wie eine alte vermooste, halbtote Schildkröte. Ich wüsste so gerne, ob da jemals einer wohnt oder vorbeikommt. Aber es ist nichts zu sehen, nichts gibt dieses Geheimnis preis. Von da ist es nicht mehr weit bis an die Spitze der Halbinsel, wo man weit über den Fluss und die beiden Ufer blicken kann. Die Bogenbrücke, auf der lange Güterzüge vorbeirattern. Die Schornsteine der Industriebetriebe. Ein paar tiefliegende Lastkähne, die langsam stromauf- und stromabwärts gleiten. Und eine tiefe Stille, wenn man von dem üblichen Hintergrundrauschen der Stadt einmal absieht. Keine Menschenseele ist hier unterwegs um die Zeit. Gehe noch ein paar Meter zurück, dahin, wo es Bänke gibt mit Blick auf den Fluss. Ich packe mein Essen aus und genieße das kleine stille Mahl. Ich muss noch warten. Es muss erst ganz tiefe Nacht werden. Drei Uhr dreißig.

Püppi ist weg! Verdammt noch mal. Wer macht denn sowas?! Ich habe alles gründlich durchsucht, bestimmt drei Mal. Nichts. Sie ist weg. Alles andere ist noch da, nichts geklaut, keine anderen Sachen. Auch Kurt, Otto und Wassili vermissen nichts. Sie meinen, es könnte ja vielleicht ein Hund gewesen sein. Die spielen doch gerne mit so Sachen. Oder ein Kind, das sich über eine Puppe gefreut und sie einfach mitgenommen hat. Aber ich glaube etwas anderes. Und dabei wird mir ganz schlecht. Ich glaube, sie ist immer noch da. Rebecca oder die andere Frau, die fast wie Rebecca ist......Marie, so nannte sie sich. Oder es ist doch der Todesengel. Und diesmal kriegt er mich. Diesmal kriegt sie mich. Ich versuche, nicht einzuschlafen, will wach bleiben, meine Augen offenhalten. Kurt schnarcht neben mir. Otto hört man kaum. Und Wassili hat sich ein Stück weiter hinten in seinen Schlafsack eingerollt. Ich muss wach bleiben. Ich habe solche Angst vor dem Todesengel. Ich muss wach bleiben. Wach bleiben. Wach...

Plötzlich schreit Wassili:

„Feuer! Feuer! Stehen auf alle Mann. Ist Feuer oben an Haus! Weg, weg, ganz schnell weg!"

Ich komme kaum aus meinem Schlafsack raus. Oben prasselt es und es wird von Minute zu Minute heißer. Verdammte verdammte Scheiße! Was ist das denn jetzt schon wieder? Es brennt! Das ganze Blaue Haus brennt! Aber es brennt von oben, von der Straßenseite aus, nicht hier unten bei uns. Also wir können das nicht gemacht haben. Wir machen hier sowieso nichts mit Feuer, nie. Außer rauchen, ja gut, das schon. Wassili zieht sein ganzes Zeug wie wahnsinnig weg von dem Haus. Kurt und Otto sind schon da weg, haben auch alles mitgenommen. Ich habe anscheinend am längsten gebraucht um aufzuwachen. So schnell ich kann, packe ich meine Siebensachen zusammen und schmeiße alles weiter weg wieder auf den Boden. Da kommt schon die Feuerwehr. Und auch gleich die Polizei. Auf einmal ist hier alles voller Leute. Wassili will keinen Ärger wegen Ausländer und so. Er geht auf dem Uferweg ins Dunkle Richtung Stadt. Otto und Kurt folgen ihm im kleinen Abstand. Ich zögere, weiß nicht, was ich machen soll. Ärger will ich auch keinen. Ich will nur noch meine Ruhe. Aber die kriege ich nicht, die kriege ich einfach nicht. Immer passiert irgendwas, immer gibt's irgendwelche Schwierigkeiten. Und ich bin sicher, immer ist jemand hinter mir her.

Da steht er, zusammengesunken wie ein alter Lappen. Unschlüssig. Verzweifelt. Dann geht er langsam den Weg in Richtung Halbinsel. Seine Sachen lässt er einfach auf dem Boden liegen. Um das Feuer herum hektische Aktivität. Das interessiert mich nicht. Ich folge ihm, zwanzig Meter hinter ihm. Er schlurft mit müden

Schritten langsam immer weiter, an dem Betongerippe der alten Luftbadeanstalt vorbei, der Gaststätte, den Spielplatzgeräten, den Bänken. Immer weiter, immer geradeaus bis zum Ende. Da steht er auf den feuchten Brettern und lehnt sich an das Geländer. Ich bleibe stehen, sehe ihn an. Was für eine armselige Gestalt. Was für ein trostloser Anblick. Was für ein erbärmlicher Mensch, der so viel Unglück in die Welt gesetzt hat und selber dabei bestimmt auch nicht glücklich wurde. Nur einsam und verbittert. Was für ein Elend. Was für ein Leben. Ich sehe ihn, aber ich spüre nichts mehr. Kein Hass, kein Mitleid, nur abgrundtiefe Gleichgültigkeit und Kälte. Es muss jetzt endlich ein Ende haben, für ihn und für mich muss es ein Ende haben. Ich sehe ihn an. Und das spürt er. Langsam, ganz langsam dreht er sich zu mir um. Blickt mich mit großen Augen an. Wir stehen uns gegenüber, nur ein paar Meter voneinander entfernt. Ich wende meine Augen nicht von seinen. Langsam hole ich Püppi aus der Manteltasche. Halte sie zu ihm hin mit ausgestreckten Armen. Er lächelt schief, er freut sich und er hat Angst. Ich halte Püppi fest in der linken Hand. Mit der rechten fasse ich ihren Kopf und ziehe mit aller Kraft. Ziehe fester und fester, höre das trockene Knirschen des Stoffes und spüre, wie die Fasern reißen, eine nach der anderen, bis es einen Ruck tut und Kopf und Körper auseinanderfliegen. Ich lasse den Kopf fallen. Ganz langsam, jede Bewegung auskostend, fasse ich ein Bein mit der rechten Hand und ziehe. Seine Augen füllen sich mit Tränen. Er schluchzt, er zittert, er bebt. Ich gehe langsam auf ihn zu. Er weicht zurück, blickt sich um, sieht nur das Geländer.

„Nein, Rebecca, nein ... Ma... Marie ... oder wer auch immer du bist, ich ... nein, bitte nicht ... bitte ...“

Er klettert auf das Geländer, steigt darüber. Es kostet ihn enorme Anstrengung und Überwindung. Er steigt von der Plattform herunter auf die tiefer liegenden Ufersteine, stolpert, rutscht aus, geht noch einen Schritt weiter nach hinten, lässt los. Seine Schuhe sind schon im Wasser, seine Hosenbeine färben sich langsam dunkel, soweit ich sehen kann. Ich ziehe an Püppis Bein bis es reißt und lasse es fallen aus meiner ausgestreckten Hand. Kein Wort. Kein Wort mehr für dich. Kein einziges Wort bist du mir mehr wert. Er weicht noch mehr zurück, steht schon bis zu den Knien im Wasser. Ich lehne schon fast am Geländer, steige noch ein Stück daran herauf und klemme meine Schuhe zwischen den oberen Metallstangen fest. Ich fasse Püppis zweites Bein, ziehe langsam aber kräftig bis es reißt. Er schüttelt den Kopf, weint und schluchzt und schüttelt wieder den Kopf, geht noch einen Schritt zurück. Bis zur Hüfte. Der Arm. Ziehen, reißen, fallenlassen. Noch ein Schritt. Bis zum Bauch. Die Finger schon im Wasser, Halt suchend. Der andere Arm. Ziehen, reißen, fallenlassen. Noch ein Schritt. Bis zur Brust. Arme im Wasser, rudernd. Kein Kopfschütteln mehr, kein Schluchzen. Der Puppenkörper, zerrissen und aller Extremitäten beraubt, am ausgestreckten Arm, fallenlassen. Der klägliche Rest platscht kaum hörbar ins Wasser. Roberts kläglicher Körper schwankt, kippt und verschwindet mit einem leisen Gurgeln in den dunklen Fluten des Mains. Ich warte. Steige langsam von dem Geländer wieder herunter und warte, die Augen nicht vom Wasser lassend. Nichts. Er taucht nicht wieder auf. Nie wieder. Niemals wieder.

Es fährt ein Zug über die Brücke Richtung Hauptbahnhof. Helle Fenster, wenige Leute. Ob sie noch etwas von dem Feuer sehen? Ich sehe nicht nochmal nach. Es ist vorbei. Langsam gehe ich den Weg entlang zur kleinen Brücke, am geheimnisvollen Dschungelschiff vorbei und weiter an der Straße und finde mit jedem neuen Schritt wieder zurück ins Leben.

Heute bin ich zur Polizei. Es hat mir einfach keine Ruhe gelassen. Diese Frau im Garten, die ich da schreien gehört habe, diese Stimme, das war hundertprozentig Rebecca, die angeblich tote Rebecca. Aber die Frau, die ich dann gesehen habe, das war nicht sie. Dachte ich zuerst. Aber dann, als sie nach dem Schusswechsel und dem ersten Schrecken plötzlich wieder wach und aktiv geworden ist, da hat sie jeden von uns für eine Sekunde lang angesehen. Und als sie mich ansah, war sie gerade dabei, ihren Schal, der ihr runtergerutscht war, mit einem Schwung wieder um ihren Hals zu legen. Und in dieser Millisekunde, als ihr Hals für einen winzigen Moment frei lag, da hab ich sie gesehen – ihre Narbe am Schlüsselbein. Und da wusste ich es: Es IST Rebecca, es ist niemand anders, auch wenn sie ganz anders aussieht. Und so wahr sie da steht, so wenig kann sie tot sein. Darum bin ich jetzt zur Polizei. Aber wiedergefunden habe ich meine Ruhe da nicht, ganz und gar nicht. Ich bin total fassungslos, wieviel Desinteresse und schlichte Ignoranz einem dort begegnet. Das geht echt auf keine Kuhhaut. Da will man als mündiger Bürger mithelfen, dass alles so läuft wie gedacht, da bringt man sich ein, schaut hin und reagiert, wenn's was zu reagieren gibt, und dann das. Ich bin Journalist, verdammt noch mal. Ich bin es gewohnt, zu recherchieren, zu analysieren, genau zu beobachten, ich kann eins und eins zusammenzählen und noch einiges mehr. Tatsachen aufdecken, in Verbindung bringen, logisch miteinander verknüpfen, das ist mein Job! Aber kaum habe ich meinen Fuß hier in diese Polizeiwache gesetzt, da umgibt mich das pure Chaos – halb aufgelöste Beamte und Beamtinnen, hektisch, dauernd mit sich selbst beschäftigt, quasi im Dauerlauf zwischen Telefon und Aktenbergen, Kaffeeautomat, Tresen, Personentransport durch den Flur, Enge, Klingeln, Fluchen, Jammern, Motzen, Türenknallen, Absatzgeklapper auf hartem Fliesenboden, Papiergeraschel, Husten, Stöhnen, bissiges Gelächter und mittendrin, wie aus Versehen, ein ungehaltener Blick und eine barsche Antwort:

„Eine Vermissten-Anzeige für eine Tote? Wenn Sie mich verarschen wollen, haben Sie sich den falschen Tag rausgesucht, junger Mann, ich warne Sie. Ich hatte hier heute morgen schon so eine sitzen, die wollte ihren Mann abholen lassen, weil er stockbesoffen das ganze Treppenhaus vollgekotzt hat. Da sollten wir dann anrücken, ja, am liebsten noch mit Eimer und Putzlappen, was? Das eine kann ich Ihnen sagen ..."

„Hören Sie, was geht mich diese Dame da an, über die Sie sich so aufregen, ich meine das ganz ernst mit der Anzeige, wie ich gesagt habe: Eine Vermissten-Anzeige für eine Tote. Oder eben vielmehr keine Tote ..."

„Ja bitteschön, was denn nun?! Tot oder nicht tot? Das dürfte ja wohl nicht so schwer zu entscheiden sein."

„Ist doch vollkommen egal, wie Sie's nennen wollen. Es geht um die Frau, die im August im Baggersee ertrunken sein soll. Folglich hält man sie seitdem für tot. Und doch habe ich sie womöglich gesehen, ich bin sogar sicher, ich habe sie gesehen. Und zwar erst vor ein paar Tagen. Demnach ist sie also nicht tot, sondern nur vermisst. Und in Wahrheit nicht mal das, sondern sie ist putzmunter und spielt möglicherweise ein etwas undurchsichtiges Spiel. Ein ziemlich böses Spiel, um genau zu sein. Sie zündet nämlich Sachen an. Asiatische Pavillons, Gartenhütten, Kindergärten und sogar den Goetheturm."

„Moment, jetzt noch mal langsam und in aller Ruhe – Sie behaupten also, eine totgeglaubte Person lebend gesehen zu haben, und möchten dies der Polizei melden? Und außerdem vermuten Sie, dass diese totgeglaubte Person etwas mit den Brandstiftungen in Frankfurt zu tun hat, dass sie also eine Brandstifterin ist?"

„Ganz genau, richtig. Diese Frau ist angeblich am 3. August 2017 im Badesee ertrunken. In Niederroden bei

Frankfurt, also zwischen Frankfurt und Darmstadt vielmehr. Sie haben's doch bestimmt in der Zeitung gelesen. Warten Sie, hier, ich hab's dabei, die wichtigsten Daten hab ich mir notiert, damit ich auch nichts vergesse. Hier, also: Die Frau war 64 Jahre alt und am See bekannt als gute Schwimmerin. Sie wurde zuletzt gesehen am FKK-Strand, wo auch nach Beendigung der Badezeit ihre Sachen von der Putz- und Aufräumtruppe gefunden wurden. Ihr Fahrrad stand noch abgeschlossen und unberührt außen am Zaun des Geländes. Es gab ein Riesenaufgebot an Rettungskräften, Booten und Tauchern, sogar mit Hunden und mit einem Hubschrauber haben sie stundenlang nach der Vermissten gesucht. Ihre Identität ging aus den zurückgelassenen Papieren hervor, es wurden Leute befragt, Nachbarn, Bekannte, Strandfreunde, alles ohne greifbares Ergebnis. Sie blieb verschwunden und tauchte auch danach nicht wieder aus dem Wasser an die Oberfläche auf. Mehrere Leichenspürhunde gaben verschiedene Meldungen, die zwar erkennbar, aber letztlich auch nicht ganz überzeugend waren. Der See blieb in diesem Bereich wochenlang gesperrt, aber es gab unterm Strich keine weiteren Erkenntnisse. Ich hab selbst in dieser Sache recherchiert, wissen Sie, ich bin Journalist von Beruf. Das hatte ich vergessen zu erwähnen gleich zu Anfang. Und dabei bin ich auch ... also fragen Sie mich nicht wie und wo, das ist etwas kompliziert und so was wie mein Berufsgeheimnis. Jedenfalls – ich erkannte diese Frau sofort. Wir hatten uns vor vielen Jahren bereits kennen gelernt und hatten auch vor gar nicht langer Zeit ab und zu Kontakt, rein beruflich, bis sie dann plötzlich von einem auf den anderen Tag spurlos verschwand. Und jetzt raten Sie mal, wann das war ..."

„Na ich schätze, Sie sagen jetzt, es war Anfang August, habe ich Recht?"

„So ist es. Wir hatten noch eine Verabredung, aber sie ist nicht gekommen und hat sich auch nie wieder gemeldet. Ich dachte schon, na die kannst du vergessen, die siehst du nie wieder. Erst recht, als ich dann gelesen habe, sie sei im Badesee ertrunken. Also ich dachte mir, dass sie das gewesen sein muss. Bis ich sie dann neulich ganz überraschend doch wiedergesehen habe."

„Aber die Sache ist doch längst durch, da ist von polizeilicher Seite von meinen Kollegen sicher alles getan worden, was getan werden konnte, Hubschrauber, Rettungsboote, Taucher, Leichenspürhunde, Zeugenbefragung, Sicherung von Beweismitteln und so weiter, das volle Programm. Was denken Sie, was da wieder für Überstunden angefallen sind. Aber so ein See hat eben manchmal seinen eigenen Willen. Ich kenne den Fall. Die Frau ist einfach nicht wieder aufgetaucht. Das kann passieren, sagen uns auch die Fachleute. Das Ding ist echt tief, so an die vierzig Meter. Und wenn du erst mal so tief gesunken bist, da holt dich keine Strömung wieder rauf wie in einem Fluss. Da bist du weg vom Fenster, aus die Maus. Und damit ist dann auch der Aktendeckel zu, mein Herr. Was sollen wir denn noch machen? Aus, fertig! Die Sache hat sich erledigt. Badeunfall, Herzschlag oder so, Tod durch Ertrinken, das haben wir mindestens ein Dutzend Mal pro Saison. Saint Tropez am Baggersee. Alles hat eben auch seine dunklen Seiten. Und Sie wollen nun diese Frau einfach wiederauftauchen lassen? So mir nichts dir nichts? Man kann sich da auch in etwas hineinsteigern und sich ganz einfach mal täuschen, wissen Sie? Und das andere, also wenn Sie meine ehrliche Meinung dazu hören wollen: Das hört sich doch verdammt nach einer ziemlich bekloppten Verschwörungstheorie an, finden Sie nicht?"

„Aber ich habe sie gesehen. Also ich bin absolut sicher, dass ich sie gesehen habe. Nachdem sie offiziell im Badesee ertrunken ist"

„Da sind Sie sicher: Sie haben die ertrunkene Frau lebend gesehen?“

„Ich habe jemanden gesehen, eine Frau, die dieser früheren Frau ähnlich sah, also schon äußerlich stark verändert, aber die etwas hatte, das es wohl kaum bei zwei verschiedenen Menschen gibt: Eine ganz bestimmte Narbe. Eine Art Schnittwunde vielleicht, ungefähr 8 bis 10 Zentimeter lang, knapp über dem linken Schlüsselbein. So was sieht man nicht alle Tage. Sie trug einen ziemlich offenen Mantel und darunter ein Kleid oder so, ich weiß es nicht genau, jedenfalls war es ein Stück weit offen, darum konnte ich die Narbe deutlich sehen. Und sie trug ihre Haare anders, ganz kurz und drahtig, nicht wie früher mittellang und verwuschelt. Aber ihre ganze Erscheinung, ihr Gang, ihre Bewegungen und vor allem ihr Schreien, das war ganz unverkennbar sie, da bin ich mir felsenfest sicher.“

„Und was soll die Polizei nun Ihrer Meinung nach unternehmen? Sollen wir eine Fahndung herausgeben? Die Frau hat augenscheinlich nichts verbrochen, sie steht und stand auf keiner Fahndungsliste. Sie ist nicht einmal als vermisst gemeldet, da man ja wusste, wo sie zuletzt gewesen ist und allem Anschein nach auch zu Tode gekommen ist. Niemand sucht mehr nach ihr. Ihre Akte ist geschlossen. Soll ich das jetzt groß an die Glocke hängen, eine Pressemitteilung herausgeben „Die Polizei gibt bekannt: Tote vom Baggersee putzmunter wiederaufgetaucht. Zeuge hat sie wahrscheinlich vielleicht möglicherweise wiedererkannt. Und eben dieser Zeuge ist außerdem fest davon überzeugt, dass diese Frau die gesuchte Brandstifterin ist, nach der eine Hundertschaft der Polizei schon seit Monaten vergeblich sucht.“ Glauben Sie, das ist es, wofür die Polizei da ist? Glauben Sie das wirklich, junger Mann?“

„Ich bin kein junger Mann, Herr Wachtmeister! Ich bin ein gestandener Journalist von 59 Jahren und ich habe in meinem Leben schon so einiges an Merkwürdigkeiten erlebt und aufgedeckt. Und wenn Sie das alles scheinbar nicht interessiert, dann weiß ich wenigstens, was ich zu tun habe. Guten Tag!“

In Wirklichkeit habe ich keine Ahnung, was ich zu tun habe. Niemand will wirklich irgendetwas wissen, was von Belang ist. Niemand, nicht mal die Polizei. Selbst Barbara hat es nicht wirklich interessiert. Die suchte nur etwas, womit sie mich an sich binden konnte, mehr nicht. Oder Richard, der Psychologe. Erst tat er so interessiert, und dann hat er alles, was ich zu den Fällen vorgebracht habe, in Zweifel gezogen und kleingeredet. Dem ging es nur um psychologische Kriegsführung – aber gegen mich und gegen jeden, der anderer Meinung ist als er selber. Und Bernd, der konnte immer nur über sein eigenes Schicksal jammern, war aber sonst für nichts zu gebrauchen. Gar nichts. Ich hab so die Schnauze voll, ich glaube, ich muss das alles aufgeben. Ich muss anscheinend irgendwie alles aufgeben, diese ganzen Geschichten, vielleicht meinen Job, mein ganzes Selbstverständnis als investigativer Journalist. Alles Mist. Alles verlorene Liebesmüh. Keinen interessiert das. Keiner will das alles wissen. Ich tue nichts als gegen Wände rennen und hole mir immer und immer wieder bloß eine blutige Nase. Ich hab das alles so satt, verdammt, so satt! Verdammtes Scheißspiel! Ihr könnt mich alle mal ... in dem Moment kreuze ich, wütend vor mich hin schimpfend, den Radweg neben der Straße, sehe in der Sekunde erst das Kind auf dem Fahrrad, höre das kurze heftige Quietschen der Bremsen, spüre den kleinen Schlag gegen mein Bein, sehe das Schlingern ... dann steht es still, quer über dem Radweg, knapp neben der Straße, schräg gekippt, ein Bein am Boden abgestützt. Sekunden der Stille, dann blicken sie mich an, zwei Augen, ernst und direkt. Nur diese Augen unter dem Helm. Ein tiefes, langes Ausatmen. Kein Wort. Kein Einziges. Ein paar Sekunden Innehalten, dann ein beherzter Griff an den Sattel, ein Ruck, der den hinteren Stollenreifen mit einem Ratschen über den Asphalt wieder in die Spur zurückzieht, aufsteigen, in die Pedale treten, weg. Kein Wort. Nur diese ernsten Augen. Kein Kommentar. Und mir schießt das Wasser in die Augen, ich taumele noch gerade runter vom Radweg, da steht eine Bank nur ein paar Meter weg, taumele hin, lasse mich fallen, lasse alles in mir fallen und alles verschwindet in einem dichten Nebelschleier von tiefstem heulenden Elend. Niemand kümmert sich, alle lassen mich in Ruhe. Gut so. Nur gut so jetzt. Jetzt bitte nur keine Störung. Nichts. Nur dieser Monsun der Trauer. Lass ihn wüten, lass ihn einfach durch mich hindurchfegen, mich durchweichen bis in den allerletzten Winkel hinein. Bis in alle Ewigkeit. Bis ich endlich, endlich loslassen kann. Und so geht es. Langsam, nach vielen heftigen Wellen und Krämpfen, die mich durchschütteln wie ein Tropensturm, wird es langsam ruhiger in mir. Ich kriege wieder Luft, sauge sie ein mit heulenden Seufzern bis es sich dann irgendwann wieder so einpendelt, dass ich nur noch still auf dieser Bank sitze. Mit rotgeweinten Augen, nassem T-Shirt und noch leise zitternden Knien. Und voller Dankbarkeit. Diese Augen. Diese nicht gesagten Worte, die doch alles gesagt haben, was zu sagen war.

Durch die vorbeifahrenden Autos und die laufenden Menschen blicke ich auf die gegenüberliegenden Häuser. Auf die vielen Fenster. Die meisten sind geschlossen. Und dann kommt mir im Inneren dieses Bild, plötzlich gehen alle Fenster auf und hinter jedem steht jemand, Frauen, Männer, Kinder, Alte, Junge. Und hinter jedem öffnet sich ein Raum mit unendlicher Weite. Und in jedem dieser Räume sind Geschichten, alte Geschichten, Geschichten in der Zukunft, traurige, heitere, rätselhafte, sanfte, raue, stille, laute, komplizierte und ganz einfache

Geschichten. Sie stehen frei im Raum oder drücken sich an die Wände. Sie ziehen mich hinein oder weisen mich ab, sie wirbeln munter durch den Raum oder liegen wie tot auf dem Boden. Unendliche Geschichten, unendliche Schicksale. Wünsche. Hoffnungen. Träume und Trümmer so vieler Existenzen. Und plötzlich spüre ich, dass sie alle da sind, weil sie da sind. Nicht weil sie jemand so gemacht hat. Und schon gar nicht, weil ihnen jemand hinterherspüren, sie aufdecken, sie weitererzählen will. Sie führen ihr eigenes Leben, treffen und verflechten sich, durchwabern und verknoten sich oder ziehen aneinander vorbei wie flüchtige Winde ohne sich zu berühren. Und endlich fühle ich mich frei und befreit davon, sie alle ergründen und in eine richtige Ordnung bringen zu müssen. Endlich verstehe ich, dass das vollkommen unmöglich ist. Und dass das niemand von mir verlangt. Auf einmal blicken mich all diese Geschichten an wie die ernsten Augen dieses Kindes. Und sagen kein Wort. Oder sie erzählen, ganz still und für sich. Sie erlauben mir, zuzuhören. Und zu verstehen. Und ich lerne beides von Ihnen, das Zuhören und das Verstehen. Muss sie nicht mehr festhalten und durchschütteln. Lasse sie einfach ziehen, begleite sie ein kleines Stück und lehne mich dann wieder zurück.

Es ist Zeit, Zeit meine eigene Geschichte zu finden. So wie jede und jeder. Alle haben ein Recht, gehört zu werden. Und ein Recht, in Ruhe gelassen zu werden.

Seit ich zurück bin, geht es mir besser. Diese fürchterliche Aufregung in der Gartenkolonie hat mich doch sehr mitgenommen. Meinen Posten in der Sonderermittlungsgruppe habe ich wieder abgegeben. Schon am nächsten Tag. Und am Übernächsten bin ich in einen Kurzurlaub gefahren, ganz schnell und spontan, hab genommen, was mir das Reisebüro so schnell anbieten konnte: Drei Wochen bayerischer Wald. Das war vollkommen in Ordnung, Hauptsache weg von all dem Durcheinander. Am Anfang habe ich noch viel nachgedacht und gegrübelt, vor allem über die geheimnisvolle Unbekannte, die in diesen ganzen Schlamassel irgendwie verstrickt war und beinahe das Opfer von diesem alten Mann geworden wäre. Aber es ging gut aus für sie, jedenfalls ist sie wie der Blitz auf und davon und Barbara, die Polizistin, sofort hinterher. Keine Ahnung, ob sie sie noch eingeholt hat und festsetzen konnte. Ich will es auch gar nicht wissen. Was mir dagegen keine Ruhe lässt ist, wer diese Frau war. Denn irgendetwas an ihr hat mir ein ganz merkwürdiges Gefühl gegeben, ohne dass ich weiß, warum. Kenne ich sie? Ist es eine von meinen Klientinnen? Oder eine alte Bekannte aus früheren Zeiten? Ich weiß es nicht und wahrscheinlich werde ich es nie erfahren. Und das ist vielleicht auch gut so. Ganz kurz dachte ich, es sei Rebecca, meine geliebte Rebecca, auferstanden von den Toten und heimgekehrt in mein einsames Leben. Aber das war wohl eher eine Wunschvorstellung und hatte mit der Realität nichts zu tun. So oder so, ich muss langsam meinen Frieden finden mit all den Verlusten in meinem Leben. Sonst bleibt nicht mehr allzu viel davon übrig. Nur schmerzende Erinnerungen, die langsam aber sicher verblassen.

Ich bin inzwischen weggezogen, zurück in den Taunus, von wo ich herkomme. War nicht so ganz einfach, da was zu finden, aber es ging dann doch. Ein paar lockere alte Verbindungen haben es letztendlich möglich gemacht. Ich habe einen neuen Job, eine kleine Wohnung und bin eigentlich ganz zufrieden so. Vor allem aber habe ich ein neues Handy mit einer neuen Nummer. Und die kennt keiner. Keiner, der mich anrufen könnte und mir irgendwas von Feuer und Brandstiftung oder ähnlichem Zeugs aufs Ohr schwatzen könnte. Damit hab ich nichts mehr zu tun, nie mehr. Das hab ich mir geschworen.

Ich habe meinen Dienst quittiert, jedenfalls was die Außeneinsätze angeht. Innendienst ist auch ganz ok. Mehr Verwaltungskram, mehr Nerv tötende Sitzungen, aber dafür weniger Aufregung. Ich führe lieber ein auf- und anregendes Privatleben, das, was ich vorher immer zurückgestellt hatte gegenüber dem Beruf. Das ist jetzt genau andersrum. Und das ist gut so, das tut sooo gut. Ich hätte nie gedacht, dass mich das Leben noch mal derart überraschen könnte. Sachen, die ich mir noch nicht mal erträumt hätte, werden plötzlich wahr. Dinge, die immer schwierig waren sind auf einmal federleicht. Und Männer? Wozu braucht Frau denn Männer? Jedenfalls nicht solche Typen, wie sie mir bisher begegnet sind. Wer weiß, vielleicht kommt ja irgendwann noch mal so ein Traumprinz vorbeigeritten. Keine Ahnung, ich warte nicht drauf. Dazu bin ich viel zu sehr beschäftigt mit meiner Traumprinzessin. Und die Arbeit in der Sonderermittlungsgruppe? Die ruht. Keine neuen Erkenntnisse. Alle Feuer sind aus. Hauptsache, mein inneres Feuer brennt. Und wie!

Ich lebe inzwischen ganz als Frau. Also fast ganz. Eine OP, wie ich sie mir wünsche, zahlt meine Kasse nicht. Zu alt, sagen die. Aber das ist nicht so schlimm. Es geht auch ganz gut so. Halt alleine. Meine restliche Haftstrafe habe ich abgesessen. Freiwillig. Damit ich endlich einen Schlussstrich ziehen und neu anfangen kann. War anfangs nicht so leicht. Aber jetzt fühle ich mich wohl, bin viel unterwegs in der Stadt, den Parks, den Gärten und treffe viele Leute, manche davon offen und freundlich, manche auch ablehnend oder kopfschüttelnd, aber was soll's? Ich bin zufrieden. Habe mir sogar einen kleinen Hund angeschafft, Fiffi heißt er und ist ganz weiß und wollig. Er kläfft etwas zu viel, aber es ist eben ein lebendiges Wesen und kein Kuscheltier. Dafür reicht mein Hartz4, mehr brauche ich nicht. Vor allem brauche ich keine Gewalt mehr in meinem Leben. Das ist vorbei.

Ich hätte so gerne noch miterlebt, was aus meinem kleinen Erik geworden ist. Er hat sich ja ganz gut gemacht, denke ich. Für eine richtige Erziehung hatte ich einfach keine Kraft. Ich konnte mich gerade so um die wichtigsten Dinge kümmern, mehr aber auch nicht. Zum Glück hatten wir ja unsere kleine Hütte mit Garten, unser kleines Paradies. Da waren wir so gerne. Erik konnte in aller Ruhe spielen und ich konnte in aller Ruhe dasitzen, einfach nur dasitzen und spüren, dass ich tatsächlich noch am Leben war, dass ich tatsächlich diesen unendlichen Albtraum überlebt habe. Aber zu welchem Preis, zu welchem Preis hatte ich überlebt? Und welchen Preis musste noch mein Kind, mein Erik, dafür mit zahlen? Dafür, dass er eine Mutter hatte, deren Leben schon zu Ende war, noch bevor er geboren wurde. Dafür konnte er doch nichts, rein gar nichts. Und trotzdem, ich glaube, er hat darunter gelitten, er hat es mich nur nicht spüren lassen. Er wusste intuitiv, dass er mich in Ruhe lassen musste, dass er mich nicht zu viel fragen durfte, mir nicht zu viel zumuten durfte. Er hat immer Rücksicht genommen. So ein Lieber.

Hier ist was los gewesen in der Gartenkolonie. Einen richtigen Showdown scheint es da gegeben zu haben. Niemand weiß etwas Bestimmtes, alles ist voll von Gerüchten und Vermutungen. Einige Nachbarn berichten, sie hätten in letzter Zeit immer mal wieder einzelne oder auch paarweise Personen gesehen oder sogar gesprochen, die hier eigentlich nichts zu suchen gehabt hätten, die aber immer auf der Suche nach etwas oder jemandem gewesen wären. Meistens drehte es sich irgendwie um einen älteren Bewohner, dem vor einiger Zeit schon einmal die Gartenhütte abgebrannt war. Und neulich schon wieder. Also die Nachfolgehütte. Und sein altes Auto stand plötzlich quer in der Einfahrt und hatte vier platte Reifen. Alles sehr unschöne Vorkommnisse, die allesamt nicht gerade zum guten Ruf unserer Kolonie beitragen. Und das ist in diesen Zeiten, wo wir um jede einzelne Parzelle gegen die Stadt und ihre Immobilienhandlanger kämpfen müssen, wirklich kein Spaß. Wir haben versucht, den alten Mann anzusprechen und den ganzen Sachverhalt einmal gründlich aufzuklären, aber er scheint seit einiger Zeit wie vom Erdboden verschwunden zu sein. Auch die Polizei konnte uns nicht weiterhelfen. Wenn er nun innerhalb einer Frist, die wir ihm in einem regengeschützten Umschlag schriftlich zugestellt haben, nichts von sich hören lässt, werden wir die Parzelle auflösen und neu vergeben, schon allein, damit es dort dann seit langem wieder anständig aussieht. Aber bislang hat er sich nicht gemeldet und auch den Umschlag offenbar nicht angerührt.

Ich wäre so gerne bei meiner Tochter geblieben, hätte sie beschützt, hätte sie durchs Leben begleitet, wie ein richtiger Papa seine kleine Tochter eben begleitet. Hätte sie beschützt und geliebt, hätte sie aufwachsen und groß, stark und schön werden sehen. Aber es ging eben einfach nicht. Ich hab mich einfach davongemacht eines Tages. Und dafür schäme ich mich bis heute. Aber so ist es nun mal und ich kann es nicht wieder ändern. Ich musste einfach weg, es war nicht mehr zum Aushalten. Lara hat ständig andere Kerle neben mir gehabt, ich glaube, mein beschissener Bruder war auch dabei. Immer wieder, manchmal sogar bei uns im Ehebett, wenn ich beruflich nicht da war oder Spätschicht hatte. So eine hinterhältige Schlampe. Hat ausgesehen wie ein Engel, aber Sachen gemacht wie ein Teufel. Das konnte ich ihr auch nicht austreiben, das hat sie einfach immer weitergemacht, auch wenn ich sie auf Knien gebeten habe, zu mir zurückzukommen und die anderen sein zu lassen. Sie brauchte das, hat sie dann einfach gesagt und mich wie einen dummen Jungen stehen lassen. Das war echt nicht mehr zum Aushalten. Also musste ich gehen, was sollte ich machen? Sonst hätte ich sie vielleicht noch umgebracht. Nur dass ich damit auch meine kleine Tochter zurücklassen musste, das hat mir doch zuerst wehgetan. Aber ich habe mir gesagt, wer weiß, vielleicht ist die kleine süße Becki ja gar nicht von mir. Und wenn ich das eines Tages erfahren würde, das wäre dann noch viel schlimmer. Also dann lieber ein Ende mit Schrecken als ein Schrecken ohne Ende, dachte ich mir. Aber ich hoffe trotzdem, sie hat ihren Weg gemacht und ist irgendwie glücklich mit ihrem Leben auch ohne mich geworden. Sie hatte ja auch noch ihre Mutter. Und ihren Onkel Robert. Meine kleine Rebecca.

Ich hoffe nur, meiner kleinen Becki geht's weiter gut. Sie ist so süß, das kleine Mädchen. Und länger, also als großes Mädchen oder sogar als Frau kann ich sie ja leider nicht mehr begleiten. Ich glaube, das war zu kurz für sie, um mich wirklich richtig kennen zu lernen als ihre Oma, sie ist einfach noch zu klein und ich konnte ja kaum was mit ihr machen so krank. Bestimmt hat sie mich schon bald vergessen. Und ihre Mama, na ja, die ist auch nicht gerade eine tolle Mama für sie, so oft, wie sie sie fortgibt. Der Einzige, der sich wirklich kümmert ist Robert. So dämlich er manchmal ist, aber das macht er wirklich gerne.

Im Laufe meiner Sendung „Damian" habe ich sehr viele Menschen kennen gelernt, deren Schicksale mich zum Teil wirklich tief bewegt haben. Zusammen mit meinem Team im Hintergrund saßen wir dann oft noch lange beieinander und unterhielten uns über die Fälle, die im Laufe der Sendung aufgetaucht sind, und versuchten, mit den teils verstörenden, manchmal auch amüsanten oder tragischen Vorfällen abzuschließen. Das gelang dann meistens auch ganz gut und es ist auch wichtig, dass man lernt, Dinge hinter sich zu lassen und innerlich loszulassen. Manchmal gibt es aber dennoch Einzelschicksale oder auch nur einzelne Details, die einen über lange Zeit beschäftigen und zum Nachdenken bringen. Das sind dann oft Dinge, die man sich, trotz der vielen vielen Lebensbeschreibungen, die einem schon begegnet sind, einfach nicht vorstellen kann. So wie dieser Fall einer Frau, die beschrieb, dass sie, obwohl sie nicht farbenblind ist, keine Farben sehen kann und dass ihr niemand den Grund dafür nennen kann. So, als ob man nicht taub ist und trotzdem keine Musik hören kann. Oder man ist nicht stumm, kann aber zum Beispiel nicht in vollständigen Sätzen reden. Oder man kann alles erspüren außer der Wärme der Sonne auf der Haut. Ein Loch im Leben, für das es keine Erklärung gibt. Oder vielleicht doch? Ich denke, jede und jeder sucht nach solchen Erklärungen. Und wer sehr viel Glück hat, der findet sie und schafft es dann auch, dieses Loch wieder zu füllen. Damit das Leben weiter gehen kann. Oder damit es vielleicht dann erst richtig beginnt. Wer weiß?

Mein Leben ist ein einziges Chaos gewesen. Ein einziges Schwarzes Loch. Alles ist darin einfach spurlos verschwunden. Lara Schönemann, so ein schöner Name, hab ich immer gedacht. Schönschrift kann ich nicht, aber einen schönen Namen hab ich. Und schön bin ich auch. Aber Namen sind nur Schall und Rauch, sie bedeuten gar nichts. Obwohl ich mich auch immer schön fand als Lara Schönemann. Und auch später noch, als ich dann einen schönen Mann gefunden hatte, aber plötzlich nicht mehr Schönemann hieß, sondern Pohl. Lara Pohl. Das klang schon weniger schön. Aber mein Florian war ein schöner Mann, hatte eben nur einen doofen Namen. Er war zwar schön, aber auch nett. Und eigentlich zu nett. Eben nur nett. Er hat mich ziemlich schnell gelangweilt. Es war immer nur nett mit ihm, vor allem, nachdem wir unser Baby Rebecca bekommen hatten, da war er ein lieber und netter Papi und hat mich kaum noch angefasst. Aber ich brauche das. Ich bin schön, und eine schöne Frau braucht das eben. Er war nett, aber sterbenslangweilig. Und ich brauchte immer mal was Frisches, was Aufregendes, Wildes, Freches. Ich habe da so einen Hunger in mir, so einen Drang, ich brauche das einfach. Und Florian war dafür einfach zu nett. Ich mochte ihn ja gerne, so ist es nicht.

Aber das war mir eben nicht genug. Und nur Mama sein wollte ich auch nicht. Ich wollte was erleben, wollte raus, wollte frei sein. Ich hab gekellnert, auch noch mit Kind, einfach weil ich da immer Leute kennenlernte, Männer, die mich schön fanden und toll und aufregend und mit denen ich dann auch immer mal ab und zu was erleben konnte. Auch Florians Bruder Robert war da mit dabei. Und viele viele andere. Und als mir das dann auch nicht mehr genug war, bin ich auch noch anschaffen gegangen, immer öfter, immer mehr, und hab noch mehr Typen aufgerissen als vorher. Ich hatte kaum noch Zeit für meine kleine Familie. Und Florian ist dann eines Tages einfach abgehauen. Hat es nicht mehr ausgehalten mit mir. Das war natürlich blöd, jetzt hatte ich die Kleine und keinen, der auf sie aufpasste, wenn ich wieder auf die Rolle gehen wollte. Na ja, wir hatten noch Florians Mutter, als sie noch lebte. Und seinen Bruder Robert. Die beiden haben sie dann ganz oft genommen übers Wochenende und dann hatte ich freie Bahn, sturmfreie Bude und so. Das war die geilste Zeit überhaupt. Ich konnte machen, was ich wollte und niemand hat mir reingeredet. Und das hab ich auch gemacht, ich hatte unendlich viel Spaß mir den Männern, manchmal auch mit mehreren gleichzeitig und war immer gut drauf. Alleine die, die nicht dafür bezahlt haben, das waren oft schon mehr als zehn. In der Woche! Und mit den ganzen Freiern zusammengezählt – ach hör auf, so viel kann ich gar nicht zählen. Ist ja auch egal. Es war eine irre Achterbahnfahrt, immer rauf und runter ohne Pause und ohne Limit. Ich war die absolute Queen im Bett, die allerschönste, allergeilste Wahnsinns-Lara-Rabiata. Irre. Irre. Und dann hab ich plötzlich gemerkt, dass ich überhaupt nicht glücklich war. Ich war wie besoffen, immer im Hamsterrad, immer auf Achse, aber nie irgendwo zu Hause. Und da sehnte ich mich plötzlich wieder nach Familie und nach einem, der einfach nur nett sein wollte. Und nach meiner kleinen Tochter, die inzwischen ein richtig großes Mädchen geworden war. Ohne dass ich das so richtig mitbekommen hatte. Aber da war keiner mehr. Rebecca war abgehauen, an einem Wochenende bei Robert, und blieb lange verschwunden. Dann tauchte sie irgendwann wieder auf, ausgerechnet bei meiner Schwester in diesem öden Kaff. Und da ist sie dann auch geblieben, wollte nichts mehr von mir wissen. Auch Robert war irgendwie nie erreichbar. Und die anderen? Die vielen geilen Männer? Alle waren einfach weg, gekommen und gleich wieder gegangen. Oder von mir entsorgt worden. Ab und weg ins Schwarze Loch. Und zack – den Nächsten. Ich hatte plötzlich alles verbraucht, alle Energie, alle Lust und allen Spaß. Und ich hatte Aids. Wahrscheinlich schon eine ganze Weile, keiner weiß das so genau. Und so ist es nun plötzlich vorbei. Einfach so. Vorbei. Und ich werde genauso wie alle anderen im tiefen Schwarzen Loch verschwinden. Und dann habe ich manchmal das Gefühl, wenn ich so darüber nachdenke, dass da unten in dem Schwarzen Loch jemand auf mich wartet. Aber nicht so jemand, den ich mir wünsche, sondern jemand ganz anders. Jemand, der schon immer irgendwie da unten im Finstern war, der nur ab und zu nach oben gekommen ist und sich gezeigt hat. Und das ist mein Vater. Und ich will da gar nicht weiter drüber nachdenken. Aber je mehr ich mich selbst diesem Schwarzen Loch nähere, desto öfter muss ich an ihn denken und will nicht an ihn denken. Lutz Schönemann. Ein schöner Mann. Einer, den die Frauen immer toll fanden, den sie umschwärmten und umgarnten, so dass meine Mutter vor Eifersucht ganz krank wurde. Wirklich krank. Dabei hat er sich gar nicht für die ganzen Frauen interessiert. Wirklich interessiert hat er sich nur für mich, für seine kleine süße Lara, sein Schnuckelchen, seine kleine süße Mausemieze, seine

Killekillekitzelmaus ... ich will da gar nicht weiter drüber nachdenken, sonst muss ich kotzen. Und wenn ich jetzt nochmal in den Spiegel schaue, dann sehe ich eine Frau, die ich nicht mehr erkenne. Und dann wäre ich so gerne noch mal die schöne Lara. Lara Schönemann. Das schöne Mädchen mit dem schönen Namen.

Ich habe einen neuen Namen, ein neues Leben, ein neues Glück. Ich kann alles sehen, alles riechen, schmecken, hören, fühlen wie jede und jeder andere auch. Vielleicht sogar noch eine Spur intensiver, weil ich weiß, wie es ist, etwas davon nicht zu können. Ich habe große Zuversicht und riesengroße Lust auf das Leben, das mir noch bevorsteht. Und keine Angst mehr, nicht vor der Zukunft und nicht vor der Vergangenheit. Ich lebe jetzt und hier und genieße jede Sekunde der Gegenwart. Es gibt für mich nichts und vor allem niemanden mehr, der mir dieses Glück verderben kann. Ich bin Marie. Ich bin frei und ich bin stark. Nur eines bleibt mir noch zu tun. Aus Respekt vor dem, was gewesen ist. Aus Respekt vor der Person, die ich vorher war, die gelitten hat unter ihrem Leben und die doch auch ein Recht hatte, eben genau so zu sein, wie sie war – unvollkommen, unglücklich und unfähig, wirklich ihr Leben in den Griff zu bekommen – Rebecca. Sie hat einen würdigeren Abgang verdient, als einfach so zu verschwinden, ohne Abschied, ohne Trauerfeier. Die bin ich ihr noch schuldig, die soll sie auch bekommen. Nur so kann ich sie endgültig loslassen. Nur so kann ich endlich ganz frei sein.

Am See ist Ruhe. Keine Saison jetzt im März. Es ist noch kühl und die Luft ist feucht und nicht mit diesem heißen trockenen Staub erfüllt, der hier sonst im Sommer über dem Parkplatz schwebt und die herumstehenden

Autos, Motorräder und Fahrräder mit einem feinen gelbrötlichen Hauch von Wüste bedeckt. Alle Plätze sind leer. Fast alle. Zwei Fahrzeuge stehen nahe beim Eingang. Und tatsächlich werkeln drinnen zwei Angestellte des Badebetriebes herum, tragen irgendwelche Sachen hin und her und schauen wohl ganz allgemein mal nach dem rechten. Vielleicht gibt's ja auch das eine oder andere zu reparieren, wer weiß? Es ist Mittagszeit. Eigentlich wollte ich erstmal das Gelände und die Umgebung inspizieren und dann auf den Abend und die Nacht warten wie sonst. Aber die Jungs machen es mir schwer heute mit ihrer Anwesenheit. Oder auch nicht. Denn wie ich sehe, haben sie das Eingangstor weit offenstehen lassen. Auch die Heckklappe von dem einen Auto stehen auf, wahrscheinlich weil es immer wieder etwas aus- oder einzuladen gibt. Na dann, offene Türen soll man durchschreiten, wenn sie einen schon so einladen. Gerade laufen sie unten am Strand entlang und sammeln wohl herumliegenden Dreck mit ihren Zangen ein. Macht schön langsam, Jungs und keine Sorge – ich weiß, wo es langgeht, ich kenne mich hier aus. Schließlich ist das mein See, Rebeccas See. Und es ist ihr Grab, das nun als allerletzte Ehre nur noch eines verlangt: eine würdige Bestattung. Und stilecht, wie es sich gehört, natürlich eine Feuerbestattung. Auf Musik und trauernde Gäste werde ich leider verzichten müssen. Immerhin habe ich ja die beiden – unfreiwilligen – Friedhofswächter dabei. Also warum noch lange zögern? Was sowieso getan werden muss, kann auch jetzt gleich getan werden. Alle Türen stehen weit auf, also gehe ich schnurstracks genau in die Mitte der Eingangsgebäude, dahin wo sich die Technikräume, die Personalräume, die Umkleidekabinen für den Textilbereich, der Aussichtsraum und die Kasse befinden. Alles zusammengefasst in einem vielfach verwinkelten Holzbau auf Stelzen. Es ist still hier drin wie in einer Kapelle. Wunderbar. Ich setze meinen Rucksack ab und entleere wie in einer rituellen Handlung die letzten beiden Beutel meines Zaubermittels. Genau hier, im Zentrum des Gebäudes. Man wird es für die Folge eines technischen Defekts, einer kaputten Pumpe oder so halten und bald ein neues, schöneres Gebäude errichten. Das ist nicht so wichtig. Wichtig ist für mich ganz allein der würdige Rahmen, jetzt, hier, genau am richtigen Ort und zur richtigen Zeit.

„Mach's gut, Rebecca.“, sage ich, tief ergriffen, lasse die Tränen über meine Wangen laufen, atme noch einmal tief ein und werfe das Streichholz.

„Barbara? Ich muss dir was sagen.“

„Was denn, meine Süße?“

„Ich weiß, wer die ganzen Holzbauten in Frankfurt angezündet hat. Und auch noch ein paar andere.“

„Na, wer denn, du Oberschlaue?“

„Das war ich.“

„Na klar, das warst du. Wer, du?“

„Na, ich, Rebecca. Also die ersten als Rebecca Pohl, dann als Marie, und ganz zuletzt auch als Marie Decker.“

„Du meinst Rebecca Pohl? Diese Schwimmerin? Die ist doch tot. Lass sie ruhen in Frieden. Und Marie? Die gibt's auch nicht mehr. Und wer ist jetzt noch mal Marie Decker? Ich hab keine Ahnung, von wem du redest. Die gibt's doch gar nicht in Wirklichkeit, oder? Die haben wir doch erfunden.“

„Ach so. Na ja, da hast du auch wieder irgendwie Recht. Lassen wir's gut sein damit.“

„Genau.“

„Genau.“

„Schlaf gut.“

„Du auch.“

Vierter Teil

Was ich noch zu sagen hätte ...

Das alles hat sich genau so zugetragen. Oder wenigstens fast genau so. Oder auch etwas anders. Vielleicht sogar ziemlich anders. Wer soll das wissen? Wer kann das schon sagen? Und warum ist das überhaupt wichtig? Alles, was ich hierzu zu sagen hatte, ist wahr. Der schreckliche Missbrauch der frühen Jahre, mein verpfuschtes Leben, meine verzweifelte Suche nach Hilfe, meine Farbenblindheit, die Initialzündung in Onkel Roberts Gartenhütte, die Brandstiftungen der asiatischen Pavillons, der Brand des Goetheturms, des Kindergartens, des Blauen Hauses, das Untertauchen im See, der Brand des Eingangsgebäudes am See, die Rückkehr der Farben, die Rückkehr des Lebens, der Showdown im Schrebergarten, Barbara, all dies ist genauso wahr wie der Flashmob im Park, die plötzlichen Erinnerungen, der Wal im See, alles ist wahr. Für mich. Das und noch viel mehr. Für mich ist es wahr und real und es ist der Stoff, aus dem mein Leben gestrickt ist. Für andere mag manches oder auch alles davon völlig anders aussehen. Mir egal. Es gibt eben keine einzig wahre Wahrheit. Es gibt nur Wahrnehmung. Für jeden Einzelnen. Subjektive Wahrnehmung, Sehnsüchte, Ängste, Hoffnungen, Verschiebungen, Erinnerungen, Lücken und Versatzstücke, zusammengesetzte Puzzleteile, Einbildungen, Projektionen, Interpretationen, Wunschträume, Irritationen, Selbsttäuschungen, Erkenntnisse, Versäumnisse, Fantasien, Blockaden, Lösungen, Begegnungen. Jeder und Jede lebt sein oder ihr eigenes Leben, allein und ganz für sich, egal, wie sehr er oder sie mit anderen Menschen verbunden ist oder nicht. Du kommst allein und du gehst allein und das ist auch vollkommen in Ordnung. Du lebst dein Leben und andere leben ihres. Alle auf ihre eigene, unverwechselbare, unteilbare Art. Jeder und Jede zu seiner und zu ihrer Zeit, gestern, heute, morgen und so weiter bis in alle Ewigkeit. Manchmal in stiller Ruhe, manchmal in wildester Aufgewühltheit. Und manchmal denkst du verzweifelt, es könne kein Morgen geben. Oder du wünschst dir, es hätte das Gestern nie gegeben. Oder du glaubst, das Heute ist nichts als ein tiefes, unendliches Loch in der Zeit. Aber immer, immer ist eines ganz sicher – wenn du es über diesen einen, diesen schrecklichsten aller schrecklichen Tage geschafft hast (oder auch über eine lange Reihe solcher oder ähnlicher Tage), dann bist du sicher. Dann hast du eine Chance.

Denn dann ist heute das morgen von gestern.

So, und jetzt muss ich mal los. Es ist Abendbrotzeit. Habe schon den Gong gehört, obwohl ich gerade noch hier draußen auf der Terrasse sitze. Schön hier. Es rauscht ein wenig in den Blättern. Kastanienbäume, glaube ich. Ich kenne mich immer noch nicht aus damit, wie mit so vielen Sachen. Aber das macht nichts. Eine Amsel schmettert ihr Abendlied und zwischen den Häuserwänden im Hof klingt es wie in einem Konzertsaal. Speziell unsere Amsel hat in ihrem Repertoire eine ganz besondere Melodie eingebaut, die ich noch nirgendwo sonst gehört habe. Es ist wie ein menschliches Pfeifen, wie ein verabredeter Code, mit dem jemand eine andere Person ruft oder ihr ein Zeichen gibt, das nur sie versteht. Ein Zeichen nur zwischen den beiden. Aber vielleicht ist es auch ein Papagei. Keine Ahnung.

Und jetzt kommt auch schon Erik und schiebt mich von der Terrasse weg und ins Speisezimmer. Schade, ich wäre gerne noch eine Weile draußen geblieben, da kann man so schön in Ruhe nachdenken. Er ist immer ein bisschen ruppig mit mir, aber er hat ja auch viel zu tun hier mit all den alten Leuten. Anders als Bernd, der ist immer freundlich, wenn auch manchmal etwas verpeilt. Neulich hat er eine Kerze auf dem Tisch anzünden wollen und dabei so gezittert, dass ihm das brennende Streichholz aus der Hand gefallen und auf der Tischdecke gelandet ist. Das hätte fast ein schönes Feuerchen auf dem Tisch gegeben. Aber ich hab schnell mein Wasserglas genommen – und zack, alles gelöscht. Da war ich die Heldin des Tages. Sogar der Herr Mosbacher ist gekommen und hat sich bei mir bedankt. Der ist so nett, wirklich. Nicht so ein grummeliger Kauz wie der alte Robert, der immer ganz hinten in der Ecke sitzt. Zum Glück, irgendwie kann ich den nicht leiden. Damian ist auch hier, hat sich aber sehr verändert. Er ist nun doch nicht nach Lappland gegangen, wie er vorgehabt hatte. Aber er hat auch keine Lust mehr, den Leuten hier weiter zuzuhören. Joss hat es mal versucht, da haben die beiden richtig Streit bekommen. Schade, dass Lydia nicht mehr bei uns ist oder Lara oder Nelli, die saßen immer bei mir am Tisch und haben so viel erzählt von früher. Dafür haben wir eine neue bekommen auf der Etage: Barbara. Eine ganz Supernette, ein bisschen streng manchmal, aber sehr freundlich und fast zärtlich im Umgang. Papa kam mich früher ein paar Mal hier besuchen, aber das ist vorbei. Dafür erinnert mich der Gärtner ein bisschen an ihn mit seinem lustigen Strohhut. An meinem Tisch sitzt seit neuestem dieser Atze – oder Adele, ich weiß manchmal nicht, ob das ein Mann oder eine Frau ist. Komische Leute gibt's. Ich weiß auch gar nicht ob die wirklich alle so heißen. Ist ja auch egal. Hauptsache gesund, oder?

Epilog

When I get old now, grey is my hair
When my years have come
Nobody will come or send me valentines
Birthday greetings, bottle of wine
I have been out from quarter to three
To unlock the door
Now I can meet me, now I can feel me
Now I'm sixty four

Wenn Ihnen dieser Roman eine spannende Lektüre war, Sie vielleicht zudem eine Liebe für Frankfurt und seine Themen heben, dann könnten Sie sich auch für diese Bücher interessieren:

Drei Generationen Goetheturm / Zu seiner Geschichte – dieses Bändchen unserer kleinsten Buchreihe, der von Hand fadengehefteten *16er-Reihe*, enthält zwei kurze Auszüge aus Helge Nynckes Roman Brandzeichen. Aber weit mehr:

2017 werden die Frankfurter durch eine Serie von Brandanschlägen auf einige ihrer schönsten Holzbauwerke aufgeschreckt – und in der Nacht vom 11. auf den 12. Oktober 2017 fällt dem eines der Wahrzeichen Frankfurts zum Opfer: Der Goetheturm brennt bis auf seine Grundpfeiler nieder. – Drei Jahre danach ist der Goetheturm zum 12. Oktober 2020 wieder aufgebaut.

Da war es an der Zeit, ein Portrait des einst höchsten Holzturms in Deutschland und die Geschichte jenes Ausflugsziels zu erzählen, das fast allen Frankfurtern schon einmal den Ausblick über die Mainmetropole und ihre weitere Umgebung gewährt hat. Zusammengestellt von Axel Dielmann & Sophia Lippemeier, 40 prall bebilderte und aufschlußreich zu lesende Seiten zu 9 Euro.

Und wenn Sie die Psychologie von Helge Nynckes Roman gepackt hat, dann dies: „Nie zuvor hatte Anna an Flucht gedacht. Doch an diesem Vormittag war der Gedanke plötzlich da.“ – So beginnt *Sophie Heeger* ihren Roman *Kaktus und Kanarienvogel*, mit dem sie in eine traum-artige Welt führt. Darin scheint eine Frau von nichts bedrängt als von der Organisation einer Reise, die sie selbst „Flucht“ nennt. Mehr irritiert uns anfangs nicht, wenn wir ihr nach Venedig, Amsterdam und Paris folgen. In die Wirklichkeit der Reisenden brechen jedoch schon bald Beklommenheit und Schrecken ein und die reisende Frau nimmt einen wandelbaren, unsicheren Boden unter ihren Füßen wahr. Ein Roman über Sprachlosigkeit, vergrabene Erinnerungen, die Brüchigkeit der Wahrnehmung und die Notwendigkeit, sich der eigenen Geschichte zu stellen. 20 Euro sind gut angelegt für die 208 Seiten Hardcover mit Lesebändchen – und viele ergreifende Lesestunden.

Aber zurück nach Frankfurt: Sie befindet sich in zahlreichen Museen der Welt – auch im MAK Museum Angewandte Kunst Frankfurt am Main – die von der Architektin Margarete Schütte-Lihotzky entworfene Frankfurter Küche.

Die *Frankfurter Küche* ist kein isoliertes Designobjekt. Sie ist vielmehr der Nukleus des Bauprogramms des von Landmann bestellten Frankfurter Stadtbaurats und Architekten Ernst May und seines Teams, das in gerade einmal fünf Jahren zu 12000 Wohnungen und Häusern im Stil einer neuartigen Moderne führte (in einem davon betreibe ich meinen Verlag, wie es in unserem Buch *Ein Pärchen im Baurausch* zum Hauptdarsteller geworden ist). 176 Seiten mit vielen erstmals zu sehenden Bildern aus dem Inneren der kleinen Kocheinheit zu 20 Euro.

Der langjährige Stadtbau-Dezernent Frankfurts *Hans Haverkampf* unternimmt in seinem zweiten literarischen Buch *Die Schwarze Kutsche* eine packende Zeitreise in das Jahr 1759: Drückende Hitze liegt über der Stadt Frankfurt am Main ...

„Dieser historische und kulturhistorische Diskurs ... macht für mich den großen Reiz dieses bemerkenswerten und eigenwilligen Erzählwerks aus. Ein großes und anspruchsvolles Lesevergnügen", sagt Harry Oberländer, der langjährige Leiter des Literaturforums Hessen im Mousonturm Frankfurt, über das an Figuren und Handlungssträngen pralle Buch, das 20 Euro kostet und 296 Seiten hat.

Bleiben Sie neugierig, Ihr Axel Dielmann

Helge Nyncke, Jahrgang 1956, vierfacher Vater, mehrfacher Großvater und vielfacher Ideenschöpfer, lebt und arbeitet in Mühlheim am Main. Als Diplom-Designer, Illustrator und Autor hat er zahlreiche Schul-, Sach- und Bilderbücher, Spiele und Trickfilme für Kinder illustriert, geschrieben und erfunden, aber auch kritische

Essays, kabarettistische und freie Texte für Erwachsene verfasst und als philosophisches Sachbuch und gepfefferte Satiren veröffentlicht. Auf Youtube betreibt er einen eigenen Kanal mit kreativ inszenierten Lesungen aller Art, die er auch gerne vor Publikum präsentiert. Daneben bietet er innovative Workshops und Fortbildungen zu den Themen musikalisch-rhythmische Selbsterfahrung, Kommunikation und Körpersprache sowie Kreativität mit Kindern und arbeitet halbtags ganz bodenständig als pädagogischer Mitarbeiter in einem internationalen Kinderhort. Aber nicht alles gleichzeitig.

Illustrierte Bilderbücher für Kinder (eine Auswahl):
Wo bitte geht's zu Gott? fragte das kleine Ferkel (2007)
Die Geschichte vom frechen Hund (2008)
Susi Neunmalklug erklärt die Evolution (2009)
Ich darf das (Bild und Text, 2013)
Literarische Bücher für Erwachsene:
Eine GOTTeslästerliche Floßfahrt – leichtsinnige Variationen über tiefsinnige Fragen (2009)
Heiliger BimBam – gepfefferte Satiren und gesalzene Erkenntnisse über Gott und die Welt (2012)
Brandzeichen ist Helge Nynckes erster Roman.